Linda Castillo

BRENNENDES GRAB

Thriller

Aus dem Amerikanischen
von Helga Augustin

Eder & Bach

MIX
Papier aus verantwortungsvollen Quellen
FSC® C083411
www.fsc.org

Lizenzausgabe des Verlags Eder & Bach GmbH,
Nördliche Münchner Str. 20c, 82031 Grünwald
1. Auflage, März 2022
Linda Castillo, BRENNENDES GRAB
Deutschsprachige Erstausgabe

Umschlaggestaltung: Stefan Hilden, www.hildendesign.de
Umschlagabbildung: © HildenDesign unter Verwendung
mehrerer Motive von Shutterstock.com
Satz: Satzkasten, Stuttgart
Druck und Verarbeitung: CPI – Ebner & Spiegel, Ulm
ISBN: 978-3-949609-05-3

Dieses Buch widme ich meiner verstorbenen
Freundin Margaret Burris. Ihre Freundschaft, ihre Klugheit,
ihre Stärke und ihr Humor haben mein Leben bereichert –
und nicht zu vergessen der Spaß und selbst die Probleme
und Sorgen, die wir in One Galleria Tower und auch sonst hatten.
Alle, die sie kannten, werden sie sehr vermissen.

»Es ist ein Geist des Guten in dem Übel,
Zög' ihn der Mensch nur achtsam da heraus.«
Shakespeare, Henry V.

Prolog

Sie hatte kein bisschen geschlafen. Sie schlief nachts schon lange nicht mehr durch. Zu viel Dunkelheit war um sie herum, aber keine, die sie mit Ruhe erfüllte. Als ihre *Mamm* bei Tagesanbruch in ihr Zimmer spähte und sie drängte, die Tiere zu füttern und sich für den Gottesdienst fertigzumachen, war sie hellwach. Und bereit.

Stets die gehorsame Tochter, streifte sie ihr Kleid über, band sich die Haare zum Knoten und setzte die *Kapp* auf. Dann zog sie die Wollstrumpfhose an, schlüpfte in die Sneakers und ging nach unten. Aber nicht in die Küche, wo ihre *Mamm* Wurst briet und mit dem Frühstücksgeschirr klapperte, sondern ins Wohnzimmer und von dort durch die Seitentür hinaus in die Kälte. Der Morgen war feucht und grau, Nieselregen fiel aus dem bleischweren Himmel. Im Stall gab sie den Pferden Heu und frisches Wasser, füllte Körner in den Futterspender der Hühner und sammelte sechs braune Eier ein.

Sie hatte ihre Eltern noch nie belogen. Kein einziges Mal in ihren siebzehn Lebensjahren. Aber als ihre *Mamm* sie aufforderte, sich für den Gottesdienst fertigzumachen, hatte sie behauptet, sich die halbe Nacht übergeben zu haben und sich nicht wohl zu fühlen. Natürlich missfiel ihrer *Mamm*, dass sie einen so wichtigen Tag versäumen würde, aber was konnte sie schon sagen?

Nachdem alle morgendlichen Pflichten erledigt waren, ging sie zurück in ihr Zimmer und legte sich aufs Bett. Sie starrte an die Decke und lauschte den Geräuschen im Erdgeschoss – den Stimmen ihrer jüngeren Geschwister, dem Kratzen des Bestecks auf Tellern, der Ruhe während des Dankgebets nach dem Essen. Kurz darauf, als ihr *Datt* hinausging, um dem Buggy-Pferd das Zaumzeug anzulegen, schlug die Tür zu, gefolgt vom Getrappel der Kleinen, die hinterherliefen, um ihm zu helfen.

Wie sehr alle ihr fehlen würden!

Um sechs Uhr dreißig schlug die Hintertür zu. Ein paar Minuten später klapperten die Hufe des alten Trabers auf dem Weg. Sie stand auf und trat ans Fenster, schob die Gardine beiseite und sah dem Buggy hinterher, der in Richtung Straße verschwand.

Zeit zu gehen.

Es war ein kalter Morgen, weit unter null Grad, aber sie zog keinen Mantel an. Sie öffnete ihre Zimmertür, trat in den Flur und ging die Treppe hinunter, wo die vertrauten Gerüche von Toast und Kaffee und dem Petroleum des Küchenherds in der Luft hingen. Sie dachte an ihre kleinen Brüder und Schwestern, und die Traurigkeit, die sie überkam, zwang sie fast in die Knie. Sie hatte gewusst, dass es schwer werden würde, aber auch, dass es keinen anderen Weg gab. Sie hatte Gott um Weisung gebeten, und im Gegensatz zu ihr log ER nie.

Unten an der Treppe ging sie nach links, weiter durch die Küche, wo sie den noch warmen Tee und trockenen Toast, die ihre *Mamm* auf dem Tisch hatte stehen lassen, zu ignorieren versuchte. Und doch entlockte ihr der Anblick ein Lächeln. Trockener Toast und Tee waren das Heilmittel ihrer *Mamm* für alle Krankheiten dieser Welt. Wenn das Leben doch nur so einfach wäre!

Es tut mir leid.

Die Worte hallten in ihrem Kopf wider, als sie zum Vorraum ging, die Hintertür aufstieß und hinaus in den frühmorgendlichen Nieselregen trat. Sie spürte weder Kälte noch Nässe, als sie den gepflasterten Fußweg entlang zur Scheune lief, die Schiebetür aufdrückte und den düsteren Innenraum betrat. Der Duft von *Datts* Pfeife stieg ihr in die Nase, vermischt mit den erdigen Gerüchen von Pferden, Alfalfa und feuchtem Boden. Rechts an der Wand stand der Heuwagen, eine Mistgabel lehnte daran. Geradeaus reckte der alte Ackergaul wiehernd den Kopf über die Stalltür. Normalerweise wäre sie zu ihm hingegangen und hätte seine Stirn gestreichelt, doch heute Morgen war dazu keine Zeit.

Links war die Treppe zum Heuboden. Ohne ihr Vorhaben noch einmal zu überdenken, stieg sie zügig hinauf. Hier oben gab es nur zwei schmutzige Fenster, durch die kaum Licht drang. Doch selbst im Halbdunkel kannte sie hier jeden Zentimeter. Der Heuboden war stets ihre Zuflucht gewesen, wenn es ihr ganz schlechtging. Aber heute Morgen suchte sie etwas, das hier verborgen war.

Zielstrebig ging sie zu dem kleinen Heuhaufen unter dem Fenster. Sie kniete nieder, schob ihn beiseite und legte das aufgerollte Seil frei, das sie gestern dort versteckt hatte. *Datt* hatte es letzten Sommer gekauft, um eine Schaukel für die Jungen zu bauen. Ein paar Meter waren übrig geblieben, die er im Schuppen für das nächste Projekt aufbewahrte.

Sie wickelte das Seil ab, wobei sie sich bemühte, nicht an ihre Familie zu denken – und daran, was sie ihnen allen antat. Sie würden zutiefst verletzt sein und es nicht verstehen. Aber es gab keinen anderen Weg. Gott hatte zu ihr gesprochen, und sie hatte auf ihn gehört. Nur so konnte sie ihr Geheimnis bewahren.

Das Seil war etwa drei Meter lang und knapp eineinhalb Zentimeter dick. Vielleicht war es aus Baumwolle, vielleicht auch nicht. Und es war sowieso egal. Sie nahm das Seil mit zu der Öffnung im Boden, wo die Deckenbalken frei lagen und sie hinunter bis zum Heuwagen, der Mistgabel und dem Pferd blicken konnte.

Sie legte sich auf den Bauch, wickelte das Seil um den nächstgelegenen Balken und band einen dreifachen Knoten. Sie zerrte ein paarmal daran und befand ihn für fest genug. Dann setzte sie sich auf und betrachtete das andere Ende, nicht ganz sicher, wie sie es machen sollte. Schließlich formte sie mit zittrigen Händen eine Schlinge, band sie ebenfalls mit drei Knoten fest und zurrte daran. Auch das würde halten.

Sie atmete tief durch, um sich zu beruhigen, zog die Schlinge über den Kopf, vorsichtig, damit die *Kapp* nicht verrutschte. Das Seil kratzte rau und hart auf ihrer Haut. Und dann liefen ihr Tränen übers Gesicht, doch sie sah darin einen Ausdruck der Freude, der Erleichterung. Ihre *Mamm* hatte immer gesagt, der Tod sei Teil des göttlichen Plans. An diesem Morgen glaubte sie das aus vollem Herzen. Sie wusste, dass Gott sie mit offenen Armen empfangen würde. Er würde ihr beistehen. Ihre Familie musste einfach auf Seine Weisheit vertrauen. Eines Tages würden sie alle wieder vereint sein.

Dennoch empfand sie einen Schauder, als sie aufstand, ihr war ganz mulmig, und ihre Beine zitterten. Sie dachte nicht daran, was gleich geschehen würde, doch sie betete, dass es schnell ging. Und dann war sie frei.

»Ich vergebe dir«, flüsterte sie.

Sie schloss die Augen, machte einen Schritt nach vorn und fiel ins Leere.

1. Kapitel

Sechs Monate später.

ER ZOG SEINE *ENGLISCHE* KLEIDUNG AN – Jeans, ein weißes T-Shirt und Cowboystiefel, für die er im Western-Store in Berlin, Ohio, einen Haufen Geld hingeblättert hatte.

Voller Vorfreude trat er aus seinem Schlafzimmer in den dunklen Flur. Er mochte die Heimlichtuerei nicht, die so sehr Teil seines Lebens geworden war, dass er sich dieser Tage kaum noch wiedererkannte. Aber er konnte nicht aufhören damit. Und so hatte er sich schließlich damit abgefunden.

Die Schlafzimmertür seiner Eltern war nur angelehnt; dahinter hörte er seinen *Datt* schnarchen. Die Tür des Zimmers seiner kleineren Schwestern stand halb offen. Als er vorbeischlich, glaubte er, ihren süßlichen Duft zu riechen. Die Tür seiner älteren Schwester war hingegen seit etwa einem Jahr nachts geschlossen. Pubertät, vermutete er. Auch Mädchen hatten ihre Geheimnisse.

Als er die Treppe hinunterging, machte er sich kaum Sorgen, erwischt zu werden. Er war ja gerade in der *Rumspringa*. In den letzten Monaten hatte er so ziemlich alles getan, wonach ihm der Sinn stand. Seine Eltern stellten sich blind und taub. Er hatte sein erstes Auto gekauft, seinen ersten Whisky getrunken und zum ersten Mal erlebt, wie sich ein Kater anfühlte. Er hatte seine erste Marlboro geraucht, war nachts lange unterwegs und kam nach Hause, wann es ihm passte. All das gehörte bei den Amischen zum Erwachsenwerden – und vielleicht war es sogar der beste Teil. Natürlich gefiel das *Mamm* und *Datt* nicht, aber sie hielten den Mund. Gegenüber den Schwestern erfanden sie Ausreden. *Euer Bruder arbeitet viel*, erzählten sie ihnen. Aber sie beteten für seine Seele.

Im ganzen Haus war es still und dunkel, nur durchs Wohnzimmerfenster fiel Licht herein, zwei graue Rechtecke inmitten endloser Schwärze. Der Geruch von Lampenöl und der Sandwiches mit gebratener Mortadella, die es zum Abendessen gegeben hatte, vermischte sich mit der kühlen Brise, die durch die Fliegengitter der Fenster drang. Als er in die Küche kam, nahm er den Zettel aus der Tasche. Er blieb vor dem Tisch stehen, zog eine winzige Taschenlampe aus der Gesäßtasche, leuchtete damit auf das Stück Papier und las es zum x-ten Mal.

Komm heute Nacht in die Scheune. Du wirst es nicht bereuen. ☺

Sie hatte die Worte mit einem lila Stift geschrieben und auf die is Herzchen gemalt. Beim Anblick des Smileys musste er grinsen. Er konnte es kaum fassen, dass sie endlich nachgeben würde. Nachdem er sie wochenlang bedrängt hatte, nach vielen schlaflosen Nächten voller Verlangen, das ihn oft und mit ungekannter Dringlichkeit überkam, würde sie endlich ihm gehören.

Er durfte keine Zeit verschwenden.

Als er durch die Hintertür nach draußen ging, fiel ihm ein, dass er dummerweise vergessen hatte, sich die Zähne zu putzen. Es war eine schwüle, windige Nacht. Am Himmel leuchteten Tausende Sterne, und im Osten prangte eine gelbe Mondsichel über den Baumkronen. Die wuchtigen Umrisse der Scheune in sechzig Meter Entfernung konnte er gerade noch so erkennen. Als er die Auffahrt überquerte und die Rampe hochging, knirschte der Schotter unter seinen Füßen. Die große Schiebetür stand dreißig Zentimeter weit offen. Sein *Datt* machte sie immer zu, damit die Füchse und Coyoten nicht über die Hühner herfielen. *Sie ist hier*, dachte er und wurde von so großer Erregung erfasst, dass seine Beine zitterten und sein Schritt stockte.

Als er durch die Tür trat, stieg ihm der Geruch von Pferden und von frisch geschnittenem Heu in die Nase. In der Scheune war es stockfinster, doch er kannte hier jeden Meter. Er konnte die Hand zwar nicht vor Augen sehen, wusste jedoch genau, wo die Laterne vom Deckenbalken hing, und fuchtelte mit dem Arm durch die Luft. Aber aus unerfindlichen Gründen war sie nicht da.

»Mist«, murmelte er, holte die Taschenlampe aus der Gesäßtasche und knipste sie an. Die Schatten wichen in die Ecken zurück und offenbarten ein Universum silbriger Stäubchen, die im Lichtstrahl tanzten.

»Hallo?«, rief er. »Bist du da?«

Er lauschte, bekam aber keine Antwort.

Verdutzt ging er an dem Wagen mit Heu vorbei, das sein *Datt* und er letzten Monat gemäht und gerade eingebracht hatten. Daneben stand der alte Gülleverteiler mit dem kaputten Rad, das er schon vor einer Woche versprochen hatte zu reparieren. Er wunderte sich, warum die zwei Buggy-Pferde in den Boxen ihn nicht begrüßten. Ganz egal, wie spät es war, für einen Snack waren sie eigentlich immer zu haben, und normalerweise meldeten sie sich lautstark. Er überquerte den Lehmboden, kam zu dem Holzpodest, auf dem sie die Leinensäcke mit Hafer, Mais und Hühnerfutter lagerten, blieb stehen und ließ den Lichtstrahl von rechts nach links wandern. Als er unter der Tür zur Sattelkammer einen schmalen Lichtstreifen entdeckte, musste er grinsen.

»Komm raus, komm, wo immer du steckst!« Mit auf den Boden gerichtetem Lichtstrahl ging er an dem Podest entlang.

Zuerst fand er es ein wenig merkwürdig, dass sie sich für die Sattelkammer entschieden hatte. Aber dann wurde ihm klar, dass die Kammer zwar klein war, der Holzboden aber täglich gekehrt wurde und es darin angenehm nach Leder und Sattelseife roch. Außerdem bewahrten sie dort die Pferdedecken auf, die Halfter und das Zaumzeug. Aber was noch wichtiger war: Die Tür hatte ein Schloss. Sein *Datt* hatte es angebracht, nachdem vor einigen Monaten ein Halfter, ein Sattel und zwei Ledergeschirre gestohlen worden waren. Er wusste, dass das auf das Konto des *Englischen* unten an der Straße ging, der die Sachen wahrscheinlich für schnelles Geld bei einer Pferdeauktion in Millersburg verscherbelte. Der Kerl war ein Dieb und obendrein ein Säufer.

Ohne sie überhaupt gesehen zu haben, reagierte sein Körper bereits, je näher er der Sattelkammer kam. Sein *Datt* hatte es *lusht* genannt und ihn vor ihrer Macht gewarnt. Aber was wusste ein alter Mann denn noch von Lust? Erinnerte er sich überhaupt noch, wie es mit achtzehn war? Wenn Gott die Lust in die Herzen der

Menschen gepflanzt hatte, wie konnte das dann etwas Schlechtes sein?

Als er die Sattelkammer erreichte, drehte er am Knauf und öffnete die Tür. Goldenes Licht erhellte den kleinen Raum. Der Geruch von frisch geöltem Leder, von Petroleum und der Duft ihres Parfüms hingen in der Luft. Zwei Pferdedecken waren auf dem Boden ausgebreitet. Ein Teller mit einer flackernden Kerze stand auf der alten Zweihundertlitertonne. Sogar eine Flasche Wein hatte sie mitgebracht und zwei Plastikgläser mit Stielen! Bei dem Anblick verwandelte sich sein Lächeln in ein herzhaftes Lachen.

»Hier fehlt nur noch das Mädchen«, sagte er beim Betreten der Kammer, denn sie musste in Hörweite sein. »Ich frage mich, wo sie ist?«

Da er sie in der Nähe wähnte, knipste er die Taschenlampe aus und ging zu den Decken. Die Weinflasche war schon offen. Er legte die Taschenlampe auf die Tonne und ließ sich im Schneidersitz nieder, die Hände auf den Knien.

»Wenn sie nicht bald auftaucht, muss ich den Wein ganz allein trinken«, sagte er jetzt lauter. Sicher würde sie jeden Moment hereingerauscht kommen, kichernd und zu allem bereit. Sein Penis war schon erigiert, das erregte Pulsieren konnte er genauso wenig kontrollieren wie seinen Atem. Er stellte sich vor, wie sie ihren warmen Körper an seinen drückte, ihre festen Brüste, und konnte kaum glauben, dass er sie heute Nacht endlich besitzen würde.

Er griff nach der Flasche und schenkte sich ein, hatte im Geiste bereits das süße Aroma des Rotweins im Mund. Und während er sich noch vorstellte, was sie alles miteinander machen würden, knarrte die Tür. Sein Herz klopfte erwartungsvoll, doch dann knallte die Tür so heftig zu, dass die Halfter an der Wand wackelten.

Erschrocken setzte er die Flasche ab und stand auf.

Als er hörte, wie das Schloss einschnappte, sprang er zur Tür. »Was soll das, Süße?« Er drehte am Knauf, doch vergeblich.

»He!«, rief er. »Süße, dafür musst du büßen!«

Dann hörte er Geräusche in der Scheune. Etwas Schweres wurde über den Boden geschleift, knallte gegen die Tür. Verwirrt ruckelte er am Knauf, stieß ein Lachen aus. »Was hast du vor?« Es sollte scherzhaft klingen, aber es klang gereizt. Auf solche Spielchen hatte er keine Lust. Jedenfalls nicht heute Nacht.

»Hör auf damit, Süße!«, stieß er aus. »Es reicht mit den Späßchen! Komm her und leiste mir Gesellschaft!«

Plötzlich war es still. Neugierig drückte er das Ohr an die Tür und lauschte. Nichts.

»Wenn ich die Tür aufbrechen muss, wird dir das leidtun.« Er gab sich Mühe, locker und spielerisch zu klingen, doch seine Geduld war bald am Ende. »Hörst du mich?«

Er wartete einen Moment. Glaubte Schritte zu hören. Holz kratzte über Holz. *Was hatte sie vor?*

»Also gut, Süße. Mach, was du willst.« Er ruckelte noch einmal am Knauf, unterdrückte die aufsteigende Wut. »Dann trinke ich den Wein eben ohne dich.«

Keine Antwort.

Er trat einen Schritt zurück und warf sich mit der Schulter gegen die Tür, um zu sehen, wie stabil sie war. Die Tür bebte, hielt aber stand. Kopfschüttelnd ruckelte er wieder am Knauf. »Komm, Süße, lass mich raus. Was immer ich dir getan habe, ich mach's wieder gut.«

Als erneut keine Antwort kam, wurde er wütend. Er warf sich wieder mit der Schulter gegen die Tür, die auch diesmal nur heftig bebte. Er wollte gerade ein drittes Mal Anlauf nehmen, als er Rauch wahrnahm. Nicht von Kerzen oder Laternen und auch nicht von einer Zigarette. Etwas brannte.

Und dann sah er entsetzt, dass Qualm unter der Tür durchdrang. Es brannte tatsächlich, Holz und Heu, vielleicht auch Petroleum. Was zum Teufel ging hier vor?

Jetzt reichte es ihm wirklich. Er schlug mit der flachen Hand an die Tür. »Mach auf!«, schrie er wütend. »Du fackelst noch die verdammte Scheune ab. Mach schon. Das ist nicht mehr witzig!«

Er ging ein paar Schritte zurück, nahm Anlauf und warf sich mit voller Wucht gegen die Tür. Das Holz knarrte, aber mehr auch nicht. Als er die Hand daranlegte, war es ganz warm. Sollte das vielleicht ein Scherz sein? Was dachte sie sich nur dabei?

»Was du da gerade veranstaltest, ist gefährlich!«, schrie er. »Hör auf mit dem Scheiß, und mach sofort die verdammte Tür auf!«

Er lauschte, hörte aber nur ein Knistern, das wie Feuer klang. Das ist kein Spiel, dachte er, und alle Alarmglocken fingen an zu läuten. Angst kroch ihm den Nacken hinauf. Er machte einen Schritt zurück, hob das Bein und trat mit voller Wucht rechts neben den Türknauf. Wieder krachte es, diesmal lauter. Ein zweiter Tritt folgte, ein Stück Türpfosten splitterte, und er konnte den Schließmechanismus sehen. Er fing an zu husten, schwarz und dick drang Rauch jetzt unter der Tür hindurch und machte ihm das Atmen schwer.

»Es reicht!«, schrie er. *»Bist du verrückt? Mach die Tür auf!«*

Wieder nahm er Anlauf und rammte die Schulter gegen die Tür. Schmerz durchzuckte sein Schlüsselbein, aber das ignorierte er. Der Spalt war größer geworden, er drückte die Handballen mit aller Kraft gegen die Tür, doch etwas blockierte sie von draußen, zu schwer, um es wegzuschieben. Durch den Spalt drangen Rauch und Hitze und Flammen in die Kammer, versengten ihm Gesicht und Hände und brannten in den Augen. Er taumelte zurück, entsetzt über das Ausmaß des Feuers. Er konnte es nicht fassen, dass sie so fahrlässig handelte – dass das alles hier überhaupt passierte.

»Hey! Lauf los, und hol Hilfe!« Er blickte wild um sich, packte die Weinflasche und schleuderte die Flüssigkeit in die Flammen. Aber zum Löschen reichte das nicht, das Feuer schluckte sie gierig und wollte mehr.

Die Hitze war jetzt so stark, dass er weiter zurückwich. Immer mehr Rauch drang durch den Türspalt, heiße schwarze Schwaden drängten ihn weiter zurück. Gelbe Flammen züngelten am Holz, immer größer und näher und näher. Er winkelte den Arm an, hielt ihn vors Gesicht und rannte zur Tür, warf sich mit dem ganzen Körper dagegen. Die Hitze versengte ihm die Schulter, eine Hälfte des Gesichts, das Ohr, doch er fühlte keinen Schmerz. Das Schloss hatte jetzt nachgegeben, der Spalt war ein paar Zentimeter größer geworden. Doch seine Hoffnung schwand sofort wieder, denn hohe Flammen drangen durch die Öffnung, gierten nach Nahrung, verschlangen das trockene Holz, fraßen sich in die Bodenbretter.

»Hilf mir!«, schrie er. »Verdammt nochmal! *Hilfe!*«

Rauch und Flammen drangen immer tiefer in die Kammer, die Hitze fraß allen Sauerstoff, setzte seine Lungen in Brand. Er hörte sich keuchen und japsen, jeder Atemzug glühte wie heiße Kohle in seinem Hals. Um Luft ringend, sah er sich nach irgendetwas um, mit dem er sich ins Freie kämpfen konnte.

Sein Blick fiel auf den selbstgebauten Sattelhalter, zwei Bretter, die wie ein umgedrehtes V zusammengefügt und mit langen Nägeln an der Wand befestigt waren. Er warf den Sattel zu Boden, hob das Bein und trat mit ganzer Kraft von oben auf die Bretter. Kreischend kamen die rostigen Nägel ein Stück aus der Wand, der Sattelhalter hing nach unten, er trat erneut darauf, und die Bretter fielen zu Boden. Wieder schöpfte er Hoffnung. Er packte eins der Bretter und lief zur Tür, schwang es wie einen Baseballschläger mit voller Wucht dagegen. Einmal, zweimal.

Beim dritten Mal krachte das Holz durch die Tür. Doch auch die neue Hoffnung wurde sofort von dem Feuer, das wie ein wildes Tier durch das Loch schoss, zerstört. Flammen loderten hinauf bis zur Decke.

Jetzt hatte ihn die Panik voll im Griff. Der Brand war außer Kontrolle. Auf dem Speicher lagerten dreißig Ballen Heu, die wie Zunder brennen würden. Wenn sie Flammen fingen, käme er hier nicht lebend raus.

Keuchend und fluchend stolperte er zurück. Die Hitze war unerträglich, der Rauch nahm ihm die Luft. Er riss sich das T-Shirt vom Leib, sank auf die Knie und drückte es auf Nase und Mund. Dann rollte er sich auf den Rücken, winkelte die Beine an und trat mit den Stiefeln gegen die Tür, einmal, zweimal.

Die Tür schwang krachend auf. Holzsplitter, Asche und Funken regneten auf ihn herab, brannten sich in seine nackte Brust, in Arme und Gesicht. Eine Lawine heißer Luft rollte über ihn hinweg, beißender Rauch füllte seine Nase, brannte in seinen Augen. Glühende Asche fraß sich durch seine Jeans und verbrannte seine Haut. Verzweifelt schlug er die kleinen Funken weg, aber es waren zu viele, und die Hitze war zu groß, die Luft wurde immer knapper. Lieber Gott …

Ein Feuerball barst in den Raum, eine wilde, brüllende Bestie, die sich auf ihn senkte und ihre glühenden Zähne in ihn grub. Rauch drohte ihn zu ersticken. Erst da wurde ihm das ganze Ausmaß seiner Lage bewusst. Er schrie, wälzte sich auf dem Boden, schlug mit den Armen, um dem Schmerz zu entfliehen, doch es gab kein Entkommen.

Seine Lungen standen in Flammen, Lippen und Zunge verbrannten. Die Luft war zu heiß zum Atmen, seine Augen, längst blind von Hitze und Rauch, verglühten in ihren Höhlen, um ihn herum der Gestank von brennendem Fleisch. *Ich sterbe*, dachte er, noch immer ungläubig, dass ihm das passieren konnte.

»Datt! *Datt!*« Aber seine Worte waren kaum mehr als erstickte Schreie. Er rollte sich über den Boden, schlug nach den Flammen, die seinen Körper verschlangen, stieß gegen die Wand. Endstation.

Er versuchte zu schreien, doch der Speichel in seinem Mund kochte, die Zunge brannte.

Laut brüllend fegte ein letzter Feuerball über ihn hinweg, glühend rot und gefräßig, verschlang ihn mit Haut und Haaren, bis nur noch eine unkenntliche Masse von ihm übrig war.

2. Kapitel

Wenn man als Polizeichefin einer Kleinstadt um vier Uhr morgens angerufen wird, verheißt das nie etwas Gutes. Ich drehe mich auf die Seite und taste nach meinem Handy, sehe mich schon mit einer schlimmen Nachricht konfrontiert, einem tödlichen Verkehrsunfall oder, Gott bewahre, dass einem meiner Officer oder gar meiner Familie etwas passiert ist.

»Burkholder«, sage ich mit rauer Stimme.

»Tut mir leid, Sie zu wecken, Chief«, meldet sich Mona Kurtz, die nachts im Revier die Telefonzentrale besetzt. »Ich hab gerade einen Anruf bekommen, dass draußen auf der Gingerich-Farm die Scheune brennt, und dachte, Sie wollen das sicher wissen.«

Die Familie Gingerich ist mir bekannt. Miriam und Gideon sind Amische und leben auf einer kleinen Farm einige Meilen außerhalb von Painters Mill. Näher kenne ich sie nicht. Es ist eine nette Familie, die ein ruhiges Leben führt. Soweit ich weiß, wohnen vier ihrer Kinder immer noch zu Hause.

Ich stütze mich auf den Ellbogen und hieve mich in Sitzposition. »Jemand verletzt?«

»Ist noch unklar. Ich hab mit einem der Männer von der freiwilligen Feuerwehr gesprochen, und der meinte, die Familie könnte noch nicht sagen, wo ihr Sohn Danny steckt.«

Sofort beschleicht mich ein ungutes Gefühl. Ich schlage die Bettdecke zurück und stelle die Füße auf den Boden. »Hat schon jemand etwas zur Brandursache gesagt?«

»Keiner weiß was.«

»Ich mache mich auf den Weg.«

Ich drücke auf »beenden«, rolle mich aus dem Bett und gehe zum Wandschrank, wo meine Uniform hängt.

»Was ist los, Chief?«

Im Licht des beleuchteten Wandschranks sehe ich John Tomasetti, meinen Lebensgefährten, der sich gerade aufsetzt und mit zusammengekniffenen Augen auf den Wecker blickt. Seine Haare sind zerzaust, und selbst in dem düsteren Licht kann ich die Bartstoppeln an seinem Kinn und die Sorge in seinen Augen erkennen.

»Auf der Gingerich-Farm brennt es«, sage ich und ziehe die Bluse über. »Ist schon alles in die Wege geleitet. Schlaf weiter.«

»Ist jemand verletzt?«

Das ist immer die erste Frage eines Polizisten. Besitz kann ersetzt werden, ein Leben nicht. Ich nehme meine Hose, gehe zum Bett und schlüpfe hinein. »Ein Sohn im Teenageralter wird noch vermisst.«

»Mist.« Er schiebt die Decke beiseite. »Soll ich mitkommen?«

»Nicht nötig, schlaf noch eine Runde.«

»Ich muss erst um neun im Büro sein.«

Tomasetti ist Agent im Ohio Bureau of Criminal Identification and Investigation, kurz BCI, und arbeitet in Richfield, eine halbe Stunde nördlich von hier. Da Painters Mill in seinen Zuständigkeitsbereich fällt, wäre es nicht ungewöhnlich, wenn er zu einem Scheunenbrand fährt. Zumal es einen Vermissten gibt. Allerdings müssen wir vorsichtig sein, denn wir haben unser Zusammenleben bewusst nicht an die große Glocke gehängt. Lange kann es aber nicht mehr dauern, bis es rauskommt, und heute Morgen müssen wir das Risiko eingehen. Ein Junge wird vermisst, und Tomasetti hat viel mehr Möglichkeiten, eine Suche zu organisieren, als unser kleines Polizeirevier.

Ich hole meinen Ausrüstungsgürtel mit der .38er aus der Kommode, schnalle ihn um, während ich das Fußende des Bettes umrunde, und stelle mich vor ihn. »Hat dir schon mal jemand gesagt, dass du ein Masochist bist?«

»Hat dir schon mal jemand gesagt, wie gut du mit der .38er aussiehst?«

»Nur du.«

Er steht auf und gibt mir einen Kuss, wobei sein Mund etwas zu lange auf meinen Lippen verweilt, was mir durchaus gefällt.

»Kennst du die Familie?«, fragt er.

»Kaum, wir sind uns ein paarmal begegnet. Sie sind Amische, gut angesehen.«

Er geht um mich herum zum Wandschrank und zieht ein Hemd vom Kleiderbügel. »Hoffen wir mal, dass der junge Mann auftaucht, bevor wir da sind.«

* * *

Die Flammen des Feuers schlagen so hoch, dass ich bereits aus einer halben Meile Entfernung den orangefarbenen Schein über den Baumkronen sehen kann. Ich muss das Gebäude gar nicht erst vor Augen haben, um zu wissen, dass der Schaden enorm sein wird. Als ich in die Straße zu den Gingerichs einbiege, brennt die eine Hälfte ihrer wuchtigen Scheune lichterloh.

Ich stelle meinen Dienstwagen auf einem grasbewachsenen Seitenstreifen ab, ein Tanklöschfahrzeug der Holmes-County-Feuerwehr rattert gerade vorbei. Ich bin kaum ausgestiegen, da trifft Tomasetti schon mit seinem Tahoe ein und parkt hinter mir. Hundert Meter von uns entfernt schießen zwölf Meter hohe Flammen in die Luft, greifen mit tausend feurigen Fingern in den Nachthimmel.

Asche und Glut wirbeln überall umher wie Schnee. Der Gestank von Rauch, verbranntem Holz und unzähligen anderen Materialien vermischt sich mit den Gerüchen von Diesel und Abgasen. Vier Feuerwehrautos aus zwei Bezirken stehen mit ratternden Motoren auf dem Schotter zwischen Haus und Scheune. In einigem Abstand von der Scheune spritzen Feuerwehrmänner mit Schläuchen Löschwasser in die Flammen.

Auf halbem Weg zum Haus holt Tomasetti mich ein. Als wir den seitlichen Hof überqueren, stürzt mit lautem Getöse ein Teil des Scheunendaches ein. Funken wirbeln durch den Nachthimmel.

»Hoffentlich hatten sie Zeit, die Tiere rauszuholen«, sage ich, als wir die Veranda hochsteigen.

Die Tür geht auf, noch bevor ich klopfen kann. Eine amische Frau kommt heraus, Ruß und Panik im Gesicht. Ihre *Kapp* ist verrutscht, die Jacke hängt lose über den Schultern. Sie sieht mich an, zittert am ganzen Körper. »Wir können Danny nicht finden«, bricht es aus ihr heraus.

»Sonst sind alle da?«, frage ich.

»Ja, aber Danny müsste auch hier sein, in seinem Zimmer. Ich kann ihn nirgends finden.« Sie dreht sich um und geht zurück ins Haus, lässt die Tür offen.

Tomasetti und ich folgen ihr. Im Wohnzimmer riecht es nach Kerzenwachs und dem Rauch, der durchs offene Fenster hineinweht. Auf dem selbstgezimmerten Beistelltisch brennt eine Laterne. Die amische Frau führt uns in die Küche, wo ebenfalls eine Laterne kreisrundes Licht auf einen großen Tisch wirft, an dem sechs Stühle stehen. Durch das Fenster über der Spüle flackert das Licht vom Scheunenfeuer herein.

Wortlos geht die Frau zu der weit offenen Hintertür, tritt hinaus auf die Veranda und starrt auf die brennende Scheune. Ein Stück entfernt stehen unzählige Rettungswagen mit Blaulicht, Feuerwehrleute in Schutzanzügen laufen zwischen Haus und Scheune hin und her.

»Danny ist Ihr Sohn?«, frage ich.

»Ja.«

»Wie alt ist er?«

»Gerade achtzehn geworden.« Sie dreht sich zu mir um, die Arme fest um den Körper geschlungen, das Gesicht von Sorge gezeichnet.

Ich spüre Tomasettis Blick im Rücken, als ich auf sie zutrete. »Wann haben Sie ihn zuletzt gesehen?«, frage ich.

Sie blinzelt, als wolle sie ihrem überlasteten Gehirn einen Stoß geben, damit es anfängt zu arbeiten. »Letzte Nacht. Er ist früh ins Bett gegangen, weil er die Nacht vorher lange aus war. Heute Morgen muss er zur Arbeit.«

»Im Haus haben Sie überall gesucht?«

»Da zuallererst. In jede Ecke haben wir geguckt.« Sie schenkt mir nur ihre halbe Aufmerksamkeit, starrt weiter zur Scheune, als könnte sie kraft ihres Blickes ihren Sohn herbeizaubern.

»Kann es sein, dass er früh aufgestanden und gegangen ist, ohne Bescheid zu sagen?«, frage ich. »Vielleicht wollte er Überstunden machen. Oder er hat sich mit einem Freund zum Frühstück verabredet.«

Sie schüttelt den Kopf »Danny hat ein Auto. Ein altes, mit dem fährt er, seit er in der *Rumspringa* ist. Gideon erlaubt ihm nicht, auf dem Grundstück zu parken, deshalb stellt er es immer ans Ende vom Weg. Es steht noch da.«

Vage erinnere ich mich, unten an der Wegmündung einen alten Chevy unter einem Walnussbaum gesehen zu haben. Ich hatte mir nichts dabei gedacht und nur das Feuer im Auge gehabt. Aber das verheißt nichts Gutes für ihren Sohn.

»Ist es möglich, dass er von jemandem abgeholt wurde«, frage ich. »Einem Kollegen oder von der Freundin?«

»Warum sollte ihn jemand mitten in der Nacht abholen?« Sie sieht mich an. »Er hat ja selber ein Auto und muss erst um acht bei der Arbeit sein. Danny schläft gern lang, besonders seit er so viel unterwegs ist.«

Mit gequälter Miene blickt sie wieder zur brennenden Scheune. »Vielleicht haben sie ihn ja inzwischen gefunden. Vielleicht ist er ja da draußen und hilft den Feuerwehrmännern beim Löschen.«

Tomasetti berührt sie am Arm. »Ich sehe mal nach.«

Hoffnung scheint in ihren Augen auf, unbändige, wilde Hoffnung. »Mein Mann ist auch da. Er macht sich furchtbare Sorgen, aber die Feuerwehrmänner lassen ihn nicht so nah an die Scheune ran.«

»Haben Sie ein bisschen Geduld.« Tomasetti nickt mir kurz zu und geht. Wir treten von der Veranda zurück in die Küche.

Mein Funkgerät knistert mit Dutzenden Meldungen, die durchgegeben werden, und ich reduziere die Lautstärke. »Mrs Gingerich, ich würde gern noch einmal das Haus checken, während wir auf Nachricht warten. Nur um sicherzugehen, dass auch überall nachgesehen wurde.«

»*Mamm?*«

Ein Mädchen im Teenageralter kommt zur Küchentür herein. Ihr Gesicht ist rot und verheult. Sie hat über das Nachthemd eine Arbeitsjacke gezogen und an den Füßen matschige Socken.

»Habt ihr Danny gefunden?«, fragt sie.

»Noch nicht.« Die Frau ringt ihre Hände, geht einen Schritt auf das Mädchen zu und wieder zurück zur offenen Hintertür. »Ich bin sicher, er ist hier irgendwo.«

»Danny ist dein Bruder?«, frage ich das Mädchen.

»Ja.«

»Wann hast du ihn zuletzt gesehen?«

»Kurz bevor er in sein Zimmer gegangen ist. Wir haben auf der Veranda Eis gegessen, und dann ist er hoch ins Bett.«

»Wie spät war das?«

»Ungefähr zehn Uhr.«

»Du hast in seinem Zimmer nachgesehen? Im Bad?«

Die amische Frau antwortet anstelle des Mädchens. »Natürlich, das hab ich doch schon gesagt. Da ist er nicht.«

Ich sehe weiterhin das Mädchen an. »Können wir beide noch einmal das Haus checken? Badezimmer, Wandschränke. Nur um ganz sicherzugehen. Kannst du mir dabei helfen?«

Wir brauchen nicht lange, um festzustellen, dass Danny nicht da ist. Die beiden kleinen Mädchen schlafen noch friedlich in ihrem gemeinsamen Zimmer.

Oben im Flur halte ich das Mädchen am Arm fest. »Wie heißt du?«, frage ich.

»Fannie.«

»Ich heiße Kate.« Ich reiche ihr die Hand, die sie kraftlos schüttelt. »Hat Danny ein Handy?«, frage ich.

»Handys erlaubt die *Ordnung* nicht«, sagt das Mädchen und bezieht sich dabei auf die ungeschriebenen Regeln ihrer Kirchengemeinde.

Ich hake trotzdem nach. »Aber er ist doch in der *Rumspringa*, nicht wahr? Vielleicht hat er sich ja eines besorgt und wollte nicht, dass eure Eltern das wissen.«

Fannie schüttelt den Kopf. »So was macht er nicht.«

Ich nicke, weiß es aber besser. Es ist sehr wahrscheinlich, dass ein achtzehnjähriger amischer Junge in der *Rumspringa* ein Handy hat.

Rumspringa ist ein *deitshes* Wort und bezeichnet eine Zeit, in der amische Jugendliche die Welt erkunden dürfen, ohne sich an die amischen Regeln zu halten. Diese Tatsache gibt mir Hoffnung, dass er sich mitten in der Nacht einfach weggeschlichen und niemandem davon erzählt hat. Denn das geht nach der *Rumspringa* alles nicht mehr. Man wird dann getauft und tritt der Kirche bei.

Zuletzt gehe ich in Dannys Zimmer. Fanny kommt hinter mir her. Wie in den meisten amischen Schlafzimmern, steht auch in diesem kein Schrank. Die Kleidung hängt gewöhnlich an Holzhaken, die Schuhe stehen entlang der Wand. Mir fällt sofort auf, dass ein Haken leer ist. Und unter dem Bett sind Arbeitsstiefel.

Ich zeige auf die Stiefel. »Ist das sein einziges Paar Schuhe?«

Sie legt den Kopf schief, sieht die Schuhe an und verzieht das Gesicht. »Seine Cowboystiefel sind weg.« Sie fängt an zu weinen.

»Cowboystiefel?«

Sie zieht ein zerfleddertes Papiertaschentuch aus der Tasche und wischt sich damit über die Augen. »Die hat er sich vom ersten selbstverdienten Geld gekauft. Er hat einen Job in der Stadt und ist total vernarrt in die Stiefel.« Ein Laut entfährt ihrem Mund, halb Schluchzen, halb Lachen. »Er meint, die Mädchen würden voll darauf abfahren. Ich finde sie furchtbar hässlich, aber er zieht sie überallhin an.«

Ich berühre sanft ihren Arm. »Fannie, vielleicht hat er sich heimlich rausgeschlichen, um einen Freund oder sogar eine Freundin zu treffen. Gib die Hoffnung nicht auf. Wir haben gerade erst angefangen, ihn zu suchen.«

Das Gesicht des Mädchens hellt sich auf, doch Hoffnung entdecke ich nicht darin. »Luanes *Mamm* und *Datt* würden nie erlauben, dass sie das Haus nach Einbruch der Dunkelheit verlässt, schon gar nicht mit einem Jungen. Auch nicht mit einem guten Jungen wie Danny.«

»Luane ist seine Freundin?«

»Ja.« Wieder fängt sie an zu weinen, doch sie fasst sich schnell. »Ihre Eltern sind Swartzentruber. Also sehr strikt. Sie lieben Danny wie einen Sohn, aber so etwas würden sie trotzdem nicht zulassen.«

»Wo ein Wille ist, ist auch ein Weg«, murmele ich und zeige zur Treppe. »Lass uns noch mal mit deiner *Mamm* reden.«

Kurz darauf sitzen Miriam, Fannie und ich am Küchentisch und versuchen, das Stimmengewirr, die Motoren und Sirenen vor dem Haus zu ignorieren. Miriam hat Kaffee gekocht, doch keinem ist nach Kaffeetrinken zumute.

»Fannie hat mir erzählt, Danny hätte eine Freundin«, sage ich.

Die amische Frau nickt. »Luane Raber. Ein nettes Mädchen, erst sechzehn. Sie passen gut zusammen. Sie werden wohl einmal heiraten ...«

»Haben die Rabers ein Telefon?«, frage ich. »Vielleicht ist er zu ihr hingefahren.«

»Sie sind Swartzentruber und brauchen kein Telefon.«

Ich drücke auf mein Ansteckmikro. »T.J.? Wo sind Sie gerade?«

T.J. Banks ist der jüngste Officer in meinem kleinen Revier und noch ein Greenhorn. Da er die wenigsten Dienstjahre hat, kriegt er meistens die Nachtschicht aufs Auge gedrückt.

»Ich stelle an der Straße zur Gingerich-Farm Lichtkegel auf, Chief.«

»Ich möchte, dass Sie zur Farm von Mose und Sue Raber in der Dogleg Road fahren. Sagen Sie ihnen, dass es auf der Farm der Gingerichs brennt und wir Daniel suchen. Finden Sie heraus, ob er dort ist. Sehen Sie in Scheunen und Nebengebäuden nach. Und stellen Sie sicher, dass ihre Tochter Luane zu Hause ist. Sie müssen selbst mit ihr sprechen, falls er sich ohne Wissen ihrer Eltern heimlich mit ihr trifft.«

»Wird gemacht.«

Ich wende mich wieder Miriam zu. »Daniel ist in der *Rumspringa*, nicht wahr?«

»Ja. Er ist in dem Alter.«

»Mrs Gingerich, fällt Ihnen irgendein Ort ein, wohin er gegangen sein könnte? Wo wir ihn finden können?« Ich sehe von Miriam zu ihrer Tochter. »Gibt es Freunde, die er vielleicht besucht?«

Fannie schüttelt den Kopf. »Dann hätte er den Wagen genommen.«

»Es sei denn, jemand hat ihn abgeholt«, gebe ich zu bedenken.

Miriam Gingerich schließt die Augen, schüttelt den Kopf.

»Seine Freunde haben alle kein Auto, Chief Burkholder. Danny arbeitet viel, er spart Geld. Er hat sich den Wagen vor ein paar Monaten gekauft und fährt damit, wann immer er kann.«

An der Hintertür klopft es. Noch bevor Miriam sich erhebt, geht die Tür auf, und Tomasetti betritt die Küche. Er wirft mir einen kurzen Blick zu, und ich weiß schon, was er sagen wird.

Miriam steht auf. »Haben Sie ihn gefunden?«

Tomasetti verneint. »Wir suchen ihn noch, Ma'am.«

Ich stehe auf, entschuldige mich und gehe mit Tomasetti nach draußen. Wir stehen auf der kleinen Veranda, beobachten die Rettungsfahrzeuge und die Feuerwehrmänner. Die Scheune brennt noch immer, aber nicht mehr so schlimm wie zuvor. Rauch und Dampf steigen in den Nachthimmel, und Dachsparren liegen frei, doch der Großteil des Dachs ist dem Feuer zum Opfer gefallen.

»Sind die Tiere in Sicherheit?«, frage ich.

»Darüber wollte ich mit dir reden.«

Ich sehe ihn verwundert an.

»Vor ein paar Minuten habe ich mit Gideon Gingerich gesprochen. Er hat mir erzählt, dass er und Danny abends gegen acht Uhr die beiden Buggy-Pferde und vier Kälber in die Scheune gebracht haben, wo sie über Nacht bleiben.«

Ich ahne, was als Nächstes kommt, und meine Sorge wächst.

»Die zwei Pferde und die Kälber waren hinter der Scheune auf der Weide«, sagt er.

»Jemand hat sie rausgebracht«, sage ich leise.

»Sieht so aus.«

»Ein Feuerwehrmann? Vielleicht einer der Ersten, die vor Ort waren?«

»Gingerich meinte, dass die Scheune bereits in Flammen stand, als die Feuerwehr anrückte. Die Tiere sind schon vorher rausgebracht worden.«

»Interessant.«

»Laut Feuerwehrchef ein bisschen zu interessant.«

Ich warte.

»Kate, jemand hat die Tiere ins Freie gebracht. Aber es war weder Gideon Gingerich noch einer der Feuerwehrleute.«

»Vielleicht war es Daniel«, sage ich. »Vielleicht ist er aufgewacht, hat Rauch gerochen, nachgesehen und das Feuer entdeckt.«

»Oder er war sauer wegen irgendwas oder wütend auf seine Eltern und hat die Scheune abgefackelt. Aber die Tiere zu töten hat er nicht fertiggebracht.«

»Wenn er geflohen wäre, dann bestimmt mit seinem Auto.«

»Glaube ich auch.« Tomasetti sieht mich ernst an. »Wir müssen ihn finden, Kate.«

»Aus vielerlei Gründen.«

»Der Feuerwehrchef hat einen Brandermittler angefordert. Der wird sich das hier genau ansehen.«

»Geht er von Brandstiftung aus?«, frage ich.

»Er ist zumindest misstrauisch genug, um einen Brandermittler hinzuzuziehen.« Er sieht mich von der Seite an. »Aber vielleicht ist der Feuerwehrchef auch nur sehr genau. Höchstwahrscheinlich hat bloß einer vergessen, die Laterne auszumachen, und der Glaszylinder ist zu heiß geworden, oder eine streunende Katze hat sie umgeworfen, und schon war's passiert.«

»Oder Danny Gingerich hat das Feuer gelegt und dann Panik gekriegt.«

»Es gibt viele Möglichkeiten. Immerhin war in der Scheune eine Menge Heu. Gingerich hatte dreißig Ballen auf dem Speicher gelagert, die wie Zunder gebrannt haben.« Er zuckt mit den Schultern. »Aber die Tatsache, dass der Junge verschwunden ist und die Tiere freigelassen wurden, rechtfertigt in seinen Augen eine genaue Untersuchung.«

Ich nicke zustimmend, doch die diversen Möglichkeiten machen mir Sorgen. »Der Wagen des Jungen steht unten an der Straße.«

»Ich hab ihn gesehen, als ich in die Zufahrt gebogen bin.« Er runzelt die Stirn. »Warum hat er ihn da geparkt?«

»Seine Eltern sind nicht gerade begeistert über das Auto und erlauben ihm nicht, es auf dem Grundstück abzustellen. Das kenne ich auch von anderen Familien.«

»Gab es böses Blut zwischen Daniel und seinen Eltern?«

»Bisher hatte ich nicht den Eindruck, aber ich bohre noch ein bisschen tiefer, vielleicht finde ich ja was.«

An der Hüfte vibriert mein Telefon, ich blicke aufs Display und sehe T.J.s Namen. »Was haben Sie rausgefunden?«, frage ich.

»Ich bin noch draußen auf der Raber-Farm, Chief«, sagt er. »Hab mit den Eltern und Luane, der Tochter, gesprochen. Daniel Gingerich war seit ein paar Tagen nicht mehr hier.«

»Danke, dass Sie das gecheckt haben.«

»Keine Ursache.«

»Können Sie mir noch einen Gefallen tun, bevor Sie Feierabend machen?«

»Schießen Sie los.«

»Fahren Sie die weitere Umgebung von Gingerichs Farm ab. Sprechen Sie mit den Nachbarn, vielleicht hat ja einer Daniel gesehen.«

»Wird gemacht.«

Ich lege auf und sehe Tomasetti an. »Wenn Daniel Gingerich sich verdrückt hat, dann nicht nur ohne sein Auto, sondern auch ohne seine Freundin.«

»Klingt nicht gerade typisch für einen Achtzehnjährigen.« Tomasetti zieht sein Handy aus der Jackentasche, blickt aufs Display und steckt es wieder zurück. »Ich muss los. Halt mich auf dem Laufenden, okay?«

»Danke, dass du mitgekommen bist.«

»Immer wieder gern.« Er sieht nach rechts und nach links, aber es sind zu viele Leute hier, um einen Kuss zu riskieren. Stattdessen schenkt er mir ein Grinsen. »Man sieht sich.«

3. Kapitel

Es ist bereits Mittag, als ich ins Revier komme. Vorher habe ich noch mit Fred Achin, dem Feuerwehrchef von Millersburg, gesprochen, den ich schon von anderen Einsätzen her kenne. Er ist ein Familienmensch, ein guter Chef und erfahrener Feuerwehrmann. Die Scheune war zwar noch zu heiß, als dass sie schon hineingehen konnten, aber ich erfuhr, dass sie fast zwanzigtausend Liter Wasser zum Löschen gebraucht hatten. Fred ging davon aus, dass sie sich am Nachmittag daranmachen konnten, den Schutt unter die Lupe zu nehmen.

Sowie es hell geworden war, hatte ich das Grundstück und die nahe Umgebung zu Fuß erkundet, aber nichts Nennenswertes entdeckt – weder Hinweise auf einen Wagen noch verdächtige Fußspuren. Normalerweise lassen Polizisten es erst einmal langsam angehen, wenn ein Achtzehnjähriger vermisst wird. Aber in Anbetracht des suspekten Feuers und der relativ langen Zeit ohne ein Lebenszeichen von Daniel Gingerich suchen wir bereits offiziell nach ihm. Ich hatte mich auch noch einmal mit seinen Eltern zusammengesetzt. Wenn Amischen ein Unglück widerfährt, reagieren sie zunächst meist stoisch. Trotzdem sind die Eheleute natürlich äußerst beunruhigt, dass ihr Sohn verschwunden ist. Sie haben mir eine Liste mit den Namen von Dannys Freunden gegeben und der Orte, wo er hingegangen sein könnte. Ich habe ihnen versprochen, jeden Stein umzudrehen. Ob er etwas mit dem Brand zu tun hatte oder nicht, ihn zu finden hat oberste Priorität.

Der starke Rauchgeruch meiner Uniform steigt mir in die Nase, als ich mich am Schreibtisch niederlasse und den Computer hochfahre. Ich habe kaum meinen ersten Schluck Kaffee getrunken, da klingelt das Telefon. Es ist Fred Achin.

Sofort überkommt mich eine böse Vorahnung. Ich weiß, dass er Neuigkeiten für mich hat – und dass es keine guten sind.

»Wir haben eine Leiche in der Scheune gefunden«, sagt er.

»O verdammt.« Ich springe auf. »Irrtum ausgeschlossen?«

»Absolut.«

Sofort wird mir klar, was das alles nach sich ziehen wird. »Ist sie schon identifiziert?«

»Nein.«

»Hat schon jemand mit den Gingerichs gesprochen?«

»Nein. Der Brandermittler hat die Überreste erst vor wenigen Minuten entdeckt. Aber ich wusste, dass Sie sofort benachrichtigt werden wollen.«

»Dann ist der Brandermittler schon vor Ort?«

»Seit einer Stunde.« Er hält inne. »Offiziell ist es zwar nicht, aber er geht von Brandstiftung aus. Er hat Spuren eines Brandbeschleunigers gefunden. Benzin.«

»Was für Spuren?«

»Man kann es riechen.«

Dass das Feuer wahrscheinlich gelegt wurde, macht das Ganze noch schlimmer. »Haben Sie Doc Coblentz angerufen?«, frage ich. Doc Coblentz ist der für Holmes County zuständige Leichenbeschauer.

»Er steht als Nächster auf meiner Anrufliste.«

»Fred, können Sie damit noch einen Moment warten?« Ich nehme meine Autoschlüssel. »Ich bin in zehn Minuten auf der Farm. Wir wissen zwar noch nicht, wer der Tote ist, aber die Familie muss trotzdem von dem Leichenfund erfahren.« Es fällt mir schwer, die richtigen Worte zu finden. »Ich sollte ihnen die Situation erklären, bevor sie den Wagen des Leichenbeschauers sehen.«

»Sie haben recht, Chief. Um diese Aufgabe beneide ich Sie wirklich nicht.« Er stößt einen Seufzer aus. »Ich warte dann noch, aber beeilen Sie sich.«

* * *

Ich mache das Blaulicht an, fahre an der Main Street bei Rot über die Ampel und erreiche die Gingerich-Farm in Rekordzeit. Da ich auf dem letzten Stück Schotterweg mein Tempo nicht drossele, schlagen von unten Steine an meinen Wagen, und eine dicke Staubwolke folgt mir. Etwa zehn Meter vor der ausgebrannten Scheune steht ein einzelnes Löschfahrzeug der freiwilligen Feuerwehr von Painters Mill, für den Fall, dass noch Glut in den Trümmern schwelt und sich entzündet. Den schwarzen SUV ein Stück weiter weg sehe ich zum ersten Mal. Dann sind da noch ein roter Suburban und ein rot-weißer Van mit dem Logo der Brandermittlungsbehörde von Ohio. Fred Achin und zwei mir unbekannte Männer stehen neben Freds Wagen und unterhalten sich. Beim Haus ist ein schöner brauner Traber vor einen Buggy gespannt und am Pfosten angebunden. Der Wagen des Leichenbeschauers ist nirgends zu sehen. Fred hat Wort gehalten.

Ich stelle meinen Explorer hinter dem Buggy ab und habe das Haus noch nicht erreicht, als die Tür aufgeht. Gideon Gingerich tritt auf die Veranda, den flehentlichen Blick auf mich gerichtet.

»Haben Sie Nachrichten von meinem Sohn?«

Seine Frau Miriam erscheint neben ihm und starrt mich an, als wolle sie mir mit Blicken Informationen entreißen. »Haben Sie ihn gefunden?«

Ich steige die Stufen zur Veranda hinauf, sehe von einem zum anderen. »Können wir ins Haus gehen und uns kurz hinsetzen?« Ich zeige zur Tür. »Bitte.«

Wortlos stößt Gideon die Tür auf und bedeutet mir mit der Hand einzutreten.

Kein Polizist weiß, wie jemand reagieren wird, wenn er eine schreckliche Nachricht erhält. Deshalb bleibt mir an diesem Punkt nichts anderes übrig, als die Fakten darzulegen und die Ungewissheit zu betonen, ob es sich bei der Leiche tatsächlich um ihren Sohn handelt.

Das Paar mittleren Alters, das am Küchentisch der Gingerichs sitzt – wahrscheinlich Nachbarn –, begrüße ich mit einem Kopfnicken. Sie machen ein ernstes Gesicht, tragen ihre besten

Kleider und sind hier, um die Familie zu unterstützen. Das ist für Amische ganz selbstverständlich.

Ich wende mich an Miriam und Gideon Gingerich. »Kann ich kurz mit Ihnen allein sprechen?«

»Das sind mein Bruder und meine Schwägerin.« Gideon weist mit dem Kopf zu ihnen. »Was immer Sie für Nachrichten bringen, Chief Burkholder, sie können es hören.«

Ich nicke dem Paar noch einmal zu und sehe wieder die Gingerichs an. »Zuerst möchte ich Ihnen mitteilen, dass wir noch keine definitiven Neuigkeiten zum Verbleib Ihres Sohnes haben.« Ich halte kurz inne. »Aber Sie sollten wissen, dass in der Scheune eine Leiche entdeckt wurde.«

Miriam Gingerich stößt einen Laut aus, wie ein kleines Tier, das langsam zu Tode gequält wird. Sie hebt die Hand, als wolle sie nicht, dass ich weiterspreche, krümmt sich leicht und tritt vom Tisch weg. »Nein. *Nein.*«

»Wir wissen nicht, ob es Daniel ist«, beharre ich. »Die Identität des Leichnams wurde noch nicht festgestellt, aber der Coroner ist auf dem Weg hierher. Wenn die Leiche geborgen ist, beginnt der Identifizierungsprozess.«

Gideons Lippen zittern, er öffnet den Mund, als wolle er etwas sagen, aber kein Ton kommt heraus.

»Ein Brandermittler von der Feuerpolizei ist eingetroffen, um den Brandherd und die Ursache des Feuers herauszufinden.«

»Die … tote Person in der Scheune …« Der amische Mann flüstert die Worte mit rauer Stimme. »Glauben Sie, es ist Daniel?«

»Das kann im Moment nicht ausgeschlossen werden«, antworte ich aufrichtig. »Ich würde Ihnen gern bessere Nachrichten bringen, aber wir wissen es einfach noch nicht.«

»Wer sollte es denn sonst sein?«, bricht es aus Miriam hervor. »Unser lieber Danny. Ich kann es nicht glauben.«

Miriams Schwägerin steht auf, geht zu ihr hin und legt ihr die Hände auf den Arm. »*Du mooshst ohheicha netda Deivel.*« Hör nicht auf den Teufel. »Solange es nicht sicher ist, darfst du nur das Beste glauben.«

In dem Moment taucht Fannie Gingerich im Flur auf. Sie bleibt vor der Küchentür stehen, die Hände auf den Schultern ihrer beiden etwa vier oder fünf Jahre alten, jüngeren Schwestern. Die Blicke von drei Augenpaaren huschen von mir zu ihren Eltern und zurück zu mir.

»Was ist passiert?«, fragt Fannie.

Als niemand antwortet, fängt sie an zu weinen. Die kleinen Mädchen blicken zu ihr hoch, sehen ihr Gesicht und beginnen ebenfalls zu weinen.

»Seid still.« Miriam schließt die beiden Kleinen in die Arme, die zu ihr gelaufen kommen und das Gesicht an ihren Busen drücken. »Ihr müsst jetzt still sein, hört ihr? Es liegt alles in Gottes Hand, und wir müssen Ihm vertrauen, dass Er uns helfen wird.«

Ich wende mich an Gideon. »Kann ich kurz draußen mit Ihnen sprechen?«

Er nickt und folgt mir auf die Veranda. Ich gebe ihm einen Moment, sich zu sammeln, während wir zu den schwarzen Überresten der Scheune blicken, in der gerade zwei Männer in Schutzkleidung verschwinden. Doc Coblentz scheint auch schon eingetroffen zu sein, jedenfalls steht sein Escalade nur ein paar Meter vom Absperrband entfernt.

»Mr Gingerich«, beginne ich. »Der Brandermittler meinte, dass das Feuer womöglich mit einem Brandbeschleuniger entfacht wurde. Er glaubt, es ist Benzin.«

Der amische Mann sieht mich mit schmerzverzerrtem Gesicht an. »Wollen Sie damit sagen, jemand hat das Feuer gelegt? Dass unsere Scheune *absichtlich* niedergebrannt wurde?« Er senkt den Kopf und wischt sich mit der Hand über die Augen, als könnte er das alles nur schwer verkraften.« *»Mein Gott. Danny …«*

»Bewahren Sie Benzin in der Scheune auf?«, frage ich mit sanfter Stimme. »Oder irgendwo auf Ihrem Grundstück?«

Er schüttelt den Kopf. »Die *Ordnung* verbietet die Benutzung von Benzin. Wir benutzen nur Diesel für den Generator.«

»Gibt es jemanden, von dem Sie sich vorstellen könnten, dass er das getan hat? Mit oder ohne Absicht?«

Er schüttelt entschieden den Kopf. »Nein.«

»Haben Sie mit irgendjemandem eine Meinungsverschiedenheit gehabt? Probleme mit Nachbarn oder Bekannten? Fremden? Familienmitgliedern?«

»Nein.«

»War jemand wütend auf Sie oder jemanden in Ihrer Familie?«

Erneutes Kopfschütteln. »Wir kommen mit allen gut aus.«

»Was ist mit Geschäftspartnern? Englischen oder amischen? Irgendjemand?«

»Nein. *Nein.*«

Die nächste Frage stelle ich mit Bedacht, denn er wird sie nicht gern hören. »Mr Gingerich, gab es Probleme oder Meinungsverschiedenheiten zwischen Ihnen und Daniel?«

»Danny?« Er sieht mich an, als hätte ich gerade Benzin ausgeschüttet und es selbst angezündet. »Nein, nie«, sagt er mit zittriger Stimme. »Er ist ein guter Junge.«

»Hat Danny –«

»Nein!«, schneidet er mir das Wort ab, die Stimme sowohl tränenerstickt als auch warnend. »Keine Fragen mehr.«

»Mr Gingerich, bitte –«

»Genug!« Er dreht sich um und stößt die Tür auf. »Wenn Sie uns helfen wollen, Chief Burkholder, dann finden Sie endlich meinen Sohn.«

Er wirft einen letzten Blick über die Schulter, geht ins Haus und lässt die Tür hinter sich zufallen.

* * *

Zehn Minuten später stehe ich hinter dem gelben Absperrband, das um die Scheune gezogen ist, und sehe den beiden Ermittlern bei ihrer Arbeit zu. Die meisten Außenmauern sind noch intakt, aber mehrere Dachsparren sind gebrochen und haben einen Teil des Dachs zum Einsturz gebracht.

»Nur gut, dass die Feuerwehr so schnell hier war, sonst wäre nur noch Asche von dem Gebäude übrig.«

Mit diesen Worten kommt Doc Coblentz auf mich zu, eine Arzttasche in der Hand. Er ist ein rundlicher Mann mit einem unglücklichen Händchen für Kleidung und einer bekannten Schwäche für Fastfood. Als einer von sechs Ärzten in Painters Mill ist er zudem seit fast zwölf Jahren der zuständige Leichenbeschauer.

»Hi, Doc.« Ich gehe ihm entgegen, und wir geben uns zur Begrüßung die Hand. »Danke, dass Sie so schnell gekommen sind.«

Er wirft einen vielsagenden Blick zur Scheune. »Da soll eine noch nicht identifizierte Leiche drin sein.«

»Der Sohn des Besitzers wird vermisst.«

Sein Gesicht verdunkelt sich. »Ein Kind?«

»Teenager. Daniel ist gerade achtzehn geworden.«

»Chief Burkholder?«

Einer der beiden Brandermittler nähert sich uns, wobei er Handschuhe, Kopfbedeckung und die äußere Schicht seiner Schutzkleidung abstreift.

»Bob Schoening, Wirtschaftsministerium.« Er reicht uns zur Begrüßung die Hand. »Ich bin der Brandermittler von der Feuerpolizei.«

»Können Sie schon sagen, was hier passiert ist?«, frage ich.

»Ich habe mir gerade einen ersten Überblick verschafft. Wir haben eine Leiche, sie ist stark verkohlt, aber DNA kann wohl noch isoliert werden.«

»Was ist mit Ausweispapieren?«, frage ich.

»Plastikkarten wie Führerschein oder Kreditkarten wären bei den hohen Temperaturen komplett geschmolzen. Nur wenn das Opfer Schmuck aus Metall getragen hätte, der von Familienangehörigen identifiziert werden kann, oder ein ID-Notfallarmband mit medizinischen Daten, könnten wir eine vorläufige Identitätsaussage treffen.«

Er zuckt die Schultern. »Ich habe mir den Leichnam ziemlich gründlich angesehen und dabei keinerlei Schmuck entdeckt. Jetzt muss ich noch alles genau dokumentieren und Proben nehmen, bevor ich ihn für den Leichenbeschauer freigeben kann.«

Ich nicke. »Wie lange brauchen Sie dazu?«

Er sieht auf seine Uhr. »Ein paar Stunden.«

Ich habe das Gefühl, dass er noch etwas sagen will. »Hören Sie, das ist jetzt alles wirklich vorläufig«, erklärt er. »Aber Sie sollten wissen, dass ich lokal begrenzte, sehr auffallende Brandspuren in einem Raum außerhalb der Scheune entdeckt habe, ich denke, es handelt sich dabei um eine Sattelkammer.«

»Eine Sattelkammer?«, frage ich verblüfft.

»Jedenfalls sind ein lederner Pferdesattel, einige Halfter und anderes Zubehör noch erkennbar. Und da liegt auch die Leiche.«

»Der Feuerwehrchef meinte, es wurde ein Brandbeschleuniger benutzt.«

»Und zwar so viel, dass ich ihn bei Betreten der Scheune sofort *gerochen* habe. Dabei ist die menschliche Nase ja wirklich nicht besonders zuverlässig, wie Sie sicher wissen. Ich kann mehr dazu sagen, wenn ich mit dem ›Kohlenwasserstoff-Schnüffler‹ hier durchgegangen bin.« Er zieht ein kleines elektronisches Gerät hervor, das aussieht wie ein altmodischer Telefonhörer. »Es registriert sogar geringe Spuren brennbarer Flüssigkeitsreste.« Er schiebt das Gerät zurück in die Tasche und beugt sich zu uns vor. »Aber eins sage ich – physische Spuren wird es keine geben. Die Flüssigkeit wurde meiner Meinung nach vor der Tür zur Sattelkammer ausgegossen. Und schlimmer noch, anscheinend wurde die Tür abgeschlossen und blockiert. Vielleicht mit Heuballen. Das Heu ist natürlich verbrannt, aber der Bindedraht nicht.«

»Dann war das Opfer in der Sattelkammer und hat möglicherweise versucht, jemanden auszusperren?«, frage ich. »Jemanden, der es bedroht hat?«

Sein Lachen ist freudlos und klingt wie Schmirgelpapier auf Stein. »Wollen Sie meine vorläufige Theorie hören? Also für mich sieht es eher so aus, als hätte man den armen Kerl im Sattelraum eingesperrt und die Tür mit Heuballen, ein paar Betonklötzen und einer Schubkarre verbarrikadiert. Dann wurde alles mit Benzin überschüttet, einschließlich der Tür, und angesteckt.«

Mein Verstand braucht einen Moment, um zu kapieren, was er nicht glauben will. »Besteht nicht auch die Möglichkeit, dass es ein tragischer Unfall war?«, höre ich mich fragen. »Ein dummer Streich, der außer Kontrolle geraten ist?«

»Möglich wäre das schon, aber wer würde denn etwas so Gefährliches und Hirnrissiges tun?«

»Oder dass es einfach nur ein Unfall war? Immerhin benutzen die Amischen überall Laternen.«

Er blickt um sich, hebt einen Arm und wischt sich den Schweiß von der Stirn. »Im Moment sind alle diese Szenarien reine Vermutungen, mehr nicht. Fest steht nur, dass die Tür abgeschlossen war, genau genommen *verbarrikadiert*, und dass ein Brandbeschleuniger benutzt wurde. Mehr hab ich momentan nicht zu bieten.«

Einen Moment lang herrscht Schweigen. »Ich weiß, dass Sie noch am Anfang Ihrer Untersuchung sind«, ergreife ich schließlich das Wort. »Aber haben Sie irgendwelche physischen Beweise gefunden? Einen Schuhabdruck? Benzinkanister? Etwas, wo Fingerabdrücke drauf sein könnten?«

»In der Richtung ist mir nichts aufgefallen, aber da drin sieht es schlimm aus. Der Heuboden hat gebrannt, das Heu ist runtergefallen. Überall Schutt, und an ein paar Stellen glüht es noch. Sobald wir alles fotografiert haben, durchforste ich die Trümmer nach Dingen, die wir ins Labor schicken können. Da wird dann alles auf Fingerabdrücke untersucht –«

»Kann ein Fingerabdruck so ein Feuer überstehen?«, frage ich.

»Interessanterweise ja, und zwar bis zu einer Temperatur von einhundert Grad. Jedenfalls ein paar Stunden lang. Es ist noch zu früh, um sagen zu können, ob wir überhaupt etwas finden, aber wir tun unser Bestes.«

Er blickt wieder auf seine Uhr. »Ich muss jetzt wieder da rein. Wenn ich Videoaufnahmen gemacht habe und da drin fertig bin, gebe ich die Leiche für den Coroner frei.« Er nickt Doc Coblentz zu. »Etwas Endgültiges weiß ich sicher erst in einigen Tagen, vielleicht brauche ich auch eine Woche. Gleichwohl kann ich Sie bereits inoffiziell darüber informieren, dass es genug Beweise gibt, um einen Unfall auszuschließen.«

4. Kapitel

Die Untersuchung eines Tatorts braucht Zeit. Alles, was möglicherweise als Beweis dienen könnte, muss akribisch gesammelt und dokumentiert werden, besonders, wenn es Todesopfer gibt. Dafür braucht man sehr viel Zeit, fachliche Kompetenz und Geduld. Was das betrifft, sagen alle Polizisten das Gleiche: Das Warten auf Ergebnisse ist der Fluch ihres Berufes. Fingerabdrücke, DNA, Schuhabdrücke, Reifenspuren.

Doc Coblentz und ich warten über vier Stunden. Währenddessen nimmt Bob Schoening Proben, bringt den Kohlenwasserstoff-Schnüffler zum Einsatz, fotografiert den Tatort innen und außen und macht Videoaufnahmen. In der Zwischenzeit bringen Mitarbeiter des Leichenbeschauers eine fahrbare Krankentrage, auf der ein Leichensack und eine Plane ausgebreitet sind. Sobald der Tatort für den Doc freigegeben ist, wird der Tote ins Leichenschauhaus des Pomerene-Hospitals gebracht, und der offizielle Identifikationsprozess beginnt.

Während wir warten, verlässt Gideon Gingerich zweimal sein Haus. Das erste Mal kommt er zu uns, blickt auf die Krankentrage, beugt sich vornüber, als wäre ihm schlecht, und geht wortlos zurück ins Haus. Beim zweiten Mal bleibt er neben mir stehen und fragt: »Ist er es?«

»Wir konnten noch nicht in die Scheune«, sage ich. »Es tut mir leid, ich weiß, wie schwer das Warten ist.«

Der amische Mann kann nicht aufhören, die zerstörte Scheune und die beiden Männer anzustarren, die in Schutzanzügen darin umherlaufen. Er stößt einen Laut aus, ein Wimmern, und zum ersten Mal sehe ich Tränen. Er kehrt ins Haus zurück, ohne ein weiteres Wort.

Kurz vor fünf Uhr kommt Schoening zu mir. »Wir sind jetzt fertig, Chief Burkholder«, sagt er mit finsterem Gesicht. »Es ist alles dokumentiert, und ein paar Sachen gehen ins Labor. Die Stelle, an der wir den Toten gefunden haben, ist gekennzeichnet.« Er zeigt auf die weißen, dreißig Zentimeter hohen Fähnchen, mit denen auch Energieversorger unterirdische Strom- oder Gasleitungen kenntlich machen. Die kleinen Rechtecke flattern in der Brise. »Der Leichenbeschauer kann die Leiche bergen.«

»Glauben Sie noch immer, dass es Brandstiftung war?«, frage ich.

Er nickt. »Ich gehe davon aus, dass die Beweise das bestätigen werden.« Er reicht mir seine Visitenkarte. »Wenn Sie Fragen haben oder noch etwas brauchen, rufen Sie mich an.«

Doc Coblentz und sein Techniker ziehen Schutzanzüge über und stapfen durch Asche und Schutt zu der markierten Stelle.

Nicht zum ersten Mal frage ich mich, wie ein Mann, der sich der Heilung von Kranken verschrieben hat, es schafft, dem Tod so oft ins Gesicht zu schauen und trotzdem ein fröhlicher und optimistischer Mensch zu sein. Wenn ihm ein Toter gebracht wird, erklärte er mir einmal, sieht er vor sich nicht den Menschen, der das einmal war. Weder trauert er um ihn noch verfängt er sich in der Tragödie seines Todes. Er sieht allein das Rätsel, das es zu lösen gilt – und manchmal ein Unrecht, das geahndet werden muss. Aber als ich ihn dann fragte, ob das alles wirklich immer so spurlos an ihm vorbeigehe, antwortete er prompt und nur allzu verständlich: Natürlich nicht, wenn es sich um ein Kind handelt.

Ich stehe hinter dem Absperrband und sehe dem Techniker beim Fotografieren der Leiche zu. Als er fertig ist, holen er und Doc Coblentz die Rolltrage und stellen sie neben dem Toten im Schutt ab. Ich habe keine Schutzkleidung an und bin ausgesprochen froh, dass sie meine Hilfe nicht brauchen. Dabei bin ich nicht einmal überempfindlich, ich habe mehr als genug Unfallopfer gesehen und Menschen, die eines natürlichen Todes gestorben sind, auch Mordopfer. Der Anblick von Blut und Verwesung ist grausig genug, doch die Überreste eines verbrannten Menschen sind besonders verstörend.

Extreme Hitze lässt die Haut schrumpfen, wodurch sie einreißen kann. Zusätzlich wird der Körper stark dehydriert, was zu einer Muskelkontraktion der Extremitäten führt, so dass bei vielen Brandopfern eine sogenannte Boxerstellung entsteht.

Frischgebackene Ermittler schreiben diese Position fälschlicherweise einer Abwehrhaltung zu und die gerissene Haut der Einwirkung stumpfer Gewalt. Ich bin froh, dass Doc Coblentz ein alter Hase ist.

Ich beobachte, wie die beiden Männer die Leiche vorsichtig auf die Trage heben und mit einem blauen Laken zudecken. Während der Leichenbeschauer und sein Mitarbeiter in der Scheune zugange waren, ist Gideon Gingerich etwa alle zwanzig Minuten zu mir gekommen. Aber eines will ich unbedingt vermeiden, nämlich dass er den verkohlten Körper des Opfers sieht, der vielleicht sein Sohn ist.

Als die beiden Männer mit der Trage aus der Scheune kommen, nehme ich das Absperrband ab und lasse sie durch. Ich bringe es wieder an und folge ihnen zum Van, dabei habe ich die ganze Zeit ein Auge auf die Hintertür des Hauses, doch niemand kommt heraus. Ich hoffe nur, dass Gideon seine Frau und Kinder lange genug ablenken wird, bis die Leiche außer Sicht ist.

»Ist von der Kleidung noch etwas übrig, Doc?«, frage ich.

Er schüttelt den Kopf. »Außer den Schuhen ist alles total verbrannt. Genau genommen sind es Stiefel, und die haben der Hitze standgehalten, weil sie aus Leder sind.«

Bei der Erwähnung von Stiefeln wird mir ganz mulmig zumute. Daniels Schwester hatte von Cowboystiefeln gesprochen …

Ich sehe den Techniker an. »Kann ich einen Blick auf die Stiefel werfen?«

Da ich keine Handschuhe anhabe, hebt er die untere Ecke des Lakens an. Innerlich gewappnet, werfe ich einen Blick auf die verkohlte, nur noch ansatzweise menschliche Gestalt – Arme über der Brust angewinkelt, Beine gebogen, der Körper pechschwarz, von grau-weißer Asche überzogen. Ich halte die Luft an, denn der Geruch von verbranntem Fleisch wird mich bis nach Hause und in die Träume verfolgen.

Im ersten Moment bin ich nicht sicher, was ich da vor Augen

habe, aber dann erkenne ich die spitz zulaufende Form und den abgeschrägten Absatz von Cowboystiefeln. Die Ziernähte sind verbrannt, die Sohle hat sich vom Oberleder gelöst. Doch die klassische Form eines Cowboystiefels ist noch zu erkennen.

»Daniel Gingerichs Schwester hat mir erzählt, dass die Cowboystiefel ihres Bruders nicht in seinem Zimmer sind«, bringe ich schließlich heraus. »Sie sagt, in letzter Zeit trägt er nichts anderes.«

»Gut zu wissen, Kate. Im Moment gehen wohl alle davon aus, dass es sich bei der Leiche um Daniel Gingerich handelt«, erwidert Doc Coblentz mit gedämpfter Stimme. »Andererseits können Schuhe einem Toten an- oder ausgezogen werden. Deshalb kann man es nicht mit absoluter Sicherheit sagen, und wir werden den Identifizierungsprozess abwarten. Als Erstes müssen wir uns die Zahn- oder Krankenakten besorgen, falls es überhaupt welche gibt. Sobald die Identität feststeht, werden wir Ursache und Art des Todes bestimmen.«

»Ich frage die Eltern, ob Danny irgendwann in zahnärztlicher Behandlung war oder einmal geröntgt wurde«, sage ich.

»Das würde helfen«, erwidert er und legt das Tuch wieder zurück.

Als dann der Van des Leichenbeschauers abfährt, mache ich mich auf zur hinteren Veranda. Wieder kommt Gideon heraus, noch bevor ich an die Tür klopfen kann. Seine Augen sind rot, der Mund ist eine bittere, harte Linie. Auf seinem Hemd sind feuchte Flecken, und mir wird klar, dass er geweint hat.

»Es tut mir leid, dass ich Sie noch einmal stören muss«, sage ich und wünschte, irgendetwas tun zu können, um seinen Schmerz zu lindern. »Mr Gingerich, ich habe noch ein paar Fragen zu Daniel.«

Er nickt.

»War Ihr Sohn jemals bei einem Zahnarzt in Behandlung? Hat er sich mal etwas gebrochen und wurde deshalb geröntgt?«

Er schließt kurz die Augen. »Als er dreizehn war, hat eine unserer Kühe ihn ins Gesicht getreten. Dabei sind zwei Zähne abgebrochen. Wir waren mit ihm beim Zahnarzt im Ort, Dr. Gray hieß er, glaube ich.«

»Hat der Arzt Röntgenaufnahmen gemacht?«

»Ich glaube, ja.«

Ich nicke. »Und hat er sich auch einmal einen Knochen gebrochen?«

Der amische Mann verzieht schmerzlich das Gesicht, widersetzt sich aber den aufwallenden Emotionen. »Mit sieben ist er vom Heuboden gefallen und hat sich den Arm gebrochen.«

»Wissen Sie noch, bei welchem Arzt er in Behandlung war?«

»Wir waren in der Notaufnahme vom Pomerene Hospital.« Seine Lippen zittern. »Ich weiß, warum Sie das alles fragen. Ich kann nicht …«

Unfähig, den Satz zu beenden, senkt er den Kopf, bedeckt das Gesicht mit den Händen und schluchzt auf.

Ich lege die Hand auf seinen Arm. »Sobald ich etwas Genaues weiß, gut oder schlecht, komme ich wieder.«

Er hebt den Kopf, nickt und geht wortlos zurück ins Haus.

* * *

Um neun Uhr abends herrschte normalerweise Ruhe im Mercantile. Der Laden schloss um Punkt achtzehn Uhr, sechs Tage die Woche, und das hatte sich seit der Eröffnung vor einem Jahr nicht geändert. Doch heute Abend schmetterte Shania Twain einen Song, in dem sie der Welt verkündete, sich wie eine Frau zu fühlen; die antiquierten Fabriklampen, die der ehemaligen Scheune mit den freiliegenden Balken und dem Steinfußboden ihren Charme verliehen, leuchteten hell, und der Duft von Cider und Zimt erfüllte die Luft mit herbstlichen Gerüchen.

Neva Lambright würde niemals jemandem erzählen, und schon gar nicht ihrer *Mamm*, dass das ihre liebste Tageszeit war: nach Geschäftsschluss, wenn die Kunden mit ihren dummen Fragen und kleinlichen Beschwerden weg waren und laute Musik spielte, bei der ihrem *Datt* die Haare zu Berge stehen würden. Dann gab es nur noch sie und ihre Freundinnen, Ina Yoder und Viola Stutzman.

Die drei Mädchen waren seit langem dicke Freundinnen. Neva konnte sich nicht einmal daran erinnern, wann sie sich kennengelernt hatten. Sie waren zusammen aufgewachsen, zusammen in die Schule gegangen und hatten die Irrungen und Wirrungen des Erwachsenwerdens gemeinsam erlebt. Als dann Nevas *Mamm* und *Datt* letztes Jahr den amischen Touristenshop eröffneten, war es naheliegend, dass Ina und Viola dort arbeiteten.

Heute Abend dekorierten sie die beiden Schaufenster für *Allelieweziel* – Halloween –, das in einem Monat stattfand. Viola, die Kreativste von ihnen, hatte die Idee gehabt, ein paar der Halloweenkostüme für Kleinkinder auszustellen. Es gab alles im Laden, von Piraten über Superman bis zu süßen amischen Kleidern und *Kapps* für Mädchen sowie Hosen mit Hosenträgern und Strohhüte für Jungen.

Das zweite Fenster hatten sie wie ein *spuk haus* dekoriert, ein Geisterhaus. Dazu hatten sie sich einen kleinen, elektrischen Kamin vom Eisenwarengeschäft geliehen, Viola hatte die schädelförmige Laterne mit dem grinsenden Gesicht und den leuchtenden Augen dazugestellt, und Ina hatte nur zum Spaß vorgeschlagen, ein Skelett auf einen Stuhl zu setzen. Aber Neva fand die Idee toll. Und so hatten sie einen Stuhl aus dem Café geholt, Mr Skelett draufgesetzt und ihm Edgar Allan Poes »Der Rabe« zu lesen gegeben.

»Einigen Amischen wird das gruselige Zeug nicht gefallen«, meinte Ina.

Viola stand im Schaufenster und sprühte gerade Spinnweben auf den Stuhl. »Die *Englischen* werden es toll finden.«

»Besonders die Kleinen.« Neva stand dicht davor und betrachtete das Fenster mit kritischem Blick. »Es ist perfekt.«

»Oh, du Beachy-Amische«, sagte Ina spöttisch. »Musst immer die Grenzen des Erlaubten austesten.«

Neva nahm den Spott locker. Die Beachy-Amischen sind eine progressive Glaubensgemeinschaft, die ihren Mitgliedern sowohl erlaubt, Auto zu fahren, als auch Technologien wie Telefon und Computer in einem gewissen Rahmen zu nutzen. Einige Amische der Alten Ordnung betrachten sie nicht einmal als amisch. Aber Neva hat sich deswegen nie minderwertiger gefühlt, schon gar nicht in Bezug auf ihre Freundinnen.

»Bei zehn Grad unter null und Regen kommt ein Auto recht gelegen«, erwiderte sie unbekümmert.

»Dem schließe ich mich an.« Viola räusperte sich. »Jetzt mal was anderes. Wenn ihr zwei einverstanden seid, würde ich gern noch vor Mitternacht hier fertig werden.« Sie bürstete sich das Spraydosen-Spinnennetz auf ihrem Kleid mit der Hand ab und trat aus dem Schaufenster zurück in den Verkaufsraum. »Jetzt beschauen wir das alles mal von draußen.«

Die drei grinsten sich an und gingen zur Tür. Der Abend war kühl und windig. Neva stieg der Geruch von verbrannten Blättern in die Nase, sie wusste, dass die Jungs weiter unten an der Straße am Nachmittag Mr Groves Garten gerecht hatten.

»Das ist das schönste Fenster, das wir je gemacht haben«, sagte Viola.

»Schöner als all die anderen Läden.« Ina rieb sich übers Kinn. »Und wenn wir noch ein paar kleine Lichter reinstellen?«

»Zu fröhlich«, erwiderte Neva. »Es soll doch furchterregend sein.«

»Hauptsache, wir machen den Kleinen keine Angst«, sagte Viola.

»Hasenfüße brauchen gar nicht erst reinzukommen«, sagte Neva, und alle drei brachen sie in Lachen aus.

Ina seufzte. »Ich bin gespannt, was deine *Mamm* dazu sagt.«

»Wir müssen noch die Kürbisse dekorieren«, bemerkte Viola.

Ina sah von der einen zur anderen. »Sollen wir was reinschnitzen?«

»Aber sicher. Und innen stellen wir Teelichter rein«, sagte Neva. »Aber erst morgen. Ich bin seit sieben heute Morgen hier, und mir reicht's.«

»Sagt die Sklaventreiberin«, murmelte Ina.

Viola stieß sie mit dem Ellbogen an. »Dann räumen wir jetzt auf und verschwinden.«

Während Viola und Ina die Stehleiter verstauten und den Müll einsammelten, den sie produziert hatten, ging Neva ins Café. Sie schüttete den restlichen Cider in die Spüle und wusch den Topf aus. Sie hatte gerade den Tisch abgewischt, an dem sie gesessen und ihr Vorhaben besprochen hatten, als das Licht ausging. Das Radio verstummte. Dann war es so dunkel, dass Neva die Hand nicht vor Augen sehen konnte.

»Das ist nicht witzig!«, rief sie.

»Ich hab nichts gemacht«, ertönte Violas Stimme.

»Vielleicht hat deine *Mamm* die Stromrechnung nicht bezahlt«, kommentierte Ina.

Langsam gewöhnten sich Nevas Augen an die Dunkelheit. Von hier konnte sie kaum mehr das Schaufenster erkennen. Graues Licht fiel herein.

»Was sollen wir jetzt machen?«, fragte Viola.

»Ich glaube, irgendwo dort hinten ist ein Stromkasten.« Neva verließ das Café und blieb kurz vor dem Geländer am Eingang stehen. »In *Mamms* Büro ist eine Taschenlampe«, rief sie. »Ich bin gleich wieder da.«

Vorsichtig ging sie durch die Dunkelheit bis ins Büro, wo sie im Schreibtisch umhertastete und in der zweiten Schublade die Taschenlampe fand. Sie knipste sie an und war erleichtert, als ein gelber Lichtkegel den Raum erhellte.

Auf dem Weg zurück in den Laden gab es plötzlich einen lauten Knall, wie berstendes Glas, gefolgt von einem Aufschrei.

Den Strahl der Taschenlampe auf den Boden vor sich richtend, rannte sie zurück zu ihren Freundinnen. »Was ist passiert?«

»Das Fenster«, sagte Ina. »Es ist einfach … kaputtgegangen.«

»Was?« Neva leuchtete mit der Lampe hin. Ihre Freundinnen standen verwirrt dreinschauend nahe am Schaufenster. Auf dem Boden glitzerte Glas. Sie strahlte das Fenster an, und wirklich, mittendrin prangte ein Loch von der Größe eines Basketballs.

»Wir standen nur hier und haben auf dich gewartet, dass du mit der Lampe zurückkommst, als das Fenster plötzlich … explodierte«, sagte Viola.

»Ich glaube, jemand hat was reingeworfen«, sagte Ina.

Entsetztes Schweigen. Es war jetzt so still, dass Neva draußen den Wind in den Bäumen rauschen hörte.

»Was ist das da?« Ina zeigte auf den Boden, wo ein Gegenstand lag, so groß wie ein Fußball.

Neva leuchtete hin – und traute ihren Augen nicht. Ihr wurde übel. *»Mein Gott.«*

Im Lichtkegel ihrer Lampe lag der abgetrennte Kopf eines

Schweins. Weiß, mit rosa Schnauze, trüben Augen und aufgerissenem Maul, aus dem die Zunge heraushing. Blut schimmerte schwarz im Halbdunkel des Bodens.

Viola schnappte nach Luft, presste die Hand auf die Brust und machte in paar Schritte zurück. »Das ist ein … totes Schwein.«

»Jemand hat den Kopf durchs Fenster geworfen«, sagte Ina.

»Warum macht jemand so was?«, flüsterte Viola.

Die nachfolgende Stille ließ Neva frösteln. Sie hatte ihren Freundinnen nicht erzählt, was vor sich ging. Niemandem hatte sie davon erzählt. Jetzt fragte sie sich, ob das ein Fehler gewesen war. Ob sie nicht doch etwas hätte unternehmen sollen.

»Ist nur ein blöder Halloweenscherz, mehr nicht«, sagte sie.

»Echt gruselig«, flüsterte Viola.

»Was sollen wir denn jetzt machen?«, fragte Ina.

Sie tauschten Blicke, nachdenklich und verängstigt.

Neva ließ den Lichtstrahl über die makabre Szene wandern. Angst saß ihr im Nacken. Sie hatte gehofft, dass die Drohungen, die Einschüchterungen und der Hass aufhören würden. Noch nie hatte sie vor ihren Freundinnen ein Geheimnis gehabt. Bis jetzt. Sie hatte gebetet, er würde stark genug sein, es hinter sich zu lassen. Damit auch *sie* vergessen konnte, was sie getan hatte – den Fehler, den sie gemacht hatte.

»Sollen wir die Polizei rufen?«, fragte Ina.

Neva gab sich Mühe, cool zu erscheinen, und schüttelte den Kopf. »Ich rufe *Mamm* an.«

Ina und Viola blickten sich an.

»Sie weiß bestimmt, was wir machen sollen«, sagte Neva. »Sie weiß immer Rat.«

5. Kapitel

Gestern Nachmittag bin ich nach Verlassen der Gingerich-Farm zu Dr. Charles Gray gefahren, dem Zahnarzt, der dem dreizehnjährigen Daniel Gingerich die Zähne geröntgt hatte. Ich habe ihn gebeten, die Röntgenaufnahmen, die Doc Coblentz ihm noch am gleichen Tag schicken würde, so schnell wie möglich mit denen Gingerichs zu vergleichen, da wir das Ergebnis bräuchten.

Es ist acht Uhr morgens, ich bin in meinem Büro und überlege gerade, eine dritte Tasse Kaffee zu trinken, als er schließlich anruft. Auf dem Display steht Bright Smile Dentistry, und ich atme tief durch.

Es ist Dr. Gray.

»Ich hab gerade die Röntgenaufnahmen aus meinem Archiv mit denen von Dr. Coblentz verglichen«, sagt er. »Sie stimmen überein. Der Tote in der Scheune ist tatsächlich Daniel Gingerich.«

»Verdammt«, murmele ich.

»Tut mir leid, so früh am Morgen schlechte Nachrichten zu überbringen. Aber ich nehme an, Sie wollen der Familie so schnell wie möglich Bescheid sagen.«

Ich nehme den Autoschlüssel vom Schreibtisch, gehe hinaus in den Empfangsbereich, wo Lois Monroe in der Telefonzentrale gerade ein Gespräch beendet. Lois, Mitte fünfzig, hat Frühschicht. Sie ist Mutter und Großmutter und mit ihrer besonnenen Art eine geschätzte Mitarbeiterin unseres kleinen Reviers. Zudem nimmt sie kein Blatt vor den Mund und hat schon so manchen großspurigen jungen Polizisten zurechtgestutzt.

»Lois, ich brauche alles, was Sie über Daniel Gingerich herausfinden können. Checken Sie, ob ein Haftbefehl gegen ihn vorliegt, und lassen Sie ihn durch LEADS laufen. Ebenso die Familienangehörigen – die Eltern, Gideon und Miriam, seine Teenager-

Schwester Fannie. Und seine Freundin, Luane Raber.« LEADS ist das Akronym für Law Enforcement Automated Data System, eine Strafverfolgungsdatenbank für den Staat Ohio, die von der Ohio State Highway Patrol verwaltet wird.

»Wird gemacht.« Sie schreibt die Namen auf und sieht mich dann an. »Heißt das, die Identität des Toten wurde bestätigt?«

Schon an der Tür, drehe ich mich noch einmal um und nicke. »Wir wissen zwar noch nicht, wie und woran er letztlich gestorben ist, aber sein Tod wird als Mord behandelt. Lassen Sie eine Sonderrufnummer für Hinweise einrichten. Wir bieten fünfhundert Dollar Belohnung für Tipps, die zur Verhaftung und Verurteilung des Täters führen. Schicken Sie das an alle Medien.« Ich weiß nicht, woher ich das Geld kriegen soll, aber irgendetwas wird mir schon einfallen.

»Geht klar.«

»Ich fahre zur Familie. Falls schon Anfragen von der Presse wegen der Brandermittlungen kommen, sagen Sie, heute Abend verschicken wir eine Pressemitteilung.«

* * *

Auf dem Weg zur Gingerich-Farm rufe ich Sheriff Mike Rasmussen an. »Doc Coblentz wird wohl zu dem Ergebnis kommen, dass Daniel Gingerich Opfer eines Tötungsdelikts wurde.«

»Da ein Brandbeschleuniger im Spiel war, vermute ich, dass auch der Bericht des Brandermittlers dazu passen wird.« Er hält inne. »Kate, halten Sie es für möglich, dass das Ganze ein außer Kontrolle geratener Streich gewesen sein könnte?«

»Daran habe ich auch schon gedacht, Mike. Teenager sind ja nicht gerade die schlauesten Wesen auf Gottes Erdenboden. Aber ich glaube nicht, dass das hier der Fall ist, gerade auch wegen des Benzins.« Die nächsten Worte wähle ich mit Bedacht. »Trotzdem ist es interessant, dass die amische Kirchengemeinde hier in Painters Mill kein Benzin für die Generatoren erlaubt, sondern nur Diesel.«

»Was heißt, dass der Täter nicht amisch war?«

»Gideon Gingerich sagt, er bewahrt auf der Farm kein Benzin auf. Der Täter hat sich also die Mühe gemacht, das Benzin selbst mitzubringen.«

»Klingt verdammt nach Vorsatz.« Er seufzt. »Und er hat dafür gesorgt, dass der Junge nicht rauskommen kann. Kate, wer zum Teufel macht denn so was?«

Ich habe das Bild eines kleinen Raums vor Augen, in dem ein junger Mann eingeschlossen ist, dessen Lungen sich mit Rauch füllen und der langsam in den Flammen verbrennt, und mich schaudert. »Hören Sie, ich bin auf dem Weg zu der Familie. Ich werde ihr ein paar Fragen stellen, und ich sage Ihnen dann Bescheid, ob irgendetwas dabei rausgekommen ist.«

* * *

Als ich auf der Farm ankomme, stochert der Brandermittler von der Feuerpolizei im Inneren der Scheune in den Überresten herum. Ich parke hinter einem Buggy und winke ihm auf dem Weg zum Haus kurz zu.

Gideon Gingerich öffnet die Tür in dem Moment, als ich klopfen will. Er wartet verzweifelt auf Nachrichten und fürchtet sich gleichzeitig davor, kann nachts nicht schlafen – all das sehe ich in seinem Gesicht. Der Anblick schmerzt mich.

»Ist er es?«, fragt er.

Ich nicke. »Leider ja, Gideon. Die Röntgenbilder des Zahnarztes stimmen mit denen des Leichenbeschauers überein. Es tut mir leid.«

Miriam Gingerich erscheint hinter ihm, ein Geschirrtuch in der Hand, und sieht mich an. Sie hat offenbar das Ende meines Satzes gehört, denn sie schlägt die Hände vor den Mund und wendet sich ab.

»Darf ich reinkommen?«, frage ich Gideon, mich gegen den Kummer der Familie wappnend.

Er sackt in sich zusammen, als wäre er plötzlich zu erschöpft, um gerade zu stehen. Aber dann richtet er sich auf und geht voran ins Haus.

Miriam steht mit dem Rücken zu uns an der Spüle, die Hände

aufgestützt und den Blick aus dem Fenster gerichtet. Anscheinend hatte sie gerade begonnen, Kaffee zu kochen, denn auf der Arbeitsplatte ist überall Kaffeepulver verstreut. Das Geschirrtuch liegt vor ihren Füßen am Boden, doch sie scheint weder das eine noch das andere zu bemerken. Das Ausmaß ihres Leids ist greifbar.

Gideon zieht einen Stuhl unterm Tisch hervor und sinkt darauf nieder. Sein Gesicht ist bleich, der Blick leer. »Unser Junge ist bei Gott.« Die Worte sind für seine Frau bestimmt, doch er sieht sie nicht an.

Miriam bückt sich, um das Geschirrtuch aufzuheben, und starrt es dann an, als frage sie sich, wie es in ihre Hände gekommen ist. »Gott hat immer einen Plan.« Sie flüstert die Worte, doch sie klingt nicht überzeugt. »Doch manchmal verstehen wir ihn nicht.«

Gideon zeigt zum Tisch. »Setzen Sie sich, Chief Burkholder.«

Ich lasse mich auf einem der Stühle nieder. »Mr Gingerich, der Brandermittler sagt, das Feuer ist gelegt worden.«

»Wie kann denn jemand so etwas tun?«

Ich frage ihn noch einmal, ob er irgendwo auf dem Grundstück Benzin lagert. Denn ich weiß, dass manche Amische die Regeln ihrer Kirchengemeinde umgehen – um Geld zu sparen oder weil es zweckmäßiger ist – und hoffen, nicht erwischt zu werden. »Vielleicht haben Sie es für jemand anderen aufbewahrt? Einen Nachbarn vielleicht.«

»Nein.« Er schüttelt den Kopf. »Die *Ordnung* erlaubt nur Dieselkraftstoff, etwas anders benutzen wir nicht.«

»Hatten Sie in der Nähe des Sattelraums kleine rechteckige Heubündel gelagert?«

Er blickt mich erstaunt an. »Bei den Pferdeboxen liegen immer ein paar Bündel. Dann hat Fannie es leichter, wenn sie morgens die Pferde füttert.«

»Gibt es auch eine Schubkarre?«

»Die brauchen wir beim Ausmisten der Ställe. Ich stelle sie normalerweise hochkant an die Wand bei den Boxentüren. So ist sie nicht im Weg, wenn ich die Pferde auf den Gang holen muss.« Er sieht mich aus zusammengekniffenen Augen an. »Warum fragen Sie das alles? Was hat das mit … Danny zu tun?«

Ich zögere, denn die Einzelheiten über den Tod ihres Sohnes werden ihn und seine Frau zutiefst erschüttern. Doch früher oder später wird man sie nicht mehr damit verschonen können.

»Mr Gingerich, die Ermittlungen sind zwar noch nicht abgeschlossen, aber der Brandermittler glaubt, dass Danny im Sattelraum eingeschlossen war. Er nimmt an, dass die Schubkarre, die Heuballen und auch einige Betonklötze benutzt wurden, um die Tür zu verbarrikadieren.«

Ich beobachte genau, wie er auf meine Worte reagiert. Als ihm die Bedeutung bewusst wird, reißt er die Augen auf, gleichzeitig höre ich Miriam aus dem Zimmer laufen. Mein Blick haftet weiter auf Gideon. Sein Körper bebt, sein Mund zittert, und er kann kaum die Hand kontrollieren, mit der er sich über die Augen wischt.

»Eingeschlossen?« Er murmelt das Wort, als wäre es aus einer fremden Sprache. »Ich kann mir nicht vorstellen, dass das stimmt. Die Tür kann nur mit einem Schlüssel abgeschlossen werden. Der Brandermittler muss sich irren.«

»Die Tür war abgeschlossen«, sage ich.

»Aber …« Er verzieht schmerzlich das Gesicht. »Chief Burkholder, das war ein Bolzenschloss mit Doppelzylinder, das kann man nur mit einem Schlüssel abschließen, von innen oder von außen. Er kann sich unmöglich aus Versehen selbst im Sattelraum eingeschlossen haben.«

Was bedeutet, dass die Tür von außen abgeschlossen wurde … »Haben Sie den Schlüssel?«, frage ich.

»Nein. Es gibt zwei. Sie sind mit einer Schnur zusammengebunden und hängen am Holzhaken in der Scheune, gegenüber der Sattelkammer im Gang. Wenn nachts Diebe kämen, würden sie den Schlüssel nicht finden, aber er ist trotzdem griffbereit, wenn wir abschließen.«

»Sie schließen die Sattelkammer nachts ab?«

»Normalerweise ja.«

Ich nicke. »Mr Gingrich, fällt Ihnen jemand ein, der wütend auf Danny war? Der ihm weh tun wollte?«

Er sieht geradeaus, doch sein Blick ist leer. Aber das Grauen in seinen Augen verrät mir, dass er in Gedanken an einem Ort ist, an den er sich nicht begeben wollte. »Nein«, flüstert er. »Danny war ein guter Junge und hat hart gearbeitet. Alle haben ihn gemocht.«

»Können Sie sich einen Grund vorstellen, warum er mitten in der Nacht in die Sattelkammer gegangen ist?«

»Ich weiß nicht, warum er das getan hat.«

Mir gehen die Schlüssel nicht aus dem Kopf, und ich frage mich, ob sie unter all dem Schutt begraben sind – oder ob derjenige, der die Tür abschloss, sie anschließend mitnahm. »Wer weiß von den Schlüsseln?«

»Nur ich und Danny und meine Frau und meine Tochter. Die Kleinen wahrscheinlich auch, aber sie gehen nicht oft in die Scheune.«

»Gibt es vielleicht jemanden, der auf Sie oder Ihre Frau nicht gut zu sprechen ist? Ein naher oder entfernter Verwandter? Nachbar? Geschäftspartner?«

»Wir sind *Amische.*« Er sagt das, als würde es alles erklären. »Es gibt niemanden«, sagt er. »*Niemanden.*«

Ich hole das Notizbuch hervor und werfe einen Blick auf meine Aufzeichnungen. »Was können Sie mir über Luane Raber sagen?«

»Sie ist ein gutes Mädchen, still und bescheiden. Voll *Demut*. Sie hat sich für das ganze *Rumspringa*-Treiben nie interessiert.« Er blickt auf seine zittrigen Finger, dann hebt er den Kopf und sieht mich an. »Danny wollte sie heiraten.«

»Luanes Familie war mit der Beziehung einverstanden?«

»Natürlich war sie das.«

»Hatte er sonst noch Freunde?«

»Sein bester Freund ist Milo Hershberger. Er wohnt jetzt in Millersburg und ist Pferdetrainer; reitet die Tiere für die *Englischen* ein. Er und Danny waren gute Freunde, sie sind praktisch zusammen aufgewachsen. Aber jetzt sehe ich ihn kaum noch hier. Milo ist ein guter Mann, und Danny hielt große Stücke auf ihn. Eine Zeitlang haben beide in Painters Mill in einem Laden für Farmbedarf gearbeitet.«

In dem nachfolgenden Schweigen denke ich über das Gesagte nach. »Mr Gingerich, fällt Ihnen sonst noch irgendetwas ein, das wichtig sein könnte?«, frage ich zum Abschluss.

»Vor ein paar Monaten wurden uns ein paar Sachen gestohlen. Ein Sattel und Zaumzeug.« Er zuckt mit den Schultern. »Danach haben wir angefangen, die Tür vom Sattelraum abzuschließen.«

Ich erinnere mich nicht an eine Diebstahlanzeige, was mich aber kaum überrascht. In den meisten Fällen ziehen es die Amischen vor, die Polizei nicht einzuschalten und ihre Probleme selbst zu lösen. Dennoch frage ich mich, warum er den Diebstahl nicht schon eher erwähnt hat. »Haben Sie eine Idee, wer das gewesen sein könnte?«

»Ich weiß, wer das war. Chris Martino, ein Nachbar. Er wohnt unten an der Straße, in dem schäbigen alten Haus.«

Ich kenne Chris Martino. Er ist ein verurteilter Straftäter, der wegen des Besitzes und Verkaufs von Diebesgut zwei Jahre in Mansfield saß. Er hat das Farmhaus neben den Gingerichs gemietet. Die dreißig Morgen Land, die dazugehören, werden vom Besitzer noch selbst bewirtschaftet. Martino ist vierzig Jahre alt, arbeitslos und geschieden – und wenn auch nicht gerade gemeingefährlich, so doch mit Vorsicht zu genießen. Er verbringt seine Tage mit Trinken, und an den Wochenenden verhökert er meistens Sachen auf dem hiesigen Flohmarkt oder bei amischen Pferdeauktionen. Vor zwei Jahren habe ich ihn auf der Straße angehalten, weil er ein Stoppschild überfahren hatte. Als ich ihn dann wegen Trunkenheit am Steuer verhaften wollte, wurde er aggressiv, und ich musste Verstärkung anfordern.

»Sind Daniel und Martino jemals aneinandergeraten? Gab es mal einen handfesten Streit, oder haben sie sich beschimpft?«

»Martino ist wütend geworden, weil Daniel wissen wollte, ob er das Zaumzeug gestohlen hat.«

Er hebt den Kopf und sieht mir in die Augen. »Glauben Sie, dass Martino das Feuer gelegt hat?«

»Im Moment glaube ich gar nichts, Mr Gingerich. Ich sammle lediglich Informationen.« Da er sich nicht weiter über den Konflikt der beiden auslässt, hake ich nach. »Kam es zu Handgreiflichkeiten?«, frage ich.

»Ich war nicht dabei, aber Daniel hat erzählt, es hätte einen Wortwechsel gegeben.« Er zuckt die Schultern, schüttelt den Kopf.

»Wir wussten, dass Chris Martino es war, aber was hätten wir tun sollen?«

Die Polizei rufen, denke ich, sage jedoch nichts. »Hat Chris Martino irgendwelche Drohungen ausgesprochen?«

»Ich glaube nicht. Aber es braucht nicht viel, um ihn auf die Palme zu bringen.«

Ich wechsele das Thema. »Wie war Daniel in den letzten Wochen so drauf? Hat er sich normal verhalten? Ging es ihm gut? Oder war er eher traurig?«

Der Ausdruck in Gingerichs Augen wird sanft, seine Gesichtszüge entspannen sich; wahrscheinlich denkt er gerade an seinen Sohn. »Er war wie immer. Hilfsbereit und gewissenhaft. Danny hat hart gearbeitet, er hat seine Familie und Gott geliebt.«

»Hat er jemals im Leben Probleme gehabt? Mit Freunden, oder vielleicht mit seiner Freundin?«

Er schüttelt den Kopf. »Er hatte sich darauf gefreut, getauft zu werden.« Er schließt die Augen, um die Tränen zurückzuhalten. »Dass er bald heiraten und eine Familie gründen würde.«

»Mr Gingerich, haben Sie etwas dagegen, wenn ich mich kurz in Dannys Zimmer umsehe?«

»Wozu soll das gut sein?«

»Vielleicht finde ich ja etwas, das uns weiterhelfen kann. Eine Nachricht oder dergleichen.«

Es ist offensichtlich, dass ihm meine Bitte missfällt; seine Wunden sind noch zu frisch, schmerzen noch zu sehr. Aber er ist zu tief in sein Leid versunken, um den Einwand zu formulieren, der in seinem Gesicht geschrieben steht. »Sehen Sie nach, wenn Sie wollen.« Er zeigt zur Treppe. »Die zweite Tür auf der rechten Seite.«

»Danke. Es wird nicht lange dauern.« Ich gehe zur Treppe, doch er ruft meinen Namen, und ich drehe mich um.

»Er war ein guter junger Mann, Chief Burkholder. Bescheiden und freundlich und großzügig. Er hatte noch das ganze Leben vor sich. Ich weiß nicht, wer ihm das angetan haben kann. Ich weiß es einfach nicht.«

Er bedeckt das Gesicht mit den Händen und weint.

* * *

Daniel Gingerichs Zimmer ist typisch für einen jungen amischen Mann: sauber, aber unordentlich, spärlich und zweckmäßig möbliert. Das einzige Fenster ist halb geöffnet. Der dunkelblaue Vorhang ist zur Seite geschoben und mit einer Kordel befestigt. Auf dem Einzelbett liegt ein verschlissener blauer Quilt, über dem Kopfteil hängt ein einfaches Regalbrett. Neben dem Bett steht ein Nachttisch mit drei Schubladen. An der gegenüberliegenden Wand ist ein Kantholz mit sechs Holzhaken angebracht, an denen eine Jacke, ein Strohhut und eine Hose mit Hosenträgern hängen. Unter dem Bett liegen ein paar zusammengerollte Socken, bei deren Anblick mir bewusst wird, dass ein achtzehnjähriger Junge dieses Zimmer noch vor kurzem sein Eigen nannte.

In dem Bewusstsein, dass die trauernden Eltern im Erdgeschoss ihre Privatsphäre brauchen, gehe ich an die Arbeit und beginne mit dem Nachtschränkchen. In der obersten Schublade liegen eine weiße Duftkerze, eine Plastiktaschenlampe, eine Blechdose mit Hustenbonbons und eine halbleere Tüte Kartoffelchips.

Die zweite Schublade offenbart, dass Daniel ein Leser war. Zuoberst liegt *Es Nei Teshtament*, eine zweisprachige Ausgabe des Neuen Testaments in Pennsylvaniadeutsch und Englisch. Darunter befinden sich ein zerfleddertes Heft der Zeitschrift *Field and Stream* – Feld und Fluss – und ein uraltes Büchereibuch über das Jagen von Wild in Ohio. Die dritte Schublade ist voller Kleinkram – einem Schraubenzieher, einer Schachtel mit Baseballkarten und einem Maßband.

Als Nächstes nehme ich mir die Matratze vor, fahre mit der Hand an der Unterseite entlang. In der Wahl seiner Verstecke war Daniel Gingerich nicht besonders einfallsreich. Sofort ertaste ich ein Päckchen Zigaretten, hole es hervor und sehe hinein: zwei Zigaretten und ein Feuerzeug. Ich lege das Päckchen wieder zurück, taste weiter und halte kurz darauf eine Sandwichtüte mit mehreren Fotos in der Hand.

Das erste Foto zeigt Daniel mit einem hübschen amischen

Mädchen, und ich frage mich, ob es Luane Raber, seine Freundin, ist. Sie trägt ein blaues Kleid, eine *Kapp*, deren Bänder lose auf der Schulter liegen, und lächelt übers ganze Gesicht. Im Hintergrund ist ein großes Gewässer, blau mit weißen Schaumkronen, möglicherweise der Eriesee. Sie wirken sorglos und unglaublich glücklich – so wie junge Menschen aussehen sollten.

Ich betrachte das nächste Foto, eine Nahaufnahme des Mädchens. Sie hat ein hübsches Gesicht, lächelt schüchtern und trägt wieder die *Kapp*. Ihre Hand ist ausgestreckt, als wollte sie nicht, dass ein Foto von ihr gemacht wird. Ich nehme an, Daniel ist der Fotograf. Im Hintergrund wieder der gleiche See mit blauem Wasser, einem Sandstrand und einer Baumreihe.

Auf dem letzten Foto ist Daniel zu sehen, mit freiem Oberkörper und nassem Haar. Er lässt die Armmuskeln spielen, grinst von Ohr zu Ohr und zeigt auf einen großen braunen Fleck auf seinem Bauch, sagt etwas. Zuerst halte ich den Fleck für einen Blutegel, der ihn beim Schwimmen befallen hat, doch bei genauem Hinsehen ist es ein Leberfleck. Er macht sich über sich selbst lustig, wird mir klar. Ein typischer Teenager, der sich mit seiner Freundin am See vergnügt. Der Anblick des Fotos erzeugt ein irritierendes Gefühl in mir.

Ich ziehe einen Plastikbeutel aus der Tasche meines Ausrüstungsgürtels und stecke die Fotos hinein. Bevor ich gehe, werde ich die Eltern fragen, ob ich sie ausleihen und später zurückgeben kann. Da die Amischen Fotoaufnahmen ablehnen, habe ich gute Chancen, dass sie sie nicht zurückwollen. Aber da ihr Sohn jetzt tot ist …

Ich durchsuche systematisch den Rest des Zimmers in der Hoffnung, auf ein Handy oder sonst etwas Hilfreiches zu stoßen, aber ohne Erfolg. Vor allem finde ich nichts, was sein Schicksal erklären könnte.

Daniel Gingerich war Sohn, Bruder, Enkel und Boyfriend. Und alle, mit denen ich gesprochen habe, haben ihn einhellig als einen beliebten und glücklichen amischen jungen Mann beschrieben, der darauf brannte, endlich ins Erwachsenenleben einzutreten. Aber wer wollte dann seinen Tod? Und warum? Was für ein

Unmensch hat einen achtzehn Jahre alten Mann in einer Kammer eingeschlossen und sie dann in Brand gesetzt?

6. Kapitel

MANCHE LEUTE HALTEN MORD für einen sinnlosen Akt. Ich bin da anderer Meinung. Mord ist zweifellos ein brutaler Akt, grausam und unmoralisch. Ein Unrecht vor dem Auge des Gesetzes, eine Sünde im Angesicht Gottes. Für jeden anständigen Menschen ist Mord geradezu undenkbar. Aber sinnlos ist er nur selten.

Wie bei jeder Mordermittlung, und besonders dann, wenn es weit und breit keinen Verdächtigen gibt, ist es zwingend erforderlich, so schnell wie möglich ein Motiv zu finden, aufgrund dessen ein Verdächtiger ausgemacht werden kann. Im Moment sind Informationen also das Wichtigste.

Nach Verlassen der Gingerich-Farm mache ich kurz im Revier halt, um Rupert »Glock« Maddox abzuholen, der seit etwa fünf Jahren zum Team gehört. Glock, ein ehemaliger Marinesoldat, ist ein grundsolider Polizist, ausgeglichen und mit einer großen Portion gesundem Menschenverstand. Obendrein ist er charmant, witzig und ausgesprochen umgänglich. Für mich ist er nicht nur ein Gewinn fürs Revier, sondern auch ein Freund.

»Wo geht die Reise hin?«, fragt er und schiebt sich auf den Beifahrersitz meines Explorers.

Ich bringe ihn auf den neuesten Stand der Erkenntnisse rund um den Tod von Daniel Gingerich. »Ich dachte, wir statten Chris Martino mal einen Besuch ab.«

»Oh, meinem liebsten Delinquenten. Eine echt schillernde Persönlichkeit.« Dann fügt er hinzu: »Martino ist ein fieser Kerl und dumm wie Stroh.«

»Keine gute Kombination.« Ich biege auf die County Road ab, die zu Martinos Haus führt.

»Haben Sie gecheckt, ob ein Haftbefehl gegen ihn vorliegt?«, fragt Glock.

»Ja.« Ich drossele die Geschwindigkeit und fahre rechts in einen schmalen Weg mit mehr Unkraut als Schotter. »Im Moment nichts.«

»Vielleicht hat er ja beschlossen, sauber zu bleiben.«

»… und mit Yoga angefangen.«

Wir grinsen uns an.

Als der etwa vierhundert Meter lange Weg eine Kurve macht, kommt das alte Farmhaus in Sicht. Owen Brice, der Besitzer, wohnt in Millersburg, hat jedoch seine Traktoren sowie anderes landwirtschaftliches Gerät in den Scheunen untergebracht.

Als Erstes fällt mir das hohe Gras auf. Es reicht bis zur Hüfte, ist von Unkraut durchwuchert und voller Schrottteile. Ich lenke den Explorer über eine tiefe Furche, die bei einer Matschfahrt quer über den Weg entstanden und nun knochentrocken ist. In der halbrunden Auffahrt liegt ein verrostetes Zweihundertliterfass, das jemand mit einer großkalibrigen Waffe durchlöchert und zum Müllverbrennen benutzt hat; vor dem umgefallenen Fass liegen eine wassergetränkte Pizzaschachtel sowie mehrere Kanister Autoöl.

Wir waten durch eine Wildnis aus Gras und undefinierbarem Gestrüpp um das Haus herum zur vorderen Veranda; der Holzboden ist gewellt, und von dem grauen Anstrich ist auch nicht mehr viel übrig. Neben einem umgekippten Gartenstuhl ist eine Blumenampel von der Decke gekracht und in tausend Stücke zerbrochen. Ich stelle mich seitlich neben die Tür und klopfe.

Fußstapfen werden laut, dann schwingt die Tür auf. Chris Martino ist vierzig Jahre alt und steht in verblichenen Jeans und einem karierten Hemd, mit einem Bier in der rechten Hand, vor uns. Er hat sich nicht die Mühe gemacht, das Hemd zuzuknöpfen, und die spärlichen grauen Haare auf seiner fleischigen weißen Brust zu ignorieren ist gar nicht so leicht. Sein Blick streift über mich und meine Uniform und wandert dann weiter zu Glock.

»Ich hab mich schon gefragt, wann ihr hier auftaucht«, sagt er.

Ich zeige ihm meine Dienstmarke. »Warum denn?«

»Wen sollen Sie auch sonst schikanieren, wenn in der Gegend mal wieder was passiert ist?«

»Mr Martino, können wir hereinkommen und uns kurz unterhalten?«

Er sieht an mir vorbei zu Glock und runzelt die Stirn. »Ich finde, Sie bleiben besser, wo Sie sind, und sagen mir, was Sie hier wollen.«

Ich erzähle ihm das Wichtigste über den Scheunenbrand. »Daniel Gingerich war im Inneren und hat nicht überlebt.«

»Moment mal, langsam.« Er sieht ehrlich geschockt aus. »Das mit dem Feuer hab ich mitgekriegt, wegen dem ganzen Rauch und den Autos. Aber dass der Junge verbrannt ist, wusste ich nicht. *Scheiße.*«

»Sie sollen einen Wortwechsel wegen Zaumzeug mit Daniel gehabt haben.«

Er sieht mich mit zusammengekniffenen Augen an. »Wer hat Ihnen das gesagt?«

Ich werde konkreter. »Hatten Sie Streit mit Daniel Gingerich?«

»Was wollen Sie mir da unterstellen?«

»Ich unterstelle Ihnen gar nichts. Ich frage lediglich, ob Sie mit Daniel Gingerich einen Streit hatten.«

»Ich kenne euch Cops doch, ihr wollt mir das Feuer anhängen, weil ihr keinen Bock habt, den wahren Täter zu suchen. Ich hab nichts damit zu tun.«

Glock stößt einen Seufzer aus. »Sir, können Sie bitte einfach nur die Frage beantworten?«

Sein Blick huscht zu Glock und wieder zu mir. »Hören Sie, der Junge war zwar einer von den Amischen, aber er war bestimmt kein Engel. Er kann nämlich ein echtes Arschloch sein, wenn ihm danach ist.«

»Wie das?«, frage ich.

»Vor ein paar Monaten ist er einfach rübergekommen und hat mich beschuldigt, irgendwelchen Scheiß von ihrer Farm geklaut zu haben. So, als könnte ich Buggy-Geschirr gebrauchen.«

»Was ist passiert?«

»Ich hab ihm gesagt, dass ich Besseres zu tun hab, als so'n Zeug aus ihrer Scheune zu klauen.«

»Waren Sie wütend auf ihn?«

»Klar war ich sauer, so aggressiv wie der kleine Mistkerl sich hier aufgeführt hat. Und eins sag ich Ihnen, wenn mir jemand dumm kommt, lass ich mir das nicht gefallen.«

»Und wie haben Sie reagiert?«

»Ich hab ihm gesagt, er soll sich verpissen. Ich hör mir doch nicht an, ich hätte geklaut. Ist mir egal, ob er amisch ist. Die kleine Rotznase hat mich beschuldigt, die Sachen auf der Auktion in Millersburg verkauft zu haben.« Er schnauft wütend. »Als hätte ich für so einen Scheiß Zeit.«

»Haben Sie das Zaumzeug gestohlen?«, frage ich.

Er starrt mich an, als wäre ich schwer von Begriff. Tatsächlich stelle ich mich dumm, höre ihm genau zu und beobachte seine Körpersprache, versuche herauszubekommen, wie er tickt.

»Was hab ich Ihnen denn gerade erzählt, Lady?«

Glock schaltet sich ein »Das heißt immer noch Chief, Kumpel.« Martino sieht ihn an, als hätte er gerade in einer Sprache gesprochen, die er nicht versteht. »Also, ich hab das verdammte Zeug nicht geklaut. Das hab ich Ihnen jetzt schon zweimal gesagt.«

»Kam es bei dem Streit zu Handgreiflichkeiten?«, frage ich.

»Nein, wir haben uns nur gegenseitig beschimpft.«

»Haben Sie Daniel gedroht?«

»Ich hab ihm gesagt, wenn er nicht verschwindet, würde ich ihn packen und von meinem Grundstück werfen. Das war keine Drohung, das war ein Versprechen, und ich hätte es auch gehalten.«

»Wo waren Sie vorgestern Nacht?«, frage ich.

»Machen Sie Witze?« Er starrt mich an. »Wollen Sie mir das Feuer anhängen, nur weil wir einen kleinen Streit hatten? Oder vielleicht, weil ich vorbestraft bin?«

Glock tritt neben mich. »Immer mit der Ruhe, okay? Beantworten Sie einfach die Frage.«

Ein fieser Ausdruck tritt in Martinos Augen. Er brennt auf eine Schlägerei, denkt nicht über die nächsten dreißig Sekunden hinaus und hat die Fäuste schon geballt.

»Ich hab dem kleinen Scheißer nichts getan«, spuckt er aus.

Glock hat schon schlimmeren Typen als Chris Martino gegenübergestanden. Er spricht nicht über die Dinge, die er bei seinen Einsätzen in Afghanistan gesehen – und getan hat. Aber in den Jahren, seit ich ihn kenne, habe ich es ein paarmal in seinen Augen gesehen. Ich glaube, instinktiv spüren wir unsere Seelenverwandtschaft.

»Überlegen Sie sich gut, was Sie als Nächstes machen wollen«, sagt Glock ruhig.

»Chris«, sage ich mit fester Stimme.

Martino blinzelt, scheint sich wieder zu beruhigen.

»Hören Sie«, sage ich. »Diese Fragen stelle ich allen, die Daniel kannten oder Kontakt mit ihm hatten. Hauptsächlich, um sie von der Liste der Verdächtigen streichen zu können.«

Das ist zwar nicht ganz wahr, aber es scheint seine Kampfeslust zu bremsen. Martino runzelt die Stirn, denkt anscheinend darüber nach. »Ich bin mit meiner Ex bowlen gewesen und danach im Brass Rail.«

Das Brass Rail ist eine Bar etwas außerhalb von Painters Mill. Am Wochenende gibt's Livemusik, Bier wird im Krug ausgeschenkt, und mittwochs kostet der Schnaps einen Dollar. Auf dem Parkplatz finden regelmäßig Schlägereien statt, auf der Herrentoilette werden Drogen vertickt. Und alle Schwachköpfe, denen nach einem Quickie zumute ist und die möglichen Ärger nicht scheuen, werden ebenfalls fündig.

Ich hole mein Notizbuch hervor. »Um wie viel Uhr haben Sie das Brass Rail verlassen?«

»Wir sind bis zum Schluss geblieben, so bis zwei. Da waren noch andere da, die das bezeugen können.«

»Sind Sie direkt nach Hause gefahren?«

»Ja.«

»Allein?«

Er seufzt und sieht unbegreiflicherweise verlegen aus. »Meine Ex war bei mir.«

»Und sie ist die ganze Nacht geblieben?«

»Ja.«

»Hat die Dame auch einen Namen?«, fragt Glock.

»Trisha. Nachname ist immer noch Martino.«

Ich notiere es und sehe ihn an. »Danke, dass Sie sich Zeit für uns genommen haben, Mr Martino.«

Glock und ich machen uns auf zum Explorer. Beim Einsteigen blickt Glock mich an. »Der Typ hat schon eine Menge seiner Hirnzellen eingebüßt.«

»Drogen und Alkohol sind dabei eifrige Helfer.«

»Glauben Sie, dass er's war?«

»Ich glaube, er ist fähig dazu.« Ich lenke den Explorer vorsichtig durch das hohe Gras und hoffe, dass da nichts rumliegt, was mir einen Platten bescheren könnte. »Aber er kommt mir nicht wie der große Stratege vor.«

»Ist eher jemand, der erst mal zuschlägt und dann denkt.«

Wir lächeln uns zu.

»Können Sie nachher mit seiner Ex reden?«, frage ich. »Bin gespannt, ob sie das Alibi unseres Märchenprinzen bestätigt.«

»Er bleibt also auf der Liste?«

»Vorerst ja«, erwidere ich.

* * *

Daniel Gingerichs Freundin Luane ist erst sechzehn Jahre alt. Sie wohnt mit ihren Eltern, Mose und Sue Raber, und sechs Geschwistern auf einer Farm sieben Meilen nördlich von Painters Mill. Die Rabers sind Swartzentruber-Amische, eine der konservativen religiösen Gemeinschaften der Alten Ordnung, die mit fester Hand an den langjährigen Traditionen festhalten: Männer dürfen ihre Bärte nicht stutzen, Frauen tragen eine schwarze *Kapp*, und ihre Buggys sind ohne Fenster. Moderne Annehmlichkeiten, die andere Amische nutzen – Dinge wie Toiletten im Haus, Melkmaschinen und Linoleumböden –, lehnen sie ab. Leider sind sie auch dafür bekannt, beim Kontakt mit Außenstehenden eine »Mauer des Schweigens« zu bilden, was für mich bedeutet, dass jeder Versuch, Informationen von ihnen zu bekommen, mit viel Frustration verbunden ist.

Schotterstraßen sind ein weiteres Zugeständnis an das moderne Leben, dem sich die Swartzentruber-Amischen verweigern, und so führt der Weg zu den Rabers vierhundert Meter lang über klumpigen Erdboden und Schlaglöcher, groß genug, um ein Rad zu schlucken. Als ich schließlich am Haus ankomme, klappert irgendetwas am Explorer. Ich parke hinter drei Buggys, vor denen die Pferde noch angespannt sind. Zwei barfüßige Jungen mit flachkrempigen Strohhüten beäugen mich misstrauisch.

»*Wei geth's alleweil?*«, frage ich.

Die beiden sehen sich an, als hätte ich mit ihnen Suaheli gesprochen.

Trotz der Aufgabe, die vor mir liegt, muss ich lächeln, als ich den Fußweg entlang zur Eingangstür gehe, die Veranda überquere und klopfe. Ein hübsches Mädchen, noch nicht ganz ein Teenager, stößt die Windfangtür auf und betrachtet mich ernst.

»*Sinn du eldra haymet?*«, frage ich. Sind deine Eltern zu Hause?

Ohne zu antworten, ruft sie über ihre Schulter hinweg nach hinten: »*Mir henn Englischer bsuch ghadde!*« Wir haben Besuch von einer Nicht-Amischen!

Bevor ich noch etwas sagen kann, verschwindet sie im Inneren des Hauses.

Kurz darauf erscheint eine korpulente amische Frau im grauen Kleid in der Tür und mustert mich kurz. »Kann ich Ihnen helfen?«

Ich halte meine Dienstmarke schon bereit. »Sue Raber?«

»*Ja.*«

»Ich untersuche den Scheunenbrand bei den Gingerichs«, sage ich, »und würde Ihnen und Ihrem Mann gern ein paar Fragen stellen.« Vier Mädchen tauchen im Schatten des Flurs hinter ihr auf, die uns mit großen Augen neugierig beobachten. »Und Luane auch, wenn Sie nichts dagegen haben.«

Die Frau senkt den Blick feierlich zu Boden. Mein Besuch überrascht sie nicht. Sie hat von dem Brand erfahren, was mich wieder daran erinnert, wie schnell sich bei den Amischen auch ohne moderne Technologie Neuigkeiten verbreiten.

»Wir haben von dem Feuer gehört«, sagt sie ruhig. »Auch das mit dem lieben Danny. So schlimm.« Sie blickt hinter sich zu den Mädchen, fordert sie mit einer Handbewegung auf, zu gehen. »*Gay kinner hiede misse.*« Kümmert euch um die anderen Kinder.«

»Mrs Raber«, beginne ich. »Ich spreche mit allen, die Daniel gekannt oder in den Tagen vor seinem Tod Kontakt mit ihm hatten. Mir wurde gesagt, Daniel und Luane wären gute Freunde gewesen.

Dass sie heiraten wollten.« Erst jetzt blickt sie auf, und ich füge hinzu: »Darf ich hereinkommen?«

Ein paar Minuten später nehme ich mit Mose und Sue Raber an ihrem großen Küchentisch Platz. Sie sind äußerst reserviert mir gegenüber, bieten mir weder Kaffee noch Eistee an und sind zwar höflich, aber machen eines klar: Ich bin eine Außenstehende, und je schneller ich wieder gehe, umso besser.

Die Rabers geben mir deutlich zu verstehen, dass sie große Stücke auf Daniel hielten. Sie mochten ihn als Menschen und als zukünftigen Schwiegersohn. Sie billigten die Beziehung mit ihrer Tochter und schienen sogar bestrebt, sie so bald wie möglich zu verheiraten. Ob sie nur gern Enkelkinder wollten oder ob sie einfach froh waren, ein Kind weniger durchfüttern zu müssen, weiß ich nicht. Aber es besteht kein Zweifel, dass sie glaubten, die beiden seien füreinander bestimmt.

»Könnte ich jetzt vielleicht mit Luane sprechen?«, frage ich.

Das Paar sieht sich an.

»Sie ist ...*umshmeisa*«, erklärt Sue. Erschüttert.

»Ich fashtay«, sage ich. Das kann ich verstehen. »Es wird nicht lange dauern.«

Mit Blick auf seine Frau zuckt Mose die Schultern. *»Ich hab nix dagege.«*

Sue Raber steht auf und geht ins Wohnzimmer. Kurz darauf kommt sie mit einem der vier Mädchen zurück, die zuvor im dunklen Flur standen. Wo ich sie jetzt aus der Nähe sehe, erkenne ich das Mädchen von dem Foto wieder, das unter Daniels Matratze versteckt war – und auf dem sie wesentlich glücklicher aussieht als jetzt.

»Das ist Chief Burkholder von der Polizei«, sagt Sue zu ihrer Tochter auf *Deitsh*. »Sie untersucht den Brand bei den Gingerichs und will dir ein paar Fragen stellen.«

Luane Raber hat mandelförmige Augen in der Farbe von verblasstem Jeansstoff, die von so langen, perfekten Wimpern umrahmt werden, dass man glauben könnte, sie wären falsch. Bei der Erwähnung der Gingerichs zuckt sie sichtlich zusammen. Sie faltet die Hände und heftet den Blick auf den Boden. Sie ist wirklich hübsch, mit makelloser Haut und Wangen, die jetzt erröten. Wie ihre *Mamm* ist sie leicht übergewichtig, doch auch in dem selbstgeschneiderten Kleid stehen ihr die Kurven gut.

Amische verbergen gewöhnlich ihre Emotionen, auch Trauer. Sie glauben, dass der Tod zum Plan Gottes gehört. Aber ein sechzehn Jahre altes Mädchen – ob nun amisch oder englisch – ist noch nicht Herrin ihrer Gefühle, und Luane Raber sieht aus, als hätte sie die letzten beiden Tage nur geweint. Ihre Augen sind geschwollen, ihre Wangen sind rot, und ihre Nase ist vom vielen Schneuzen ganz wund.

»Ich weiß, dass das eine schwere Zeit für dich ist«, beginne ich. »Aber kannst du mir sagen, wann du Daniel das letzte Mal gesehen hast?«

»Vor vier Tagen. Er hat *Datt* bei der Maisernte geholfen und ist zum Abendessen geblieben.«

»Er hat dir den Hof gemacht, stimmt's?«

Luane errötet und starrt hinab auf ihre Hände, in denen sie gerade ein Papiertaschentuch zerpflückt, das seinen Zweck schon reichlich erfüllt hat. *»Ja.«*

»Wie lange kennst du ihn schon?«, frage ich.

»Seit ich neun bin ... oder zehn.«

»Dann seid ihr die meiste Zeit deines Lebens Freunde gewesen.«

»Ja.« Ein Lächeln huscht über ihr Gesicht. »Nachdem er aufgehört hatte, mich zu hänseln.«

»Erzähl mir von ihm«, sage ich in der Hoffnung, eine Vorstellung zu bekommen, was für eine Beziehung sie hatten.

Jetzt lächelt Luane übers ganze Gesicht und wirkt zum ersten Mal lebhaft. So, wie ein Mädchen in ihrem Alter sein sollte. »Er war ... *goot-maynich.*« Gutmütig. »Und witzig. Hat einen immer zum Lachen gebracht. Wir wollten heiraten.« Sie schließt die Augen, und erneut drängen sich Tränen zwischen den Wimpern hindurch und rollen über ihre Wangen. »Nächsten Herbst. Nach der Ernte.«

Als Mose bemerkt, wie erschüttert seine Tochter ist, ergreift er das Wort. »Daniel hat hart gearbeitet. Nach zehn Stunden auf der

Farm seines *Datts* ist er in die Stadt gefahren, wo er im Laden für Farmbedarf noch Teilzeit gearbeitet hat.«

»Er ist seit Jahren wie ein Sohn für uns gewesen«, bemerkt Sue.

»Und gegessen hat er wie ein Scheunendrescher«, sagt Mose lächelnd.

Luane macht sich nicht die Mühe, die Tränen abzuwischen, die über ihre Wangen rollen; sie blickt mich nicht an. Ihr Leid ist greifbar, ihre Trauer allumfassend. »Ich weiß nicht, was ich ohne ihn machen soll. Er war … alles für mich.«

»Gott immah havva en planen«, sagt ihre Mutter ruhig. Gott hat immer einen Plan.

»Hatte Daniel in letzter Zeit vielleicht Streit mit jemandem?«, frage ich. »Mit einem seiner Freunde? Seiner Familie? Oder mit einem Kunden in dem Laden, wo er gearbeitet hat?«

Die drei sehen sich fragend an, wirken ratlos. Schließlich antwortet Mose: »Er gehörte nicht zu den Menschen, mit denen man sich stritt.«

»Er war gelassen«, fügt Sue hinzu. »Selbst wenn er mit jemandem nicht einer Meinung war, sagte er das nicht.«

»Dafür war er wohl zu höflich«, sagt Mose.

Interessanterweise hüllt Luane sich in Schweigen. »Luane?«, spreche ich sie an.

Sie zuckt zusammen, blickt auf. »Alle haben Danny geliebt.« Tränen steigen in ihre Augen. »Alle.«

Bis auf einen, flüstert eine kleine Stimme in meinem Kopf.

Ich warte, dass sie fortfährt, doch vergeblich. »Luane, hat dich vor Danny schon ein anderer Junge umworben?«

Die Frage gefällt Mose nicht, denn er stößt einen missbilligenden Ton aus. Doch ich habe den Blick weiter auf seine Tochter geheftet.

»Daniel war der Einzige«, wirft Sue ein. »Und der Richtige.«

Ich nehme den Blick nicht von dem Mädchen, das mir anscheinend nicht in die Augen sehen kann. Ob aus Schüchternheit, weil ihr die Frage unangenehm ist, oder weil es ihr zu schlechtgeht, weiß ich nicht. Allerdings kann es auch sein, dass es etwas gibt, das sie mir – und schon gar nicht in Gegenwart ihrer Eltern – nicht sagen will.

Ich formuliere die Frage neu. »War irgendein anderer Mann eifersüchtig auf deine Beziehung mit Daniel?«

»Glaube ich nicht«, murmelt sie.

»Und die Mädchen? War eine von ihnen eifersüchtig?«

Sie schüttelt den Kopf. *»Nein.«*

Wieder schaltet sich die Mutter ein. »So sind Amische nicht, Chief Burkholder.«

Ich nicke, konzentriere mich weiter auf Luane. »Gibt es sonst noch etwas, das du mir sagen möchtest? Das mir helfen könnte herauszufinden, wer das Feuer gelegt hat?«

Keiner von ihnen antwortet. Luane zupft an ihrer Nagelhaut, die bereits blutet, ihre Mutter wringt das Geschirrtuch. Aber Mose sieht mich an. Etwas in seinem Blick sagt mir, dass er mich unter vier Augen sprechen will.

Ich stehe auf. »Danke, dass Sie sich Zeit genommen haben.«

Mose bringt mich bis zur Tür und folgt mir zum Wagen. Erst dann spricht er. »Daniel hatte eine Auseinandersetzung mit seinem besten Freund.«

»Wie heißt er?«, frage ich.

»Milo Hershberger. Er arbeitet als Pferdetrainer in Millersburg.«

Den Namen hat Daniels Vater schon erwähnt, aber von einem Streit hatte er nichts gesagt. »Worum ging es bei der Auseinandersetzung?«

»Worüber sollen zwei junge Männer schon streiten?« Der amische Mann verzieht den Mund zu einem ironischen Lächeln. »Ein Mädchen natürlich.«

Ich kann mir viele Gründe für einen Streit zwischen zwei jungen Männern vorstellen, aber ich weiß, worauf er abzielt. »Luane?«

Er wirft einen Blick über die Schulter zum Haus und nickt.

»Haben Sie eine Idee, warum sie davon nichts gesagt hat?«

»Wahrscheinlich ist es ihr unangenehm, darüber zu sprechen, besonders mit einer Fremden.«

Ich nicke. »Wie schlimm war der Streit?«

»Ziemlich schlimm. Sie waren seit der Kindheit dicke Freunde, sind praktisch zusammen aufgewachsen. Haben nie abfällig übereinander gesprochen.« Er verzieht das Gesicht, schüttelt den

Kopf. »Aber aus Jungen werden Männer, und wenn es um eine Frau geht …« Er zuckt die Schultern, lässt den Satz unvollendet. »Danach haben sie nicht mehr miteinander gesprochen. Wenn Sie Genaueres wissen wollen, müssen Sie mit Milo reden.«

* * *

Auf dem Weg nach Millersburg rufe ich Jodie an, die abends die Telefonzentrale besetzt, und bitte sie, Milo Hershbergers Namen durch die diversen Datenbanken laufen zu lassen. Wenig später erfahre ich, dass er eine weiße Weste hat – keine Festnahmen, nicht einmal ein Ticket wegen Falschparkens.

Die Abenddämmerung setzt schon fast ein, als ich die hübsche kleine Ranch ein paar Meilen westlich von Millersburg erreiche, wo Hershberger in einem riesigen Mobilheim wohnt. Ich parke hinter einem älteren Ford F250 mit Pferdeanhänger. Das Grundstück ist gepflegt, das Gras gemäht, und die Bäume sind beschnitten. Hinter dem Haus erkenne ich ein kleines Hochbeet mit zahlreichen Tomaten und ein paar Reihen Mais.

Ein Pferdestall mit Klöntüren und Kuppeldach, auf dem eine Wetterfahne weht, bildet den Mittelpunkt des Grundstücks. Sowohl die vordere als auch die hintere Schiebetür stehen offen, und ich kann die Umrisse eines Pferdes sehen, das auf der Stallgasse angebunden ist; zwei weitere Pferde stehen in Ausläufen, die mit Stahlrohr umzäunt sind. Das Klappern von Hufen lenkt meine Aufmerksamkeit zu einem großen Round-Pen mit Panels. Inmitten einer Staubwolke reitet ein junger Mann mit Cowboyhut einen langgliedrigen Appaloosa-Wallach, der in einer schönen versammelten Haltung galoppiert. Ganz sicher kein Buggy-Pferd …

Ich steige aus dem Explorer und gehe zum Round-Pen, genieße den Abend ebenso wie den Anblick des Pferdes. »Was für ein prächtiges Tier«, sage ich zur Begrüßung.

Der junge Mann neigt seinen Hut in meine Richtung. »Und das ist diesem hier auch sehr bewusst«, sagt er mit tiefer Stimme. »Brrr.«

Das Tier senkt die Hinterhand und bleibt auf der Stelle stehen. Der Mann wendet sich mir zu. »Er ist zweifellos eigenwillig.«

»Ich suche Milo Hershberger.«

»Sie haben ihn gefunden.« Er nimmt die Sonnenbrille ab, steckt sie in die Hemdtasche und mustert mich kurz. »Kommen Sie wegen Danny?«

Milo Hershberger ist neunzehn Jahre alt und recht attraktiv. Er hat ein rundes Gesicht mit braunen, freundlichen Augen und volle Lippen. Sein schulterlanges Haar ist zu einem Pferdeschwanz zusammengebunden, im Ohr glänzt ein goldener Stecker. All das wird unterstrichen von einem modischen Dreitagebart, der mit dem des Modedesigners Tom Ford konkurrieren kann.

Ich nicke. »Haben Sie einen Moment Zeit?«

»Sowie er abgekühlt ist, stehe ich Ihnen zur Verfügung.«

Ich habe keine Lust zu warten und folge Hershberger und seinem Pferd in den Stall, wo er ihm Sattel und Zaumzeug abnimmt und eine Decke über seinen Rücken breitet. Als er fertig ist, geht er zu dem kleinen Kühlschrank in der Nische des Gangs und nimmt eine Dose Cola heraus.

»Wollen Sie auch etwas trinken?«, fragt er. »Das Bier ist gerade ausgegangen, aber ich hab noch Limonade.«

Ich schüttele den Kopf. »Ein schönes Anwesen haben Sie hier.«

»Danke. Ich arbeite jetzt Vollzeit als Pferdetrainer und habe zwei Jungpferde, ein Barrel Horse und ein Pferd für Kinder, das sich aber nicht kindergerecht benimmt.« Er grinst. »Der Grundstücksbesitzer hat sich auf einen Mietkauf-Deal eingelassen, und wenn alles gutgeht, gehört das ganze Anwesen hier in zirka einem Jahr mir.«

»Klingt, als würden Sie Ihre Sache gut machen.«

Er nimmt einen großen Schluck Cola, wird ernst. »Aber Sie sind ja nicht hier, um über mich und meine Farm zu reden, oder?«

»Da haben Sie leider recht.«

Beim Hinausgehen streichele ich mit der Hand über die Schulter des Appaloosas. Wir bleiben ein Stück vor dem Tor stehen, wo ich das Ticken vom abkühlenden Motor meines Explorers hören kann, der nicht weit entfernt im schwindenden Tageslicht steht.

»Ich habe gehört, dass Danny im Scheunenfeuer umgekommen ist. Stimmt das?«, fragt er.

»Der Leichenbeschauer hat gestern seine Identität bestätigt.«

»Verdammt.« Er blickt in die Ferne, Schmerz im Gesicht. »Mein Gott, das ist furchtbar. Ich kann es gar nicht fassen, dass er tot ist.«

So schnell macht mir keiner etwas vor, wenn es um die Zurschaustellung von Gefühlen geht, und seine scheinen echt.

»Ich kenne Danny, seit wir etwa sechs und noch dumme amische Jungs waren – und beste Freunde. Er war wie ein Bruder für mich, wir sind mehr oder weniger zusammen aufgewachsen.«

»Sie waren auch amisch?«

»Bin ich eigentlich immer noch.« Er blickt an sich hinab und lacht: staubige Jeans, Jeanshemd, Cowboyhut und -stiefel. »Jedenfalls innendrin.«

»Was ist passiert?«

»Hab zu viel Unfug gemacht. Die Eltern geärgert, den Bischof geärgert. Jetzt bin ich unter *Bann* gestellt und hab meine Familie schon fast drei Monate nicht mehr gesehen.«

»Dann sind Sie also getauft?«

»Hab ein paar Jahre rebelliert, bin aber letztes Jahr getauft worden.«

Solche Geschichten kenne ich nur zu gut. Ich muss nicht fragen, ob er seine Familie vermisst, es steht ihm deutlich ins Gesicht geschrieben. Doch jedes Mal, wenn ich einen Anschein davon sehe, überspielt er es mit einem Lächeln.

»Haben Sie Brüder und Schwestern?«, frage ich.

»Insgesamt sechs und alle jünger. Drei Mädchen und drei Jungen. Mein Gott, wie sehr sie mir fehlen.«

»Warum wurden Sie unter *Bann* gestellt?«

Grinsend zeigt er zu dem F250. »Er war die Liebe meines Lebens in dem Moment, als ich seinen Motor schnurren gehört habe. Damit war ich untendurch. Unser Unternehmergeist ist wirklich unschlagbar. Der amische, meine ich. Mir ist schleierhaft, wie sie sich vorstellen, dass ich all die Pferde hier ohne Truck befördern kann.«

»Ist sicher nicht ganz einfach. Es sei denn, Ihre Kunden bringen sie Ihnen.«

»Okay, das wäre eine Möglichkeit.« Er stößt einen Seufzer aus, grinst. »Aber den Pick-up mag ich schon sehr.«

Ich merke, dass mir, trotz aller Umstände, Milo Hershberger gefällt. Er ist ein Mann der leisen Töne, freundlich und mit jungenhaftem Charme.

Jetzt mustert er mich fragend. »Sind Sie vielleicht die Polizistin, die mal amisch war?«

Jetzt grinse auch ich. »Schuldig.«

»Damit sind wir schon zwei.« Er hebt seine Coladose zu einem Toast und nimmt wieder einen Schluck.

»Milo, was ist zwischen Ihnen und Daniel passiert?«, frage ich.

»Ein Mädchen ist passiert.« Als ich nichts sage, fährt er fort. »Luane Raber. Danny und ich waren beide hinter ihr her. Ich weiß nicht, ob Sie sie mal gesehen haben, aber sie ist bildschön. Ich kenne sie auch schon fast mein ganzes Leben und war immer zu schüchtern, um sie anzusprechen. Aber wir haben uns immer im Gottesdienst getroffen, und manchmal hab ich sie in der Stadt gesehen. Und in der *Rumspringa* sind wir drei – ich, Danny und Luane – auf Partys gegangen und haben zusammen rumgehangen.«

Ich warte.

Er runzelt die Stirn, fühlt sich sichtlich unwohl und seufzt. »Ich dachte, sie wär … na ja … interessiert an mir. Ich wusste zwar, dass sie *irgendwie* mit Danny zusammen war, aber Mädchen können ja auch ihre Meinung ändern, oder?« Er sieht mich an, als erwarte er, dass ich zustimme. Aber das tue ich nicht. »Hoffen kostet nichts.«

»Jedenfalls sind Luane und ich ein paarmal ausgegangen.« Er zuckt die Schultern. »Ich mochte sie. Sehr sogar, und zwar ernsthaft. Ich war total verliebt. Aber vermutlich beruhte das nicht auf Gegenseitigkeit, denn letztlich hat sie sich für Danny entschieden. Ende der Geschichte.«

»Und wie hat sich das auf Ihre Beziehung zu Danny ausgewirkt?«, frage ich.

»Was glauben Sie denn? Es hat ihm nicht gefallen. Mir aber auch nicht.«

»Haben Sie sich gestritten? Oder sich sogar geprügelt?«

»Beides.« Wieder zuckt er mit den Schultern. »Um ehrlich zu sein, ich weiß nicht, was schlimmer war – ihn als Freund zu verlieren, Luane als Freundin zu verlieren oder meine Familie zu verlieren. Ohne sie ist mein Leben ziemlich einsam.«

»Dann sind Sie und Danny also handgreiflich geworden«, sage ich.

»Ja«, gibt er zu. »Ein paarmal. Und eins sage ich Ihnen, Danny konnte einen richtig harten linken Haken schlagen.« Als ich nichts dazu sage, wird er rot. »Hören Sie, es war eine Männersache. Wir beide waren echt bescheuert in der *Rumspringa*, hatten zu viel Bier intus und zum ersten Mal im Leben viel Freiheit. Wir beide haben sie … geliebt. Aber keiner wurde verletzt – ich meine körperlich.«

»Und wann haben Sie Daniel das letzte Mal gesehen?«

Er atmet hörbar aus, muss einen Moment überlegen. »Ehrlich gesagt, ich weiß es nicht. Einmal hab ich ihn in dem Farmladen gesehen, er arbeitet da ein paar Stunden im Reifenverkauf. Das ist ein paar Wochen her. Ich brauchte ein paar Sachen für meinen Pick-up.«

»Haben Sie miteinander geredet?«

»Ich wollte schon, aber er hat getan, als hätte er mich nicht gesehen, und weitergemacht, womit er gerade beschäftigt war.«

»Wann waren Sie das letzte Mal auf der Gingerich-Farm?«

»Das ist schon ein paar Monate her. Ich denke mal, letzten Herbst. Früher war ich andauernd dort, habe Mr Gingerich beim Heumachen geholfen und sicher Hunderte Male bei ihnen zu Abend gegessen. Dann hat's zwischen uns gekracht, und ich bin nicht mehr hingegangen.«

»Und wann haben Sie Luane das letzte Mal gesehen?«

»Vor ein paar Wochen war ich im Gottesdienst, der auf der Farm ihrer Eltern abgehalten wurde. Sie hat mit Danny zusammengesessen, also …« Er lässt den Satz unvollendet. »Es war unangenehm. Wir haben nicht miteinander gesprochen – *niemand* hat mit mir gesprochen. Seitdem war ich nicht mehr im Gottesdienst.«

Ich nicke, habe aber das Gefühl, dass er mir etwas verheimlicht. Doch ich weiß nicht, wie ich ihn dazu bringen kann, sich mir gegenüber zu öffnen. »Wo waren Sie vorletzte Nacht?«

Die Frage missfällt ihm. »Ich war hier, die ganze Nacht. Bin geritten, bis es dunkel wurde, dann hab ich ein Bier getrunken, geduscht und bin ins Bett.«

»Kann das jemand bestätigen?«

Er grinst. »Der Appaloosa, aber er ist nicht sehr gesprächig.« Als ich nicht lächele, wird er wieder ernst. »Sie verdächtigen mich doch nicht etwa, oder?«

»Im Moment rede ich nur mit jedem, der Daniel kannte oder Kontakt mit ihm hatte.«

»Ich bin wahrscheinlich der Einzige, der ihm mal eins auf die Nase gegeben hat.«

Ich sage nichts.

»Hören Sie, Danny und ich waren zwar zerstritten, aber ich würde weder ihm noch sonst wem jemals etwas antun.«

»Und was verschweigen Sie mir?«

Er starrt mich an, als hätte ich mit der Hand in sein Hirn gegriffen und sein Geheimnis herausgeholt. »Ich weiß nicht, wovon Sie sprechen.«

Ich erspare mir die Antwort.

Er blickt nach rechts und links, macht einen Schritt auf mich zu, und erst jetzt wird mir bewusst, dass der junge Mann ganz schön groß ist, mit riesigen Händen und breiten Schultern. Er riecht nach Pferden, Staub und Schweiß.

»Bleiben Sie, wo Sie sind«, sage ich.

Er tritt einen Schritt zurück und senkt die Stimme. »Schon gut. Auch wenn ich den Pick-up da drüben fahre und vielleicht ein paar Dinge getan habe, die nicht sehr amisch sind, bin ich doch immer noch einer von ihnen. Ich glaube an Gott, ich hab Danny wie einen Bruder geliebt und wurde dazu erzogen, nicht schlecht über Tote zu reden. Aber eines kann ich Ihnen sagen, Chief Burkholder. Wer Danny für einen Heiligen gehalten hat, kannte ihn nicht so gut wie ich.«

»Wie meinen Sie das?«

»Ich finde, er hat Luane wie Dreck behandelt, und das war nicht alles.« Zum ersten Mal klingt er bitter. »Aber ihr hat es offensichtlich nichts ausgemacht.«

»Milo, das müssen Sie mir schon ein bisschen genauer erklären.«

»Ich sage nur, dass Danny nicht nur nett war, und dabei belassen wir's, okay?« Er blickt zur Scheune, wo das Pferd angebunden ist und mit dem Huf auf dem Boden scharrt. »Ich muss wieder an die Arbeit. Sind wir hier fertig?«

»Sie können so etwas nicht behaupten, ohne konkreter zu werden«, sage ich.

»Sie wollen etwas über Danny, den Heiligen, erfahren? Dann schlage ich vor, Sie sprechen mit Emma Miller.« Er wendet sich zum Gehen, fügt aber noch hinzu. »Aber dafür ist es jetzt wohl zu spät.«

»Was soll das schon wieder heißen?«, frage ich. »Wo finde ich sie?«

»Viel Glück, Chief Burkholder.« Er geht und lässt mich einfach stehen.

7. Kapitel

Der häufigste Nachname in Holmes County ist Miller. Nach meinem Besuch bei Hershberger bin ich gestern noch einmal zum Revier gefahren. Gemeinsam mit Jodie von der Spätschicht habe ich zwei Stunden lang das neueste Adressenverzeichnis der Amischen in Holmes County, Ohio und Umgebung durchgesehen. Der riesige Wälzer wird im nahen Walnut Creek verlegt und listet sämtliche amischen Kirchgemeinden, deren Bischöfe sowie die Namen aller Mitglieder und deren Kinder auf. Als wir schließlich Emma Miller fanden, war es fast zweiundzwanzig Uhr – zu spät, um sie noch aufzusuchen.

Deshalb sitze ich jetzt um acht Uhr morgens schon wieder im Explorer und fahre östlich von Charm auf der County Road 159 Richtung Norden. Nach ein paar Meilen finde ich die gesuchte Adresse. Auf einem handgemalten Schild an der Zufahrt steht: *Vogelhäuser, Futterspender, Hundehütten. Sonntags kein Verkauf*, und ich biege in den Weg ein.

Die Farm von Sam und Esther Miller liegt auf einem Hügel, der Weg dorthin führt an einem alten Milchhäuschen aus Schlackenbeton vorbei.

Das Farmhaus steht auf dem höchsten Punkt des gepflegten Grundstücks und bietet einen phantastischen Blick in alle Richtungen, so auch auf ein malerisches Tal. Es ist ein schlichtes Gebäude ohne schmückende Fensterläden, ohne Blumentöpfe oder Ziergarten ums Haus, aber das tut seiner Schönheit keinen Abbruch. Die gewaltige Tanne im Vorgarten ist von einem Holzzaun und Fliederbüschen umsäumt. Die Schiebetüren der Scheune stehen offen. Da ich jemanden im Inneren sehe, fahre ich bis zur Rampe und steige aus.

Auf dem Weg zur Tür fällt mein Blick auf Dutzende Vogelhäuschen, die auf freistehenden Pfählen befestigt sind oder am Dachvorsprung der Scheune hängen. Es sind handgefertigte kleine Kunstwerke im Stil von Gartenlauben, Holzhütten, Buggys und den im Amisch Country typischen roten Scheunen. Sperlinge und Rotkardinäle wetteifern um Hirse und Sonnenblumenkerne.

»Kann ich Ihnen helfen?«

Eine Frau mittleren Alters kommt auf mich zu, ihrer schwarzen *Kapp* und dem Stil ihres dunkelblauen Kleides nach eine Swartzentruber. Aber sie begegnet mir freundlich und offen.

»Die Vogelhäuschen sind wirklich entzückend«, sage ich. »Haben Sie die gemacht?«

»Mein Mann. Ich bemale sie. Wir machen hier alles selbst. Hundehütten, Vogelhäuschen. Gott hat uns kräftige Hände und einen starken Rücken gegeben, und wir scheuen vor ein bisschen Arbeit nicht zurück.« Sie blickt sich um und senkt verschwörerisch die Stimme. »Normalerweise öffnen wir nicht vor zehn, aber wenn Ihnen eines davon gefällt, verkaufe ich es Ihnen.«

»Ich bin leider dienstlich hier.« Ich zeige ihr meine Marke und stelle mich vor. »Ich untersuche den Tod von Daniel Gingerich.«

Ihr Lächeln verschwindet. Sie kennt den Namen. Aber den Ausdruck, der in ihre Augen getreten ist, kann ich nicht entschlüsseln – ein kurzes Aufblitzen von Besorgnis? »Ich habe davon gehört«, sagt sie. »Ist schlimm für die arme Familie. Ein junger Mann am Beginn seines Lebens.« Aber besonders erschüttert wirkt sie nicht.

»Ich suche Emma Miller«. sage ich. »Ist sie hier?«

Ein Schatten legt sich auf ihr Gesicht. Etwas Dunkles, das sie zu verstecken sucht, wird sichtbar. »Emma war meine Tochter«, sagt sie. »Sie ist vor sechs Monaten gestorben.«

Ich sehe sie erstaunt an und wünschte, ich hätte meine Hausaufgaben gemacht, bevor ich hergefahren bin. »Es tut mir leid.«

»Sis Gottes wille.«

»Sie war erst siebzehn?«

Die Frau nickt. »Hat uns viel zu früh verlassen.« Sie lächelt traurig. »Sie ist jetzt bei Gott, aber ich wünschte, ich hätte mehr Zeit mit ihr gehabt. Sie war unsere Älteste, und ich vermisse ihr liebes Wesen jeden Tag.«

Ich verspüre eine wachsende Anspannung und versuche, die Ursache zu ergründen, aber ich kriege sie nicht zu fassen. »Hat Ihre Tochter Daniel Gingerich gekannt, Mrs Miller?«

»Sie sind sich einige Male begegnet. Daniel hat letzten Sommer manchmal für meinen Mann ein paar Arbeiten hier auf der Farm erledigt – das Milchhäuschen unten am Weg gestrichen und für die Kälber einen Zaun aufgestellt.«

Das klingt ausweichend und vage und nicht danach, was Milo Hershberger mir beim Abschied mit auf den Weg gegeben hat: *Sie wollen etwas über Danny, den Heiligen, erfahren? Dann schlage ich vor, Sie sprechen mit Emma Miller.*

»Waren Daniel und Emma befreundet?«, frage ich.

Etwas Unschönes blitzt in ihren Augen auf. »Sie haben sich nur gegrüßt.«

Entweder sie weicht mir bewusst aus, oder Milo Hershberger hat mich in die Irre geführt. Es wäre nicht das erste Mal, dass mir so was passiert. Doch ich habe das untrügliche Gefühl, dass diese Frau mir etwas verheimlicht, und lasse nicht locker. »Sind Sie sicher, Mrs Miller? Mir wurde berichtet, dass Ihre Tochter und Daniel Gingerich sich kannten.«

»Das stimmt aber nicht«, erwidert die Frau.

»Vielleich haben Emma und Daniel sich angefreundet, ohne dass Sie davon erfahren haben?«

»Ich wusste alles über meine Tochter. Alles.«

Ich versuche es anders. »Hatten Sie oder Ihr Mann Probleme mit Daniel, als er hier gearbeitet hat? Gab es vielleicht Meinungsverschiedenheiten? Wegen der Bezahlung oder der Qualität seiner Arbeit?«

Sie schüttelt den Kopf. »Danny war ein guter Junge, ein guter Arbeiter. Er hat ordentlich gearbeitet, und wir haben ihn fair entlohnt.«

»Die zeit zu gay is nau.« Sie sollten jetzt gehen.

Beim Klang einer tiefen Männerstimme drehe ich mich um. In der Scheunentür steht ein Mann mittleren Alters, auf eine Mistgabel gestützt, und beobachtet uns. Er trägt eine dunkle Hose, Hosenträger, ein blaues Arbeitshemd und einen breitkrempigen

Strohhut. Seinem Gesichtsausdruck zufolge steht er schon eine Weile dort und hört uns zu.

»Mr Miller?« Mit hochgehaltener Dienstmarke gehe ich auf ihn zu.

Er kommt mir entgegen, mustert meine Uniform. »Was sollen die vielen Fragen?«

»Ich untersuche den Tod von Daniel Gingerich.«

»Daniel Gingerich? Den Jungen haben wir kaum gekannt. Wir wissen nichts über ihn. Mir ist unklar, wie wir Ihnen da helfen sollen.«

»Ihre Frau hat mir gerade erzählt, dass Daniel ein paar Arbeiten für Sie erledigt hat.« Ich halte inne. »Ihre Tochter Emma war anscheinend mit ihm befreundet.«

Ein kaum merklicher Schauder durchfährt seinen Körper. Ein aufwallendes Gefühl, denke ich. Wut? Trauer? Eine Mischung aus beidem? Was immer der Grund ist, meine Frage hat einen wunden Punkt getroffen.

»Dan Gingerich war en *faehicher schreiner*, mehr weiß ich nicht über ihn.«

»Mr Miller, ich ermittle in einem Todesfall. Es ist wichtig, dass Sie mir alles sagen, was Sie über Daniel Gingerich wissen. Wenn Ihre Tochter mit ihm befreundet war oder sonst etwas mit ihm zu tun hatte, muss ich das wissen.«

Der amische Mann starrt mich an, ohne etwas zu sagen.

»Hatten Sie oder Ihre Frau irgendwelche Probleme mit ihm, als er hier gearbeitet hat?«, frage ich.

»Es gab keine Probleme«, sagt er.

»Was ist mit –«

»Wir haben schon genug Fragen beantwortet. Es gibt nichts mehr zu sagen. Sie sollten jetzt gehen.«

»Mr Miller –«

»Wir wissen nichts. Wir haben nichts mehr zu sagen, nicht zu Ihnen oder sonst jemandem.« Er zeigt zum Weg. »Gehen Sie jetzt. Gehen Sie einfach.«

* * *

Auf der Fahrt zurück nach Painters Mill geistert mir das merkwürdige Gespräch mit den Millers im Kopf herum. Ich habe keinen Zweifel, dass sie mehr über Daniel Gingerich wissen, als sie zu sagen bereit sind. Und noch weniger bezweifele ich, dass dieses Wissen etwas mit ihrer verstorbenen Tochter zu tun hat. Aber warum wollen sie nicht darüber reden? Zwar stimmt es, dass viele Swartzentruber den Kontakt mit *Englischen* möglichst vermeiden, aber ich glaube nicht, dass das auch auf die Millers zutrifft. Sie führen immerhin ein Geschäft und haben täglich mit Touristen zu tun. Ihre Zurückhaltung ist rätselhaft.

Kurz nach zehn Uhr bin ich zurück auf dem Revier. Lois sitzt in der Telefonzentrale und versucht, mit zusammengekniffenen Augen einen handgeschriebenen Bericht zu entziffern, wobei ihre Finger mit den leuchtend lackierten Nägeln auf die Computertastatur einhämmern. Dass Mona Kurtz noch da ist und Arbeiten erledigt, die sicher auch bis zu Beginn ihrer Nachtschicht warten könnten, überrascht mich nicht. Wir hatten zwar darüber gesprochen, dass ich ihr wegen fehlender Gelder keine Überstunden bezahlen kann, aber das hat sie bislang nicht davon abgehalten, länger zu bleiben.

Mona ist vierundzwanzig Jahre alt und hat am hiesigen College gerade einen Abschluss in Strafrecht gemacht. Sie ist fasziniert von allen Aspekten der Polizeiarbeit, und sobald mein ältester Officer, Roland »Pickles« Shumaker, in Rente geht, werde ich sie befördern.

Beide blicken auf, als ich auf die Telefonzentrale zusteuere. »Nett von Ihnen, länger zu bleiben, Mona«, sage ich leichthin.

Sie lächelt ein wenig schuldbewusst. »Tut mir leid, Chief. Ich hab nur Lois unterstützt, die versucht, Pickles' Sauklaue zu entziffern.«

»Na denn.« Ich nehme die Telefonnachrichten aus meinem Fach. »Aber da Sie schon mal hier sind, haben Sie vielleicht noch eine Stunde oder so Zeit, einen Spezialauftrag für mich zu übernehmen?«

»Ist das Ihr Ernst?«, jubelt sie spontan. Dann erhebt sie sich schnell und nimmt eine professionellere Haltung ein. »Ich meine, natürlich. Worum geht es denn?«

»Graben Sie alles über Emma Miller aus, was es gibt. Sie ist siebzehn Jahre alt, amisch, hat in Charm bei ihren Eltern gewohnt und ist vor sechs Monaten verstorben.«

Ihr Gesicht leuchtet auf. »Bin schon dabei.«

Ich muss grinsen.

* * *

Ich habe mich gerade an meinem Schreibtisch niedergelassen und blicke in eine Tasse mit einer dubios aussehenden Flüssigkeit, die hoffentlich Kaffee ist, als mein Telefon klingelt.

Auf dem Display erscheint Doc Coblentz' Name.

»Hi, Doc«, sage ich und rechne mit ein paar Vorabinformationen über Daniel Gingerich.

»Ich fange gleich mit der Obduktion des jungen Gingerich an. Sheriff Rasmussen ist auf dem Weg hierher, und ich dachte, Sie wollen vielleicht auch dabei sein.«

Polizisten haben unterschiedliche Präferenzen, was Obduktionen betrifft. Manche ziehen es vor, sich ausschließlich auf den Autopsiebericht zu verlassen; ich hingegen finde es abschreckend, solche Berichte zu lesen und zu entschlüsseln. Sie sind voller medizinischer und forensischer Fachausdrücke, so dass es mir mehr hilft, die Leiche im hellen Licht einer medizinischen Einrichtung im Beisein eines Leichenbeschauers zu sehen, der Fragen beantworten kann. Was besonders wichtig ist, wenn es um Mord geht. Die wenigen Male, wo ich mich auf den Autopsiebericht verlassen musste, habe ich hinterher unverhältnismäßig viel Zeit mit dem Leichenbeschauer am Telefon verbracht, um mir Sachen erklären zu lassen oder um seine Meinung zu hören.

Zudem hegen einige altgediente Kollegen den unausgesprochenen Glauben, dass Polizisten dem Opfer eine Art letzte Ehre erweisen, wenn sie bei der Obduktion anwesend sind. Das ist mir zwar ein bisschen zu pathetisch, aber ehrlich gesagt, habe ich ähnliche Gedanken.

»In zehn Minuten bin ich da.« Ich nehme die Schlüssel vom Schreibtisch und sitze kurze Zeit später wieder in meinem Wagen.

Unterwegs rufe ich Tomasetti an. »Der Leichenbeschauer beginnt gleich mit der Obduktion von Daniel Gingerich«, berichte ich ihm.

»Das geht aber schnell.«

»Wir haben zurzeit wenige Kunden hier in Holmes County.«

»In Cuyahoga County könnten sie Hilfe gut gebrauchen.«

»Aber wir leihen ihn nicht aus, Tomasetti.«

Er seufzt. »Ich bin da, so schnell es geht.«

* * *

Das Fünfundfünfzig-Betten-Krankenhaus in Pomerene liegt nördlich von Millersburg an der Wooster Road. Ich ergattere einen Parkplatz neben dem Säulenvorbau der Notaufnahme und verschwinde durch die Doppelglastür ins Innere.

Im Aufzug runter in den Keller denke ich an Daniel Gingerich. Nach allem, was mir erzählt wurde und was ich bis jetzt über ihn weiß, war er ein typischer junger Amischer mit einer vielversprechenden Zukunft. Seine Eltern und seine Freundin haben ihn geliebt, und laut seines einst besten Freundes war er zwar nicht perfekt, aber das kann wohl niemand von sich behaupten. Der Tod von Emma Miller wirft zwar Fragen auf, doch nichts weist darauf hin, dass Daniel in irgendeiner Weise etwas damit zu tun hatte. Warum also hat ihn jemand in der Sattelkammer eingeschlossen und die Scheune in Brand gesetzt, wohl wissend, dass er einen schlimmen Tod erleiden würde?

Die Aufzugstüren öffnen sich surrend, und ich gehe hinaus in den gekachelten Flur, vorbei am gelb-schwarzen Symbol für Biogefährdung und einem Schild mit der Aufschrift: *Zutritt nur für Mitarbeiter*. Zwei Schwingtüren weiter komme ich am Ende des Flurs in einen Vorraum, wo trotz des hochmodernen Belüftungssystems vage jener Geruch hängt, den ich zu verabscheuen gelernt habe: Der Geruch von Tod und Chemikalien.

»Hi, Kate. Sieht es draußen nach Regen aus?«, begrüßt mich Carmen Anderson, die schon seit einigen Jahren hier arbeitet. Sie ist klug, freundlich und professionell und besitzt einen verschrobenen Sinn für Humor. Dass wir uns duzen, ist vielleicht weniger gut.

»Noch nicht«, lasse ich sie wissen.

»So ist das, wenn man im Keller arbeitet«, sagt sie. »Den lieben langen Tag hab ich keine Ahnung, ob es draußen sonnig ist oder regnet. Eine Atombombe könnte explodieren, und Doc Coblentz und ich würden es nicht einmal mitkriegen.«

Sie trägt einen geblümten Rock, eine weiße Bluse und Sandalen mit Knöchelriemchen, die trotz der hohen Absätze bequem aussehen. Ich frage mich, ob sie ihre Kleidung jeden Tag waschen muss, um den leichten Verwesungsgeruch loszuwerden, der die Luft hier im Keller durchdringt.

»Ich will dich ja nicht neidisch machen, aber draußen sind knapp neunzehn Grad, und die Sonne scheint.«

»Was für ein Glück, dass ich nun raus kann und das schöne Wetter genießen.« Sie verdreht die Augen und zeigt zur Tür, die ins Herzstück des Leichenschauhauses führt. »Er erwartet dich.«

Ich gehe durch eine weitere Schwingtür einen weiteren Flur entlang, an dem sich rechts die Nische mit Schutzkleidung befindet und links Doc Coblentz' verglastes Büro. Durch die offene Tür und die hochgezogenen Jalousien sehe ich Sheriff Rasmussen und Tomasetti, die offensichtlich schneller waren als ich.

»Hallo, Doc.« Ich trete ein, und wir geben uns die Hand.

Doc Coblentz hat blaue OP-Kleidung an mit einem durchsichtigen grünen Kittel darüber, der aussieht wie eine billige Regenhaut. Auf dem Kopf sitzt eine OP-Kappe, um den Hals hängt eine Chirurgen-Maske. Er ist ein beleibter Mann, und in dieser Kleidung hat er große Ähnlichkeit mit einem glasierten Krapfen.

Dann wende ich mich den beiden anderen Männern zu. »Mike.« Ich reiche zuerst dem Sheriff die Hand, dann Tomasetti. »Agent Tomasetti.«

Tomasetti verzieht keine Miene, doch das leicht ironische Zucken um seinen Mund entgeht mir nicht. »Chief Burkholder.«

Sheriff Rasmussen weiß, dass Tomasetti und ich etwas miteinander haben, aber wohl nicht, dass wir zusammenleben. Das würde sowohl vom Ohio Bureau of Criminal Investigation missbilligt werden als auch von meinen Kollegen im Revier. Doch irgendwann kommt es garantiert heraus, und wenn es so weit ist, wird Tomasetti wahrscheinlich in eine andere Abteilung versetzt werden. Womit unsere Zusammenarbeit ein Ende fände.

Doc Coblentz macht gerade viel Schlimmeres zu schaffen. »Von dem armen Jungen ist kaum etwas übrig, Kate.« Seufzend zeigt er zur Tür. »Ziehen Sie sich die Schutzkleidung über, und fangen wir an.«

Der Leichenbeschauer geht mit uns zu der Nische, wo Rasmussen, Tomasetti und ich die Sachen anziehen, dann folgen wir Doc Coblentz in den Autopsieraum.

Es ist ein großer, hell erleuchteter Raum mit glänzenden grauen Kacheln an Wänden und Boden und gleichbleibend kühlen sechzehn Grad Celsius. Der Geruch von Formalin und anderen unangenehmen Dingen hängt in der Luft. Auf den Unterschränken aus rostfreiem Stahl stehen nebeneinander kleine Plastikeimer sowie Schalen mit Sezierwerkzeugen, daneben befinden sich zwei tiefe Spülen mit gebogenen Wasserhähnen. Über dem Unterschrank links von mir hängt eine Waage, die einer Obst-und-Gemüse-Waage im Lebensmittelladen erschreckend ähnlich sieht.

Grelles Neonlicht ergießt sich auf einen einzelnen fahrbaren Seziertisch aus Edelstahl. Ich zwinge mich, die kaum noch als menschliche Gestalt erkennbare Leiche darauf anzusehen. Die Haut ist an vielen Stellen gerissen und offenbart rote Muskeln, das Fleisch ist verkohlt und schwarz. Das Opfer hat die typische Boxerstellung mit extrem angewinkelten Armen und Beinen. Die Hände sind verbrannt, die Füße relativ unversehrt. Doc Coblentz hat recht: Es ist nicht mehr viel übrig von Daniel Gingerich. Jedenfalls nichts, woran man ihn erkennen könnte.

»Armer Kerl.« Mike Rasmussen zieht eine Tube Mentholsalbe aus der Tasche und schmiert sich eine ordentliche Portion davon unter die Nase. Er bietet sie Tomasetti an, der den Kopf schüttelt, aber da mein Magen bereits von dem leichten Verwesungsgeruch des verbrannten Fleisches rebelliert, nehme ich das Angebot gern an.

»Daniel Gingerich. Achtzehn Jahre alt.« Nachdem der Leichenbeschauer den Zehenanhänger an der Leiche noch einmal überprüft hat, schiebt er die Chirurgen-Maske über die Nase und setzt die Schutzbrille auf.

»Wie Sie sehen, hat das Opfer die typische Boxerstellung, das Ergebnis von Gelenkkontrakturen durch die große Hitze. Wir haben die Leiche von Kopf bis Fuß geröntgt und für die erforderliche Dokumentierung von allen Seiten fotografiert.

Auf der Röntgenaufnahme des Schädels fand ich besonders interessant, dass das Schläfenbein gebrochen ist.« Er zeigt mit einem Laserlicht auf die Schläfe des Schädels.

»Schädelfraktur?«, fragt Rasmussen aufgeregt, blickt zu Tomasetti und wieder zum Leichenbeschauer. »Dann ist diese Verletzung durch die Einwirkung stumpfer Gewalt entstanden?«

Der Arzt schüttelt den Kopf. »Post mortem, hitzebedingter Artefakt.«

Rasmussen hebt die Augenbrauen. »Wie bitte? Das verstehe ich nicht.«

»Ein Bruch, der ante mortem eingetreten ist – also als das Opfer noch gelebt hat –, endet meistens an den Schädelnähten. Dieser Bruch hier hat die Schädelnaht gekreuzt und weist zudem gezackte Ränder auf. Beides sind Anzeichen dafür, dass der Bruch nach dem Tod eingetreten ist.«

»Dann hat die Hitze ihm den Schädel gebrochen«, sagt der Sheriff.

Der Arzt sieht Rasmussen über seine Brille hinweg an. »Ich zeige Ihnen gern einen Film, der das anschaulich macht, wenn Sie wollen.«

»Das glaube ich Ihnen aufs Wort«, erwidert der Sheriff trocken.

»Gibt es noch andere Verletzungen?«, frage ich. »Irgendwelche Hinweise auf einen Kampf oder etwas in der Richtung?«

»Er hat keine Schussverletzungen, und es wurde keine Gewalt, zum Beispiel mit einem Messer, Beil oder Ähnlichem angewandt.« Er sieht mich an. »Vorläufig – und ohne den toxikologischen Befund zu kennen – würde ich sagen, dass das Feuer nicht gelegt wurde, um einen Mord zu vertuschen.«

»Er hat also gelebt, als er im Sattelraum eingeschlossen wurde?«, fragte ich.

»Es befinden sich Rußablagerungen auf der Luftröhrenschleimhaut und dem Zungenrücken«, erwidert der Arzt, »was bedeutet, dass er geatmet und somit gelebt hat, als es brannte.«

»War er bei Bewusstsein?«, fragt Rasmussen.

»Das kann nicht mit letzter Sicherheit festgestellt werden.« Doc Coblentz seufzt. »Aber dieser junge Mann ist zweifellos einen grausamen Tod gestorben.«

»Todesursache?«, fragt Tomasetti.

»Ich habe natürlich noch nicht alle Untersuchungen durchgeführt, aber vorläufig lässt sich sagen, dass er an hitzebedingten Verletzungen und Rauchvergiftung gestorben ist.«

»Todesart?« Das ist die Preisfrage, deren Antwort wir alle hören wollen und müssen.

»Ich warte zwar noch auf einige Untersuchungsergebnisse, aber ich gehe von einem Tötungsdelikt aus.«

»Was ist mit der toxikologischen Untersuchung?«, frage ich.

»Heute Morgen habe ich sechs Proben ins Labor geschickt«, erwidert Doc Coblentz. »In zirka einer Woche kommt das Ergebnis, dann werde ich über die offizielle Todesart befinden.«

Als schließlich alle Fragen gestellt sind, verlassen Tomasetti, Rasmussen und ich den Raum und gehen zurück zur Nische, wo wir die Schutzkleidung ausziehen und in den Behälter für Sondermüll werfen. Tomasetti sieht mir etwas zu interessiert dabei zu, was mich nervös macht, denn Rasmussen ist nur wenige Meter entfernt.

»Das heißt also, wir müssen herausfinden, wen Daniel Gingerich extrem verärgert hat«, sagt Rasmussen.

Tomasetti starrt mich noch immer an. »Irgendeine Idee, Chief?«

Ich erzähle ihnen von dem Streit zwischen Daniel und seinem früheren besten Freund Milo Hershberger, der ihre Freundschaft beendet hat.

»Kommt Hershberger als Täter in Betracht?«, fragt Tomasetti.

»Um das zu beurteilen, weiß ich noch zu wenig über ihn«, erwidere ich vage.

»Haben Sie schon mit Gingerichs Freundin gesprochen?«, will Rasmussen wissen.

Ich nicke. »Ja. Und bis jetzt haben alle, mit denen ich gesprochen habe, eine ziemlich hohe Meinung von Daniel.«

»Alle außer dem kranken Typ, der ihn im Sattelraum eingeschlossen und die Scheune angezündet hat«, murmelt Rasmussen.

8. Kapitel

Daniel Gingerich arbeitete nicht nur Vollzeit mit seinem Vater auf der Farm, er hatte auch einen Job im hiesigen Laden für Farmbedarf. *Der Laden* liegt im Industriegebiet von Painters Mill an den Bahngleisen. Als ich meinen Wagen neben dem Behindertenparkplatz abstelle, riechen meine Kleider noch immer nach Formalin.

Als ich durch die Doppelglastüren eintrete, werde ich von einer zierlichen braunhaarigen Frau freundlich begrüßt. Sie steht in ihrem roten Arbeitskittel mit dem Firmenlogo am Kundenservice-Schalter und blickt von ihrem Formular auf, in das sie gerade etwas notiert. Ich war über die Jahre viele Male hier und habe von Arbeitsstiefeln über Reifen und Blumenerde immer alles gefunden, was ich brauchte, und ich erkenne Dora sofort wieder.

»Guten Morgen, Dora«, sage ich.

»Sind Sie wegen Danny hier?«, fragt sie sofort.

Ich nicke und blicke hoch zum Managerbüro im Zwischengeschoss. »Ist Al da?«

»Ja.« Sie senkt die Stimme. »Sein Telefon klingelt nonstop, seit … das passiert ist. Viele unserer Mitarbeiter und Kunden spenden Geld für die Gingerichs. Das hat keiner irgendwie organisiert, es strömt einfach so rein.«

»Haben Sie ihn denn gekannt?«, frage ich.

»Er hat ja sozusagen zum Inventar hier gehört, ich hab ihn ein paarmal die Woche gesehen. Netter Junge.« Sie schüttelt den Kopf. »Ich kann immer noch nicht glauben, dass er tot ist. Er war so freundlich und hilfsbereit und humorvoll. Er konnte gut mit den Kunden umgehen. Eine der Kassiererinnen mussten wir gestern nach Hause schicken, weil sie einfach nicht aufgehört hat zu weinen. Sogar einige der Kunden waren fassungslos.«

»Danke, Dora.« Ich lege die Hand auf ihre Schulter, drücke sie kurz und eile weiter ins Büro.

Al Shields ist seit meiner Kindheit der Chef des Farmladens. Als ich fünfzehn war, hat er mich einmal beim Stehlen eines Schokoriegels erwischt. Aber anstatt die Polizei zu rufen oder – viel schlimmer – meine Eltern, ist er mit mir zur Kasse gegangen, hat seinen Geldbeutel gezückt und für mich bezahlt. Das war noch viel schlimmer. Ich habe nie wieder etwas gestohlen.

Ich bin auf halbem Weg die Treppe hinauf, als Al mir entgegenkommt. »Hey, Chief.«

Ich lächele und weiß, dass wir beide uns gerade an jenen Tag erinnern, an dem er mir auf den rechten Weg zurückgeholfen hat.

»Was für eine schreckliche Sache mit Daniel Gingerich.« Er nimmt meine Hand und drückt sie kräftig. »Wir sind alle fassungslos.« Er sieht mich fragend an. »Es heißt, es sei Brandstiftung gewesen. Stimmt das?«

Ich nicke. »Haben Sie ein paar Minuten Zeit? Ich möchte Ihnen ein paar Fragen stellen.«

»Sicher.« Er zeigt zu seinem Büro. »Kommen Sie mit hoch.«

Ich folge ihm die Treppe hinauf und setze mich auf den Plastikstuhl gegenüber seinem Schreibtisch. »Hat Danny sich in den Tagen und Wochen vor dem Feuer irgendwie anders verhalten?«

»Mir ist jedenfalls nichts aufgefallen. Er war … genau wie sonst. Zuverlässig, gutgelaunt und immer bereit, auszuhelfen. Ich hatte den Eindruck, der Job hier gefällt ihm. Er ist sogar am Wochenende gekommen, wenn wir ihn gebraucht haben. Selbst sonntags, nach dem Gottesdienst.«

»Hat Danny sich mit seinen Kollegen verstanden?«

»Er hat sich mit allen verstanden, Kate, und das ist nicht einfach so dahingesagt. Alle hier … wir haben ihn wirklich gemocht. Er war ein netter Kerl.«

»Und die Kunden? Gab es … Wortwechsel oder mal einen richtigen Streit?«

»Die Kunden haben ihn auch gemocht. Der Junge konnte im Juli Winterreifen verkaufen. Ich kann mir einfach nicht erklären, wie jemand einem so netten jungen Mann so etwas antun kann.«

Ich nicke. »Ist in den Tagen oder Wochen vor seinem Tod irgendetwas Ungewöhnliches passiert?«

»Es war so wie immer.«

Al ist ein ausgezeichneter Chef. Aber ich habe schon genug Jobs im Leben gehabt, um zu wissen, dass zwischen Angestellten manchmal Dinge passieren, die der Chef nicht mitbekommen soll.

Und ich weiß auch, dass Angestellte eher reden, wenn besagter Chef nicht dabei ist.

»In welcher Abteilung hat Daniel denn gearbeitet?«

»RBA.« Er zeigt zum hinteren Teil des Ladens.

Mit RBA bezeichnen Einzelhändler die Abteilung für Reifen, Batterien und Autozubehör. »War er mit einem seiner Kollegen näher befreundet?«

»Er war öfter mit Ralph Baker unterwegs. Ich würde sagen, sie waren Kumpel.«

»Kann ich mal mit Ralph sprechen?«

»Sicher. Er ist gerade da, gehen Sie einfach nach hinten.« Er zeigt zur Treppe. »Tun Sie, was nötig ist, Kate. Ich bin hier, falls Sie irgendetwas brauchen.«

Ralph Baker spricht gerade mit einem Kunden über Gürtelreifen. Ich halte mich im Gang mit den Ölfiltern auf, bis der Kunde geht, dann spreche ich ihn an. »Mr Baker?«

Er ist ein Berg von einem Mann, ein Meter neunzig groß und bestimmt zweihundertfünfzig Pfund schwer, Mitte dreißig, mit dunkelblondem Haar, haselnussbraunen Augen und einem Kinn, das eine Rasur vertragen könnte. Beim Anblick meiner Uniform reißt er die Augen auf. »Ma'am?«

Ich zeige ihm meine Dienstmarke. »Wenn Sie einen Moment Zeit haben, würde ich gern mit Ihnen über Daniel Gingerich sprechen.«

»O Mann, Danny.« Er stößt einen Pfiff aus, blickt auf den Boden und dann wieder zu mir. »Was für eine schlimme Sache.«

»Haben Sie ihn gut gekannt?«

»Klar. Wir haben hier fast zwei Jahre zusammengearbeitet. Ein klasse Typ, humorvoll, hat seine Arbeit gut gemacht und kam hervorragend mit den Kunden klar. Und er hatte Ahnung von Reifen.« Er grinst. »Und das, obwohl er amisch ist.«

»Haben Sie mal mitgekriegt, dass Daniel Streit oder eine Auseinandersetzung mit jemandem hatte?«

»Nee. Ich kann mir gar nicht vorstellen, dass Danny mal mit jemandem gestritten hat. Er war echt entspannt, alle mochten ihn. Er gehörte zu den Leuten, die die Dinge einfach nicht zu persönlich genommen haben.«

Ich stelle ihm die gleichen Fragen wie allen anderen und bekomme auch von ihm die gleichen Antworten. »Fällt Ihnen noch irgendetwas ein, das für unsere Ermittlungen hilfreich sein könnte?«

Er runzelt die Stirn, denkt kurz nach. »Eher nicht. Am Tag davor hat er bis zwölf Uhr gearbeitet. Ich glaube, ich hab mich nicht mal von ihm verabschiedet.« Seine Augen werden feucht. »Ich konnte ja nicht wissen, dass ich ihn das letzte Mal sehen würde.«

* * *

Ich sitze in meinem Büro und lese den vorläufigen Obduktionsbericht, den Doc Coblentz vorhin gemailt hat, als Mona ins Zimmer tritt und mich von der düsteren Lektüre ablenkt. Normalerweise klopft sie an, also scheint sie es eilig zu haben. Die violette Aktenmappe in ihrer Hand sagt mir, dass es etwas mit dem Gingerich-Fall zu tun hat.

»Das ging ja schnell«, sage ich.

Sie steuert schnurstracks den Besucherstuhl vor dem Schreibtisch an, lässt sich nieder und nimmt einen kleinen Stapel Papiere aus der Mappe. Ihrem zufriedenen Gesichtsausdruck zufolge war die Recherche ergiebig.

»Wussten Sie, dass Emma Miller Selbstmord begangen hat?«, sagt sie ohne Umschweife.

Damit hatte ich nicht gerechnet. »Nein, aber es ist definitiv eine interessante Neuigkeit.«

»Sie hat sich vor sechs Monaten in der Scheune ihrer Eltern erhängt. Die Mutter hat sie gefunden, als sie vom Gottesdienst zurückkamen.«

»Wird erwähnt, ob es sich um ein Verbrechen gehandelt haben könnte?«

»Nein.« Sie blättert die Papiere in ihrer Hand durch. »Sie wurde obduziert. Das Mädchen starb an Sauerstoffmangel im Hirn. Selbstinduziert; punktförmige Unterblutungen waren sichtbar.« Sie dreht das Blatt um. »Toxikologische Untersuchung wurde angeordnet. Im Laborbericht steht, dass sie weder Drogen noch Alkohol im Körper hatte.«

»Kein Wunder, dass ihre Eltern nicht darüber reden wollten«, murmele ich.

»O mein Gott.« Mona starrt mit offenem Mund auf das Blatt in ihrer Hand, blickt auf. »Das sehe ich jetzt erst, Chief. Hier steht, Emma Miller war *schwanger.*«

»Ach du Schande.« Trotz des Adrenalinstoßes, den meine Cop-Psyche bei dieser Nachricht auslöst, macht es mich traurig, dass ein siebzehn Jahre altes amisches Mädchen lieber sterben wollte als leben.

Mona reicht mir die Aktenmappe mit den Papieren.

»Ihre Eltern haben bei meinem Gespräch mit ihnen weder das eine noch das andere erwähnt.« Ich blicke auf den Autopsiebericht, wo das Ergebnis des Schwangerschaftstests in dicken schwarzen Lettern steht. »Jetzt weiß ich auch, warum.«

»Glauben Sie, es hat irgendwas damit zu tun, was Daniel Gingerich passiert ist?«

»Es ist zumindest ein weiterer Aspekt, unter dem sein Tod untersucht werden sollte.«

Ich habe noch deutlich vor Augen, wie zurückhaltend Sam und Esther Miller mir gegenüber waren. Lag es daran, dass ich eine Englische bin und zudem Polizistin? Wollten sie das Andenken ihrer Tochter schützen? Ihren Ruf? Oder haben sie etwas zu verbergen?

Sie wollen etwas über Danny, den Heiligen, erfahren? Dann schlage ich vor, Sie sprechen mit Emma Miller.

Wo ist die Verbindung zwischen Daniel und Emma? Das ist eine wichtige Frage, denn selbst wenn Emma freiwillig in den Tod gegangen ist – weil sie eine Beziehung mit Daniel hatte und schwanger geworden war? –, hat ihr Vater ein starkes Mordmotiv.

»Gute Arbeit, Mona.«

Sie schenkt mir ein strahlendes Lächeln. »Danke, Chief.«

»Sie werden bald eine hervorragende Polizistin sein.«

»Das ist mein Plan.«

»Sie sagen mir aber Bescheid, wenn ein anderes Revier Sie abwerben will, ja?«

»Versprochen.«

* * *

Ich brauche eine halbe Stunde, um alles zu sichten, was Mona über Emma Miller zusammengetragen hat. Nicht nur ihre Gründlichkeit beeindruckt mich, auch ihr Einfallsreichtum beim Ausgraben von Informationen, die nicht nur in Polizeidatenbanken zu finden sind. Während ich lese, trifft Glock im Revier ein, um den Schlussbericht seiner Schicht zu schreiben, und Chuck Skidmore (»Skid«), seine Ablösung, kommt früher, um noch ein bisschen herumzualbern.

Indessen durchforste ich sämtliche Informationen nach einer Verbindung zwischen Emma Miller und Daniel Gingerich. Einige Parallelen sind offensichtlich: Beider Tod liegt nur sechs Monate auseinander, beide sind in Holmes County gestorben, und natürlich, Daniel hat ab und zu für die Millers gearbeitet.

Ich studiere noch einmal die Akte, die Mona zusammengestellt hat, und konzentriere mich diesmal auf Details aus Emma Millers Leben in den Wochen und Monaten vor ihrem Selbstmord. Viel steht nicht darin. Mona hat den Nachruf kopiert, der in *The Budget* erschienen war – in typisch amischer Manier, schlicht und kurz. Dann nehme ich die Kopie eines Zeitungsartikels aus dem *Daily Record* mit der Überschrift: *Charmantes Mercantile* in die Hand. Im zweiten Textabschnitt ist Emma Millers Name gelb markiert.

Der Artikel über das neue, von Amischen geführte Geschäft namens *Mercantile* in dem Ort Charm, Ohio, weckt mein Interesse. Charm liegt etwa zwanzig Minuten von Painters Mill entfernt, und das Angebot des *Mercantile* – von Quilts und Kerzen über Haushaltswaren bis zu Schokolade und Tee – ist sowohl auf auswärtige als auch einheimische Kunden zugeschnitten. Die Besitzer, Edna und Isaac Lambright, planen zudem, in der über einhundert Jahre alten Rundscheune auf ihrem Grundstück ein Café zu eröffnen. Mona muss durch eine allgemeine Google-Suche darauf gestoßen sein, denn Emma wird nur beiläufig erwähnt. Auch Fotos sind abgebildet, von Emma sowie von drei weiteren amischen Mädchen, über die der Artikel berichtet. Offensichtlich war Emma eine von vier Teilzeitangestellten und hat dort bis zu ihrem Tod gearbeitet.

Ich sehe mir das Foto von Emma genau an. Sie war ein hübsches Mädchen mit hellem Teint, großen braunen Augen und Nickelbrille; ihr Kleid ist dunkelgrau, die Bänder ihrer *Kapp* hängen lose herunter. Trotz ihres Lächelns macht sie auf mich einen ernsten Eindruck. Es gibt auch ein Gruppenfoto, auf dem die vier Mädchen untergehakt nebeneinanderstehen. Alle sind unter zwanzig und lächeln. Das Mädchen neben Emma hat den Arm um ihre Schulter gelegt und den Kopf lachend zurückgeworfen. Sie sehen aus wie eine fröhliche, sorglose Mädchenclique an der Schwelle zum Erwachsensein – die das Leben noch vor sich hat.

»Was ist dir passiert, Emma?«, flüstere ich laut.

Doch ich bekomme keine Antwort.

* * *

Das *Mercantile* liegt in der gleichen Straße wie die *Keim Luber Company* – ein Baumarkt, in dem Tomasetti und ich so manchen Nachmittag mit dem Kauf von Material für die Renovierung unseres Farmhauses verbracht haben. Es befindet sich in einer alten, komplett restaurierten Scheune mit freiliegenden Deckenbalken, Altholzverkleidung an drei Wänden und verzinkten Metallschindeln an der vierten Wand; über den Betonboden sind sicher schon genauso viele Hufe getrampelt wie Schuhe. Das gut sortierte Geschäft lädt zum Stöbern ein – und verführt zum Kaufen.

Beim Betreten bimmelt über der alten Tür eine Kuhglocke. Rechts führt ein Durchgang in ein völlig entkerntes und in einen Verkaufsraum umgewandeltes ehemaliges Getreidesilo, in dem jetzt Kerzen hergestellt werden und es nach Patschuli und Bergamotte duftet. Links vom Verkaufstresen trennt ein Geländer den Raum für ein kleines Café mit Bistrostühlen und -tischen ab. Ein antikes Büfett dient als Kaffeeausschank, an dem Kaffeesorten wie Haselnuss, Vanille und Southern Pecan zur Auswahl stehen sowie ein halbes Dutzend verschiedene Teesorten und ein Zinntablett voller Gebäck.

Jenseits des Sitzbereichs entdecke ich ein Regal mit Strohhüten im Cowboy-Stil und in der flachkrempigen amischen Version. Und weiter hinten wird alles angeboten, was Touristen und Einheimischen im Amish-Country das Leben leichter und bunter macht – Gartengeräte und Dünger, amisch inspirierte Halloweenkostüme, handgemachte Karten. Als ich Untersetzer in Form von Hundepfoten erblicke, fällt mir der Geburtstag meiner Schwester ein.

»Kann ich Ihnen helfen, das Passende zu finden?«

Ich drehe mich um und sehe ein hübsches amisches Mädchen mit pechschwarzem Haar, cognacfarbenen Augen und heller Pfirsichhaut. Ohne einen Hauch von Make-up ist sie so schön wie die Frauen aus der Kosmetik-Werbung. Sie trägt ein blassrosa Kleid und die für Beachy-Amische typische weiße Kopfbedeckung aus Organdy.

Sie lächelt mich mit hochgezogenen Augenbrauen an, als amüsiere sie meine offensichtliche Bewunderung, und wartet. »Hinten gibt es noch mehr«, fährt sie fort, als ich nichts erwidere. »Meine *Mamm* macht die Seife selbst, diese Woche haben wir Lavendel und Rosmarin. Mit Olivenöl, für zarte Haut.«

»Klingt verlockend, aber ich bin leider in einer dienstlichen Angelegenheit hier.« Ich zeige ihr meine Dienstmarke und stelle mich vor. »Ich untersuche den Tod von Daniel Gingerich.«

»Oh.« Das Lächeln entweicht ihrem Gesicht. »Ich habe von dem schlimmen Scheunenbrand in Painters Mill gehört. Wirklich furchtbar. Einen Familienangehörigen auf diese Weise zu verlieren – das kann ich mir gar nicht vorstellen. Meine *Mamm* hat erzählt, dass einige Männer von der Kirchengemeinde der Familie beim Wiederaufbau der Scheune helfen wollen. Wir schicken ihnen Kuchen.«

»Das bewundere ich bei den Amischen«, sage ich. »Wenn einem Gemeindemitglied ein Unglück widerfährt, kann man sich immer darauf verlassen –«

»Neva! Guck mal, ich hab's fertig. Und es ist so schön geworden!«

Aus dem hinteren Teil des Ladens kommen zwei junge amische Mädchen durch eine Tür mit einem Vorhang davor zwischen den Regalen hindurch angerannt. Beide sind um die zwanzig Jahre alt, tragen konservative amische Kleider in unterschiedlichen Blautönen und No-Name-Sneakers.

Das Mädchen, das vorneweg läuft, umrundet gerade kichernd ein Regal mit Haustierbedarf und bleibt bei meinem Anblick abrupt stehen. Sie hat blonde Haare, ein rundes Gesicht mit haselnussbraunen Augen und wiegt etwa zwanzig Pfund zu viel. »Oh, tut mir leid.«

Das zweite Mädchen rennt buchstäblich von hinten in sie hinein und jault bei dem Zusammenstoß auf. Sie hat braune Haare mit spitz zulaufendem Haaransatz, blaue Augen, eine sommersprossige Stupsnase. Im Gegensatz zum ersten ist sie groß und dünn und hat die schlaksigen Arme und Beine eines Mädchens, das noch nicht so recht weiß, was sie damit anfangen soll.

Sie halten zusammen einen großen Quilt in den Händen, und jetzt erkenne ich alle drei von dem Zeitungsfoto wieder, das sie gemeinsam mit Emma Miller zeigt.

»Ich wusste nicht, dass du eine Kundin hast«, sagt das Mädchen mit den braunen Haaren leise.

Die Blonde starrt auf meine Uniform. »Ist etwas passiert?«

Amische sind im Allgemeinen zurückhaltend und neigen nicht zu lautstarken Gefühlsausbrüchen, schon gar nicht in der Öffentlichkeit. Ich habe sie offensichtlich in einem Moment erwischt, als sie sich allein wähnten, und bin entzückt von ihrer unbändigen Freude.

Das Mädchen, mit dem ich gesprochen habe, stößt einen Seufzer aus. Sie versucht, professionell zu bleiben, was ihr nicht leichtfällt, da sie ein Lächeln nur schlecht unterdrücken kann. »Ihr habt den Quilt fertig?«

Das blonde Mädchen wirft ihrer Freundin einen Blick zu und grinst. »Gerade eben den letzten Faden abgeschnitten.«

»Sie hat bei den Stichen geschummelt«, sagt die Brünette.

Die Blonde stößt sie mit dem Ellbogen an. »Hab ich nicht.«

»Geht wieder ins Nähzimmer«, sagt die Schwarzhaarige mit einem Blick in meine Richtung. »Ich komme gleich und schaue ihn mir an.«

»Ich will's sana«, sage ich mit Blick auf den Quilt. Ich will ihn auch sehen. »Wenn Sie einen Moment Zeit haben.«

Alle drei sehen mich erstaunt an, überrascht, dass ich *Deitsch* spreche, obwohl ich eine Polizeiuniform trage. Ich stelle mich auch den beiden anderen Mädchen vor, zeige ihnen meine Dienstmarke und erkläre den Grund meines Kommens.

Keine sagt etwas.

Ich warte noch einen Moment, dann frage ich: »Wie heißt ihr denn?«

Die Schwarzhaarige – anscheinend die Anführerin des Trios – hält mir die Hand hin. »Ich heiße Neva Lambright.«

Ich schüttele ihre Hand, die klein und zart ist, aber auch voller Schwielen. Sie arbeitet also nicht nur hier im Laden, sondern auch zu Hause.

»Ich bin hier die Chefin«, erklärt sie. »Meinen Eltern gehört das Geschäft.«

Ich wende mich dem blonden Mädchen zu. Sie ist ein ganzes Stück kleiner als ich, und ich muss den Kopf senken, um ihr in die Augen zu sehen.

»Ich heiße Viola Stutzman.« Auch sie hält mir schwungvoll die Hand hin, vermittelt jedoch nicht die gleiche Selbstsicherheit wie Neva. Aber das macht mich weder misstrauisch noch lege ich es negativ aus. Amische Mädchen werden nicht dazu angehalten, sich selbstbewusst gegenüber der englischen Polizei zu verhalten, und sie scheint die Jüngste im Bunde zu sein.

Ich blicke zu dem Mädchen mit den brünetten Haaren. Sie hat intelligente, wachsame Augen.

»Ina Yoder.« Sie lächelt mich freundlich an und reicht mir die Hand. »Wir haben eher selten die Polizei im Laden«, sagt sie.

»Die wissen anscheinend nicht, was ihnen entgeht«, erwidere ich. »Kaffee, Quilts und Gebäck, alles unter einem Dach.«

»Die alte Scheune gehört unserer Familie schon fast hundert Jahre«, erklärt Neva. »Sie zu restaurieren hat viel Mühe gekostet, und jetzt will meine *Mamm* die alte Rundscheune hinten auf dem Grundstück zu einem Café umbauen. Das wird unser nächstes großes Projekt.«

Sie zeigt auf die beiden anderen Mädchen. »Viola und Ina arbeiten hier stundenweise.«

Ich sehe Viola an. »Du bist die Quilterin?«

Nickend hält sie mir den Quilt hin. »Es ist mein erster.«

»Sie arbeitet seit sechs Monaten daran«, sagt Ina leise.

»Fünf«, korrigiert Viola sie.

Demut gehört zu den Glaubensgrundsätzen der Amischen, *Hochmut* hingegen ist verpönt. Ich sehe Stolz in den Augen des Mädchens, aber es ist ein glücklicher Stolz, kein überheblicher, und ich hoffe, das bleibt so.

Ich nehme den Quilt und streiche mit der Hand darüber. Es ist ein klassischer Sampler Quilt – ein Mosaik aus Burgunderrot, Braun und Cremeweiß –, mit den erforderlichen sieben Stichen pro zweieinhalb Zentimeter, schnurgerade und mit immer gleichem Abstand. Wieder denke ich an den Geburtstag meiner Schwester, aber so ein Quilt, der traditionell über viele Generationen weitervererbt wird, übersteigt meine finanziellen Möglichkeiten.

»Verkaufen Sie ihn?«, frage ich.

Das Mädchen schüttelt den Kopf. »Den bekommt meine *Grossmudder*. Sie hat mir das Nähen beigebracht, damit will ich mich bei ihr bedanken. Im November wird sie zweiundsiebzig und kann wegen ihres Rheumas nicht mehr so viel nähen wie früher.«

»Sie wird ihn sicher zu schätzen wissen.« Ich gebe ihr den Quilt zurück. »Und nicht nur, weil er sehr schön ist, sondern weil ihre Enkelin ihn gemacht hat.«

»Vielen Dank«, sagt sie leise.

Ich lasse den Blick kurz durch den Laden schweifen, will nicht gleich mit meinen Fragen beginnen. »Ihre Eltern haben hier Erstaunliches geleistet«, sage ich an Neva gewandt.

»Ja, sie haben ihr ganzes Herzblut reingesteckt, besonders *Mamm*«, erwidert sie. »Aber sie haben es mit viel Liebe getan.«

»Wer hätte je gedacht, dass Arbeiten so viel Spaß machen kann«, sagt Ina.

»Und wir kriegen auf alle Waren einen Rabatt«, fügt Viola hinzu.

»Alles unter einem Dach – ideal für Weihnachtsgeschenke«, bemerke ich. Dann komme ich zum Grund meines Besuchs. »Emma Miller soll auch hier gearbeitet haben.«

Die Erwähnung des Namens der ehemaligen Kollegin trübt sofort die zuvor lebhafte Unterhaltung. Die Mädchen sehen sich kurz an, dann senken sie den Blick.

»Unsere liebe Emma«, sagt Neva.

»Haben Sie sie gut gekannt?«, frage ich.

»Wir waren beste Freundinnen.« Sie blickt die beiden anderen Mädchen an, schließt sie mit ein. »Wir alle vier, meine ich. Wir waren wie Schwestern, sind praktisch zusammen aufgewachsen und waren zusammen in der Schule.«

»Emma hat hier Teilzeit gearbeitet«, sagt Viola.

»Sie hat die Kerzen gemacht«, sagt Ina.

Neva schüttelt lächelnd den Kopf. »Emma und ihre Kerzen.«

»Nach ihrem Tod hab ich noch ewig lang gedacht, sie kommt gleich zur Tür hereingestürmt und erzählt uns begeistert von einem neuen Duft, den sie entwickelt hat«, erzählt Viola.

»Sie war sehr kreativ«, sagt Neva. »Ein lieber Mensch und eine tolle Freundin.«

»Wir alle haben Emma geliebt«, sagt Ina. »Sie war sanftmütig und …« Seufzend blickt sie sich um. »Ohne sie ist es nicht mehr das Gleiche, so viel ist sicher. Sie fehlt mir jeden Tag.«

Mädchen und junge Frauen besitzen oft eine große Anmut, und ihre Unschuld und Rechtschaffenheit scheint bei den Amischen besonders stark ausgeprägt zu sein. Insgeheim frage ich mich, ob ich jemals so jung gewesen bin … so unschuldig.

»Stimmt es, dass Emma und Daniel Gingerich sich gekannt haben?«, stelle ich schließlich die Frage, die mir unter den Nägeln brennt.

Das nachfolgende Schweigen dauert etwas zu lange. Ina und Viola sehen beide Neva an, wollen offensichtlich, dass die nur wenig Ältere antwortet. »Wenn ich mich recht erinnere«, sagt Neva schließlich, »hat er mal auf ihrer Farm gearbeitet.«

»Waren sie befreundet?«, frage ich.

»Ich glaube, sie war einmal mit ihm bei einem Singen«, sagt Viola.

Ina rümpft die Nase. »Ich hatte nicht das Gefühl, dass sie ihn besonders gern mochte.«

»Warum nicht?«, frage ich.

Viola lächelt ansatzweise. »Emma war total in Elam Schlabach verknallt.«

»Elam war Emmas Freund«, stellt Ina klar.

»Außerdem hatte Daniel schon eine Freundin«, bemerkt Neva.

»Stimmt, Ruth hatte ich fast vergessen«, sagt Viola.

»Sie heißt Luane«, korrigiert Neva sie.

»Ich glaube, eine Zeitlang hat er Ruth Beiler umworben«, sagt Ina.

»Daniel und Ruth sind ein- oder zweimal zu einem Singen gegangen«, sagt Viola.

Neva widerspricht nachdrücklich. »Luane Raber war schon immer seine Freundin, solange ich mich erinnern kann.«

Die Namen Elam Schlabach und Ruth Beiler höre ich zum ersten Mal und schreibe sie auf, auch wenn sie vielleicht unwichtig sind. »Dann waren Daniel und Emma also keine engen Freunde?«

»Nein, eher wie Bekannte«, erwidert Neva.

»Sie haben sich kaum gekannt«, fügt Ina hinzu.

»Aber als Daniel auf der Farm ihrer Eltern gearbeitet hat, hatten sie da miteinander zu tun?«, frage ich.

Ina zuckt die Schultern und sieht ihre beiden Freundinnen an. »Das weiß ich nicht.«

Neva schüttelt den Kopf. »Jedenfalls hat sie es nie erwähnt.«

»Hatte Emma jemals eine Meinungsverschiedenheit oder sogar Streit mit Daniel?«, frage ich.

Neva lacht. »Emma hat nie auch nur ein böses Wort zu jemandem gesagt.«

»Manchmal hat sie einem nur aus Höflichkeit recht gegeben.«

Ich bin mir der Dynamik in Beziehungen zwischen jungen Männern und Frauen jedoch durchaus bewusst, der verwirrenden Komplexität von Gefühlen, die manchmal zu heftig sind – ganz zu schweigen von den Hormonen. Solche Verbindungen in jungen Jahren können leicht sehr schwierig werden, selbst unter Amischen.

»Dann waren Emma und Elam Schlabach ein Paar?« Ich sehe die drei Mädchen nacheinander an.

Viola errötet und blickt zu Boden.

Neva hält meinem Blick stand. »Emma war verrückt nach Elam. Und er hat sie auch geliebt. Aber sie war ein bisschen schüchtern und hat kaum darüber gesprochen.«

Ina kichert. »Wir mussten es ihr praktisch aus der Nase ziehen, und dann hat sie immer noch kaum was erzählt.«

»Wusste Elam, dass Daniel und Emma gemeinsam bei einem Singen waren?«, frage ich.

Die Mädchen werfen sich Blicke zu, sind unsicher – und loyal, selbst einer Toten gegenüber. Sie wissen nicht genau, worauf ich hinauswill, aber die Richtung, die das Gespräch genommen hat, gefällt ihnen nicht.

Wieder sehen Viola und Ina zu Neva. »Wenn er es gewusst hat«, sagt diese, »war es keine große Sache, weder für sie noch für ihn. Daniel hat nie wirklich eine Rolle gespielt.«

»Dann war Elam also nicht eifersüchtig?«, frage ich.

»Na ja, ein bisschen altmodische Ansichten hat er schon«, sagt Neva.

»Haben sich noch andere Männer für Emma interessiert?«

»Alle jungen Männer mochten sie«, antwortet Viola.

»Sie war liebenswürdig und wirklich hübsch.« Ina seufzt. »Sobald man sie kennengelernt hatte, war's um einen geschehen. Man musste sie einfach mögen.«

Trauer blitzt in Nevas Augen auf, gefolgt von einem bekümmerten Lächeln. »Mit den meisten Jungen hat sie sich erst gar nicht abgegeben, dafür hatte sie viel zu viel gesunden Menschenverstand.«

Ich kannte Emma Miller zwar nicht, aber was ich über sie höre, gefällt mir. »Das ist ziemlich klug.«

Ina verschränkt die Arme vor der Brust. »Zumal die meisten Jungen in ihrem Alter in der *Rumspringa* waren und den Verstand einer Ameise hatten.«

»Hatte Emma jemals Probleme mit ihren Verehrern?«, frage ich Neva. »Gab es welche, die zu aufdringlich waren?«

»Falls ja, hat sie nie was davon erzählt. Aber sie war auch keine, die sich groß beschwert hat. Ehrlich gesagt, kann ich mir nicht vorstellen, dass sie irgendeinem von ihnen Grund gegeben hat, eifersüchtig zu sein. Emma war wirklich ein guter Mensch. Sie hatte kein Interesse, über die Stränge zu schlagen, und war nicht verrückt nach Jungs. Sie ist nicht ausgegangen und hat auch nie Bier oder so was getrunken.«

Ina ist der Unterhaltung aufmerksam gefolgt. Als Schweigen eintritt, blickt sie mich fragend an. »Chief Burkholder, glauben Sie, Daniel Gingerichs Tod hatte etwas mit Emma zu tun?«

»Ich weiß es nicht«, antworte ich ehrlich. »Aber es hat mich nachdenklich gemacht, dass Daniel und Emma sich kannten und dass beide nun tot sind.«

»Unsere Amisch-Gemeinde hier ist klein.« Neva zuckt die Schultern. »Jeder kennt jeden. Sie wissen ja, wie das ist.«

Ich nicke, denn das weiß ich tatsächlich. Aber ich glaube nicht an Zufall. Ich glaube vielmehr, es hat eine Bedeutung, dass diese beiden Teenager sich begegnet sind – sich gekannt und vielleicht auch Zeit miteinander verbracht haben – und nun beide tot sind.

Ich sehe von einer zur anderen. »War Emma in den Tagen vor ihrem Tod über irgendetwas aufgebracht? War in ihrem Leben etwas passiert, das mit ihrem Selbstmord in Zusammenhang stehen könnte?«

Langes, bedrücktes Schweigen. Schließlich stößt Neva einen tiefen Seufzer aus. »Ihre *Mamm* hat gesagt, tief im Herzen wäre Emma immer traurig gewesen. Schon als kleines Kind hätte es Tage gegeben, an denen sie niedergeschlagen war, depressiv. Emma war …« Ihre Stimme bricht, und Tränen treten ihr in die Augen. »Sie war jung und unschuldig und hatte doch ein altes Gemüt, wenn man das so sagen kann. Sie hat sich alles sehr zu Herzen genommen – wahrscheinlich zu sehr. Sie war umsichtig und unglaublich freundlich und konnte den Gedanken nicht ertragen, jemandem weh zu tun, selbst wenn es unbeabsichtigt passierte.«

»Und eine Pessimistin war sie auch«, sagt Viola.

»So ein dummes Ding.« Ina wischt sich die Tränen ab, lacht traurig auf. »Sie hat sich wegen allem und jedem Sorgen gemacht.«

Bei der Erinnerung kichern die drei verhalten, doch sie sind den Tränen näher als dem Lachen. Wahrscheinlich haben sie nicht erwartet, dass ihr Kummer auch nach sechs Monaten noch so groß ist.

»Hat sie sich über etwas Bestimmtes Sorgen gemacht?«, frage ich.

Neva schüttelt den Kopf. »Das glaube ich nicht, sie war einfach nur … traurig. Und zu still. Ganz anders als die meisten Leute, die viel reden und sich beklagen, wenn irgendwas passiert ist.«

»Und immer nur rumjammern«, fügt Ina hinzu.

Viola kichert.

Neva schlägt ihr halbherzig auf den Arm. »Nicht Emma. Wenn etwas schwierig wurde oder sie mit einem Problem klarkommen musste, hat sie zugemacht und es für sich behalten.«

»Ihre *Mamm* meint, das hat sie umgebracht«, flüstert Ina. »Dass ihr Herz die ganze Traurigkeit nicht ausgehalten hat«, sagt Neva. »Bei Gott zu sein war ihr einziger Trost.«

9. Kapitel

Bevor ich den Laden verlasse, erstehe ich für meine Schwester drei einzeln verpackte Rosmarin-Zitronen-Seifen, eine handgezogene Kerze und eine Dose mit Zimt-Tee. Ich verstaue alles auf dem Rücksitz des Explorers und rufe im Revier an.

»Hi, Chief, was kann ich für Sie tun?«, fragt Lois.

»Ich brauche die Adresse von Elam Schlabach.« Ich buchstabiere den Nachnamen und werfe einen Blick auf die Uhr. »Und die von seiner Arbeitsstelle. Checken Sie, ob ein Haftbefehl gegen ihn vorliegt oder ob er aktenkundig ist.«

»Bin schon dabei.« Am anderen Ende der Leitung höre ich Computertasten klappern. »Also Elam Schlabach wohnt in der 4139 Hogpath Road.«

»Und wo arbeitet er?«

Erneutes Tastenklappern. »Bei *Buckeye Woodworks and Cabinetry* in der Fourth Street in Painters Mill.«

Das Geschäft kenne ich. Es gehört Amischen. Sie fertigen Holzmöbel für regionale amische und englische Bauträger und andere Firmen, die Hausmodernisierungen durchführen, verkaufen aber auch Material an Do-it-yourself-Handwerker.

»Gibt es eine Spur im Gingerich-Fall?«, fragt Lois.

»Eher nicht. Wahrscheinlich verplempere ich nur meine Zeit.«

»Wenn Sie Schlabach noch auf der Arbeit erwischen wollen, müssen Sie sich beeilen«, sagt sie. »Ich glaube, sie schließen um sechs.«

Buckeye Woodworks and Cabinetry ist ein großer Betrieb in einem weiträumigen Metallgebäude. Die holzverkleidete Frontseite wird von zwei kunstvoll gezimmerten Fenstern mit Blumenkästen voll prächtiger hellorangener Chrysanthemen geschmückt. Entlang der breiten Veranda stehen ein halbes Dutzend Adirondack-Stühle zum Verkauf. Ich war ein- oder zweimal mit Tomasetti hier, als wir jemanden suchten, der unseren kaputten Holzfußboden ausbessert, und weiß, dass der Besitzer einige der besten Tischler in ganz Ohio beschäftigt.

Da die Parkplätze vor dem Geschäft alle belegt sind, stelle ich meinen Wagen auf der Rückseite neben einer Rampe und einem Müllcontainer ab. Ich überquere den löchrigen Asphalt und gehe die Steintreppe zu der großen, offen stehenden Doppeltür hoch, über der ein Schild mit der Aufschrift *GOTT SEGNE AMERIKA* in Pennsylvaniadeutsch hängt.

Beim Betreten der Werkstatt schlagen mir das laute Getöse von Sägen und Bohrern und das Brummen eines Generators entgegen, der Geruch von Sägespänen und Holzbeize erfüllt die Luft. Mein Blick fällt auf mehrere große Werkbänke, über denen Luftschläuche von an der Decke befestigten Stahlarmen hängen. Die meisten Werkzeuge werden von vollbärtigen amischen Männern mit Strohhut und Arbeitskleidung – blaues Hemd und Hose mit Hosenträgern – bedient. Einige von ihnen haben mich bemerkt, lassen sich bei der Arbeit jedoch nicht stören. Als ich fast die Mitte des Raums erreicht habe, ertönt hinter mir eine Männerstimme.

»Suchen Sie einen Job?«

Ich drehe mich um und sehe einen weißhaarigen amischen Mann auf mich zukommen. Er hat ungefähr meine Größe, einen silbernen Bart und ein offenes, freundliches Gesicht. Einen Meter vor mir bleibt er stehen, legt den Kopf zurück und betrachtet mich durch dicke Brillengläser, die seine wässrigen braunen Augen wie eine Lupe vergrößern.

»Nein, Elam Schlabach«, sage ich.

»Manche Menschen kommen durch den Vordereingang und sagen, wen sie sprechen möchten.« Er sagt es zwar freundlich, doch der Tadel in seiner Stimme ist nicht zu überhören.

»Wenn ich das nächste Mal komme, denke ich daran«, erwidere ich.

Er verzieht kurz den Mund, dann führt er mich zu einer Werkbank, an der ein junger amischer Mann gerade das Sägeblatt einer Kreissäge durch ein komplex geädertes Stück Walnussholz schiebt.

Nachdem er kurz aufgeblickt hat, sägt er das Holz noch durch und schiebt dann die Schutzbrille hoch auf den Kopf.

Er ist Anfang zwanzig, hat dunkelblondes Haar und grüne Augen. Sein noch sehr kurzer Bart verrät, dass er frisch verheiratet ist. Er hat eine wulstige Narbe auf der linken Wange, und ich frage mich, ob sie vielleicht von einem Arbeitsunfall herrührt. So wie er das Werkzeug handhabt, ist er bestimmt schon damit umgegangen, als er noch zu jung war, um dafür bezahlt zu werden. Wie es aussieht, macht er seine Arbeit gut.

»Elam Schlabach?«, frage ich.

»Höchstpersönlich.« Sein Blick wandert neugierig und keineswegs besorgt über meine Uniform. Dann nimmt er ein zweites Brett und legt es vor das Sägeblatt. »Und wer sind Sie?«

»Ich ermittle zum Tod von Daniel Gingerich«, sage ich, zeige ihm meine Dienstmarke und stelle mich vor.

»Ich hab davon gehört«, sagt Schlabach. »Wirklich schlimm.«

Mein Blick fällt auf den halbfertigen Tisch neben ihm. »Ein sehr schönes Stück«, bemerke ich.

»Er muss noch patiniert und gebeizt werden. Sitzbänke habe ich auch gemacht, es werden sechs.« Augenscheinlich stolz, fährt er mit der Hand über das Holz. »Ich zimmere sämtliche Tische für das Restaurant, das am Ortsausgang neu aufmacht.«

»Das Red Rooster?«

Fast lächelt er. »Genau.«

»Dann haben Sie sicher viel zu tun, und ich will Sie nicht unnötig lange aufhalten.« Ich schiebe die Dienstmarke zurück in die Hosentasche. »Meines Wissens haben Sie Emma Miller gekannt.«

Ein Schaudern durchzuckt seinen Körper. Er nimmt den Blick nicht von der Säge, und einen Moment lang glaube ich, er beginnt mit dem neuen Brett. Aber dann richtet er sich auf, stellt die Säge ab und wendet sich mir zu. »Ich kannte Emma.«

»Waren Sie eng befreundet?«

Er nimmt sich mit der Antwort Zeit. »Was hat das denn mit Daniel Gingerich zu tun?«

»Ich hatte gehofft, dass *Sie* mir das sagen können.«

»Kann ich aber nicht.« Er wendet sich wieder seiner Arbeit zu, stellt die Druckluftsäge an, schiebt das Brett in Position und schneidet es langsam durch. Ich kann sein Verhalten nicht deuten, weiß nicht, ob meine Worte einen wunden Punkt getroffen haben oder ob er einfach von Natur aus ungeduldig und reizbar ist. Eindeutig ist nur, dass er nicht mit mir reden will. Da er mich jetzt einfach ignoriert, beschließe ich, in die Offensive zu gehen.

Als er mit dem Brett fertig ist, laufe ich um die Werkbank herum und stelle die Säge ab. *»Du sinn heiyahra nau.«* Sie sind jetzt verheiratet.

Er sieht mich verärgert an. »Mit Ihrem Deitsh wollen Sie wohl punkten? Sind Sie amisch, oder was?«

»Ich war's einmal. Bin gegangen.«

Er ist nicht beeindruckt. »Und was wollen Sie jetzt von mir?«

»Ich will wissen, warum Emma Miller sich umgebracht hat.«

Erneut durchzuckt ihn ein Schauder, diesmal noch heftiger. Er sieht weg, die Abwehr in seinen Augen weicht einem sehnsüchtigen Blick, den er auf die Säge heftet. Er will weiterarbeiten, doch stattdessen wird er von mir gezwungen, Fragen zu beantworten, die er nicht beantworten will.

»Sie ist tot. Dan Gingerich ist tot. Ich verstehe nicht, warum das jetzt noch wichtig sein soll.«

»Es ist deshalb wichtig, weil Daniel Gingerich sich nicht selbst im Sattelraum eingeschlossen hat.«

Er starrt auf das Brett, das er durchgeschnitten hat, und weigert sich, mich anzusehen. Ist er nur stur, oder würde ich etwas in seinen Augen sehen, was ich nicht sehen soll?

Ich wechsele die Taktik, um ihn zum Reden zu bringen. »Wie lange sind Sie schon verheiratet?«

»Drei Monate.«

»Dann sind Sie frisch vermählt.«

»Ein Baby ist unterwegs.« Weder das eine noch das andere scheint ihn besonders glücklich zu machen. Eines ist sonnenklar: Elam Schlabach ist ein zorniger und bitterer junger Mann.

»Herzlichen Glückwunsch.« Ich warte einen Moment. »Sie und Emma standen sich nahe?«

Er nimmt das nächste Brett und legt es in Schneideposition – als könnte er den Impuls, etwas tun zu müssen, nicht kontrollieren. Er würde sicher alles andere vorziehen, als sich mit mir zu unterhalten, sogar sich den Finger absägen.

»Kann man so sagen. Ich wollte sie bitten, mich zu heiraten. Ist Ihnen das nahe genug?«

»Was ist passiert?«

»Sie hat sich erhängt.« Beim letzten Wort bricht seine Stimme, doch er überspielt es mit einem Husten. »Es war …« Er senkt die Stimme. »Eine Riesenscheiße.«

Ich gebe ihm Zeit, lasse zu, dass er ein weiteres Brett durchsägt, das Gesicht wahrt – seine Würde behält. Als er fertig ist, frage ich: »Warum hat sie das getan?«

»Wenn ich darauf die Antwort wüsste, wäre sie noch hier. Dann hätte ich … ich hätte sie davon abgehalten.« Er legt die Säge dumpf knallend ab. »Wie kann man so etwas überhaupt begreifen? Als Amische weiß man doch, dass Selbstmord eine Sünde ist, Chief Burkholder.«

Er versucht, einen auf cool zu machen, seine Emotionen zu kontrollieren und in Wut zu kanalisieren. Trotzdem ist es nicht zu übersehen, dass der Tod von Emma Miller ihn auch nach sechs Monaten noch zutiefst schmerzt.

»Manchmal verlaufen sich Menschen an einen dunklen Ort und finden nicht mehr heraus«, sage ich. »Manchmal können wir sie nicht retten, sosehr wir sie auch lieben.«

Mit zusammengepressten Lippen nimmt er das Brett und legt es auf die anderen, die er bereits zugeschnitten hat. »Sie glauben also, dass Daniel Gingerich ermordet wurde?«

»Ja, das glaube ich.«

»Ich enttäusche Sie ungern, aber ich kannte ihn nicht besonders gut.«

»Und Emma? Hat sie ihn gut gekannt?«

Anstatt zu antworten, nimmt er das nächste Brett und legt es sich zum Schneiden zurecht. »Keine Ahnung.«

»Sind Sie sich da sicher, Elam?«

»Alle sagen, dass er ein klasse Kerl war.« Er spuckt die Worte aus wie Gift – und Hass. »Er war ein *maulgrischt.*« Kein echter Christ.

»Wie kommen Sie darauf?«

Er stellt die Säge an, schneidet das Brett und knallt es voller Wucht auf den Stapel.

»Elam.« Ich sage seinen Namen bewusst betont. »Reden Sie mit mir. Bitte. Es ist wichtig.«

Er lehnt sich rücklings an die Werkbank und betrachtet mich. Der Blick in seinen Augen ist so hart, dass mir unbehaglich wird. »Es war ziemlich klug von Ihnen, zwei und zwei zusammenzuzählen.«

Ich schaue ihn verwundert an, frage mich, ob das gerade ein bizarres Geständnis war.

Beim Anblick meines Gesichtsausdrucks verzieht er spöttisch den Mund. »Ich wünschte, ich könnte es Ihnen leichter machen … aber ich war's nicht.« Er zuckt die Schultern, wobei sein Hemd über den muskulösen Oberarmen spannt. »Ich bin erst … hinterher selber darauf gekommen.«

»Worauf sind Sie gekommen? Und was meinen Sie mit ›hinterher‹?«

»Warum sie es getan hat«, sagt er. »Ich hab mir lange selber die Schuld gegeben. Sie war, na ja … sehr sensibel. Ich dachte, ich hab was falsch gemacht, ihr irgendwie weh getan – dass ich zu viel Druck auf sie ausgeübt habe.« Sein Gesicht läuft rot an, noch eine Emotion, die ihm unangenehm ist, und er flucht kaum hörbar. »Ich wollte … also, Sie wissen schon. Aber sie nicht … erst wenn wir verheiratet sind. Das hat sie mir deutlich zu verstehen gegeben. Und sie war … keusch. Nach ihrem Tod dachte ich, sie hat es wegen mir getan. Ich bin nachts schweißnass aufgewacht und hab sie mit dem Strick um den Hals gesehen …«

Ich warte.

»Ich konnte einfach … an nichts anderes mehr denken, hab im Kopf immer wieder die Sätze abgespult, die sie in den Wochen vor ihrem Tod zu mir gesagt hat.« Er schüttelt den Kopf und stößt einen Laut aus, der wohl ein Auflachen sein sollte, aber anders klingt. Jetzt steht ihm der Schweiß auf Stirn und Oberlippe, die

Narbe leuchtet rosa. Doch er scheint es nicht zu bemerken. »Es war, als wollte sie mir vom Himmel aus etwas sagen – oder aus der Hölle, wer weiß.«

»Was wollte sie Ihnen sagen?«

Er zögert. »Sie ist nie richtig damit rausgerückt, ich werde es also nie wirklich wissen.«

»Womit ist sie nicht rausgerückt?«

»Ich glaube, Gingerich ... ich weiß es nicht. Ich glaube, er hat etwas mit ihr getan, was sie nicht wollte.«

Ich merke, wie ich zurückweiche, ob körperlich oder emotional, kann ich nicht genau sagen – weshalb ich es zu vertuschen versuche und hoffe, dass er es nicht bemerkt hat. Und ich rufe mir eindringlich ins Gedächtnis, dass dieser Fall nichts mit mir und meiner Vergangenheit zu tun hat. Rein gar nichts. Und doch erinnere ich mich nur allzu gut, wie es war, vierzehn Jahre und amisch zu sein – ein unschuldiges Mädchen, das auf brutale Weise gelernt hat, dass selbst ihre perfekte, sichere kleine Welt nicht frei von Gewalt war.

Im Stillen frage ich mich, ob er weiß, dass Emma Miller schwanger war, als sie starb.

»Was hat er mit ihr gemacht?«, frage ich.

Erst jetzt scheint er sich seiner Umgebung bewusst zu werden, und er blickt sich um, als wollte er sich vergewissern, dass niemand zuhört. »Ein paar Monate vor Emmas Tod hat Dan Gingerich auf der Farm der Millers gearbeitet und war oft dort. Ich hab eine Weile gebraucht, um dahinterzukommen, aber das war genau die Zeit, als ich merkte, dass sie sich ... verändert hat.«

»In welcher Hinsicht hat sie sich verändert?«

Er zuckt die Schultern, doch seine Körpersprache verrät mir, dass er es genau weiß. »Emma hat nie viel geredet und war eher schüchtern. Sie wollte, dass Persönliches privat blieb. Aber sie hat ... aufgehört zu lachen. Und sie hat mich nicht mehr so angesehen wie früher. Sie war einfach ... ich weiß nicht, *anders*. Sie hat nie über irgendjemanden schlecht geredet, aber Dan Gingerich mochte sie nicht.«

»Können Sie sich den Grund vorstellen?«

Er antwortet nicht.

»Elam, Sie wissen sicher, dass Emma *ime familye weg* war, als sie starb.« In anderen Umständen, schwanger.

Er atmet tief ein, wendet den Blick ab. »Ja, das habe ich gehört.«

»Sie hat es Ihnen nicht gesagt?«

Er schüttelt den Kopf. »Das konnte sie doch gar nicht.«

»Wie meinen Sie das?«

»Sie war doch noch Jungfrau. Dachte ich jedenfalls …« Er blickt mir in die Augen, und diesmal sehe ich eine Härte und Kälte darin, die mich erschreckt. Auch amische Männer sind nicht vor unkontrollierbaren Emotionen gefeit, die sich zu etwas Unberechenbarem und Gefährlichem entwickeln können. »Wir haben nie …« Er senkt den Blick. »Sie wissen schon.«

»Ist es möglich, dass sie einen anderen kennengelernt hat?«

Er lächelt bitter. »Sie wissen doch, dass ich auf die Frage nein sage. Das sagt doch jeder bescheuerte Mann, oder?«

»Was ist denn Ihrer Meinung nach zwischen Emma und Daniel passiert?«, frage ich.

Er bückt sich, nimmt ein weiteres Brett und knallt es so laut auf die Tischsäge, dass er die Aufmerksamkeit des Mannes an der Werkbank nebenan auf sich zieht. »Ich weiß es nicht.«

Jetzt blicke ich um mich, senke die Stimme. »Glauben Sie, dass Daniel sie bedrängt hat? Dass er sie zu etwas gezwungen hat, was sie nicht wollte?«

Er stemmt beide Hände auf das Brett und starrt es an, als wäre es seine einzige Rettung. »Sie wollte nicht darüber reden. Sie hat nichts gesagt.«

»Haben Sie sie gefragt?«

»Ja, das hab ich.«

Ich warte, doch er fährt nicht fort, sieht mich nicht einmal an.

»Wo waren Sie vorgestern Nacht?« Jetzt starrt er mich an, und ich füge hinzu: »Ich muss das fragen.«

»Zu Hause bei meiner Frau. Sie können sie fragen.« Er dreht sich zu mir um. »Mir tut es nicht leid, dass Daniel Gingerich tot ist. Der Mistkerl hat gekriegt, was er verdient, und von mir aus kann er in der Hölle schmoren.«

* * *

Manche Fälle entwickeln ein Eigenleben. Sie berühren uns auf eine Weise, die nicht vorhersehbar ist und die wir lieber ignorieren würden. Sie führen uns an Orte, die wir nicht aufsuchen wollen, erinnern uns an Menschen, an die wir nicht erinnert werden wollen. Oft involviert ein Fall nicht nur die Opfer und ihnen nahestehende Menschen, auch Polizisten werden durch den Kontakt mit den Menschen im näheren und weiteren Umfeld hineingezogen. Und während wir uns bemühen, all unsere verwobenen Emotionen und vorgefassten Meinungen unter Verschluss zu halten, gelingt uns das doch nicht immer.

Bei Beginn der Ermittlungen zum Gingerich-Fall war Daniel für mich das Opfer: Ein unschuldiger junger Mann, der gejagt und brutal ermordet wurde. Aber wie so oft bei Verbrechen, lernt man eine Menge dazu, je tiefer man bohrt – und manchmal erkennt man, dass die Menschen, für die man sich einsetzt, nicht die sind, für die man sie gehalten hat. Nichts von dem, was passiert, ist nur schwarz oder weiß.

Wenn Emma Miller und Elam Schlabach eine feste Beziehung und noch keinen Sex gehabt hatten, von wem ist sie dann schwanger geworden? Hat sie Elam betrogen und Daniel hinter seinem Rücken getroffen? Gibt es einen Zusammenhang zwischen dieser Beziehung, ihrer Schwangerschaft oder ihrem Tod und dem Mord an Gingerich? Sagt Elam Schlabach überhaupt die Wahrheit?

Alle diese Fragen gehen mir auf dem Weg nach Hause durch den Kopf. Deshalb fällt es mir schwer, Feierabend zu machen, aber da es schon spät ist, müssen mögliche Antworten bis morgen warten.

Als ich auf unserer Farm ankomme, dämmert es bereits. Ich nehme kaum wahr, wie das untergehende Sonnenlicht auf der Rückseite unseres Grundstücks durch die Bäume fällt und Dunst vom Teich aufsteigt. Manchmal sitzt Tomasetti dort auf dem Bootssteg und angelt, aber jetzt ist er nicht da. Zwei Wildenten gleiten über die spiegelglatte Wasseroberfläche.

Auf halbem Weg zu unserem alten viktorianischen Haus, in dem wir nun schon fast zwei Jahre zusammenleben, erfasst mich ein Schmerz, dessen Ursprung ich nicht identifizieren kann, und ich bleibe abrupt stehen. Ich drehe mich um und lasse den Blick über unser Grundstück schweifen, sehe seit Tagen zum ersten Mal die schlichte Schönheit dieser Umgebung und genieße diesen Anblick. Ich hatte die satten Herbstfarben des Laubes bislang überhaupt nicht wahrgenommen. Jetzt stehe ich hier, lausche den Rufen der Rotschulterstärlinge, die am Teich zwischen den Weiden umherflattern, dem Flüstern des Windes in den Baumkronen, dem Gebrüll des Viehs von Mr Clines, unserem südlichen Nachbarn, und dem hellen Gebimmel des Windspiels, das ich in einem der amischen Touristenläden im Ort spontan gekauft habe. In diesem Teil Ohios sind die Abende im Herbst absolut zauberhaft, ein Fest für die Sinne und Balsam für die Seele einer sorgenvollen Polizistin. All das fehlt mir schon so lange, dass ich nicht einmal gemerkt habe, wann es mir abhandengekommen ist.

Ich will gerade durch die Hintertür ins Haus gehen und Tomasetti von meiner Offenbarung erzählen, als Klopfgeräusche aus der Scheune an mein Ohr dringen. Da er dort vermutlich arbeitet, lege ich meine Laptoptasche auf der Stufe ab und gehe zu dem Gebäude, das beinahe so alt ist wie das Haus. Es muss zwar dringend neu gedeckt und gestrichen werden, besitzt dafür aber einen ganz eigenen Charme. Bis jetzt haben Tomasetti und ich wenig Zeit in die Renovierung investiert. Das wird wohl unser nächstes großes Projekt werden.

Die Schiebetür steht offen, und ich gehe über die Rampe ins Innere, wo die Klopfgeräusche sofort lauter werden und ich ihnen in dem düsteren Licht folge.

»Tomasetti?«

»Hier!«, erklingt seine Stimme von irgendwo im hinteren Teil.

Die in Hanglage gebaute Scheune beruht auf einem deutschen Bauplan. Sie hat auf der Vorderseite zwei Ebenen und nach hinten hin wegen der zusätzlichen Viehställe an der Unterseite drei. Ich mache mich auf zum hinteren Ende, gehe die Stufe hoch und über den Holzboden weiter zum Fenster, von wo aus ich Tomasetti sehe, der sich an einem ziemlich großen Verschlag zu schaffen macht.

»Was machst du da?«, rufe ich.

Er sieht zu mir hoch und grinst. »Der Fachausdruck lautet wohl, mir den Arsch aufreißen.«

Ich grinse ebenfalls. »Der Hammer macht dich äußerst anziehend.«

»Dann komm her und beweise es mir.«

Lachend gehe ich die Treppe hinunter ins Untergeschoss, durchquere die Viehställe, in denen der Mist von Jahrzehnten inzwischen zu Erde kompostiert ist. Etwa drei Meter vor der Scheune sehe ich Tomasetti, umgeben von einer orangefarbenen Verlängerungsschnur, einer im Staub liegenden Handsäge und einem Werkzeugkasten, bei der Arbeit.

Das Gebilde, das er gerade zimmert, ist etwa zehn Quadratmeter groß und noch nicht fertig. Es hat erst drei Wände, noch keine Fenster und keine Tür und scheint mir noch nicht zu schwer, um es woanders hinzutransportieren. Irgendwie erinnert es mich an eine riesige Hundehütte.

Ich will nicht fragen, was es wird, weil ich das Gefühl habe, ich sollte es wissen. »Kriegen wir einen Hund?«, frage ich stattdessen, obwohl keiner von uns beiden einen Hund jemals in einer Hundehütte lassen würde.

Tomasetti nimmt den Nagel aus dem Mund, setzt ihn aufs Holz und versenkt ihn mit vier Hammerschlägen. »Zwei Beine zu viel.«

Ich denke kurz darüber nach, ebenso belustigt wie verwirrt. »Wir kriegen ein Kind?«

Jetzt legt er den Hammer weg und wendet sich mir zu. »Wie läuft's im Gingerich-Fall?«

Ich merke, dass mir nicht danach ist, über den Fall zu reden, weil ich diesen schönen Moment nicht mit den unschönen Erkenntnissen meiner bisherigen Ermittlungen kaputtmachen will. Trotzdem bin ich dankbar, dass er fragt, denn er ist nicht nur ein guter Gesprächspartner, sondern ich bin auch ein wenig ins Schwimmen geraten und mache zudem wenig Fortschritte.

»Ich glaube nicht, dass Daniel Gingerich der nette und unschuldige Mann war, für den ihn alle halten«, sage ich.

»Wodurch der Fall eine ganz andere Dynamik bekommen könnte«, sagt er. »Besonders hinsichtlich des Motivs.«

Als ich nichts erwidere, kommt er zu mir. Er trägt Jeans, und sein kariertes Hemd entlockt mir ein Lächeln. »Das Hemd gefällt mir.«

»Ist mein Farmhemd.« Er küsst mich auf den Mund, und ein wohliges Gefühl durchströmt mich. Er riecht nach dem Aftershave von heute Morgen, nach Sägespänen und nach Mann.

Dann tritt er einen Schritt zurück und zeigt auf sein Projekt. »Hast du schon aufgegeben?«

»Ich stehe vor einem Rätsel.«

Er nimmt meine Hand und führt mich zur Scheune. »Dann zeige ich es dir.«

Wir gehen zwischen den Viehställen hindurch und die Treppe hinauf. Ich kann unser Haus durch die große Schiebetür sehen, und in dem Moment wird mir so richtig bewusst, dass hier meine Heimat ist, der Ort, wo ich schon immer leben wollte. Ich höre die Rotschulterstärlinge, die Frösche, die am seichten Ufer des Teichs hocken, und werde von einem schlichten Glücksgefühl überwältigt, das mich daran erinnert, wir gut das Schicksal es mit mir meint. Denn wie anders wäre mein Leben womöglich verlaufen, hätte ich diesen Mann nicht kennengelernt.

Wir nähern uns einem kleinen, selbstgezimmerten Gehege, das Tomasetti mit zwei Zentimeter dickem Sperrholz und ein paar Nägeln zusammengeschustert hat und über dem eine Wärmelampe hängt. Ich höre das Tschilpen, noch bevor ich die Küken sehe, und mein Herz schlägt höher.

»Du hast es wirklich gemacht?«, flüstere ich.

Wir erreichen das Gehege, und ich blicke hinab auf ein Dutzend flaumige Küken, die tschilpend umherlaufen. Sie sind erst ein paar Tage alt, etwa so groß wie meine Faust, haben einen bräunlichen Rücken und eine buttergelbe Brust. Ein paar haben dunkle Flecken oder einen Streifen auf dem Kopf. Winzige gelbe Schnäbel und Füße. Tomasetti hat eine verzinkte Hühnertränke und einen Futterspender hineingestellt und über den Boden Sägespäne gestreut. Die temporäre Behausung ist etwa einen Viertelquadratmeter groß, so dass die Küken reichlich Platz haben, um herumzulaufen, und eine Lampe sorgt für genug Wärme in der Nacht.

»Es sind echte Ohio-Hühner«, erklärt er.

Ich spüre seinen Blick auf mir, er will sehen, wie ich reagiere, ob ich erfreut oder entsetzt bin, denn wir beide arbeiten zu viel, um uns um solche zarten kleinen Wesen kümmern zu können.

»Sie sind bezaubernd«, sage ich schließlich.

»Und außerdem gute Legehennen. Braune Eier.«

Ich sehe ihn an und kann mir ein dümmliches Grinsen nicht verkneifen. »Ich liebe das Krähen eines Hahnes am Morgen.«

»Das Geschlecht ist noch nicht bestimmt, aber der Züchter meint, wahrscheinlich sind zwei Hähne dabei.«

In dem Moment gibt eines der Küken ein lautes, bekümmertes Tschilpen von sich. Ich beuge mich vor und nehme es in die Hand. »Ist bestimmt der Hahn.«

Tomasetti lacht. »Wenn der Schnabel stimmt …«

Das winzige Küken fühlt sich weich und warm in meiner Hand an. In meinem Elternhaus hatten wir auch Hühner, und eine Zeitlang war es meine Aufgabe gewesen, mich um sie zu kümmern. Aber nie habe ich mich so über Hühner gefreut wie jetzt.

»Er ist ein süßer kleiner Kerl.« Vorsichtig reiche ich das Küken Tomasetti.

Als er es in der Hand hält, kann ich den Blick nicht von ihm lassen und empfinde ganz unerwartet eine große Zuneigung für ihn. Ich habe diesen Mann schon in einem erbärmlichen Zustand gesehen, wie er von Kummer niedergedrückt am Boden lag und von Erinnerungen gepeinigt war, mit denen sich kein Mensch quälen sollte. Ich weiß, dass er fähig zur Gewalt ist. Aber ich habe ihn auch schon von seiner besten Seite gesehen, und ich liebe ihn mehr, als ich jemals einen Mann geliebt habe – mehr, als ich je für möglich gehalten habe.

»Wie lange brauchst du noch für den Stall?«, frage ich.

»Ein paar Tage. Ich wollte auch Hühnerstangen anbringen. Die Küken brauchen Raum zum Wachsen. Vielleicht können wir uns schon mal nach ein paar von diesen verzinkten Legenestern umsehen.« Er beugt sich vor und setzt das Küken zurück in den Stall. »Oder vielleicht lieber was Altmodisches, retromäßiges.«

»Wir sollten zu Flohmärkten und Haushaltsauflösungen gehen.«

»Wenn wir sie dazu kriegen, nachts reinzukommen und zu schlafen, können sie tagsüber im Freien bleiben.«

Ich nicke, fühle mich total bescheuert wegen der Emotionen, die mich gerade überwältigen. »Ich mag sie sehr«, entkommt es meinem Mund.

Er wirft mir einen merkwürdigen Blick zu. »Ich muss doch nicht etwa eifersüchtig auf die Hühner werden, oder?«

Ich stoße ihn lachend mit dem Ellbogen an. »Tomasetti, du laberst echt nur Scheiße.«

Er lacht auch, und ich liebe sein Lachen, will diesen Moment festhalten, einfrieren und wegschließen. Um ihn für immer und ewig aufzubewahren, denn wir beide wissen, wie kostbar und rar ein solches Glück ist.

»Chief?«

»Jap?«

»Du fängst aber nicht an zu weinen, oder?«

»Hab was im Auge.«

»Du bist wirklich voller Überraschungen.«

»Du offensichtlich auch.«

Er greift nach meiner Hand, zieht mich zu sich herum, so dass wir uns gegenüberstehen. Beim Blick in seine Augen rückt das Tschilpen der Küken in den Hintergrund, und ich weiß, dass sich gleich etwas ändern wird. Etwas, das von Grund auf gut ist und ewig währt.

»Wir haben nie darüber gesprochen, unser Arrangement … offiziell zu machen«, sagt er.

»Sprichst du vom Heiraten?«

»Du warst bisher ausweichend.«

Als ich nicht antworte, blickt er weg, dann wieder zu mir. »Was hältst du davon, wenn wir ein Datum festlegen?«

Es ist nicht leicht, vor Tomasetti zu weinen. Er hat schon so viel durchgemacht. Wir beide haben viel durchgemacht. Wahrscheinlich mehr als genug. Dass ich in so einem Moment zusammenbreche, ist … absurd.

»Das sind hoffentlich Freudentränen, falls es so etwas gibt.«

»Gibt es.« Ich lasse seine Hand los und wische die Tränen weg. »Tut mir leid.«

»Gefällt mir irgendwie, wenn Frauen meinetwegen weinen. Das passiert öfter, als du denkst. Kaum stehen sie in einer Reihe vor mir, schon öffnen sich die Schleusentore …«

Wir stehen uns gegenüber, die Hände verschränkt. Ich blicke zu den Küken, dann zu ihm. »Die Amischen heiraten nach der Ernte, so im November oder Dezember. Manchmal im Januar.«

»Es ist fast Oktober.«

»Ich bin eine praktische Frau. Ich dachte, wir können es … einfach halten.«

»Das gehört zu den tausend Dingen, die ich an dir liebe, Chief Burkholder.«

»Nur tausend?«

»Tendenz steigend.« Er legt den Arm um meine Schulter und zieht mich zu sich heran, und Seite an Seite machen wir uns auf zur Tür.

10. Kapitel

ALS ICH AM NÄCHSTEN MORGEN kurz nach acht im Revier ankomme, sind Mona, Lois und Pickles gerade dabei, die Kaffeetheke in die Ecke beim Fenster zu verlegen. Lois steht mit dem Telefon-Headset auf dem Kopf da und gibt Anweisungen, während Mona und Pickles den alten Tisch im Hauruckverfahren an seinen neuen Platz hieven.

»Morgen, Chief.« Die Hände in die Hüfte gestemmt, gibt Lois die Anweisungen: »Mehr nach rechts, Leute, noch fünfzehn Zentimeter. Er muss mittig stehen.«

»Deine fünfzehn Zentimeter sind bei mir fünfundzwanzig«, knurrt Pickles.

Mona bricht in schallendes Gelächter aus. »Fangt damit erst gar nicht an.«

»Aber er steht nicht in der Mitte«, sagt Lois genervt. »Wir sind gleich fertig, Chief.«

Die Kaffeetheke ist ein alter beschichteter Metalltisch, den wir von einem Hotel geerbt haben, das in den achtziger Jahren geschlossen hat. Er wiegt bestimmt hundert Pfund, und da Pickles fast fünfundsiebzig Jahre alt ist, scheint es mir nicht besonders klug von ihm, bei dieser Aktion mitzumachen. Also fasse ich mit an.

Als der Tisch schließlich an Ort und Stelle steht, treten wir alle vier zurück und betrachten das Werk. »Sieht toll aus«, verkündet Mona.

»Erst mal testen und einen Kaffee kochen«, grummelt Pickles.

Lois nimmt die Glaskanne und macht sich an die Arbeit.

Auf halbem Weg zu meinem Büro wird mir klar, dass Mona schon gegangen sein sollte. Ihre Schicht von Mitternacht bis acht Uhr morgens ist zu Ende, und ich drehe mich um. »Sie sind noch hier«, sage ich.

Sie sieht mich wie gebannt an. »Ich war gerade am Gehen, als –«

»Ich könnte meinem Budget wahrscheinlich ein paar Überstunden abringen«, sage ich. »Wenn Sie noch Zeit haben.«

Sie strahlt. »Immer gern. Was soll ich machen?«

Ich ziehe mein kleines Notizbuch, das ich immer dabeihabe, aus der Tasche. »Versuchen Sie die Adresse von Ruth Beiler herauszufinden.« Ich buchstabiere den Namen. »Sie ist amisch. Ich hab kein Geburtsdatum, aber sie ist etwa zwanzig. Zuletzt wohnhaft in Painters Mill.«

»Wird umgehend besorgt.«

»Mona?«

Sie bleibt stehen und dreht sich um. Ihrem Gesichtsausdruck sehe ich an, dass sie Kritik befürchtet, weil sie wieder länger geblieben ist, obwohl ich sie gebeten hatte, keine Überstunden zu machen. »Ich war wirklich auf dem Weg nach draußen, als Sie gekommen sind, Chief. Ich konnte doch Lois und Pickles den Tisch nicht allein –«

»Wenn Sie die Adresse von Ruth Beiler rausgefunden haben, können wir vielleicht zusammen hinfahren.«

»Echt?« Sie blickt mich mit großen Augen an und macht den Mund auf. Dann kriegt sie sich wieder ein. »Ich meine, das wäre klasse, um Erfahrungen zu sammeln.«

»Gut, danke.«

Ich habe kaum mein Büro erreicht, als sie so laut »Juchhu« schreit, dass die Fensterscheiben wackeln.

***

Ein paar Minuten später klingelt mein Telefon. Auf dem Display steht: *Wirtschaftsministerium*. »Burkholder.«

»Hi, Chief, Bob Schoening hier. Ich wollte Ihnen von einer interessanten Entwicklung im Gingerich-Fall berichten.«

Ich schiebe die Akte vor mir auf dem Tisch beiseite. »Ich kann ein paar handfeste Informationen gut gebrauchen.«

»Sie wissen ja, dass ich einige Gegenstände eingetütet habe, darunter auch zwei Einweckgläser, die draußen vor der Sattelkammertür lagen. Wir vermuten, dass darin das Benzin zum Tatort transportiert wurde.«

»Sind die Gläser noch ganz?«

»Leider nein, und es sind auch ganz gewöhnliche Gläser. Dafür war die Untersuchung des Schlüssels, der nahe der Sattelkammer mit einem Metalldetektor gefunden wurde, umso interessanter.«

»Ist es der Schlüssel für die Sattelkammer?«, frage ich.

»Ja, aber wirklich erstaunlich ist der brauchbare Fingerabdruck, den wir darauf gefunden haben.«

»Ein Fingerabdruck hat das Feuer überstanden?«

»Der Schlüssel lag unter einem Stück Holz auf dem Lehmboden. Dadurch war er einigermaßen vor dem Feuer geschützt, so dass der Fingerabdruck bei der Untersuchung noch zu erkennen war.«

Ich setze mich aufrecht hin. »Konnten Sie ihn schon zuordnen?«

»Wir haben ihn via LiveScan zum BCI geschickt, dort lassen sie ihn gerade durchs AFIS laufen.«

AFIS steht für Automatisiertes Fingerabdruck-Identifizierungs-System. »Haben Sie eine Vorstellung, wie lange das dauern kann?«

»Etwa vierundzwanzig Stunden.«

Das sind gute Neuigkeiten. Natürlich kann es sein, dass der Fingerabdruck zu einem der Gingerichs gehört, und selbst wenn er tatsächlich von einer unbekannten Person stammt, ist AFIS – wie jede andere Datenbank – nur so gut wie die Informationen, mit denen sie gefüttert wurde. Wenn der Besitzer des Fingerabdrucks nicht vorbestraft ist und ihm auch sonst niemals Fingerabdrücke abgenommen wurden, gibt es logischerweise auch keine Übereinstimmung.

»Sonst noch etwas?«, frage ich.

»Ich schicke Ihnen gerade meinen Bericht zu.« Am anderen Ende raschelt Papier. »Es gab noch ein paar bemerkenswerte Fundstücke in der Sattelkammer selbst, zum Beispiel eine Weinflasche, einen Keramikteller und Kerzenreste.«

»Mit Fingerabdrücken?«

»Nein.«

»Klingt wie ein interessantes Stillleben.«

»Finde ich auch.«
»Könnte es sein, dass die Kerze das Feuer entfacht hat?«
»Ich bin zu dem Ergebnis gekommen, dass das Feuer außerhalb der Sattelkammer ausbrach. In dem Punkt bin ich mir sehr sicher. Vielleicht gab es noch ein zweites Feuer, aber dafür habe ich keinen Anhaltspunkt gefunden.«
Ich gebe ihm meine Handynummer durch. »Halten Sie mich auf dem Laufenden, ja?«
»Aber sicher.«

* * *

Im Ausgraben von Informationen ist Mona ein Genie. Und zwar nicht nur bei der Suche in Polizeidatenbanken – LEADS und OHLEG, die Datenbank von Ohio –, sondern auch in Bezug auf Suchmaschinen und das Aufspüren von gut verborgenen Geheimnissen im Internet.
»Normalerweise wäre es schneller gegangen, aber Ruth Beiler heißt inzwischen Ruth Petersheim«, sagt Mona, die in der Tür zu meinem Büro steht. »Vor ungefähr einem Jahr hat sie Mark Petersheim geheiratet und lebt jetzt in Wilmot. Sie arbeitet Teilzeit im Amish-Door-Restaurant.«
»Gute Detektivarbeit.« Ich nehme den Autoschlüssel. »Wollen Sie mit?«
Ihr Grinsen reicht mir als Antwort.

* * *

Wilmot ist ein hübsches kleines Dreihundert-Seelen-Dorf, etwa dreißig Minuten nordöstlich von Painters Mill. Vor der Abfahrt habe ich Ruth Petersheims Adresse ins GPS eingegeben und werde auf die US 62 Richtung Norden dirigiert. Nach einem kurzen Tankstopp in Millersburg geht es vorbei an ein paar Buggys und Dutzenden amischen Farmen. Am Rande von Wilmot passieren wir langsam das Amish Door Village, was mir ein Lächeln entlockt. Vor zwei Wochen haben Tomasetti und ich in dem Diner einen seltenen gemeinsamen Samstagmorgen verbracht und uns mit Rühreiern und Eierpfannkuchen vom Frühstücksbüfett den Bauch vollgeschlagen.

Als wir uns der scharfen Kurve vor der Kreuzung Winesburg und Main Street nähern, instruiert mich die weibliche Stimme, rechts auf die Milton Street einzubiegen.

Mona deutet in die Richtung. »Da ist es. Das kleine Haus gleich hinter der Kirche.«

Ich parke am Bordstein vor einem weiß gestrichenen kleinen Fachwerkhaus. Auf der etwas windschiefen Veranda stehen zwei altmodische Metallstühle, türkisfarben gestrichen, und ein Pflanzenkübel mit gelben und lila Chrysanthemen.

»Ist Ruth Petersheim amisch?«, fragt Mona.

»Sie war es jedenfalls.« Ich sehe sie an, und mir wird bewusst, dass sie noch lernt und erste Erfahrungen sammelt. »Das Wichtigste ist, nicht zu vergessen, dass Petersheim zurzeit weder eine Verdächtige noch eine Zeugin ist. Genau genommen ermitteln wir ins Blaue hinein. Was heißt, je mehr sie redet, desto ergiebiger wird unser Besuch sein.«

»Verstehe.«

»In erster Linie will ich wissen, ob sie Daniel Gingerich kannte. Und falls sie sogar mit ihm befreundet war, interessiert mich die Art ihrer Freundschaft, ob sie sich nahestanden oder so. Man weiß nie, ob eine zunächst unbedeutend scheinende Information sich später noch als wichtig entpuppt.«

Sie nickt, starrt mich mit großen Augen an und scheint an meinen Lippen zu hängen. »Richtig.«

»Ich übernehme die Befragung, aber wenn Ihnen etwas Wichtiges einfällt, fragen Sie ruhig dazwischen.«

Wir verlassen den Explorer und gehen auf einem schmalen, holprigen Fußweg zum Eingangsportal. Als wir vor der Tür stehen bleiben, sieht Mona mich an. Ich nicke ihr zu, und sie klopft fest.

Die Tür wird von einer jungen amischen Frau Anfang zwanzig geöffnet. Ihr aschblondes Haar steckt unter einer *Kapp* aus Organdy, sie trägt ein hellblaues Kleid mit Schürze und No-Name-Sneakers. Irgendwo im Haus ist ein Baby zu hören.

Beim Anblick meiner Uniform macht sie ein bestürztes Gesicht. »Ist etwas passiert?«

Ich zeige ihr meine Dienstmarke und stelle mich vor. »Wir untersuchen den Tod von Daniel Gingerich«, erkläre ich. »Können wir einen Moment reinkommen und mit Ihnen reden?«

»Aber … warum?« Wie ein in die Enge getriebenes Tier, dem gerade bewusst wird, dass sein Leben in Gefahr ist, sieht sie von mir zu Mona. »Ich weiß nichts.«

Aber sie ist zu höflich, um unsere Bitte abzuschlagen, tritt zur Seite und lässt uns hinein.

»Vielen Dank.« Ich gehe voran. »Wir werden Sie nicht lange aufhalten.«

Drinnen riecht es nach verbranntem Toast und frisch gebrühtem Kaffee. Es ist ein typisch amisches Haus mit einem etwas überfüllten Wohnzimmer, in dem ein Polstersofa mit Häkelkissen, zwei Beistelltische mit Zierdeckchen und Petroleumlampen sowie zwei Schaukelstühle mit selbstgenähten Sitzkissen stehen. Durch eine breite Türöffnung sehe ich eine recht große Küche mit weißen Schränken und eine Waschmaschine auf der hinteren Veranda. An der Wand zwischen Küche und Wohnzimmer steht ein Kinderbett.

»Ich weiß nicht, warum Sie hergekommen sind.« Petersheim geht zu dem Kinderbett, sieht hinein und kommt zu uns zurück. »Ich weiß nichts über Daniel.«

»Sie sollen miteinander befreundet gewesen sein«, beginne ich.

»Ich habe keine Ahnung, wer Ihnen das erzählt hat, aber wir waren keine Freunde. Ich kannte ihn zwar, als ich bei meinen Eltern in Painters Mill wohnte, aber das ist lange her. Ich bin jetzt verheiratet.« Sie holt tief Luft, als hätte sie beim Sprechen das Atmen vergessen.

Ihre Nervosität macht mich stutzig. Natürlich ist Angst kein Anzeichen von Schuld, manche Menschen sind in Gegenwart von Polizisten einfach nervös oder mögen keine Fremden. Trotzdem scheint Ruth Petersheim von unserem Besuch extrem betroffen.

»Ist Ihr Mann zu Hause, Mrs Petersheim?«

»Er arbeitet.«

Ich hole mein Notizbuch heraus. »Wo arbeitet er?«

»Auf der Obermiller-Baustelle. Diese Woche baut er den Zaun am Gasthaus.«

Ich mache mir Notizen und gebe ihr die Chance, sich zu beruhigen. Dann versuche ich es erneut. »Sie sollen mit Daniel Gingerich zum Singen gewesen sein.«

Ein amisches »Singen« findet gewöhnlich an einem Sonntagabend auf der Farm statt, wo zuvor der Gottesdienst abgehalten wurde. Es ist eine Gelegenheit für Jugendliche aus verschiedenen Kirchgemeinden, zusammenzukommen, gemeinsam Kirchenlieder zu singen und sich kennenzulernen. Normalerweise endet es gegen zehn oder elf Uhr.

Ruth Petersheim sieht mich an, als löse meine Behauptung Übelkeit bei ihr aus. »Oh, das meinen Sie. Es war nur ... ein zwangloses Beisammensein. Und es waren noch viele andere Amische da. Wir waren nicht ... zusammen da oder allein. Ich meine, es waren nicht nur wir beide.«

Da ich mir nicht sicher bin, warum das wichtig ist und sie sich genötigt sieht, es zu betonen, hake ich erst einmal nicht nach. »Dann standen Sie sich also niemals nahe«, sage ich beschwichtigend.

»Richtig.«

Ich lächele sie an, kann ihre Anspannung geradezu spüren. Sie ringt die Hände und sieht immer wieder zu ihrem Kind, hofft wohl, dass es anfängt zu schreien und sie einen Grund hat, uns zu verabschieden.

»Wissen Sie, ob Daniel mit jemandem Probleme oder Unstimmigkeiten hatte?«, frage ich.

»Nein. Aber so gut kannte ich ihn ja auch nicht – eigentlich kannte ich ihn kaum«, sagt sie schnell.

Zu schnell. Sie denkt über meine Frage nicht nach, sondern gibt schnell die Antwort, die ich hören soll – die dieser unangenehmen Unterhaltung ein Ende setzen und uns zum Gehen bewegen soll. Aber warum?

Doch ich lasse nicht locker. »Sind Sie sicher, Ruth? Vielleicht hatte er mit jemandem Streit – wegen Geld oder so?«

»Soviel ich weiß, hatte er nie mit irgendjemandem Streit.« Sie blickt sehnsüchtig zur Tür, als wollte sie uns am liebsten hinausbefördern.

Jetzt meldet Mona sich zu Wort. »Vielleicht schien es Ihnen damals bloß keine große Sache gewesen zu sein?«

Petersheim sieht sie an, als würde ihr gerade erst bewusst, dass wir zu zweit sind. »Nein.«

Das Baby fängt an zu schreien. Die amische Frau scheint überaus dankbar für diese Unterbrechung und eilt zum Kinderbett. *»Ich bin om cooma.«* Ich komme schon, ruft sie.

Da sie uns jetzt den Rücken zudreht, sehe ich Mona an, die mit den Achseln zuckt.

Petersheim nimmt das Kind aus dem Bett, dreht sich aber nicht wieder zu uns um und ignoriert uns. *»Wie geht's, mei lamm?«* Wie geht es meinem Lämmchen?

Ich gehe zu ihr hin und bewundere das Baby auf ihrem Arm, möchte ihr ein wenig die Anspannung nehmen. *»Er is schmuck.«* Er ist süß.

Jetzt sieht sie mich zum ersten Mal wie einen Menschen an und nicht wie ein Monster, das sich gewaltsam Zutritt zu ihrem Haus verschafft hat, und lächelt sogar ein wenig. *»Cannscht du Deitsh schwetze?«* Sie sprechen Pennsylvaniadeutsch?

»Ich war einmal amisch.«

Sie blickt zu Mona. »Sie auch?«

»O nein, Ma'am, ich nicht.« Mona hebt beide Hände, als müsse sie einen Angriff abwehren. »Ich bin durch und durch eine *Englische*.«

Alle drei sehen wir das Baby an.

»Wie heißt er?«, frage ich.

Lächelnd hebt sie das Baby hoch und reibt ihre Nase mit seiner. »William.«

»Wie alt ist er?«, fragt Mona.

Es ist eine arglose Frage, doch Petersheim zuckt leicht zusammen. »Fast ein Jahr.«

In dem Moment stößt das Baby auf und spuckt Milch auf seine weiße Latzhose.

Die amische Frau schnalzt mit der Zunge. »Oje, das hab ich

davon, wenn ich dich kein Bäuerchen machen lasse«, sagt sie liebevoll.

»Kann ich helfen?«, frage ich.

Sie lächelt mich dankbar an, doch sie schüttelt den Kopf. »Ich hab schon Übung darin. Das passiert jedes Mal, wenn er zu viel Milch trinkt und ich mir hinterher keine Zeit für sein Bäuerchen nehme. Die Hebamme sagt, das wird sich bald geben.«

Der kleine William trägt eine Art Latzhose mit T-Shirt. Mona und ich sehen zu, wie Ruth Petersheim ihm die Latzhose herunterstreift und das beschmutze Shirt über seinen Kopf zieht.

»Ist nur ein bisschen *schmierkees*«, murmelt sie mit Kinderstimme und meint damit die amische Version von Quark. Sie bedeckt die dicken Baby-Wangen mit vielen schmatzenden Küssen. »Nicht wahr, *mei lamm*?«

Als sie sich jetzt bückt, um aus der Schublade unterm Wickeltisch ein frisches Shirt zu holen, fällt mir auf der rechten Seite seines nackten Bauches ein dunkelbrauner Leberfleck auf. Er ist groß für so ein kleines Kind – etwa zehn Zentimeter lang und zweieinhalb Zentimeter breit. Und auf einmal habe ich das komische Gefühl, so ein Muttermal schon einmal gesehen zu haben …

Petersheim kommt zurück und streift geschickt das frische Shirt über den Kopf des Kindes, steckt vorsichtig die Arme durch die kleinen Öffnungen und streicht sein Haar glatt.

Ich warte, bis sie fertig ist. »Ruth, können Sie mir sagen, wo Sie Montagnacht waren?«

Sie wendet mir ruckartig, mit weit aufgerissenen Augen, den Kopf zu. »Was? Warum wollen Sie das wissen?«

»Ich muss jeden fragen, der Daniel Gingerich kannte oder Kontakt mit ihm hatte. Das verstehen Sie sicher.« Mein Lächeln beruhigt sie hoffentlich. »Nur um Sie aus dem Kreis der Tatverdächtigen ausschließen zu können.«

»Ich war hier«, sagte sie. »Mütter mit Babys können abends nicht einfach so weggehen.«

»Kann Ihr Mann das bestätigen?«

»Natürlich kann er das«, fährt sie mich an. »Er war auch hier. Wenn Sie jetzt bitte gehen können … ich muss ihn füttern.«

»Natürlich.« Aber ich zögere. »Können Sie mir vielleicht irgendetwas über Daniel Gingerich sagen, das mir bei den Ermittlungen helfen könnte?«, frage ich.

»Ich hab doch schon gesagt, ich kannte ihn kaum.« Sie zeigt zur Tür. »Mehr gibt es nicht zu sagen.«

* * *

Kurz darauf sitzen Mona und ich wieder im Explorer.

»Das war so ziemlich die nervöseste amische Frau, die ich je getroffen habe.«

»Das glaube ich Ihnen gern«, erwidere ich und fahre los. »Die Frage ist nur, warum war sie so nervös?«

»Ob sie etwas über Daniel Gingerich weiß?«

»Sieht ganz so aus, jedenfalls will sie nicht darüber reden.«

Als ich zur Winesburg Street komme, biege ich links ab. Ruth Petersheim hatte gesagt, ihr Mann arbeite gerade beim Amish Door Village. Auf der Herfahrt habe ich das Lokal an der US 62 nicht gesehen und biege deshalb an der Lawnford links ab. Und tatsächlich, etwa vierhundert Meter nach der Einmündung sehe ich zwei amische Männer an einem weißen Zaun arbeiten.

Auf dem Standstreifen backt ein alter Dodge-Pick-up in der prallen Sonne. Die Ladeklappe ist heruntergelassen und gibt den Blick frei auf diverses Werkzeug – Schippe, Hammer, Kisten mit Nägeln und einen batteriebetriebenen Schraubenzieher – sowie einen Wasserkühler.

Ich parke hinter dem Pick-up und stelle den Motor ab. »Da wir schon einmal hier sind, können wir auch gleich herausfinden, ob Ruths Ehemann ihr Alibi für die Nacht von Gingerichs Tod bestätigt.«

Wir steigen aus und gehen auf die beiden Männer zu. Der ältere steht auf eine Schippe gestützt neben dem Zaun, hat einen zusammenschiebbaren Becher in der Hand und sieht zu uns hin. Er ist etwa vierzig Jahre alt, hat einen graumelierten Vollbart und trägt typisch amische Arbeitskleidung: blaues Hemd, dunkle Hose, Hosenträger und Strohhut; auf seiner Nase sitzt eine Sonnenbrille.

Der Jüngere der beiden gräbt gerade das Loch für einen Zaunpfahl, eine anstrengende Arbeit, besonders in der knallheißen Sonne. Er hat so ziemlich das Gleiche an wie der ältere Mann, doch sein Hemd ist am Rücken und unter den Armen schweißdurchtränkt.

»Hays genuk fa du?«, sage ich, als wir in Hörweite sind. Ist Ihnen heiß genug?

Der ältere Mann trinkt einen Schluck aus seinem Becher und zeigt auf den anderen. *»Hays genuk fa eem fleicht?«* Ihm vielleicht.

Ich stelle mich vor. »Ich suche Mark Petersheim.«

Der jüngere Mann wirft mir einen kurzen Blick zu und stößt den Spaten gleich wieder in die Erde. Er hat blonde Haare, einen dicken roten Bart und teefarbene Augen. »Sie haben ihn gefunden«, sagt er.

»Ich ermittle im Todesfall Daniel Gingerich«, erkläre ich. »Haben Sie einen Moment Zeit? Ich möchte Ihnen ein paar Fragen stellen.«

Die beiden amischen Männer sehen sich an. Seufzend zieht Petersheim den Spaten aus dem Loch, stellt ihn mit der Spitze auf den Boden und hält ihn dem anderen Mann hin. *»Alle daag runhersitze mach tem faul«*, sagt er. Den ganzen Tag rumsitzen macht faul.

Der Mann grinst und nimmt den Spaten.

Petersheim geht zum Pick-up, holt sich einen Becher, füllt ihn mit Wasser, nimmt den Hut ab und gießt es sich über den Kopf. Dann füllt er den Becher noch einmal, trinkt ihn in einem Zug leer und kommt dann zu Mona und mir. Er scheint wenig erfreut über unser Auftauchen.

»Ich kannte Gingerich nicht«, sagt er und wischt sich mit einem Taschentuch das Gesicht trocken.

»Haben Sie ihn jemals getroffen?«, frage ich.

»Nein.«

»Haben Sie von ihm gehört?«

»Von dem Feuer hab ich gehört. So was macht schnell die Runde, zumal er ja amisch war.«

Ich nicke. »Vor Ihrer Heirat soll Ihre Frau ihn gekannt haben.«

Kurzes Zögern. »Soviel ich weiß, haben sie eine Weile der gleichen Kirchgemeinde angehört. Wir sind jetzt Beachys, also ...« Er zeigt zum Pick-up und zuckt die Achseln.

»Waren Daniel und Ihre Frau befreundet?«

Sein Blick wandert hinüber zu dem anderen Mann, er schaut ihm kurz beim Graben zu, dann sieht er mich wieder an. »Ich glaube nicht.«

»Sie hat ihn nie erwähnt?«, frage ich.

»Erinnern kann ich mich jedenfalls nicht daran.«

»Wir haben vorhin mit Ruth gesprochen«, sage ich.

»Ich wollte schon sagen, dass sie mit ihr anstatt mit mir reden sollten.«

Er hat zwar nichts Feindseliges gesagt oder getan, aber er ist auch nicht besonders höflich und antwortet ausweichend. Ich spüre, dass unter seiner gelassenen Fassade Unmut rumort, und da heute anscheinend niemand mit mir über Daniel Gingerich sprechen will, interessiert mich natürlich der Grund dafür. Also lasse ich nicht locker.

»Soviel ich weiß, sind Daniel Gingerich und Ihre Frau zusammen zum Singen gewesen.«

»Eine Menge junge *Amische* gehen zum Singen, das ist ganz normal.«

»Würden Sie mir bitte sagen, wo Sie Montagnacht waren, Mr Petersheim?«

»Wo ich jede Nacht bin.« Er sieht mir fest in die Augen, ist kein bisschen verunsichert von meinen Fragen. »Zu Hause. Mit Frau und Kind.« Er blickt zu dem anderen Mann, der das Loch inzwischen ganz ausgehoben hat, und wieder zu mir. »Sind Sie fertig? Ich muss weiterarbeiten.«

»Danke, dass Sie sich die Zeit genommen haben.«

Er geht weg.

* * *

»Der Mann ist eine sprudelnde Informationsquelle«, bemerkt Mona, als wir wieder im Explorer sitzen.

»Er weiß mehr, als er verrät«, erwidere ich, lege den Sicherheitsgurt an und starte den Motor.

»Sieht ganz so aus, als wollte niemand über Daniel Gingerich reden«, sagt Mona. »Warum nur?«

»Früher oder später werden ihre merkwürdigen kleinen Geheimnisse ans Licht kommen.« Ich lege den Gang ein und fahre los. »Und dann kriegen wir die Antworten auf unsere Fragen.«

11. Kapitel

Kurz nach Mittag setze ich Mona vor dem Revier ab. Da mich gerade die Möglichkeit beschäftigt, dass Emma Millers Tod die Folge eines Ereignisses gewesen sein könnte, das mit Daniel Gingerichs Arbeit auf der Farm ihrer Eltern zu tun hat, mache ich eine Kehrtwende und fahre auf der County Road 159 Richtung Norden zur Farm der Millers.

Bei meinem letzten Gespräch haben Esther und Sam Miller mir unmissverständlich klargemacht, dass sie nicht über ihre Tochter sprechen wollen. Doch seither hat es neue Erkenntnisse in dem Fall gegeben. Ich weiß jetzt mehr über Daniel Gingerich – und über Emma – und bin zu dem Schluss gekommen, dass ihr Schweigen nicht nur auf ihre Trauer zurückzuführen ist.

Ich fahre die gewundene Straße den Hügel hinauf. Das Scheunentor steht offen, ich parke auf dem Schotterweg ein paar Meter davor und gehe hinein. Drinnen riecht es nach Pferden, Heu und Erde, aber auch leicht nach frischer Farbe.

»Hallo?«, rufe ich. »Mr Miller?«

Ich mache mich auf in den hinteren Teil, vorbei an einer Werkbank voll unfertiger Vogel- und Futterhäuschen. Gerade als ich überlege, zum Speicher auf der zweiten Ebene zu gehen, höre ich Schritte hinter mir und drehe mich um. Esther Miller steht im schwarzen Kleid und mit schwarzer Haube im Eingang, eine Dose mit Farbe in der Hand.

»Ich dachte mir doch, dass ich Schritte gehört habe.« Sie geht zu der Werkbank und stellt die Farbe auf einer alten Zeitung ab, beobachtet mich aber weiter aus dem Augenwinkel. »Haben Sie sich doch entschlossen, ein Futterhäuschen zu kaufen?«

»Ich glaube, ich nehme das rote dort, das wie eine amische Farm aussieht. Für meine Schwester, sie hat nächste Woche Geburtstag.«

»Das ist ein schönes Geschenk«, sagt sie, holt das Futterhäuschen und legt es auf die Werkbank, wobei ihr argwöhnischer Blick den freundlichen Ton Lügen straft. »Soll ich es einpacken? Ich benutze alte Ausgaben vom *The Budget* und ein wenig Schnur. Das ist schön schlicht.«

»Das klingt gut.«

Die amische Frau holt eine gefaltete Zeitung aus dem Regal unter der Werkbank, dann zieht sie ein Stück Schnur von einer Rolle ab, die an einer großen Eisenschraube an der Wand hängt. »Maiskörner kann man in dem Futterhäuschen nicht verfüttern, höchstens die aufgeplatzten. Die ganzen verstopfen die Löcher am Boden, und dann kann die Hirse nicht mehr durch.«

»Ich fashtay.« Ich verstehe.

Als sie anfängt, das Futterhäuschen einzuwickeln, sage ich: »Emma war bei ihrem Tod *ime familye weg*.«

Esther Miller zuckt zusammen, als hätte ich ihr ein Messer in den Rücken gestoßen. Bei vielen Amischen der Alten Ordnung und Swartzentruber-Amischen wird über Schwangerschaft nicht gesprochen. Das Wort »schwanger« wird niemals in den Mund genommen. Die Amischen lieben Kinder und haben meistens viele Nachkommen. Aber wenn es um den Zeugungsakt selbst geht – den Bienen-und-Blumen-Aspekt –, sind sie ausgesprochen prüde.

In den Augen vieler Amischer ist es zweifellos ein Stigma, als unverheiratete Frau schwanger zu werden. Oftmals zwingt die Familie die werdende Mutter zur Heirat, selbst wenn der angehende Bräutigam nicht der Vater des Kindes ist.

Als Esther nichts erwidert, trete ich zu ihr und lege die Hand auf das Futterhäuschen. »Ich weiß, dass Sie noch immer um Ihre Tochter trauern, Mrs Miller. Und ich verstehe, wie schmerzlich es für Sie und Ihren Mann sein muss, über sie zu sprechen. Aber ich brauche Ihre Hilfe.«

Ihre Hände gleiten vom Futterhäuschen, und sie wendet sich mir zu. »Ich werde nicht über sie sprechen. Nicht mit Ihnen. Nicht darüber.«

»Weil sie ein Kind erwartete?«, frage ich.

Sie presst die Lippen zusammen, nimmt die Schnur und bindet sie um das Zeitungspapier, zieht sie fest.

»Oder ist das, was ihr passiert ist, der Grund, warum Sie nicht darüber reden wollen?«

Esther kneift die Augen zusammen und sieht mich an. »Ich weiß nicht, wovon Sie sprechen.«

»Ich glaube, das wissen Sie sehr wohl. Ich glaube, Emma ist etwas Schlimmes passiert. Sie und Ihr Mann wollen entweder die Augen vor der Wahrheit verschließen, oder Sie lügen mich an, weil Sie sie schützen wollen.«

»Ich will nicht darüber sprechen«, faucht sie. »Es gehört sich nicht.«

»Mrs Miller, ich muss wissen, was zwischen Emma und Daniel Gingerich passiert ist. Ich verspreche, alles zu tun, damit die Informationen vertraulich behandelt werden.«

»Meine geliebte Emma ist jetzt im Himmel. Bei Gott. Sie hat Frieden gefunden, und eines Tages werde ich bei ihr sein. Das ist alles, was zählt. Und auch alles, was ich darüber zu sagen habe.«

Sie schiebt mir das Futterhäuschen hin. »Nehmen Sie es und gehen Sie. Gehen Sie einfach … und kommen Sie nie wieder.«

Ich rühre mich nicht vom Fleck, hole weder meinen Geldbeutel hervor noch nehme ich das Futterhäuschen an mich. »Ich habe mit Elam Schlabach gesprochen.«

Die amische Frau wendet das Gesicht ab, doch der Kummer und die Scham in ihren Augen sind mir nicht entgangen. »Ich will nicht darüber reden.«

Ich lege ihr die Hand auf die Schulter. »Er sagt, Emma hatte noch ihre Unschuld.«

Sie sieht mich wieder an. »Ja, das war auch so.«

»Wir wissen beide, dass das keinen Sinn ergibt. Sie hat Elam geliebt. Sie hat sich für ihn bis zur Hochzeit aufgehoben, und doch ist sie schwanger geworden.« Ich warte kurz, aber als sie nichts erwidert, füge ich hinzu: »Was hat Daniel ihr angetan?«

Sie wirft einen Blick zum Scheunentor – wohl um sicherzugehen, dass ihr Mann nicht kommt –, und in dem Moment weiß ich, dass sie mir etwas sagen wird, was alles ändert. Ich habe das, was in ihr brodelt, zum Überlaufen gebracht. Was immer auch geschieht, das Gift muss raus, ungeachtet der Folgen.

»Emma hätte nicht gewollt, dass jemand davon erfährt«, flüstert sie. »Ganz bestimmt.«

»Ich tue alles, damit es unter uns bleibt.« Ob ich mein Versprechen absoluter Vertraulichkeit halten kann, weiß ich nicht, aber ich werde es versuchen.

»Sam und ich fanden, dass er ein wirklich netter Kerl ist«, sagt sie. »Klug, aus einer guten amischen Familie, mit einer hohen Arbeitsmoral. Daniel hat uns nie Grund gegeben, etwas anderes zu denken.«

Ich warte, hoffe inständig, dass sie weiterspricht, und ignoriere den leisen Wunsch, dass ich eigentlich nicht hören will, was wohl gleich kommt.

Sie drückt die Hand auf den Bauch, geht zur Werkbank, stützt sich mit beiden Händen darauf. »Eines Nachmittags habe ich sie gesehen. Zusammen. Im Milchhäuschen … auf dem Boden … Er lag … auf ihr … Sie wissen schon wie. Ihr Kleid war …« Sie schüttelt den Kopf, ist aber noch nicht fertig. »Sie lag da, im Stallmist, dass die ganze Welt es sehen konnte. Einfach so, und das ganze Kleid voller Mist.«

Meine nächsten Worte wähle ich mit Bedacht. »Wollten sie es beide?«

Sie schließt fest die Augen. »Zuerst wusste ich es nicht. Ich meine, Danny war ein hübscher junger Mann. Emma war schon beinahe eine erwachsene Frau, und beide waren im *Rumspringa*-Alter. Ich dachte …« Sie bricht den Satz ab, presst die Hand auf den Mund, als wollte sie einen Schrei unterdrücken.

»Hat er sie gezwungen?« Zu spät versuche ich, den gereizten Unterton aus meiner Stimme zu nehmen. »Sie genötigt?«

Sie richtet sich auf, sammelt sich, reißt sich zusammen. »Emma ist zu mir gekommen. Gleich am Abend. Sie sagte, er hätte … na ja, Dinge mit ihr gemacht. Dinge, die sie nicht wollte. Sie sagte, sie wären … ein Fleisch geworden.«

»Er hat sie vergewaltigt?«, frage ich.

Tränen schimmern in ihren Augen, in deren Tiefen ich die

Wahrheit sehe, der sie sich nicht stellen will. Sie lässt ihnen keinen freien Lauf, denn das würde heißen, das Undenkbare zuzugeben, und so stark ist sie nicht. Ich blicke sie an, sehe den Moment, in dem der Schmerz der Leugnung weicht. Noch bevor sie spricht, weiß ich, dass sie zurückrudern wird zu der einzigen Lüge, die sie vor sich selbst rettet. Vor einem Leben voller Selbsthass, denn weder sie noch ihr Mann konnten ihre Tochter schützen.

»Ich habe ihr gesagt, gute Mädchen tun so was nicht«, flüstert sie. »Ich habe ihr gesagt, sie soll inbrünstiger beten. Dass sie sich mehr gegen ihn hätte wehren müssen. Und mehr gegen sich selbst. Ich habe ihr gesagt, Gott lässt nicht zu, dass guten Mädchen so etwas passiert. Dass sie etwas getan haben muss, was ihn in Versuchung geführt hat, und dass sie dafür um Vergebung bitten muss.«

Ich fühle, wie die Anspannung meinen Nacken wie ein Schraubstock umschließt. Ich starre sie an, spüre eine Welle der Abscheu in mir aufsteigen.

Diese Geisteshaltung der Amischen ist mir nicht neu. Im Gegenteil, sie ist einer der Gründe für meine Hassliebe gegenüber der Gemeinde, in die ich hineingeboren wurde. Und das vierzehn Jahre alte und emotional erschütterte Kind in mir will auf sie einprügeln. Will sie anfauchen und schreien: *Deine Tochter ist zu dir gekommen, und du gibst ihr die Schuld? Wie in Gottes Namen konntest du deiner Tochter, die Hilfe bei dir gesucht hat, das antun?*

Schweiß sammelt sich unter meinen Achseln, im Nacken, zwischen den Brüsten. Ich sehe sie an und frage mich, wie sie noch mit sich leben kann, denke: Würde deine Tochter noch leben, wenn du ihr zugehört hättest, wenn du sie beschützt hättest?

»Ist es mehr als einmal passiert?«, frage ich.

»Ich weiß es nicht. Sie hat nie wieder darüber gesprochen, aber ich glaube schon.« Sie zuckt die Achseln. »Diese Dinge zwischen Männern und Frauen sind etwas sehr Persönliches. Ich dachte, er wäre, na ja, ein Verehrer.«

»Weiß Ihr Mann, was passiert ist?«

»Genug, um nicht darüber reden zu wollen.«

»Was heißt das?«, fahre ich sie an. »Haben Sie es ihm gesagt? Oder hat Emma es ihm gesagt? Hat er auch etwas gesehen?«

»Ich habe es ihm gesagt.«

Motiv, flüstert eine kleine Stimme in mein Ohr.

»Wie hat er reagiert?«, frage ich.

»Er hat gesagt, sie sollen es nicht dem Bischof erzählen. Wenn der davon erführe, wäre er gezwungen, alle beide für sechs Wochen zu exkommunizieren. Das konnten wir nicht zulassen.« Sie senkt den Blick, dann hebt sie den Kopf und sieht mir in die Augen. »Chief Burkholder, ich weiß, wie das alles für Sie klingt – was Sie denken müssen.«

»Ich denke gar nichts, Mrs Miller.«

»Ich war Emma keine schlechte Mutter.«

Hundert Worte fallen mir dazu ein, und keines davon ist freundlich, also schlucke ich sie hinunter und schweige.

Einen Moment später schließt sie die Augen und presst die Finger auf ihre Lider, als müsse sie verhindern, dass der Damm bricht. »Wenn Gott mir eine zweite Chance gäbe, würde ich Daniel davon abhalten.«

»Danke, dass Sie mit mir geredet haben, Mrs Miller«, sage ich und gehe.

* * *

Gott lässt nicht zu, dass guten Mädchen so etwas passiert. Sie muss etwas getan haben, was ihn in Versuchung geführt hat …

Die Worte kreisen unaufhörlich in meinem Kopf. Die Vorstellung, dass ein amisches Mädchen im eigenen Zuhause missbraucht wurde, ist schlimm genug. Aber zu wissen, dass dieses Mädchen sich hilfesuchend an seine Mutter gewandt hat und von ihr zu hören bekam, selbst schuld zu sein, macht mich fassungslos. Wie kann eine Mutter ihre Tochter so im Stich lassen, so verraten, dass sie jede Hoffnung verliert und, statt zu leben, den Tod wählt?

Diese schlimme Frage katapultiert mich zurück in eine Zeit, in der ich selbst dieses Mädchen war. Ein Mädchen, das geglaubt hatte, die Welt wäre ein sicherer Ort und die Menschen grundlegend gut. Ein Mädchen, das keine Vorstellung von Gewalt oder der Finsternis hatte, die in den Tiefen des menschlichen Herzens lauern.

Ich war vierzehn Jahre alt, als Daniel Lapp in die sonnendurchflutete Farmhausküche meiner *Mamm* kam und alles zerstörte, was ich über die Welt und die Menschen glaubte. Er hat mir die Unschuld geraubt und alles Glück zunichtegemacht, geblieben waren mir nur Schock, Scham und lähmender Unglaube.

Es ist nicht so, dass ich wie gebannt auf meine Vergangenheit starre oder auf das, was mir passiert ist. Ich weigere mich, daran zu denken, und lasse nicht zu, dass es mein Leben bestimmt. Aber es gibt Zeiten, in denen ich müde bin oder unachtsam, und dann kochen all die alten Emotionen wieder hoch. Manchmal, wenn ich die Augen schließe, sehe ich noch immer sein Gesicht. Wie er mich angeblickt hat, als hätte er nicht mich vor sich, sondern bloß ein Stück Fleisch, das er in Stücke reißen kann, verschlingen und vergessen. Ich habe noch immer seinen stinkenden Atem in der Nase, fühle den Ekel seiner Nähe, den Schmerz der Gewalt, die er mir angetan hat. Und den Verrat, der darauf folgte.

Niemand ist mir an dem Tag zu Hilfe gekommen. Niemand ist dazwischengegangen und hat mich verteidigt. Ich war allein mit einem Ungeheuer, und ich habe getan, was ich tun musste, um zu überleben. Eine Tat, die in den Augen meiner Eltern die schlimmste Sünde überhaupt war.

Ich hasse all diese Parallelen und hämmere rasend vor Zorn mit beiden Händen aufs Lenkrad. »Sie haben es unter den Teppich gekehrt«, würde ich am liebsten hinausschreien, nicht sicher, ob ich Emma Millers Schicksal meine oder mein eigenes.

Plötzlich, als ich gerade auf der Ohio 83 Richtung Norden unterwegs bin, bekomme ich Atemnot. Ich umklammere das Lenkrad, gebiete mir, mich zu beruhigen, mich zusammenzunehmen, doch vergeblich.

Meine Sehkraft lässt nach, mir wird langsam schwarz vor Augen. Ich trete fest auf die Bremse, lenke den Wagen auf den Seitenstreifen und bleibe so abrupt stehen, dass er über den Schotter schlittert. Eine volle Minute lang halte ich das Lenkrad umklammert, meine Handknöchel sind schon ganz weiß. Meine Ohren dröhnen, mein Herz schlägt unkontrolliert. Mir ist speiübel, ich taste nach der Tür, packe den Griff, stoße sie auf und übergebe mich.

»Verdammt nochmal.« Ich spucke die Worte aus, nicht sicher, ob ich meine eigene Schwachheit, meine unglückseligen Eltern oder den Mistkerl meine, der mir so viel Leid zugefügt hat.

Nach wenigen Sekunden lockert sich die Schraubzwinge um meine Brust. Die Dunkelheit vor meinen Augen verflüchtigt sich. Ich nehme die Autos wahr, die auf der Straße an mir vorbeifahren, das nahe Rattern eines Rasenmähers. Ich rieche frisch gemähtes Gras, höre den Ruf eines Blauhähers in den Baumkronen zu meiner Rechten.

»Officer?«

Ich blicke nach links, wo ein roter SUV neben mir gehalten hat. Die junge Frau auf dem Beifahrersitz hat ihr Fenster runtergelassen und sieht mich besorgt an. »Ist alles in Ordnung?«

»Alles gut, danke.« Ich zwinge mich zu lächeln. »Das Mittagessen ist mir nicht bekommen.«

»Na dann, gute Besserung.« Sie lächelt zurück. »Einen schönen Tag noch.«

Ich schließe die Tür und sehe dem Auto hinterher, das auf dem Highway weiterfährt. Ich lehne mich auf dem Sitz zurück und schließe die Augen, atme tief ein und aus und versuche zu vergessen, was gerade passiert ist.

Zu dicht am eigenen Schicksal, flüstert eine kleine Stimme.

Die Logik sagt mir, dass Emotionen bei der Polizeiarbeit nichts zu suchen haben. Es geht in diesem Fall aber nicht um mich oder meine Gefühle. Es geht nicht einmal um Emma Miller, einmal davon abgesehen, was ihr passiert ist. Hier geht es um den Mord an Daniel Gingerich. Meine Aufgabe ist es, den Täter zu finden und Beweise zusammenzutragen. Der Rest obliegt dem Gericht.

Aber ich bin auch nur ein Mensch und so unvollkommen wie jeder andere. Zudem weiß ich besser als die meisten, dass Gefühle nur selten mit dem Verstand kooperieren. Daniel Gingerich war kein unschuldiger Farmjunge. Wenn das, was ich über ihn erfahren habe, stimmt, war er ein Vergewaltiger und ein mieser Kerl. Und das ist eine Tatsache, mit der ich mich schnellstens arrangieren sollte. Denn ich muss seinen Mörder finden, selbst wenn ich im Stillen denke, dass er sein Schicksal verdient hat.

Was das Motiv betrifft, geben die sexuelle Nötigung und der Tod von Emma Miller dem Fall eine völlig neue Richtung. Wenn sie tatsächlich vergewaltigt wurde und schwanger war und sich daraufhin umgebracht hat, um der Schande und dem Schmerz zu entgehen, hätten alle, die ihr nahestanden, ein ziemlich starkes Motiv, sich an dem Täter zu rächen. Das schließt Elam Schlabach und Sam Miller mit ein. Auch ihre Mutter kommt mir in den Sinn, doch sie schließe ich aus. Eine Frau, die ihrer Tochter vorwirft, selbst schuld an ihrer Vergewaltigung zu sein, hat kein Gerechtigkeitsempfinden, nicht einmal jene dunkle und verquere Variante, die zu Selbstjustiz führt.

12. Kapitel

DAS LEBEN WÄRE SO VIEL LEICHTER, wenn die Leute gleich beim ersten Gespräch einfach sagen würden, was sie wissen, statt zu mauern, zu lügen oder Versteck zu spielen, wie manche es nur allzu gern tun. Den Wunsch nach Privatsphäre versteht niemand besser als ich, gerade dann, wenn es um eine persönliche Tragödie geht. Deshalb gebe ich mir die größte Mühe, den eventuell gefährdeten Ruf eines Menschen zu schützen.

Dass die Amischen nicht gern mit mir reden, ist nicht zwangsläufig ein Hinweis auf ihre Täterschaft, sondern vielmehr ein Ausdruck des amischen Grundsatzes, sich vom Rest der Welt abzugrenzen. Im Alltag haben die meisten Amischen keine Probleme im Umgang mit den »Englischen«. Aber konservative Amische wie jene der Alten Ordnung oder die Swartzentruber tun alles, um den Kontakt mit Nicht-Amischen zu meiden. Ich verstehe und respektiere ihre Überzeugungen, gleichwohl werde ich nicht zulassen, dass dadurch meine Ermittlungen behindert werden.

Es ist nachmittags kurz nach vier, ich sitze in meinem Büro und widerstehe nur mühsam der Versuchung, den Kopf verzweifelt auf den Schreibtisch zu schlagen, als Lois hereingestürmt kommt. »Hab gerade unter der eingerichteten Gingerich-Nummer einen Tipp gekriegt.«

Ich lasse mich nicht von ihrem Enthusiasmus anstecken. Bis jetzt war die Sonderrufnummer für Hinweise so ertragreich wie ein toter Baum, und ich bin zu entmutigt, um groß Hoffnung zu schöpfen. »Schießen Sie los, retten Sie meinen Tag.«

Schwungvoll legt sie ihren Notizblock vor mich auf den Schreibtisch. »Eine Anruferin sagt, Chris Martino, der Nachbar, hätte das Feuer gelegt, in dem Daniel Gingerich umgekommen ist. Sie behauptet, der Beweis läge in Martinos Schuppen.«

Mit so einem Hinweis habe ich nun wirklich nicht gerechnet. Auch ohne die Einzelheiten zu kennen, nimmt meine Skepsis spürbar zu. »Hat sie gesagt, was für ein Beweis?«

»Nein.«

»Hat sie ihren Namen genannt? Oder Kontaktinformationen hinterlassen?«

»Sie sagt, sie hätte Angst vor ihm und will anonym bleiben.«

»Haben Sie ihre Nummer?«

»Der Anruf kam von dem amischen Münzfernsprecher an der Kreuzung County Road 407 und 58.«

Besagtes Telefon kann jeder benutzen. Doch trotz meiner Zweifel an der Stichhaltigkeit der Information bin ich gehalten, ihr nachzugehen.

Zumindest muss ich herausfinden, ob sich der sogenannte Beweis tatsächlich in Martinos Schuppen befindet.

»Rufen Sie Richter Siebenthaler an, dass ich auf dem Weg zu ihm bin«, bitte ich sie. »Sagen Sie ihm, ich brauche einen Durchsuchungsbeschluss für Chris Martinos Grundstück.«

»Wird gemacht.«

Mir ist durchaus klar, dass ich aufgrund eines anonymen Anrufs nur schwer einen Durchsuchungsbeschluss erwirken werde. Doch angesichts der Schwere des Verbrechens – und da ich noch immer keinen brauchbaren Verdächtigen liefern kann –, ringt sich der Richter vielleicht dazu durch.

Da Martino ein ziemlicher Hitzkopf ist, frage ich: »Wer hat eigentlich gerade Dienst?«

»Skid ist seit einer Stunde da.«

»Er soll herkommen. Ich formuliere noch schnell einen Antrag und fahre dann zum Richter.«

* * *

Zwei Stunden später sind wir mit einem Durchsuchungsbeschluss bewaffnet auf dem Weg zu Chris Martino. Wie zu erwarten, war Richter Siebenthaler wenig begeistert von meinem Anliegen und hat deshalb den Beschluss auf den Schuppen beschränkt. Das stimmt mich zwar nicht gerade froh, doch momentan nehme ich alles, was ich kriegen kann.

Skid macht auf dem Beifahrersitz einen auf Klugscheißer. »Wäre vielleicht geschickter gewesen, dem Richter unseren Durchsuchungsantrag während der Happy Hour vorzulegen.« Er grinst. »Ist nur so ein Gedanke.«

Ich verkneife mir ein Lächeln. Es ist wohlbekannt, dass Siebenthaler die Nachmittage meistens im Country Club in Millersburg verbringt, wo er sich nach den neun Löchern Golf, die er gewöhnlich spielt, mit ein oder zwei Runden Woodford-Reserve-Whiskey belohnt. »Möglich«, erwidere ich und werfe ihm einen tadelnden Blick zu. »Allerdings macht mich dieser anonyme Hinweis doch ziemlich stutzig und scheint auch ein bisschen zu gezielt platziert.«

»Vielleicht hat jemand ein Hühnchen mit Martino zu rupfen.« Er zuckt die Achseln. »Er ist ja nicht unbedingt Mr Charisma.«

»Oder jemand will unsere Ermittlungen in eine andere Richtung lenken«, sage ich. »Verwunderlich ist auch, dass die Anruferin keinen Wert auf die Belohnung legt.«

»Aber etwas haben wir auf unserer Seite, Chief.«

Ich sehe ihn erwartungsvoll an.

»Chris Martino könnte durchaus blöd genug sein, die Scheune anzustecken und den Benzinkanister zu Hause in seinen Schuppen zurückzustellen.«

»Sie haben meinen Glauben an die Menschheit gerade wiederhergestellt.«

Als ich in die unkrautüberwucherte Einfahrt von Martinos Grundstück einbiege, ist der Nachmittag dem Abend gewichen. Martinos alter Pick-up ist der einzige Wagen hier, und ich parke dahinter. Nur wenige Meter entfernt steht der baufällige Schuppen, ein relativ kleines Gebäude – etwa so groß wie eine Einzelgarage – mit kaputtem Rolltor, verrotteter Wandverkleidung und mehreren zerbrochenen Fensterscheiben.

Ich nehme den Durchsuchungsbeschluss aus der Mittelkonsole und steige aus.

Ein leichter Dunstschleier hängt über dem hüfthohen Gras, in dem Insekten umherschwirren und ein Grillenchor zirpt. Aus den offenen Fenstern des Hauses dröhnt laute Rockmusik.

»Klingt, als feiere Martino eine Wahnsinnsparty«, sagt Skid und schlägt die Autotür zu.

»Das will ich mir lieber nicht genauer vorstellen.« Ich hoffe, Martino ist einigermaßen nüchtern.

Wir gehen auf dem Fußweg ums Haus herum zum Eingang und die Stufen hinauf zur Veranda. Die Tür steht einen halben Meter weit offen, und durch die Windfangtür beschwört Neil Young das ewige Leben des Rock 'n' Roll so laut, dass die Fenster scheppern. Doch von Martino keine Spur, und auch sonst rührt sich nichts im Inneren des Hauses.

Als verurteilter Straftäter darf Martino keine Schusswaffe haben. Was aber nicht heißt, dass er unbewaffnet ist. Schlimmstenfalls ist er betrunken, bewaffnet und stinksauer.

Ich stehe ein Stück neben der Tür und klopfe laut. »Mr Martino?«, rufe ich. »Polizei Painters Mill. Können Sie bitte zur Tür kommen und kurz mit uns reden?«

Mit Skid habe ich einen relativ erfahrenen Polizisten an meiner Seite, er ist locker, lacht gern – am liebsten auf Kosten anderer – und regt sich über so gut wie nichts auf. Aber jetzt spüre ich, dass er ebenso nervös ist wie ich.

Ich warte eine halbe Minute und klopfe erneut, diesmal mit dem Handballen. »Chris Martino! Polizei Painters Mill. Kommen Sie heraus, und reden Sie mit uns!«

Drinnen ertönt ein dumpfer Schlag. Ich atme tief ein, trete nach rechts. Skid macht einen Schritt nach links, legt die Hand auf seine Waffe und beugt sich vor, um ins Innere zu spähen.

Durch die Windfangtür sehe ich jemanden kommen. Kurz darauf wird die Eingangstür ganz aufgerissen, und Chris Martino erscheint hinter der Windfangtür. Ich trete zurück, bringe Distanz zwischen uns. Er reißt die Windfangtür auf, taumelt halb heraus und blinzelt mich an, hält die Tür mit der rechten Hand auf. »Was, verdammt nochmal, soll das? Warum hämmern Sie an meine Tür?«

Ich sehe an ihm vorbei ins Innere, ob noch jemand hinter ihm auftaucht, aber er scheint allein zu sein. »Mr Martino, können Sie bitte herauskommen und kurz mit uns reden?«

»Was wollen Sie denn noch?« Der massige Mann in Jeans, weißem T-Shirt und Flipflops tritt hinaus auf die Veranda und lässt die Windfangtür hinter sich zufallen. Seine Haare sind zerzaust und stehen an einer Seite ab. Haare und Füße sind dreckig. Ich kann den Alkohol in seinem Atem riechen, aber er taumelt nicht. Seine geröteten, glasigen Augen lassen darauf schließen, dass er nicht nur getrunken, sondern noch etwas anderes genommen hat. Entweder Rauschgift oder Tabletten oder alles zusammen.

»Okay, hier bin ich. Was wollen Sie?«

»Ist außer Ihnen noch jemand im Haus, Mr Martino?«, frage ich.

»Nur ich und Jack Daniel's.«

Ich reiche ihm das sauber gefaltete Dokument. »Das ist ein Durchsuchungsbeschluss, Chris. Ich schlage vor, Sie lesen ihn sorgfältig durch. Wir haben die Erlaubnis, eine Durchsuchung durchzuführen.«

»Eine *Durchsuchung*?« Er starrt auf das Dokument, als hätte ich ihm eine lebende Schlange in die Hand gedrückt, aber er faltet es nicht auf, liest es nicht. Stattdessen sieht er mich an, wobei sich auf seinem Gesicht ein bizarres Lachen ausbreitet. Ein Eckzahn fehlt ihm, alle anderen Zähne sind vom Rauchen dunkelgelb. »Nur so aus Neugier, was zum Teufel suchen Sie eigentlich?«

»Das steht alles im Durchsuchungsbeschluss.« Ich sehe an ihm vorbei ins Innere des Hauses. »Dürfen wir hereinkommen und uns umsehen?«

Der Beschluss schließt die Durchsuchung des Hauses zwar nicht ein, aber fragen schadet ja nichts. Falls er es erlaubt, ist rechtlich nichts dagegen einzuwenden, und alles, was wir möglicherweise für wichtig halten, kann verwendet werden.

Martino faltet das Papier auf. »Nur wenn's auch im Durchsuchungsbeschluss steht, sonst nicht.«

Dann warten Skid und ich, während er liest. Nach einer ganzen Minute hebt er den Kopf, sieht mich an und lächelt fies. »Verdammte Nazibullen.«

»Danke, Mr Martino.« Ich trete zurück. »Wir sehen uns jetzt im Schuppen um, und dann sind Sie uns auch schon wieder los.«

»Viel Spaß«, sagt er. »Da ist nichts, es sei denn, ihr jubelt mir was unter.«

Skid und ich machen uns auf zum Schuppen. Außer Hörweite murmelt Skid: »Der Typ ist unberechenbar.«

Das Rolltor steht einen knappen halben Meter weit auf, ist aber seitlich aus der Halterung gerissen und hängt gefährlich schief runter, weshalb wir zum Seiteneingang gehen. Skid drückt die Klinke nach unten, doch die Tür klemmt, und er muss einige Kraft aufwenden, um sie aufzukriegen. Nicht zum ersten Mal bin ich froh, ihn mitgenommen zu haben.

»Heilige Scheiße«, murmelt er beim Betreten des Schuppens.

Als ich sehe, was er meint, rutscht mir das Herz in die Hose. Der kleine Raum ist randvoll mit Gerümpel. In der Mitte steht ein altes Auto undefinierbarer Herkunft. Beide vorderen Kotflügel fehlen, ein Rad ist verschwunden, ein anderes ist platt. Die Kühlerhaube steht dreißig Zentimeter weit offen. Jeder Zentimeter des rostigen Metalls ist mit Vogelkot beschissen. Ich blicke hinauf zur Decke und sehe auch auf den Dachsparren eine dicke Kotschicht, und mir wird klar, dass dort Tauben logieren.

Hinter dem Auto liegt eine umgekippte Schubkarre, an der Wand lehnt ein uraltes Fahrrad, und auf einem Betonvorsprung stehen ein halbes Dutzend Tontöpfe. Eine alte, zur Werkbank umfunktionierte Tür ist mit Motorteilen zugemüllt. Entlang der Rückwand steht ein selbstgebasteltes Regal aus Backsteinen und Holzbrettern. Der Gestank von Vogelkot, Dreck und fauligem Holz erfüllt die Luft.

»Sieht nicht so aus, als wäre in letzter Zeit jemand hier drin gewesen«, murmelt Skid und geht um das Auto herum zur Werkbank.

Er hat recht. Schmutz und Spinnweben überziehen jede sichtbare Oberfläche, und ich frage mich erneut, wie glaubwürdig der Tipp war. »Sie nehmen sich die Werkbank vor und ich mir die Regale, dann arbeiten wir uns weiter bis zur Tür durch, und bitte möglichst zügig.«

»Erwarten Sie keine Widerrede, Chief.«

Ich ziehe Handschuhe aus der Tasche, streife sie über und steige dann über einen verzinkten Bottich in Richtung Regale. Obwohl die Tür offen steht und das einzige Fenster keine Scheiben mehr hat, gibt es nicht genügend Licht, und ich muss meine Mini-Maglite anknipsen.

Auf dem oberen Regal liegen in Augenhöhe eine alte Gartenspritze, ein aufgewickelter Schlauch, eine Schachtel mit öligen Lumpen. Auch auf dem unteren Regal finde ich nichts von Interesse.

Hinter mir verursacht Skid scheppernde Geräusche und stößt gelegentlich unflätige Bemerkungen aus. »Irgendetwas?«, frage ich.

»Absolut nichts, Chief.«

Als ich mich bis zum Auto vorgearbeitet habe und gerade mit dem Gedanken spiele, die ganze Aktion zu beenden, fällt mein Blick auf den alten Türgriff aus Chrom mit Knopf zum Drücken und im Staub daneben eine verwischte Stelle.

Ich blicke auf den Boden und entdecke den Abdruck eines Schuhabsatzes im Dreck. Es war kürzlich also doch jemand hier. Da die Windschutzscheibe zu schmutzig ist, um hindurchzusehen, drücke ich am Türgriff, und tatsächlich geht die Tür laut knarrend auf. Das Innenleben des Autos ist beeindruckend: Der rote Kunstledersitz wurde von einem nistenden Tier völlig zerpflückt, des Lenkrad ist verschwunden, und wo im Armaturenbrett einmal das Radio war, baumeln jetzt Leitungen aus einem Loch. Ich leuchte auf den Boden und muss zweimal hinsehen, als ich dort zwei Einweckgläser entdecke – sauber und mit einer bernsteinfarbenen Flüssigkeit gefüllt, stehen sie so ordentlich nebeneinander wie das Eingemachte in Moms Vorratsregalen.

»Skid, ich hab was gefunden.«

Ich beuge mich vor und lasse den Strahl der Taschenlampe über den Rücksitz wandern, als er hinter mich tritt. Ich zeige auf die beiden Gläser. »Die sind noch nicht lange hier.«

»Die Flüssigkeit hat die Farbe von Benzin.« Er stößt einen Pfiff aus. »Hatte der Brandermittler nicht zerbrochene Einweckgläser am Tatort gefunden?«

»Jap.« Ich gehe in die Hocke, beuge mich vor und schnüffle am Glasverschluss. »Ist definitiv Benzin.«

»Was guckt da unter dem Glas hervor?«

Ich lehne mich wieder zurück, leuchte mit der Taschenlampe hin und sehe einen glänzenden Gegenstand. Mit der behandschuhten Hand schiebe ich das Glas beiseite. »Ein Schlüssel.«

»Sieht neu aus.«

»Das Schloss zur Sattelkammer der Gingerichs war erst ein paar Monate alt.« Ich sehe Skid an. »Es gab zwei Schlüssel. Einer lag am Tatort.«

»Dann ist das vielleicht der andere. Hat die Spurensicherung Fingerabdrücke gefunden?«

»Ja, allerdings hab ich noch kein Ergebnis«, sage ich. »Es kann aber nicht mehr lange dauern.«

»Wenn der Schlüssel ins Schloss passt, dürfte alles Weitere nicht mehr so schwer sein.«

Ich stoße einen Seufzer aus, denn meine anfängliche Skepsis gegenüber der anonymen Anruferin scheint mehr als berechtigt. »Skid, warum sollte jemand, der schon wegen möglicher Brandstiftung von der Polizei verhört wurde, so etwas auf seinem Grundstück lagern?«

»Sie meinen, nicht einmal Martino ist blöd genug dazu?«

Ich knipse die Taschenlampe aus und drehe mich zu ihm um.

»Sie glauben also, dass Martino die Gläser untergejubelt wurden?«, fährt er fort.

Ich nicke. »Die große Frage ist nur, von wem?«

Er zeigt mit dem Daumen Richtung Haus. »Und was machen wir jetzt mit unserem Märchenprinzen?«

»Erst einmal hören wir uns an, was er zu sagen hat.«

Ich blicke zur Tür und sehe Chris Martino, der uns beobachtet.

Ich senke die Stimme. »Rufen Sie das BCI an, sie sollen die Spurensicherung schicken. Die Gläser und der Schlüssel müssen auf Fingerabdrücke untersucht werden.«

»Wird gemacht.«

»Und spannen Sie Absperrband um den Schuppen, okay?«

»Geht klar.«

Wir gehen zur Tür, Skid fängt hinter mir an zu telefonieren, und ich trete hinaus. Martino steht jetzt ein Stück weiter weg, eine Hand in der Hosentasche und in der anderen ein Bier. »Ich hab doch gesagt, dass ihr da drin nichts findet.«

Ich gehe zu ihm. »Wann waren Sie das letzte Mal in dem Schuppen?«

»Das ist schon ewig her. Zwei oder drei Monate vielleicht.«

»Wir haben Einweckgläser gefunden«, sage ich ruhig, den Blick auf ihn geheftet.

»Einweckgläser? Was? Sehe ich aus, als würde ich Tomaten einmachen?«

Ich erwidere nichts.

»Hören Sie«, sagt er. »Der Scheiß im Schuppen gehört mir nicht. Ist nicht mein Auto und nicht mein Gerümpel. Gehört alles dem Vermieter.«

Ich überlege kurz, ob ich ihn wegen des Schlüssels fragen soll, entscheide mich aber dagegen. Ich will diese Information für mich behalten. »Haben Sie irgendwo auf dem Grundstück Benzin gelagert?«

Sein hässliches Grinsen verschwindet. »Hinten auf der Veranda ist 'ne Dose Benzin für den Rasenmäher. Der Mäher ist kaputt, und die Dose ist leer, glaube ich.« Seine Angriffslust hat merklich nachgelassen, und zum ersten Mal wirkt er besorgt. »Was sollen die Fragen?«

»War in letzter Zeit jemand in dem Schuppen, Mr Martino? Der Vermieter oder vielleicht ein Nachbar?«

»Niemand«, sagt er.

»Und hier auf dem Grundstück, waren da Leute? Ein Besucher?«

»Nein, ich meine, ich hab jedenfalls nichts gemerkt.«

»Haben Sie hier in der Gegend irgendwelche Herumtreiber gesehen? Waren Leute auf dem Grundstück, die Sie nicht kannten? Oder fremde Autos?«

Er hebt das Bier an, nimmt einen großen Schluck, lässt mich aber nicht aus den Augen. »Was haben Sie da drin gefunden? 'ne Leiche?«

Ich sehe hinüber zu Skid, der mir mit hochgestrecktem Daumen bedeutet, dass die Spurensicherung des BCI unterwegs ist. »Hören Sie, wir ziehen Absperrband rund um den Schuppen«, wende ich mich wieder Martino zu. »Ein Spurensicherungsteam ist auf dem Weg hierher, um ihn genauer unter die Lupe zu nehmen.«

»Spurensicherung?« Er lacht. »Ihr wollt mir doch nicht etwa was anhängen?«

»Solange Ihre Fingerabdrücke nicht auf den Einweckgläsern sind, hängt Ihnen auch keiner was an«, sage ich. »Verstanden?«

»Klar doch, kapiert.«

»Es kann sein, dass ich noch einmal mit Ihnen reden muss, Mr Martino. Falls Sie also die Stadt verlassen wollen, müssen Sie mir das mitteilen.«

»Ich geh nirgendwo hin.« Er wirft mir einen angewiderten Blick zu, stößt einen Seufzer aus und macht sich auf zum Haus.

* * *

Shvetzah f'um da Deivel un du zayl da saund funn sei flikkels. Wenn man vom Teufel spricht, ist er nicht mehr weit. Das war eines der Lieblingssprichwörter meiner *Grossmudder* und heißt sinngemäß: Wenn du zu viel über den Teufel nachdenkst, kommt er dir entgegen …

Hätte Neva nicht so viel Angst gehabt, hätte sie wohl gelacht. Sie hatte gewusst, dass er sie verfolgen würde. Seit Wochen war sie mit dem Auto zur Arbeit gefahren. Sie war vorsichtig gewesen, hatte unterwegs nicht angehalten, nicht einmal zum Tanken. Sie war kein Risiko eingegangen. Forderte das Schicksal nicht heraus und verließ bei Dunkelheit nur selten das Haus. Und wenn sie es doch tat, dann niemals allein. *Mamm* fand, sie sei eine wunderbare Tochter, weil sie sich ganz auf die Arbeit im Mercantile konzentrierte und so gar kein Interesse an den Dingen hatte, die andere Beachy-Amische Mädchen taten. Wenn sie nur wüsste …

Er hatte sich in Geduld geübt, gewartet, dass sie unvorsichtig wäre und einen Fehler machte. Und natürlich war das Schicksal auf seiner Seite. Seine Wut, die Dunkelheit in ihm – mit der Angst davor lebte sie seit Monaten. Er mochte ein schlichtes Gemüt haben, aber er hatte ihr nicht vergeben. Und er würde nie und nimmer vergessen.

Dabei hatte sie nichts Schlimmes getan. Wirklich nicht. Oder doch? Eine falsche Entscheidung hatte sie getroffen. *Eine einzige.* Lieber Gott, es tat ihr leid. Sie konnte ja nicht wissen, dass jemand anders einen so furchtbaren Preis dafür zahlen musste. Nach allem, was sie gehört hatte, hätte es sie treffen sollen. Wenn sie die Zeit zurückdrehen und es ändern könnte, würde sie es tun. Wenn sie könnte, würde sie den Platz mit ihr tauschen.

Doch jetzt war es zu spät.

Heute Nachmittag war eine ihrer kleinen Schwestern vom Baum gefallen und hatte sich den Arm gebrochen. Ihre Eltern waren am Morgen zusammen zur Arbeit gefahren, doch ihre *Mamm* hatte den Wagen mit zur Bank genommen. Ohne Fahrzeug hatte ihr *Datt* dann Nevas Auto genommen, so dass ihr nur das Fahrrad zur Heimfahrt geblieben war. Natürlich hatte ihr *Datt* nicht wissen können, dass er sie dadurch in Gefahr brachte. Doch das hatte er. Und jetzt war sie hier, mitten in der Pampa, und es wurde schon dunkel. Mehrere Meilen war sie schon gestrampelt, so schnell sie konnte; außer Atem und schwitzend blickte sie immer wieder über die Schulter zurück, wie ein verschrecktes Kaninchen.

Das erste Mal war er langsam an ihr vorbeigefahren und hatte sie durchs Autofenster hindurch angestarrt, sein Gesicht ein bleiches Oval. Er schien allein gewesen zu sein, was schlecht war, denn dann konnte ihn niemand bremsen. Niemand war da, um ihn zu beruhigen. Oder aufzuhalten. Er würde wiederkommen, da war sie sich sicher, und sie hatte noch drei Meilen vor sich.

Als sie jetzt hinter sich das Auto hörte, sträubten sich ihr die Nackenhaare. Beim Blick über die Schulter sah sie, dass er nur noch zwanzig Meter entfernt war und ihr langsam folgte, sie beobachtete.

Ich wollte das nicht, dachte sie. *Bitte lass mich in Ruhe …*

Sie fuhr jetzt am äußersten rechten Rand auf der weißen Markierung, ließ ihm genug Platz zum Überholen. Doch er überholte sie nicht, sondern hielt weiter Abstand, aber immer weniger, fünfzehn Meter, zehn. Der Motor des großen Pick-ups ratterte laut, und es stank nach Auspuffgasen. Der Wagen kam näher, war nur noch wenige Meter hinter ihr, rückte ihr auf die Pelle.

Sie drosselte ihr Tempo, lenkte das Fahrrad nach rechts, wobei zuerst das Vorderrad, dann das Hinterrad vom Asphalt abkamen und auf dem Schotterstreifen landeten.

»Geh weg«, flüsterte sie.

Der Motor heulte auf. Sie blickte nach links, sah die Motorhaube, den Kühlergrill, und dann rammte der Kotflügel ihr Knie. Der Aufprall war so stark, dass das Fahrrad zur Seite schwenkte, sie verlor die Gewalt über den Lenker und steuerte auf den Straßengraben zu, stieß einen Schrei aus und fiel im hohen Bogen in die Tiefe.

Keuchend lag Neva mit dem Gesicht im Dreck. Der Mund voll Erde, die Wange von Grasbüscheln zerkratzt und die Lippe blutig. Sie rollte sich auf die Seite, hievte sich auf alle viere, spuckte Dreck und sah zur Straße. Er kam gerade den Graben hinunter, den Blick auf sie geheftet, entschlossen und wutentbrannt.

»Lass mich in Ruhe!«, schrie sie. Doch seine Hände umklammerten ihre Schultern mit eisernem Griff, zerrten sie auf die Füße.

»Halt den Mund«, fuhr er sie an.

Als er sie aus dem Graben und zu seinem Wagen zerrte, war ihr schwindelig vor Angst. Sie stolperte, versuchte sich ihm zu entwinden, doch er war zu stark. Zuerst dachte sie, er würde sie in seinen Wagen verfrachten, irgendwo hinfahren und sie töten. Aber als sie seinen Pick-up erreichten, riss er sie an der Schulter herum und warf sie rücklings so heftig dagegen, dass das Blech dröhnte.

»Ich hab dir gesagt, du sollst dein Maul halten, du verdammte kleine Hure!« Zähnefletschend packte er ihre Arme, grub die Finger in ihr Fleisch. Er schüttelte sie wutentbrannt, knallte sie wieder ans Auto.

»Ich hab nichts gesagt«, brachte sie heraus.

»Du hast mit den Scheißbullen geredet!«

»Nein … hab ich nicht …« Sie bekam keine Luft mehr, fand keine Worte, konnte nicht denken, nicht atmen.

Sein Gesicht war ihr jetzt so nahe, dass sie den Speichel spürte, den er beim Sprechen versprühte. Und wo seine Haut ihre berührte, fühlte sie die feuchte Klebrigkeit seines Schweißes.

»Ich hab überhaupt n–«

Seine Hände schnellten hoch, umklammerten wie eine Schraubzwinge ihren Hals, Finger gruben sich so fest in ihr Fleisch, dass die Blutzufuhr zu ihrem Gehirn abgedrückt wurde. »Halt den Mund und hör mir zu.«

Sie packte seine Handgelenke, wollte, dass er den Druck um ihren Hals lockerte, doch er drückte weiter zu. Ihr wurde schwarz vor Augen, sie bekam weiche Knie, doch er hielt sie am Hals aufrecht, drückte sie gegen den Pick-up.

Zähneknirschend zog er mit einer Hand ein Klappmesser aus der Tasche, ließ es aufschnappen und setzte es an ihren Hals. »Wenn du noch einmal deinen Mund aufmachst, werde ich dich jagen und dir die Kehle durchschneiden. Ich schneide dir den verdammten Kopf ab und lasse dich verbluten wie ein Schwein. Ich bringe deine Freundinnen um und deine verfluchten Eltern. Hast du das kapiert?«

Sie starrte ihn an, wie gelähmt vor Grauen und sicher, dass er sie hier und jetzt töten würde und niemand je die Wahrheit erfuhr …

»Hast du das kapiert?«, brüllte er.

Sie zuckte mit dem Kopf.

Er hob sie von den Füßen, wirbelte mit ihr herum und stieß sie mit voller Wucht zurück Richtung Graben. Neva taumelte mit flatternden Armen rückwärts, landete dann hart auf dem Rücken und rollte sich herum auf die Knie, hob den Kopf.

Er zeigte mit dem Messer auf sie. »Sorg dafür, dass ich nicht zurückkommen muss.«

Er warf ihr einen letzten, vernichtenden Blick zu, steckte das Messer weg, drehte sich um, stieg in seinen Wagen und ließ sie mit dem bitteren Geschmack ihrer Angst im Dreck liegen.

13. Kapitel

DER *GRAABHOF* LIEGT AN EINER LANDSTRASSE westlich von Painters Mill. Als ich kurz vor zehn in die Straße einbiege, sehe ich eine Kolonne schwarzer Buggys vor mir. Daniel Gingerich war bei seinen Glaubensbrüdern wohlgelitten, und sie sind in großer Zahl gekommen, um ihm die letzte Ehre zu erweisen. Und doch frage ich mich im Stillen: *Wie viele von ihnen wissen, wer er wirklich war?*

Die Trauerfeier hatte zuvor im Haus der Gingerichs stattgefunden. Auf dem Weg zum Revier war ich dort vorbeigekommen, und in Anbetracht der vielen Buggys in der Zufahrtsstraße haben bestimmt hundert Leute an der Trauerfeier teilgenommen.

Ich hatte kurz überlegt, auch hineinzugehen, mich jedoch dagegen entschieden. Da bei Amischen der Gottesdienst zu Hause stattfindet, wäre ich nicht willkommen gewesen. Aus Höflichkeit hätten sie mich zwar geduldet, trotzdem wäre es unangenehm gewesen. Und die Familie hat schon genug durchgemacht.

Nach der Feier waren Freunde der Gingerichs, Familienmitglieder und der Leichenwagen – ein einspänniger offener Pferdewagen – zum *graabhof* gefahren, wo Daniel zur letzten Ruhe gebettet wird. An dieser Zeremonie kann ich teilnehmen, ohne zu stören.

An der Kreuzung fahre ich auf den Schotterstreifen, stelle den Motor ab und steige aus. Ich war schon auf vielen amischen Beerdigungen, nicht nur als Familienmitglied oder Freundin, auch als Polizistin, um Verkehrsprobleme zu verhindern. Manchmal sind über fünfzig Pferdegespanne unterwegs, und stets gibt es Autofahrer, die es eilig haben.

Als mich ein Buggy passiert, hebe ich grüßend die Hand, dann gehe ich zur Rückseite meines Explorers und hole Warnfackeln aus dem Kofferraum. Die Straße ist zwar nicht gerade ein vielbefahrener Highway, aber es gibt genug Verkehr, um Autofahrer dazu anzuhalten, langsam zu fahren.

Als ich mit dem Aufstellen der Warnfackeln fertig bin, stehen die meisten Buggys schon auf dem Friedhofsgelände in Reih und Glied entlang des Schotterwegs. Ich fahre ebenfalls durch das Tor und stelle den Wagen hinter dem Eingang im Schatten eines alten Regenbogenbaums ab, der seit meiner Kindheit dort Wache hält. Ich versuche, nicht an all die anderen Beerdigungen zu denken, auf denen ich schon war, einschließlich der meiner Eltern.

Obwohl ein Begräbnis immer eine düstere Angelegenheit ist, betrachten die Amischen den Tod generell als von Gott geplant und Teil des Kreislaufs des Lebens. Sie akzeptieren den Tod, selbst wenn er verfrüht oder ungerecht war, und hinterfragen selten die Ursache. Die meisten glauben, dass die Toten an einem besseren Ort sind, nämlich bei Gott, und sie sind überzeugt – und von der Vorstellung getröstet –, eines Tages wieder mit ihnen vereint zu sein.

Ich respektiere die amische Haltung – es ist ja ziemlich sinnlos, auf etwas so Unvermeidliches wie den Tod wütend zu sein. Und doch konnte ich ihn nie einfach so akzeptieren. Seit jeher wettere ich gegen die Ungerechtigkeit des Sterbens, sei es nun natürlich oder böswillig herbeigeführt.

Ich bin nicht nur gekommen, um ein Auge auf den Verkehr zu haben, ich will mir auch die Trauernden genau ansehen und ihnen zuhören. Der Beerdigung eines Mordopfers beizuwohnen kann für die Ermittlungen hilfreich sein, denn Schuld manifestiert sich auf vielerlei Weise: übertriebenes Weinen. Maßlose Gefühlsausbrüche. Szenen, die jemand aufführt. Alles kann ein Indiz sein. Und bei den Amischen könnten heute auch ganz subtile Reaktionen sehr aufschlussreich sein.

Gleichzeitig ist meine Anwesenheit hier auch eine Art Öffentlichkeitsarbeit. Denn trotz aller Anstrengungen, die ich seit meiner Ernennung zum Chief of Police unternommen habe, herrscht noch immer ein gewisses Misstrauen zwischen den Amischen und der englischen Regierung. Dass ich selbst einmal amisch war, hat zwar geholfen, die Kluft ein wenig zu überbrücken, aber sie besteht noch immer. Ich möchte ihnen zeigen, dass ich hier bin, um sie zu unterstützen.

Ich bleibe so lange im Explorer sitzen, bis die Sargträger den Sarg auf Brettern vom Wagen heben. Dann betrete ich den Friedhof, und als der Sarg über dem offenen Grab abgesetzt wird, stelle ich mich zu den Trauernden.

Miriam und Gideon Gingerich sowie ihre drei Kinder – Fannie und die zwei kleinen Mädchen – stehen mit gesenktem Haupt am Grab. Nur wenig entfernt sehe ich Bischof Troyer mit seinem langen silbernen Bart neben seiner Frau. Auf die andere Seite des Grabes sind Luane Raber, ihre Geschwister und Eltern getreten. Luane lehnt sich an ihre *Mamm*, die Schultern hochgezogen und die Hände im Gesicht vergraben. Auch die drei Mädchen, die ich gestern im Mercantile getroffen habe, sind gekommen. Sie stehen beisammen und nicht bei ihrer jeweiligen Familie. Neva Lambright sieht mich an und schnell wieder weg. Sogar Milo Hershberger ist da, vermutlich mehr aus Einsamkeit, als um dem Toten den letzten Respekt zu bezeugen. Esther und Sam Miller sind nirgends zu sehen.

Nachdem der Sarg ins Grab hinabgelassen wurde, trägt einer der amischen Geistlichen eine Hymne vor. Es folgt ein stilles Gebet, dann beginnen die vier Sargträger, Erde auf den Sarg zu schaufeln.

»Chief Burkholder?«

Ich drehe mich um und sehe Ralph Baker vom Farmladen auf mich zukommen. »Hallo, Mr Baker.«

Er trägt einen blauen Anzug von JCPenny und ein Hemd, das noch die Knickfalten von der Verpackung hat. Er bleibt neben mir stehen und schiebt die Hände in die Hosentaschen. »Nachdem ich mit Ihnen gesprochen habe, ist mir noch etwas eingefallen, was vielleicht interessant für Sie ist. Über Danny.«

Da wir zu nahe bei den Trauernden stehen, um über den Fall zu reden, zeige ich zum Explorer. »Okay.«

»Also«, beginnt er auf dem Weg zum Wagen, »als Danny mir davon erzählte, hab ich mir nichts dabei gedacht. Wir waren mittags zusammen einen Burger essen gegangen, aber er war total aufgedreht wegen irgendeines Mädchens. Er hat gesagt, sie hätte ihm eine Nachricht zukommen lassen, und dass er sie am Abend – also an dem Tag, an dem er dann umgebracht wurde – treffen würde.«

Sofort werde ich hellhörig. »Hat er einen Namen erwähnt?«

Er schüttelt den Kopf. »Nein. Und um ehrlich zu sein, ich war ein bisschen sauer auf ihn. Ich meine, ich hatte die wirklich hübsche Luane Raber ja ein paarmal gesehen.« Er zeigt auf das weinende Mädchen. »Ich mochte sie und sagte Danny, dass ich nicht verstehe, warum er sie betrügt. Aber er war total heiß auf das Treffen mit dem Mädchen. Hat geredet, als würde er ... na ja, bestimmt zum Zug kommen, und dass er schon lange auf sie scharf ist.«

Ich denke darüber nach, versuche, das irgendwie einzuordnen. »Kann es sein, dass die Nachricht doch von Luane war? Vielleicht wollte sie ihn überraschen?«

»Glaube ich nicht. Mir kam es eher wie etwas Verbotenes vor, wie ein heimliches Stelldichein.«

»Hat er gesagt, wo sie sich treffen wollten?«

»Nein, Ma'am.«

»Vielleicht die Uhrzeit?«

»Er hat die Nachricht ja am Tag vor seinem Tod bekommen. Ich bin davon ausgegangen, dass er den gleichen Abend meinte«, sagt er. »Also an dem er dann nachts umgekommen ist.«

»Hat er Ihnen die Nachricht gezeigt, Mr Baker?«

»Nicht gerade gezeigt, aber er hat lachend damit rumgewedelt, dabei hab ich einen Blick darauf erhascht. Aber ich fand das alles nur schäbig von ihm.«

»Erinnern Sie sich an irgendetwas Besonderes?«, frage ich. »War das Papier vielleicht auffallend? Oder war die Nachricht handgeschrieben?«

»Ich glaube, es war einfach eine Seite von einem Notizblock.« Er runzelt die Stirn, reibt sich das Kinn. »Und farbige Tinte. Ja, rosa oder lila. Und irgendwie ziemlich kitschig, mit vielen Herzchen und so.«

Ich hole meinen Notizblock heraus und schreibe Stichwörter auf. »Wissen Sie, was mit der Nachricht passiert ist?«

Er schüttelt den Kopf. »Ist mir nicht wieder untergekommen. Al und ich haben Dannys Spind leer geräumt, aber außer einer alten Kappe und seinen Arbeitshandschuhen war nichts drin.«

»Hatte er das mysteriöse Mädchen vielleicht schon früher einmal erwähnt?«

»Na ja, er hat's zwar nicht mit jeder getrieben, aber er war ein junger Kerl. Er mochte … na ja … die Mädchen.« Ralph Baker zieht den Kopf ein. »Hat gemeint, er kriegt sie immer rum. Ich dachte, er lügt, wie wir alle. Aber jetzt bin ich mir nicht mehr so sicher.«

* * *

Eine Brandstiftung ist besonders schwer aufzuklären. Hauptsächlich deshalb, weil Beweise wie DNA, Finger- und Schuhabdrücke – das Gebäude selbst – von der extremen Hitze oder dem Löscheinsatz der Feuerwehr oft völlig zerstört sind. Tomasetti hat mir gesagt, dass in ganz Ohio lediglich sechsundzwanzig Prozent aller Brandstiftungen zu einer Verhaftung führen. Falls es keinen Zeugen, kein Geständnis oder keine extrem gute Überwachungskamera an genau der richtigen Stelle gibt, stehen die Chancen für eine Aufklärung schlecht.

Trotz meines zunehmenden Argwohns gegenüber Daniel Gingerich liegt mir die Vorstellung, dass jemand mit einem so hinterhältigen Verbrechen davonkommt, wie ein Stein im Magen. Die Erfahrung zeigt, dass ein Mensch, der einmal eine bestimmte Grenze überschritten und ein Gewaltverbrechen begangen hat, aller Wahrscheinlichkeit nach bereit ist, es wieder zu tun. Das ist einer der Gründe, warum ich mich auf das Motiv konzentriere.

Ich denke noch einmal über das Gespräch mit Ralph Baker nach. Er behauptet, Daniel habe eine Nachricht von einem Mädchen bekommen, dessen Namen er – Ralph – aber nicht kannte. Ich habe keinen Grund, ihm nicht zu glauben, andererseits jedoch gelernt, nichts für bare Münze zu nehmen. Nur weil Daniel mit irgendeiner Nachricht herumgewedelt hat, heißt das nicht, dass sie zwangsläufig von einem Mädchen stammte. Mit dieser Taktik könnte ihn jeder in die Scheune gelockt haben. Aber wer? Und warum?

Ich hole meinen Notizblock hervor, schlage eine leere Seite auf und notiere alles, was ich über den Fall weiß.

Nachricht? Unbekanntes Individuum lockt Daniel Gingerich in die Scheune. Ein Mädchen?

Ich unterstreiche das Wort »unbekannt«.

Vorsätzlich? Definitiv.

Verdächtige: Der Nachbar, Chris Martino, verurteilter Krimineller, Streit wegen gestohlenem Zaumzeug, neigt zu Jähzorn.

Anfangs war Martino ein plausibler Verdächtiger, aber jetzt nicht mehr. Inzwischen beschäftigt mich die Frage, wer die Einweckgläser und den Schlüssel in seinen Schuppen gelegt hat – und warum?

Milo Hershberger. Eifersüchtig wegen Luane Raber?

Sam und Esther Miller, Emma Millers Eltern. Tochter war schwanger. Hat Daniel Gingerich sie vergewaltigt? War er indirekt verantwortlich für ihren Tod?

Elam Schlabach. Hat er herausgefunden, dass zwischen Daniel und seiner Freundin etwas passiert ist, und Rache geübt?

Luane Raber? Wusste sie, dass ihr zukünftiger Ehemann sie betrog?

Wussten Mose und Sue Raber, dass ihre Tochter einen Schürzenjäger – oder Schlimmeres – heiraten wollte? Haben sie Daniel umgebracht, um sie vor einem Fehler zu bewahren?

Und Ruth Petersheim? Nervös, ausweichend. Mark Petersheim? Verbindung?

Frustriert, weil ich keine Fortschritte mache, lege ich den Stift weg und sehe noch einmal die Akte durch. Als ich dann die Fotos, die ich in Daniels Zimmer gefunden habe, in der Hand halte, macht mich etwas stutzig. Etwas an dem Foto von ihm …

Ich nehme die Lesebrille aus der Schreibtischschublade und sehe mir das Foto genau an. Er grinst übers ganze Gesicht und macht mit nacktem Oberkörper einen auf Muskelmann, aber auf selbstironische, humorvolle Art. Das amische Mädchen ist definitiv Luane Raber.

Ich sehe mir alle drei Fotos nacheinander an, zum Schluss nehme ich noch einmal das von Daniel mit freiem Oberkörper in die Hand. Und in dem Moment fällt es mir wie Schuppen von den Augen: Es ist der Leberfleck an seinem Bauch, der mir bekannt vorkommt. Aber wie kann das sein? Wo habe ich etwas gesehen, das normalerweise von Kleidung bedeckt ist? Ich bin Daniel niemals begegnet …

Das Baby.

Die Erkenntnis trifft mich wie ein Paukenschlag. Ruth Petersheims Baby. Als Mona und ich sie aufgesucht haben, hatte sich der kleine William erbrochen und sie ihm das Shirt gewechselt. Dabei war an seinem Bauch an der gleichen Stelle wie bei Daniel ein Leberfleck zum Vorschein gekommen …

»Mein Gott«, flüstere ich. »Ist Daniel Gingerich der Vater?«

Kein Wunder, dass Ruth Petersheim so nervös war, so reserviert. Ich hatte ihr Verhalten auf ihre Schwangerschaft bezogen, weil sie ein Kind erwartet hatte und unverheiratet gewesen war. Sie hatte beim Datum geschummelt und wollte nicht, dass jemand nachrechnet. Das verstehe ich gut, da ich selbst als Amische aufgewachsen bin. Aber etwas ganz anderes ist es, wenn das Kind von einem anderen Mann ist und sie es ihrem zukünftigen untergeschoben hat.

Das wäre eine bedeutsame Entwicklung, was das Motiv angeht. Was mich dazu bringt, über Mark Petersheim nachzudenken. Falls ich mit dem Leberfleck richtigliege: Weiß er, dass das Kind nicht von ihm ist? Hat Ruth es ihm gesagt? Wenn Daniel der Vater ist, basierte die Beziehung zwischen ihm und Ruth auf gegenseitigem Einvernehmen? Oder hatte er sie zum Sex genötigt, und Mark Petersheim wusste davon? Wusste er, dass er das Kind eines anderen Mannes großzog? Hatte er beschlossen, sich zu rächen?

Der Mord an Daniel Gingerich gehört zu den frustrierendsten und bizarrsten Fällen, an denen ich je gearbeitet habe. In nur wenigen Tagen hat sich das Bild des Opfers vom mustergültigen und beliebten amischen Teenager in das eines mutmaßlichen Sexualstraftäters verwandelt. Wegen der Art seiner vermuteten Verbrechen – und weil seine Opfer amisch waren – ist keines der Mädchen zur Polizei gegangen, und keines ist bereit, mit mir darüber zu sprechen. Ich habe keine Möglichkeit herauszufinden, ob sie ihre eigene Privatsphäre oder die einer anderen Person schützen wollen – oder ob sie oder ein Familienmitglied sich eines grausamen Verbrechens schuldig gemacht haben und versuchen, ihre Spuren zu verwischen.

Selbst um physische Beweise steht es schlecht. Ich bin wenig optimistisch, dass die Fingerabdrücke auf dem Schlüssel am Tatort identifiziert werden können. Und die Handvoll Anrufe, die unter der eingerichteten Sonderrufnummer eingegangen sind, haben auch nichts gebracht. Alles, was ich zu diesem Zeitpunkt habe, sind eine Menge Verdächtige aufgrund von Theorien und Vermutungen, doch nichts davon überzeugt wirklich. Mir bleibt also nichts anderes übrig, als weiter mit Leuten zu reden und zu hoffen, dass jemand sein Schweigen bricht.

Beim Blick auf den Computer sehe ich, dass es zu spät ist, um noch heute Abend zu Ruth Petersheim zu fahren. Es ist sowieso besser, mir ihr zu reden, wenn ihr Mann arbeitet. Dann wird sie eher gewillt sein, sich mir gegenüber zu öffnen, vor allem wenn Mark Petersheim nicht weiß, dass er das Kind von Daniel Gingerich großzieht.

14. Kapitel

Es ist noch nicht zwölf Uhr mittags, als ich vor dem Haus von Ruth und Mark Petersheim am Straßenrand parke. Ich gehe über den schmalen Fußweg zur Veranda und klopfe.

Hinter der Tür werden Schritte laut, und ich stelle mir vor, wie Ruth gerade durch den Türspion sieht und überlegt, wie sie mich loswerden kann. Ich will gerade ein zweites Mal klopfen, als die Tür ein paar Zentimeter aufgeht. Ruth Petersheim sieht mich durch den Spalt hindurch an wie eine Katze, die sich gegen einen streunenden Hund wehren muss.

»Hi, Ruth.« Obwohl wir uns kennen, halte ich ihr meine Dienstmarke hin. »Haben Sie einen Moment Zeit?«

Sie reißt die Augen auf, dann sieht sie an mir vorbei hinter mich, als erwarte sie dort eine ganze Polizeitruppe mit gezückten Waffen und Handschellen. »Der kleine William hat Fieber«, sagt sie ruhig. »Können wir vielleicht später reden?«

Ich lächele in der Hoffnung, sie damit zu beruhigen. »Ich bin den ganzen Weg von Painters Mill hergekommen und habe nur noch ein paar Fragen. Es dauert nicht lange, versprochen.«

Ich kann fast sehen, wie ihr ein Dutzend Ausreden durch den Kopf gehen, aber sie willigt schließlich doch ein.

In dem kleinen Haus riecht es nach Bacon und Kaffee und vage auch nach schmutzigen Windeln.

Mitten im Wohnzimmer bleibt die amische Frau stehen, dreht sich um und verstellt mir den Weg. »Ich hab doch schon gesagt, dass ich Daniel Gingerich kaum kannte.«

»Ist Ihr Mann bei der Arbeit?«

»Natürlich.«

Sie bietet mir keinen Platz an, will nicht, dass ich noch weiter in ihr Heim vordringe.

»In den letzten Tagen habe ich vieles über Daniel Gingerich gehört«, beginne ich. »Seit wir miteinander gesprochen haben.«

Sie starrt mich an, blinzelt, als wüsste sie nicht, was sie darauf antworten soll.

Sie hat keine Ahnung, worauf ich hinauswill, und ganz bestimmt keine Lust, es zu erfahren.

»Ich bin mir nicht mehr so sicher, dass er der aufrichtige junge Mann war, für den ihn alle gehalten haben«, sage ich.

Keine Antwort.

Ich hole die Tüte mit dem Foto von Gingerich aus der Tasche, nehme die Aufnahme heraus, auf der er mit freiem Oberkörper lächelnd und sorglos vor Luane Raber mit seinen Muskeln angibt. Ich halte es Ruth hin.

Sie starrt es an, als wäre darauf ein blutrünstiges Ungeheuer, das gleich aus dem Papier springt und sie in Stücke reißt.

»Als ich vor ein paar Tagen hier war«, fahre ich fort, »ist mir der Leberfleck an Williams Bauch aufgefallen.«

»Er hat keinen Leberfleck.«

»Ich habe ihn gesehen«, sage ich sanft.

Sie öffnet den Mund, hebt die Hand und macht einen Schritt zurück. »Sie sollten jetzt gehen«, sagt sie mit erstickter Stimme. »Ich will nicht mehr mit Ihnen sprechen.«

Ich rühre mich nicht vom Fleck, sehe sie an. »Ich habe ein bisschen über Muttermale und Leberflecken recherchiert.« Ich zeige auf das Foto. »Solche Leberflecken sind angeboren. Sie werden von den Eltern an die Kinder weitervererbt.« Ich warte, aber sie sagt nichts, also fahre ich fort. »Der Leberfleck am Bauch Ihres Sohnes ist mit Daniels identisch.«

»Sell is nix as baeffzes.« Das ist bloß Geschwätz. Sie macht einen weiteren Schritt zurück, wirft einen Blick nach links und wäre sicher weggelaufen, wenn sie wüsste, wohin. Aber Ruth Petersheim weiß, dass es kein Entkommen gibt. Sie muss sich der Realität stellen und die Wahrheit enthüllen.

»Sie müssen mit mir ehrlich über Ihre Beziehung zu Daniel Gingerich reden«, sage ich.

Sie presst die Hand auf den Mund, als müsse sie einen Schrei unterdrücken, und sieht mich über die Fingerspitzen hinweg mit Tränen in den Augen an. »Ich kann nicht darüber sprechen.«

»Hatten Sie eine Beziehung mit Daniel?«

»Nein. Niemals.«

»Ist Daniel der Vater von William?«

Kurzes Zögern, dann: »Nein.«

Ich sage ruhig ihren Namen, kämpfe mit meinen Gefühlen, meiner Geduld, meinem Gewissen. »Ruth, ich weiß, dass das schwer ist. Das weiß ich wirklich. Und ich werde mein Bestes tun, damit das, was Sie mir heute erzählen, niemals nach außen dringt.«

»Ich werde Ihnen gar nichts erzählen. Es gibt nichts zu sagen.«

»Hatten Sie eine sexuelle Beziehung mit Daniel Gingerich?«

»Nein.« Zum ersten Mal schwingt Wut in ihrer Stimme mit. Der Wille, alles abzuleugnen, blitzt in ihren Augen auf. »Was soll das? Wie können Sie es wagen, mich so etwas zu fragen?«

Ich wiederhole die Frage, diesmal mit Nachdruck. »Ich muss die Wahrheit wissen, und zwar sofort. Wenn Sie sich weigern zu antworten, bleibt mir nichts anderes übrig, als mit einer richterlichen Anordnung zurückzukommen und Sie zum Verhör aufs Polizeirevier mitzunehmen. Wenn Sie mich dazu zwingen, kann ich nicht garantieren, dass das Gesagte unter uns bleibt.«

Meine Worte entsprechen nicht ganz der Wahrheit. Erstens brauche ich einen Richter, der die Anordnung unterschreibt; diese junge Frau ist keine plausible Verdächtige, sie zum Verhör mitzunehmen, wäre einem Richter schwer zu verkaufen. Trotzdem sind meine Fragen gerechtfertigt. Wenn Daniel Gingerich der Vater des Kindes ist und der Sex nicht im gegenseitigen Einvernehmen stattgefunden hat, habe ich den unwiderlegbaren Beweis, wer er wirklich war. Und bin einen Schritt weiter auf der Suche nach einem Mordmotiv. Außerdem kann ich meiner Liste der Tatverdächtigen einen Namen hinzufügen: Mark Petersheim.

»Reden Sie mit mir«, sage ich leise. »Bitte.«

Ruth stößt einen Laut aus und beginnt zu weinen, hebt die zittrigen Hände und wischt sich die Tränen aus dem Gesicht. »Mein Mann weiß es nicht. Niemand weiß es. Man kann es nicht herausfinden.«

»Was weiß er nicht?«

»Dass William …« Sie schließt die Augen, als wäre es zu schmerzlich, zu beschämend, die Worte laut auszusprechen. »*Mark weiß es nicht*. Bitte, sagen Sie es ihm nicht. Er liebt den kleinen William über alles.«

Eine ganze Minute steht sie da, mit hängendem Kopf, weinend und zitternd. Auf dem Couchtisch steht eine Box mit Papiertüchern, ich ziehe eins heraus und reiche es ihr. »Ruth, ich bin nicht Ihr Feind. Ich will weder Ihnen noch Ihrem Mann oder dem kleinen William schaden. Aber ich muss wissen, was passiert ist. Ich kann jetzt nicht einfach weggehen.«

Meine Worte scheinen sie zu beruhigen und ihr klargemacht zu haben, dass ich so lange bleibe, bis sie mit mir redet. Sie reißt sich zusammen, wischt sich mit dem Papiertuch die Tränen ab und putzt sich die Nase.

»Ist Daniel Gingerich der Vater?«, frage ich.

Sie schließt wieder die Augen, um einem erneuten Tränenstrom Einhalt zu gebieten. »Ja.«

»Hatten Sie eine Beziehung mit ihm?«

»Nein.« Sie öffnet die Augen und sieht mich an. »Keine Beziehung. Nie.«

Ich warte.

Als würde sie sich der körperlichen Folter fügen, sackt sie in sich zusammen und blickt zu Boden. »Ich habe ihn in den letzten Jahren ein einziges Mal getroffen. Bei den Amischen kennt jeder jeden, wie Sie sich vielleicht denken können. Daniel war … nett. Er hat viel gearbeitet und war unter den Amischen hochgeschätzt.« Sie verzieht den Mund. »Und er sah gut aus, alle Mädchen mochten ihn.

»Ich hatte Mark gerade kennengelernt, und wir waren ein paarmal ausgegangen, aber es war noch nichts Ernstes. Wir waren ja in der *Rumspringa*, und beide sind wir ein bisschen rumgezogen. Als Danny mich dann gefragt hat, ob ich zum Singen auf die Farm der Schwartz' komme, hab ich ja gesagt. Ich dachte mir nicht groß was dabei, zumal ich die meisten anderen Amischen kannte, die auch hinkommen wollten.«

Sie schüttelt den Kopf. »Ich weiß, dass ich keine große Schönheit bin, und hab keine Ahnung, warum er mich gewählt hat. Aber er war freundlich und interessiert, und ich war … geschmeichelt. Wahrscheinlich zu geschmeichelt. Also hab ich meine *Mamm* gefragt, und sie hatte nichts dagegen.«

Ein Lächeln umspielt ihre Mundwinkel, als erinnere sie sich an das Gefühl, dieses junge, sorglose Mädchen mit der Aussicht auf ein bisschen Spaß zu sein. Doch das Lächeln bildet einen direkten Gegensatz zu dem Schmerz, der ihre Gesichtszüge beherrscht.

»Sie müssen verstehen, dass Daniel von einer guten Familie kam, Chief Burkholder. Er hatte einen guten Job und verdiente auch gutes Geld. Das sind wichtige Dinge für ein siebzehnjähriges amisches Mädchen.«

»Dann haben Sie ihn auf der Schwartz-Farm beim Singen kennengelernt?«

»Ja, und er war ein perfekter Gentleman. Und witzig. An dem Abend hat er mehrere Kirchenlieder angesagt. Hinterher hat er angeboten, mich nach Hause zu bringen. Er hatte ein Auto, und schon die Vorstellung, darin mitzufahren, hat mich begeistert. Deshalb hab ich zugestimmt.«

Sie sieht mich mit glänzenden Augen an, legt den Kopf zur Seite. »Wir haben Radio gehört, und es war … wunderbar. Er hatte eine Flasche Alkohol unterm Sitz versteckt, und ich weiß zwar, dass Trinken in unserer Kirchgemeinde streng verboten ist, aber es war … so aufregend. Er ist in eine Nebenstraße gefahren und hat den Motor ausgemacht, und wir haben Musik gehört und den Tequila direkt aus der Flasche getrunken.«

Sie presst die Lippen zusammen, in ihren Augen blitzt Scham auf. »Es war das erste Mal, dass ich Alkohol getrunken habe, ich konnte damit nicht umgehen und hab's übertrieben. Am Anfang war es noch lustig, aber dann … ich hab ihm gesagt, ich will nach Hause. Ich dachte, es wäre okay, ich dachte …

Chief Burkholder, etwas ist mit ihm passiert, während wir da draußen in dieser Nebenstraße gehalten haben.« Sie sagt das so leise, dass ich näher zu ihr hintreten muss, um sie zu verstehen. »Es war, als hätte er sich in eine andere Person verwandelt«, flüstert sie.

»Er hat mich aus dem Auto gezerrt, auf den Boden geworfen und mir … Gewalt angetan.« Die Worte brechen aus ihr heraus, eine Mischung aus Ekel und Grauen und Scham. »Es war wie … er war zu jemandem geworden, den ich nicht kannte. Vor dem ich die ganze Zeit hätte Angst haben sollen, aber zu dumm war, es zu sehen.«

»Hat er Sie vergewaltigt?«

Sie zuckt mit dem Kopf, ein einziges, vernichtendes Nicken. Und dann schluchzt sie, Tränen glänzen auf ihrer Wange, ihre Nase läuft, doch sie scheint es nicht zu merken. »Es war meine Schuld, ich hätte nicht zulassen dürfen, dass er mich nach Hause fährt. Ich hätte keinen Alkohol trinken dürfen. Aber das Schlimmste ist, dass ich da schon mit meinem Mann gegangen bin. Aber das ist die Strafe dafür, nicht wahr?«

»Es war nicht Ihre Schuld«, sage ich. »Niemand verdient so etwas.«

Der Blick ihrer Augen wird hart. »Ich war nie mit einem … Ich meine, vor dieser Nacht. Und ein paar Wochen später hab ich gemerkt, dass ich *ime familye weg* bin.«

Ich starre sie an, fühle mehr, als ich sollte. »Was haben Sie dann gemacht?«

»Gelogen. Ich habe alle angelogen, Mark, mich selbst. Mark hat mich umworben, und ich habe ihm schnell zu verstehen gegeben … dass ich will.« Sie schließt die Augen, scheint mit etwas zu ringen. »*Mamm* hat gesagt, solche kleinen Notlügen wären okay, um zarte Gefühle zu schützen.«

»Sie haben Ihrer Mutter gesagt, was passiert ist?«

Sie wendet den Blick ab. »Sie hat das … das Blut von der Nacht gefunden. Sie wissen schon … in meinem Schlüpfer.« Ihr schaudert. »Ich hab ihr gesagt, dass nichts passiert ist, dass ich nur meine Monatsblutung hatte. Aber ich glaube, sie wusste es. Sie … hatte es furchtbar eilig, mich zu verheiraten.« Sie blickt zu Boden.

Ihre Geschichte nimmt mich sehr mit, weil sie mit diesem furchtbaren Übergriff auch noch allein fertig werden musste, ohne die Unterstützung ihrer Eltern oder der amischen Gemeinde. Deshalb brauche ich einen Moment, um meine nächste Frage zu formulieren. »Weiß Ihr *Datt*, was passiert ist?«

»Ich glaube nicht, dass meine *Mamm* ihm etwas erzählt hat.«

»Haben Sie Daniel nach dieser Nacht noch einmal gesehen oder mit ihm gesprochen?«

»Nein.«

»Haben Sie ihm geschrieben? Oder ihm eine Nachricht hinterlassen?«

»Nein.« Sie sieht mich verwirrt an. »Warum auch?«

»Haben Sie vorgeschlagen, sich in der Brandnacht mit Ihnen in der Scheune zu treffen?«

»Was?« Sie schüttelt den Kopf. »Warum hätte ich das tun sollen?«

»Sagen Sie's mir.«

»Chief Burkholder, ich habe ihn nicht mehr gesehen seit … dieser Nacht. Ich könnte ihn nicht ansehen. Ich kann mich ja kaum ansehen. An manchen Tagen kann ich nicht einmal mein unschuldiges Kind ansehen.« Sie verzieht schmerzlich das Gesicht, fängt an zu weinen. »So meine ich das nicht.«

Ich lasse sie weinen, lasse die Stille und das Gewicht des Gesprächs wirken.

»Ich habe gebetet, dass mir vergeben wird«, sagt sie. »Ich habe mir selbst vergeben. Ich habe *ihnen* vergeben. Ich blicke nach vorn …«

Ich habe ihnen vergeben …

Der Satz rüttelt mich auf, hallt in meinen Ohren wie die Meldung von einem Schusswechsel. »Was haben Sie gerade gesagt?«

Sie sieht mich verständnislos an. »Ich habe gesagt, dass ich nach –«

»Sie haben ›ihnen‹ gesagt«, schneide ich ihr das Wort ab. »Wen meinen Sie damit? War sonst noch jemand dabei?«

Scham verdunkelt ihr Gesicht. Es gibt also noch etwas, was ich nicht erfahren sollte. Sie wendet den Blick ab, sieht irgendwohin, alles ist besser, als mir in die Augen zu sehen. »Daniels Freund war dabei. Milo Hershberger.«

Der Boden unter meinen Füßen schwankt. »Milo war in der Nacht dabei, als er Sie missbraucht hat?«

»Nach dem Singen brauchte er eine Mitfahrgelegenheit. Daniel hatte angeboten, ihn heimzufahren. Aber unterwegs hatten wir angefangen zu trinken, und dann hat er auf der Nebenstraße gehalten, anstatt Milo nach Haus zu bringen.«

»Hat Milo –«

»Nein.« Sie schüttelt entschieden den Kopf. »*Nein*. Er ist aus dem Wagen gestiegen, ich meine, er war nicht dabei … aber mit dem vielen Alkohol und allem … die Nacht war so … verwirrend.« Sie verzieht das Gesicht. »Aber ich erinnere mich, dass Milo hinterher sauer war. Auf Daniel, meine ich. Sie haben sich gestritten.«

»Daniel und Milo hatten eine Auseinandersetzung?«

»Milo war total aufgebracht. Er fand es schlimm, was Daniel gemacht hatte.«

»Sind sie bei dem Streit handgreiflich geworden?«

Wieder Kopfschütteln. »Ich weiß es nicht. Ich war so … beschämt und durcheinander. Meine ganze Welt ist an dem Abend zusammengebrochen.«

Irgendwo hinten im Haus fängt das Kind an zu weinen, und Ruth blickt sofort über die Schulter zurück, ist froh, mich nicht länger ansehen zu müssen. Scham, glaube ich, und wünschte, etwas sagen oder tun zu können. Aber ich kann ihr nicht helfen.

»Können Sie bitte gehen? Ich habe Ihnen alles gesagt und will nur noch vergessen, was mir passiert ist.«

* * *

Es gibt Dinge, die sind bei den Amischen so sehr tabuisiert, dass man ihre Existenz einfach leugnet. Sexuelle Gewalt gehört dazu. Daniel Gingerich war ein Monster in Gestalt eines netten jungen Mannes. Je mehr ich über ihn erfahre, desto heftiger verabscheue ich ihn – keine gute Gefühlslage für eine Polizistin, die seinen Mörder finden muss.

Auf der Fahrt zurück nach Millersburg treibt das Gespräch mit Ruth Petersheim mich um. Ich verstehe weder die Unbekümmertheit, mit der man einem anderen Menschen solche Gewalt antun kann, noch, dass das ganze Martyrium unter den Teppich gekehrt wurde. Und natürlich denke ich an meine eigene Geschichte, wie meine Eltern damit umgegangen sind. Sie haben ihr Bestes getan, doch es gibt Parallelen, die schwer zu ignorieren sind. Dennoch darf ich mich emotional von solchen Verbrechen nicht zu sehr berühren lassen. Ruth könnte lügen, was ich jedoch bezweifele.

Mit Milo Hershberger lag ich jedenfalls falsch. Ich mochte ihn, war von seinem unverstellten Wesen und der netten Art eingenommen; auch dass er von seinen amischen Glaubensbrüdern gemieden wurde und seine Familie ihm fehlte, hat mich nicht unberührt gelassen. Ich hatte ihm geglaubt, mich mit ihm identifiziert. Lauter Anfängerfehler.

Parallelen, flüstert beharrlich die kleine Stimme.

Ich biege in die Einfahrt zu Hershbergers sehr großem Mobilheim, wo bereits zahlreiche Personenwagen, mehrere Pick-ups und zwei Buggys kreuz und quer parken. Zwei Dutzend junge Männer laufen auf dem Hof umher, jeder hält entweder ein Bier oder einen Plastikbecher mit einem Gebräu in der Hand, das bis zum nächsten Morgen noch viele Hirnzellen abtöten wird.

»Na wunderbar«, murmele ich und steige aus dem Explorer.

Auf der Veranda stehen zwei kühlschrankgroße Lautsprecher, aus denen Pink Floyds »Young Lust« dröhnt.

Meine Uniform erregt einiges Aufsehen und führt auf dem Weg zum Haus dazu, dass sich wie durch Geisterhand eine breite Gasse bildet. Als ich zur Veranda hochgehe, steigt mir der Geruch von Marihuana in die Nase. Ich will gerade klopfen, als die Windfangtür auffliegt und zwei junge Männer lachend herausgestolpert kommen.

Einer der beiden mustert mich grinsend von oben bis unten. »Ist die Uniform echt oder bloß ein Witz?«, schreit er über die laute Musik hinweg, damit auch alle ihn hören.

»Ich suche Milo«, sage ich.

»In der Küche.« Er hält mir die Tür auf. »Bier ist im Kühlschrank, und wenn dir nach was Härterem ist, gibt's Purple Jesus im Krug. Hol dir was und komm wieder raus zum Feiern.«

Im Haus riecht es nach Zigarettenrauch und frisch versprühtem Raumspray. Ich durchquere das kleine Wohnzimmer und komme in die Küche, wo sich zwei junge Männer Drinks aus einem Krug einschenken. Milo steht grinsend in der Tür. Bei meinem Anblick zuckt er jedoch zusammen, kneift die Augen kurz zu und sieht ein zweites Mal hin, was durchaus belustigend sein könnte, wäre ich nicht stinksauer.

»Hallo, Milo«, sage ich und gehe zu ihm hin.

»Chief Burkholder?« Er trägt eine DeKalb-Kappe mit dem Schild im Nacken, raucht eine Zigarette und hält ein Bier in der linken Hand. Sein Lächeln ist leicht schief.

»Ihre Familie scheint Ihnen heute Abend wirklich zu fehlen«, sage ich.

Er blickt sich um, als befürchte er, dass ich gleich etwas sehe, was ich nicht sehen soll. »Oh, ich wusste ja nicht, dass Sie herkommen würden.«

»Vielleicht hätte ich vorher anrufen sollen.« Jetzt blicke auch ich mich um. »Unter Ihren Gästen sind doch keine Minderjährigen, die Alkohol trinken, oder?«

»Nein, Ma'am, nur ein paar Freunde.« Ohne mich aus den Augen zu lassen, geht er zum Tisch und stellt sein Bier ab.

»Können wir irgendwo in Ruhe reden?«, frage ich.

»In der Scheune, wenn Sie wollen. Da ist es ruhiger, hoffe ich jedenfalls.«

Ich nicke, drehe mich um und gehe durchs Wohnzimmer zurück. Hinter mir höre ich Milos Schritte sowie ein paar wenig dezente Äußerungen, die auf meine Person anspielen.

»Wusste gar nicht, dass du 'ne Cop-Freundin hast, Milo.«

»Gib ihr 'n Bier, Kumpel.«

»Legt sie dir Handschellen an?«

»Wenn wir in zehn Minuten nichts von dir gehört haben, kommen wir und holen dich!«

Ich ignoriere sämtliche Kommentare und gehe schnurstracks zur Scheune. Milo holt mich auf halbem Weg ein und geht neben mir her. »Was ist los?«, fragt er.

Ich antworte nicht, bin viel zu verärgert. Es wird ein wichtiges Gespräch, und ich muss mich erst einmal beruhigen, um meine Sache gut zu machen. Damit ich die Antworten bekomme, die ich brauche. Ich wünsche mir Glück.

Als wir die Scheune erreichen, öffnet er das Tor, und beim Eintreten weht mir der Geruch von Pferden und Sägespänen entgegen. Nach ein paar Metern bleibe ich stehen und sehe ihn an. »Schließen Sie das Tor hinter sich.«

Er runzelt die Stirn, geht zurück und schiebt das Tor zu. »Was ist denn los?«

»Sie haben mich angelogen«, sage ich.

»Wobei?«

»Stellen Sie sich nicht dumm. Sie haben mich angelogen, Sie verdammter Mistkerl.«

Er reißt die Augen auf, sieht mich wie ein erstauntes Hündchen an. »Ich weiß nicht, wovon Sie reden.«

Ich gehe auf ihn zu, bleibe einen halben Meter vor ihm stehen. Ich koche vor Wut und muss mich unbedingt bremsen. Er hat noch immer die Zigarette im Mund, und ich schlage sie weg. »Ist Ihnen eigentlich klar, dass ich gute Gründe habe, Sie zu verhaften? Hier und jetzt, vor all Ihren Freunden?«

Er tritt zurück, hebt die Hände. »He, Moment mal. Ich hab nichts gemacht.«

»Stimmt. Genau deshalb.«

Er sieht mich ratlos an. Mr Unschuldig.

Sachte, mahnt mich die kleine Stimme.

»Die Polizei anzulügen verstößt gegen das Gesetz«, sage ich. »Ich könnte Sie wegen Behinderung einer Mordermittlung verhaften – und weil Sie eine Straftat nicht angezeigt haben.«

»Aber ... Moment –«

»Das reicht vielleicht nicht, Sie vor Gericht zu bringen, aber Sie tragen Mitschuld an einer sexuellen Nötigung, und das befugt mich, Sie zu verhaften.«

Die Attitüde des armen, ausgestoßenen amischen Jungen fällt von ihm ab, und in seinen Augen blitzt etwas Dunkles auf. Zorn, wird mir klar, und die kleine Stimme in meinem Ohr mahnt mich zur Vorsicht. Auch ein freundlicher Hund kann beißen, wenn er in die Ecke getrieben wird.

»Ich hab keine Ahnung, wovon Sie reden«, sagt er.

»Ich weiß, was Ruth Petersheim passiert ist. Alles.«

Er wird blass, blinzelt, starrt mich mit offenem Mund an. Trotz des Alkohols hat er Mühe, die Fassung nicht zu verlieren. Sein Verstand läuft auf Hochtouren. Er muss sich eine gute Lüge ausdenken, um sein Verhalten zu rechtfertigen und sich von jeder Schuld freizusprechen. Doch ihm fällt nichts ein. Jedenfalls nichts, was ich ihm glauben würde, und das weiß er.

»Sie waren dabei«, stoße ich angewidert aus.

Er dreht sich um, will gehen, doch ich halte ihn am Arm fest. Er schüttelt meine Hand ab. »Fassen Sie mich nicht an.«

Ich lasse ihn los. Ich muss mich zusammennehmen, mich von der Vergangenheit losreißen und in die Gegenwart zurückkehren. Und erneut erinnere ich mich daran, dass es hier nicht um mich geht, nicht um meine Gefühle und meine Wut. Es geht nicht einmal um Ruth Petersheim oder Milo Hershberger. Es geht einzig und allein darum, ein Motiv für den Mord an Daniel Gingerich zu finden – und den Täter.

Er geht zur Schiebetür, öffnet sie aber nicht. Stattdessen sieht er das Holz an, schiebt die Hände in die Hosentaschen und dreht sich zu mir um.

»Ich habe nichts Schlimmes getan«, sagt er.

»Himmelherrgott, Milo. Sie haben mit angesehen, wie ein Mädchen vergewaltigt wurde. Sie haben ihr nicht geholfen. Sie haben nicht eingegriffen. Sie haben die Tat nicht angezeigt.«

»Ich habe es nicht gewusst!«

»Sie lügen.« Ich bin jetzt ruhiger, gehe zu ihm hin, bleibe aber in einigem Abstand vor ihm stehen. »Ich ermittle gerade in einem Mordfall, und Sie haben Informationen zurückgehalten.«

»Mit dem Mord an Danny habe ich nichts zu tun.«

»Erwarten Sie wirklich, dass ich Ihnen noch irgendetwas glaube?«

Er schüttelt ärgerlich den Kopf, sieht weg.

»Milo, ich bin kurz davor, Sie allein wegen Ihrer Lügerei zu verhaften, Sie arroganter Dreckskerl. Ich rate Ihnen, reden Sie.«

Ohne mich anzusehen, geht er zu der Stelle, wo seine noch glimmende Zigarette auf dem Boden liegt, und hebt sie auf. Er überlegt kurz, sie auszumachen, entscheidet sich aber dagegen und steckt sie in den Mund.

»Dieser verdammte Danny«, sagt er kurz darauf. »Was für ein mieser Typ.«

»Das weiß ich schon.«

Er starrt mich wütend an, dann zieht er tief an seiner Zigarette. »Ja, ich war dabei.«

»Dann fangen Sie endlich an zu reden, und wagen Sie es nicht, auch nur die kleinste Kleinigkeit auszulassen.«

»Herrgott!« Er reibt sich mit der Hand übers Gesicht und geht zu der nahen Pferdebox. Der Appaloosa, den er bei meinem letzten Besuch geritten hat, streckt den Kopf über die Tür und stupst ihn an. Milo dreht sich zu ihm um, krault ihn hinter den Ohren.

»Ich hab immer gewusst, dass mit ihm was nicht stimmt«, sagt er. »Aber was genau es ist, hab ich erst in dieser Nacht rausgefunden.«

Ich warte, sage nichts.

»Danny war ein Charmeur, und er war auf Mädchen scharf. Ich meine, es war für ihn wie eine Sucht. Sie waren sein Heroin. Wenn wir ausgegangen sind, auf einen Drink oder so, und er hat 'ne Puppe gesehen, die er haben wollte, ist er voll eingestiegen und hat sie total angemacht. Ohne jede Hemmung. Und das Lustige dabei ist, die meiste Zeit hat es funktioniert. Ich meine, die Mädchen waren verrückt nach ihm, ist das nicht die reinste Ironie?

Aber ein paarmal ist er auch abgeblitzt, und eins sage ich Ihnen, das hat ihn stinkwütend gemacht. Er hat es echt persönlich genommen. Er war wie Dr. Jekyll&Mr Hyde.«

»Was ist mit Ruth Petersheim passiert?«

»Amische Mädchen sind ein bisschen anders, weniger wild, aber das war Danny egal. Er hat immer gesagt, er liebt die Herausforderung. Und auch, dass die Chancen, eine Jungfrau zu erwischen, bei einer Amischen größer sind, deshalb war er hinter ihnen her.«

Ich muss meinen Ekel unterdrücken; ich werde ihm nicht die Befriedigung geben zu merken, dass er die Macht hat, mich schaudern zu lassen und meinen Blutdruck in gefährliche Höhen zu treiben. Ich starre ihn an, höre ihm zu, sage nichts.

»Danny wusste, dass Ruth mit dem Typen ausging, den sie dann auch geheiratet hat. Ich glaube, er heißt Mark. Danny war das egal. Nein, schlimmer noch, es war für ihn eine Art Herausforderung. Er hat ihr nachgestellt, seinen Charme spielen lassen, und sie ist voll drauf reingefallen.« Er atmet hörbar aus. »In der Nacht, als es passierte … wir waren bei einem Singen auf der Schwartz-Farm, mehrere von uns, eine gute Gruppe. Ruth war mit einer ihrer Freundinnen da, der Beachy-Puppe aus dem Mercantile.«

»Neva Lambright?« Im Stillen frage ich mich, warum Neva das nicht erwähnt hat, wo ich sie ja konkret nach Daniel Gingerich gefragt hatte.

»Ja, die. Jedenfalls hat Danny Ruth den ganzen Abend bearbeitet, und eins sage ich Ihnen, sie war vollkommen hingerissen von ihm, wie Wachs in seinen Händen. So gegen zehn fragte Danny sie dann, ob er sie nach Hause fahren dürfe. Zuerst hat sie gezögert, wie es sich für gute amische Mädchen gehört, aber ihre Freundin meinte, sie solle ruhig mitfahren. ›Hey, er ist in Ordnung – fahrt schon!‹ Also hat Ruth ja gesagt, aber eher zurückhaltend.

Ich brauchte eine Mitfahrgelegenheit, und Danny sagte, er würde mich nach Hause bringen. Ich bin davon ausgegangen, dass er mich zuerst absetzt, also bin ich eingestiegen.« Er senkt den Kopf, reibt sich die Augen mit Daumen und Zeigefinger einer Hand. »Ich war zwar irgendwie das fünfte Rad am Wagen, aber Danny hat das Radio voll aufgedreht, eine Flasche Tequila hervorgeholt, wir haben sie kreisen lassen und waren bald alle ziemlich voll. Die ganze Zeit über hab ich gedacht, wir sind ja zu dritt, aber das hat Danny nicht aufgehalten.«

»Was hat er gemacht?«

»Wir waren auf irgendeiner Nebenstraße, und alle stockbesoffen. Ich bin ausgestiegen, um zu pissen, und als ich zurückkam, waren Danny und Ruth auf dem Rücksitz … na ja, zugange. Also bin ich draußen geblieben, stehe mitten im Nirgendwo am Straßenrand rum und werde immer saurer. Plötzlich fliegt die Tür auf, und die beiden landen auf dem Asphalt. Zuerst dachte ich, sie würden nur rumalbern.« Er spannt die Wangenmuskeln an. »Aber sie haben … gestritten. Danny war sauer. Und Ruth hat … geweint. Es war … schlimm.«

Er sieht mir in die Augen. Diesmal ist sein Blick fest und unerschütterlich. »Hören Sie, ich hab versucht einzugreifen, aber … ich hatte zu viel getrunken. Ich hab nicht klar gedacht. Und Danny war …« Er zuckt die Schultern. »Wir haben uns mitten auf der

Straße geprügelt, und er hat mir die verdammte Nase gebrochen. Das war dann das Ende unserer Freundschaft, dabei waren wir seit unserem sechsten Lebensjahr dicke Freunde.«

»Was haben Sie dann gemacht?«

»Ich bin zu Fuß nach Hause gegangen. Das ist alles.«

»Sie haben sie also einfach so mit ihm zurückgelassen?«

Er wendet den Kopf ab, doch die Scham in seinen Augen ist mir nicht entgangen. Wenigstens das, denke ich mit einem Anflug von Genugtuung.

»Ich bin nicht stolz darauf«, sagte er.

»Sie waren doch bestimmt wütend.«

»Klar, ich war stinksauer.«

»Sauer genug, um Daniel in die Scheune zu locken, im Sattelraum einzuschließen und Feuer zu legen?«

Sein schiefes Lächeln ist gespickt mit Bitterkeit. »Ich wollte ihn nicht nur einmal umbringen, das können Sie mir glauben, besonders nachdem ich gemerkt hatte, was für ein Mensch er wirklich ist. Aber ich bin kein Mörder. Ich war's nicht.«

»Sagen Sie.«

»Sage ich.«

»Wer weiß sonst noch, was in der Nacht passiert ist?«

»Nur ich, Danny und Ruth, glaube ich.«

»Und was ist mit Mark Petersheim?«

Er zögert, sieht weg. »Weiß ich nicht.«

»Wir können auch auf dem Revier weitermachen, wenn das Ihrem Gedächtnis hilft.«

»Hören Sie, ich hab keine Ahnung, ob sie es ihm gesagt hat. Ich hab nur mitgekriegt, dass Danny manchmal … Andeutungen machte. Dass er … mit seinen Eroberungen angegeben hat. Hielt sich für einen verdammten Romeo oder so.« Er zuckt mit den Schultern. »So was spricht sich herum.«

»Dann ist es also möglich, dass Mark Petersheim es wusste?«

»Dass *irgendwas* passiert ist, weiß er sicher. Aber dass er auch weiß, wie schlimm es tatsächlich war, bezweifle ich. Ich sage Ihnen mal was über Mark: Er ist zwar amisch, aber er gehört sicher nicht zu denen, die Untreue hinnehmen würden.«

»Das war keine Untreue«, blaffe ich ihn an.

»Ich sage bloß, dass er es nicht einfach schlucken würde, wenn mit seiner Frau so was hinter seinem Rücken passierte. Und wenn Leute hintenherum reden würden … gefiele ihm das sicher auch nicht. Ihm ist es wichtig, was die Amischen denken.«

Ich weiß nicht, ob er die ganze Wahrheit sagt oder vielleicht nur die halbe oder ob er einfach nur Märchen erzählt. Aber falls er lügt, tut er das gut. Ich denke an Ruth Petersheim und wie ein verunsicherter Ehemann auf Gerüchte reagieren könnte, dass seine Frau ihn betrogen hat oder sein Kind von einem anderen Mann ist. …

»Wissen Ruths Eltern davon?«

»Das müssen Sie sie selber fragen.«

»Gibt es noch andere Frauen, die er genötigt hat?«, frage ich.

Er zuckt zusammen, als verursache die Frage ihm körperliche Schmerzen. Seine Zigarette ist bis zum Filter runtergebrannt, was er aber nicht zu bemerken scheint. »Ich weiß es nicht. Danny war … man konnte ihm bloß die Hälfte glauben von dem, was er erzählte. Jedenfalls was Mädchen betrifft. Er hat immer Andeutungen gemacht, dass er's wieder mit einer gemacht hat.«

»Ich brauche Namen.«

»Ich kenne keine Namen. Die Einzige, die irgendwie heraussticht, ist das junge amische Mädchen. Ich meine, richtig jung. Minderjährig.«

Er besitzt wirklich die Unverfrorenheit zu erröten. »Ich erinnere mich daran, weil Danny meinte, sie sei, na ja, noch Jungfrau.«

»Wie heißt sie?«

»Keine Ahnung. Danny hat sie nur mal nebenbei erwähnt und ziemlich rumgeprahlt. Ich bin nicht einmal sicher, ob er ihren Namen gesagt hat. In der Beziehung war er ein Arschloch.«

»Milo, das ist mir zu wenig.«

Er verzieht das Gesicht.

»Er war ständig in dem kleinen Laden in Charm, um die Mädchen da zu besuchen. Hatte vermutlich auf alle drei ein Auge geworfen.«

»Das Mercantile?«

Er nickt. »Es kam mir vor, als würde er ihnen … nachstellen.

Aber nachdem das mit Ruth passiert war, habe ich ja die Freundschaft mit ihm beendet. Wir haben danach nicht mehr miteinander geredet.«

»Kann es sein, dass Daniel mit Dingen prahlte, die in Wirklichkeit nie passiert sind?«, frage ich.

»Das kann ich mir durchaus vorstellen. Es hätte zu ihm gepasst.« Er runzelt die Stirn. »Aber ich glaube, mit dem Mädchen aus dem Mercantile war irgendwas passiert. Von anderen weiß ich nichts.«

Ich hole eine Visitenkarte heraus, schreibe meine Handynummer hinten drauf und reiche sie ihm. »Vielleicht will ich noch mal mit Ihnen reden. Wenn Sie vorhaben zu verreisen, müssen Sie mir das sagen.«

Er nimmt die Karte, sieht drauf. »In Ordnung.«

»Halten Sie sich von Ruth Petersheim fern«, sage ich. »Wenn Sie Kontakt mit ihr aufnehmen, werde ich Sie jagen und Ihnen das Leben zu Hölle machen. Ist das klar?«

»Hab's kapiert.« Er schüttelt den Kopf. »Ich hab damals in der Nacht versucht, das Richtige zu machen, Chief Burkholder.«

»Offensichtlich haben Sie sich nicht genug angestrengt.« Ich wende mich ab und gehe zum Scheunentor.

»Chief Burkholder, warten Sie.«

Ich bleibe erst stehen, als ich das Tor erreicht habe, drehe mich um und sehe ihn eindringlich an.

»Ich hätte in der Nacht eingreifen müssen. Dass ich es nicht gemacht hab … ich hab nächtelang nicht geschlafen und hab immer noch Probleme.« Er blinzelt, blickt zu Boden und wieder auf. »Ich schwöre zu Gott, wenn ich könnte, würde ich es wieder in Ordnung bringen.«

»Wir kriegen keine zweite Chance, Milo.« Ich drücke die Schiebetür auf und gehe.

15. Kapitel

MEINE UNTERHALTUNG MIT MILO HERSHBERGER beschäftigt mich noch den ganzen Abend. Daniel Gingerich war ein Triebtäter, und ich habe keinen Zweifel, dass er deshalb ermordet wurde. Obwohl ich Selbstjustiz ablehne, besonders dann, wenn Mord das Mittel ist, kann ich es doch nachvollziehen. Tiefdunkler Hass ist mir nicht fremd, und ich kenne das Gefühl, vor Scham am liebsten im Boden versinken zu wollen. Die vorherrschenden Fragen für mich sind deshalb: Wie viele Mädchen hat Daniel Gingerich vergewaltigt, und wer hat davon gewusst?

Es ist nach neun Uhr abends. Ich sitze in meinem Büro, die Unterlagen, Fotos und diversen Berichte des Falls liegen vor mir auf dem Schreibtisch ausgebreitet. Ich beschäftige mich schon so lange damit, dass die Wörter vor meinen Augen verschwimmen. Es ist Zeit, nach Hause zu gehen.

Mein Handy zirpt. Bestimmt will Tomasetti wissen, wo ich bleibe, und sofort habe ich ein schlechtes Gewissen. Doch dann lese ich WIRTSCHAFTSM auf dem Display, und mein Puls schlägt schneller. Ich nehme ab.

»Hi, Kate, Bob Schoening hier. Hoffentlich ist es noch nicht zu spät für einen Anruf, aber ich dachte, Sie wollen alles Neue sicher so bald wie möglich wissen.«

»Ich bin ganz Ohr.«

»Schön, ich hab ein paar Dinge. Die Fingerabdrücke vom Schlüssel in der Brandscheune haben wir durch AFIS laufen lassen, aber keinen Treffer gehabt.«

»Sie sind also nicht im System.«

»Korrekt. Dafür passt der Schlüssel, den Sie in Christopher Martinos Schuppen gefunden haben, zum Schloss vom Sattelraum.«

Ich horche auf. »Sind die Einweckgläser die gleichen wie die in der Gingerich-Scheune?«

»Wir können nur mit Sicherheit sagen, dass sie vom gleichen Hersteller sind.«

»Haben Sie Fingerabdrücke darauf gefunden?«

»Einen einzigen brauchbaren, und den haben wir auch via LiveScan zum BCI geschickt, wo sie ihn gerade durch AFIS laufen lassen.«

»Vierundzwanzig Stunden?«

»Plus/minus.«

»Können Sie sagen, ob der Schlüssel mit dem Fingerabdruck aus der Gingerich-Scheune ein Original oder nachgemacht ist?«

»Der Schlüssel vom Tatort weist leichte Gebrauchsspuren auf, er gehört also wahrscheinlich zu dem Schloss, das Gideon Gingerich vor ein paar Monaten im Eisenwarenladen in Millersburg gekauft hat. Der Schlüssel, der bei Martino gefunden wurde, ist von einem anderen Hersteller und weist keine erkennbaren Gebrauchsspuren auf, was darauf schließen lässt, dass er nachgemacht wurde.«

Ich überlege, was das bedeutet. »Hat Gideon Gingerich oder sonst jemand aus der Familie einen Schlüssel nachmachen lassen?«

»Er verneint das.«

»Kann ich den nachgemachten Schlüssel haben?«

»Die Techniker vom Labor haben ihn schon unter die Lupe genommen.« Er hält inne. »Wollen Sie versuchen herauszufinden, wo er gemacht wurde und wer ihn hat machen lassen?«

»Manchmal hat man ja Glück und landet einen Treffer.« Es wird eine Weile dauern, und die Erfolgschancen sind nicht gerade gut. Aber selbst mit meinen wenigen Mitarbeitern sollte es möglich sein, alle Eisenwarenhandlungen in Holmes County abzugrasen.

»Gleich morgen früh lasse ich den Schlüssel per Courier zu Ihnen bringen«, sagt er. »Dazu gibt es übrigens noch etwas Interessantes. Beim Kauf haben zum Schloss zwei Originalschlüssel gehört, aber der zweite ist bislang nicht aufgetaucht. Gideon Gingerich sagt, beide Schlüssel hingen am Haken in der Scheune.«

»Mit einer Schnur zusammengebunden«, füge ich hinzu, denn das hatte mir Gingerich bei unserem Gespräch gesagt. »Kann er im Feuer verlorengegangen sein?«

»Möglich ist es, dass er übersehen wurde, aber es ist eher unwahrscheinlich. Wir haben alles mit einem Metalldetektor abgesucht, und meine Mitarbeiter sind sehr gründlich.«

»Könnten Sie noch einmal nachsehen?«

»Ich kann morgen einen Techniker hinschicken.« Er klingt nicht sehr optimistisch, dass es etwas bringt. »Sobald ich alles schriftlich festgehalten habe, schicke ich Ihnen meinen Bericht.«

Ich danke ihm und lege auf. In Gedanken bin ich bereits bei all den Dingen, die ich machen muss. Sobald ich morgen den Schlüssel in den Händen halte, werde ich Mona beauftragen, in allen Eisenwarenläden im näheren Umkreis nachzufragen. Wenn wir herausfinden, wo er nachgemacht wurde, erfahren wir vielleicht auch, wer der Auftraggeber war.

Aber jetzt gehe ich erst einmal nach Hause. Ich habe auch noch ein Privatleben und Tomasetti, der auf mich wartet. Ich fahre den Computer herunter und will gerade die Bürotür hinter mir abschließen, als Jodie meinen Namen ruft.

»Sie sind immer noch da, Chief?«

»Aber nicht mehr lange«, sage ich und bleibe vor der Telefonzentrale stehen.

»Ich weiß, dass Sie endlich nach Hause wollen, aber gerade habe ich einen Anruf von einem Autofahrer reingekriegt. Er hat auf der Hogpath Road ein Reh erwischt, dabei ist seine Windschutzscheibe zersplittert, und er ist im Straßengraben gelandet.«

O nein. »Wo ist Skid?«

»Zum Brass Rail rausgefahren, da ist wohl gerade eine Prügelei im Gange. Der Anrufer meinte, es wäre ein Messer im Spiel, er wird also eine Zeitlang zu tun haben.«

Ich denke an Tomasetti und stöhne. »Also gut, ich fahre hin. Rufen Sie den Autofahrer an, und fragen Sie, ob er einen Arzt braucht oder einen Abschleppdienst.«

»Mach ich.«

»Wo auf der Hogpath Road ist er?«

»Kurz hinter der Brücke vom Painters Creek.«

»Okay, dann bis morgen.« Ich gehe zur Tür hinaus in die Nacht.

Die Hogpath Road ist eine schmale asphaltierte Straße mit Maisfeldern auf beiden Seiten. Die Farmen hier gehören Englischen und Amischen, aber sie sind sehr groß, und manche Häuser liegen über eine Meile auseinander. Die Painters-Creek-Brücke befindet sich etwa zwei Meilen südlich von Painters Mill. Das Ufer des Flusses ist üppig mit Gras bewachsen und ein beliebter Weideplatz für Wild, dem die zahlreichen Bäume zudem Schutz bieten. Allerdings verirren sich die Tiere bisweilen auch auf die Straße, und für eine Frau aus Portsmouth endete die Fahrt vor zwei Jahren tödlich – nach der Kollision mit einem Hirsch hatte sie den Wagen zu stark herumgerissen und war frontal gegen einen Baum geprallt.

Aus der Ferne sehe ich bereits Autoscheinwerfer nahe der Brücke. Sie durchschneiden die Dunkelheit in einem seltsamen Winkel, der Wagen steht offensichtlich nicht mit allen vier Rädern auf der Straße. Ich mache das Blaulicht an, überquere die Brücke und parke auf dem Seitenstreifen, etwa zehn Meter von der Stelle entfernt, wo der Wagen im Graben hängt.

»Bin am Unfallort angekommen«, sage ich in mein Ansteckmikro.

»Sind alle unverletzt, Chief?«

»Kann ich noch nicht sagen. Fahrer ist nirgends zu sehen. Ich schaue mir das jetzt mal an.« Ich nehme meine MagLite aus der Mittelkonsole. »Haben Sie den Abschleppdienst benachrichtigt?«, frage ich.

»Ist auf dem Weg.«

»Verstanden.«

Ich lasse Scheinwerfer und Blaulicht an, steige aus und sehe mich um. Die Lichter des anderen Fahrzeugs leuchten in meine Richtung und blenden mich. Weit und breit ist kein Fahrer in Sicht.

»Polizei Painters Mill!«, rufe ich. »Ist jemand verletzt?«

»Ich hab ein Reh angefahren!«, meldet sich eine Männerstimme.

»Bleiben Sie ganz ruhig, Sir«, sage ich. »Ich komme gleich zu Ihnen.«

Ich bin zwar ein ganzes Stück von der Straße entfernt, aber es ist vollkommen dunkel, und hinter mir ist eine unübersichtliche Kurve. Da ich keine Lust habe, uns von irgendeinem Idioten, der mit Karacho über die Brücke kommt, umfahren zu lassen, öffne ich die Hecktür und hole vier Warnfackeln heraus, stelle zwei davon ein ganzes Stück hinter dem Explorer auf. Die beiden anderen platziere ich in der Mitte der Straße auf Höhe der Fahrertür.

Die MagLite in der Hand, gehe ich zu dem anderen Wagen. Ich hatte erwartet, dass der Fahrer inzwischen ausgestiegen ist und mir entgegenkommt, aber das ist nicht der Fall. »Sir, sind Sie verletzt? Brauchen Sie einen Krankenwagen?«

»Mir geht's ganz gut. Bin nur durcheinander.«

Jetzt kann ich die Umrisse des Mannes sehen, er sitzt noch immer hinterm Lenkrad und hantiert mit etwas auf dem Sitz herum. Kein Beifahrer. »Können Sie bitte den Wagen verlassen«, rufe ich.

Keine Antwort.

Ich leuchte mit der Taschenlampe hin und sehe erst jetzt, dass es kein Personenwagen ist, der da im schiefen Winkel ein Stück neben dem Seitenstreifen steht, sondern ein Pick-up mit vier Sitzen und großer Ladefläche. Dunkelblau oder schwarz. Und vorne fehlt das Nummernschild.

Ich bleibe stehen und leuchte mit der Lampe zum Führerhaus, wo zuvor der Fahrer gesessen hatte. Er ist verschwunden.

»Sir, verlassen Sie bitte den Wagen, und reden Sie mit mir.«

Keine Antwort.

Mir wird mulmig zumute. Wo zum Teufel ist er hingegangen?

Ich drücke aufs Ansteckmikro. »Brauche Hilfe. Skid soll kommen. Sofort.«

Ohne den Blick vom Wagen zu nehmen, gehe ich rückwärts zum Explorer, leuchte dabei mit der Taschenlampe von rechts nach links. »Fahrer. Zeigen Sie sich.«

Meine Hand gleitet hinab zur Dienstwaffe, ich schnippe mit dem Daumen den Lederriemen auf und ziehe den Revolver heraus. Dass ich keinerlei Deckung habe und im Scheinwerferlicht wie auf einem Präsentierteller zu sehen bin, ist mir deutlich bewusst.

Ein Gewehrschuss durchschneidet die Luft, Sekunden später

prallt hinter mir etwas am Explorer ab. Adrenalin durchflutet meinen Körper, alle Nervenzellen sind jetzt angespannt, und tausend Alarmglocken läuten in meinem Kopf.

»Mist. *Mist.*«

Ich drehe mich um und renne zum Explorer, wobei der Strahl meiner Taschenlampe wie besoffen über die Bäume torkelt und Insekten im Licht tanzen.

Ich drücke aufs Ansteckmikro. »Schüsse! Es wird geschossen!«

Ich bin keinen Meter vom Explorer entfernt, als ein zweiter Gewehrschuss fällt. Und ein dritter. Ich renne an der Motorhaube vorbei zur Rückseite, doch auf halbem Weg trifft mich etwas am linken Unterarm, es fühlt sich an wie ein Vorschlaghammer mit rasiermesserscharfer Spitze, von einem vierhundert Pfund schweren Sumoringer geschwungen. Schmerz durchfährt meinen Arm, die Finger werden taub, ich rutsche auf dem Schotter weg und falle, schlage mit der linken Hüfte hart auf dem Boden auf.

Meine Haut brennt wie ein Hochofen. Ich drehe mich auf den Bauch, die MagLite entgleitet mir, ich greife hektisch danach, muss aber mit ansehen, wie sie außer Reichweite rollt.

Die .38er in der rechten Hand, rappele ich mich hoch auf alle viere, gebe tierische Laute von mir und krieche so schnell es geht zur Rückseite des Explorers, kauere mit dem Rücken an der Stoßstange.

»Scheiße!« Keuchend taste ich nach meinem Ansteckmikro. »Schüsse fallen, Hogpath Road!«, schreie ich. »Brauche Hilfe! Werde beschossen!«

Ich riskiere einen Blick um die Stoßstange herum. Nichts passiert. Der Fahrer ist nirgends zu sehen. Ich will die Automarke und das Modell herausfinden, werde aber von den Scheinwerfern geblendet und rutsche ein Stück weiter nach unten, sehe unter den Explorer. Meine Taschenlampe liegt einen halben Meter vom linken Vorderrad entfernt. Zu riskant, sie zu holen. Aus dem Autofunk dringt ein hektisches Stimmengewirr zu mir, Unterstützung ist auf dem Weg. Ich muss nichts weiter tun, als warten …

Ich schließe fest die Augen, versuche, ruhig zu bleiben. Aber ich bin völlig ungeschützt, besonders, falls es zwei Schützen gibt. Und wegen der Scheinwerfer sehe ich rein gar nichts. Zudem können Motor und Rahmen des Explorers Kugeln zwar aufhalten, doch andere Teile des Wagens werden sie problemlos durchschlagen. Mein Unterarm schmerzt höllisch, als würde er mit einem Pressluftbohrer bearbeitet, der Schritt hält mit meinem rasenden Puls. Ich hebe den Arm und versuche, die Schwere der Verletzung abzuschätzen, sehe aber nichts weiter als schwarzglänzendes Blut am Ärmel meiner Bluse, das wie Teerklumpen auf den Schotter tropft.

Ich blicke noch einmal unters Fahrzeug. Auf der anderen Seite ist niemand zu sehen, auch Schritte sind nicht zu hören. Die Taschenlampe ist definitiv außer Reichweite und leuchtet in die falsche Richtung.

Zwei weitere Kugeln prallen vom Explorer ab. Meine Nerven sind zum Zerreißen gespannt, und ich frage mich, ob der Schütze schon nahe genug ist, um mich tödlich zu treffen. Ich krieche zur Beifahrerseite, richte mich auf und spähe durchs Fenster zur anderen Seite. Gerade geht jemand vor den Scheinwerfern des Pick-ups vorbei. Ein Mann. Ein Meter achtzig groß, achtzig Kilo schwer. Gewehr in der Hand, zehn Meter weit weg. Zu nahe. Ich hebe meinen Revolver und feuere zweimal kurz hintereinander.

»Ich bin Polizistin!«, schreie ich. »Lassen Sie sofort die Waffe fallen! *Fallen lassen!*«

Noch immer dringen Stimmen aus meinem Autofunk. Eine Wagentür knallt zu. Ich schleiche um den Explorer herum zur anderen Seite, hocke am Boden, den Rücken am hinteren Kotflügel, und spähe um die Ecke. Nichts und niemand zu sehen.

Der Motor des Pick-ups heult auf, und ich weiß, dass der Wagen gleich auf mich zukommt.

Ich krieche zum rechten Vorderrad des Explorers und sehe gerade noch, wie der Pick-up einen Satz nach vorne macht, mit wild über die Bäume flackerndem Scheinwerferlicht den holprigen Boden zur Asphaltstraße hinaufbrettert, stoppt, zehn, zwölf, vierzehn Meter zurückstößt und rutschend zum Stehen kommt. Der Fahrer reißt das Steuer herum, der Motor jault auf, und der Pick-up schießt vorwärts.

Ich feuere zwei Schüsse ab, doch sie verfehlen ihr Ziel. Panik steigt in mir auf, was leicht zu tödlichen Fehlern führen kann, und ich versuche, einen kühlen Kopf zu bewahren.

»Ruhig«, flüstere ich. »Bleib ruhig, ganz ruhig.«

Ein Motor heult auf, plötzlich macht der Fahrer eine Kehrtwende, die Räder rutschen weg, drehen durch, und mir wird klar, dass er das Weite sucht. Schotter fliegt auf, prallt klirrend am Explorer ab, und durch die Staubwolke sehe ich die roten Rücklichter. Ich ziele und feuere meine letzten beiden Kugeln ab.

»Scheißkerl!« Ich taste nach meinem Ansteckmikro. »Verdächtiger flieht östlich auf Hogpath Road! Viersitziger Pick-up, blau oder schwarz, lange Ladefläche! Fahrer ist bewaffnet!«

Aus meinem Autofunk dringt ein vielstimmiger Chor, die Meldungen überschlagen sich. Jeder diensthabende Polizist im Umkreis von zwanzig Meilen ist auf dem Weg, mir Hilfe zu leisten – und zwar unabhängig von seinem Zuständigkeitsbereich. Denn wenn Schüsse gemeldet werden, lässt man alles stehen und liegen und eilt zum Ort des Geschehens.

In der Ferne heulen Sirenen. Die Felder und Wälder um mich herum scheinen unnatürlich still. Der Motor meines Explorers läuft noch, Insekten schwirren im Scheinwerferlicht. Ich rappele mich auf die Füße, gehe unsicheren Schritts zur Fahrerseite, wo ich die MagLite vom Boden aufhebe.

Etwas Dunkles fällt neben meinen Stiefel. Zuerst glaube ich, es ist ein Käfer, aber dann wird mir klar, dass es Blut von meinem Unterarm ist. Ich habe mir die Wunde noch nicht genau angesehen, aber gebrochen scheint der Arm nicht zu sein. Doch der Schmerz ist enorm.

Ich müsste einen Krankenwagen anrufen, doch ich tue es nicht, sondern lehne mich vorne an den Kotflügel, stecke meine .38er zurück ins Holster und hole mein Handy heraus. Dann sinke ich in die Hocke und greife mit der unverletzten Hand zum Ansteckmikro.

Es ist vorbei.

16. Kapitel

WENN JEMAND AUF DICH GESCHOSSEN HAT, siehst du alles in einem völlig anderen Licht. Nicht nur die Polizeiarbeit, sondern auch das Leben im Allgemeinen. Du beginnst, über die wirklich wichtigen Dinge nachzudenken.

Vier Stunden sind vergangen, seit ich hinter meinem Explorer kauerte, weil ein verrückter Scheißkerl versucht hat, mich umzubringen. Davon habe ich die erste Stunde auf dem Rücksitz von Skids Streifenwagen verbracht, während Polizisten von drei verschiedenen Strafverfolgungsbehörden – dem Sheriffbüro von Holmes County, der State Highway Patrol und dem BCI – abwechselnd von mir wissen wollten, was genau vorgefallen ist. Nein, ich hatte keine Gelegenheit, mir den Schützen genau anzusehen. Ja, es war ein Mann. Sonst habe ich niemanden gesehen. Ich weiß weder Marke noch Modell des Pick-ups. Das Autokennzeichen kenne ich auch nicht, offensichtlich ist es vorher entfernt worden. Da er sofort geschossen hat, als ich aus dem Wagen gestiegen bin, war die Lage aussichtslos. Ich glaube, das waren exakt meine Worte.

Danach hat Tomasetti mich in die Notaufnahme des Krankenhauses in Pomerene gefahren, wo mein linker Unterarm geröntgt wurde. Gott sei Dank war nichts gebrochen, so dass nur die »geringfügige« Schusswunde versorgt werden musste. Man hat mir eine Tetanusspritze verpasst, die Wunde mit vier Stichen genäht, ein Rezept für Antibiotika und Schmerzmittel gegeben und Dutzende Male betont, dass ich ungeheures Glück gehabt hätte.

Bis jetzt habe ich alles mit Fassung getragen. Die Polizisten waren bei der Befragung ausgesprochen bemüht, mich wie eine von ihnen zu behandeln – nicht, als hätte ich es vermasselt oder wäre leichtsinnig gewesen. Und sie machten unmissverständlich klar, dass sie den verrückten Scheißkerl, der auf eine Kollegin geschossen hat, ganz sicher nicht ungestraft davonkommen lassen würden.

So etwas nimmt die Polizei verdammt ernst. Jede Strafverfolgungsbehörde in diesem Teil Ohios ist in höchste Alarmbereitschaft versetzt und beteiligt sich aktiv an der Suche nach dem Schützen. Ich würde mich ihnen nur allzu gern anschließen, denn ich bin stinksauer und noch immer unter Strom. Aber das ist natürlich ausgeschlossen.

Es ist jetzt dreizehn Uhr, ich bin am Leben und zu Hause mit dem Mann, den ich liebe. Tomasetti sagt und tut genau das Richtige. Zuerst hat er mir eine vom Arzt verschriebene Schmerztablette verordnet und die Stille mit Smalltalk gefüllt – was wirklich ungewöhnlich für ihn ist –, dann hat er mich mit einer Dosensuppe verköstigt, unter die Dusche befördert und ins Bett gebracht. Dort hat er mich sanft gescholten, dass ich nach Einbruch der Dunkelheit noch draußen in der Pampa gewesen bin, wobei er natürlich berücksichtigte, dass das zu meinem Job gehört. Und er hat mich sogar zum Lachen gebracht mit dem Vorschlag, die Schüsse auf mich zum Anlass zu nehmen, den Stadtrat davon zu überzeugen, dass ich einen weiteren Vollzeit-Officer brauche. Was ich an Tomasetti unter anderem so liebe, ist sein Humor.

Ich sitze in unserem Bett, habe dicke Kissen im Rücken, den Arm hochgelegt und den Laptop aufgeklappt vor mir. Halb versteckt unter dem schönen Sommer-Quilt, den meine Schwester mir letztes Jahr zum Geburtstag genäht hat, trage ich eines von Tomasettis alten Polizei-T-Shirts von Cleveland. Der Schmerz in meinem Unterarm hat dank der Pille merklich nachgelassen, und ich wünschte, die düstere Vorahnung, die sich als Knoten in meinem Bauch festgesetzt hat, würde ebenso leicht verschwinden.

Ein Mann hat mich heute Nacht fast getötet – und er läuft immer noch frei herum. Hat der Anschlag auf mich etwas mit dem Gingerich-Fall zu tun? War es eine Warnung – eine wenig subtile Botschaft, mich rauszuhalten und nicht noch tiefer zu bohren? In den letzten Stunden sind mir zahlreiche Namen durch den Kopf gegangen: Mark Petersheim, Elam Schlabach, Milo Hershberger, Sam Miller – sie alle hatten gute Gründe, Daniel Gingerich umzubringen. Doch ist einer von ihnen auch verzweifelt – kaltblütig – genug, eine Polizistin zu erschießen?

»Du bist noch wach.«

Ich sehe vom Laptop auf. Tomasetti kommt ins Schlafzimmer, geht zum Fenster und öffnet es. Mit der kühlen Luft dringt ein vielstimmiges Orchester herein: das Quaken der Frösche vom Teich, das Zirpen der Grillen und die sanften Rufe der Eulenfamilie, die in der Pappel am Ufer lebt. Es sind die Klänge meiner Jugend, und im Schlaf hören wir sie jede Nacht – und jetzt weiß ich sie mehr zu schätzen denn je.

»Neuigkeiten über den Schützen?«, frage ich.

»Ich habe mit Rasmussen gesprochen«, sagt er. »Sämtliche Einsatzkräfte aller Dienststellen der umliegenden vier Countys sind auf der Suche, aber bis jetzt ohne Erfolg.«

»Konnten sie brauchbare Reifenabdrücke nehmen?«, frage ich. »Was ist mit Patronenhülsen?«

»Hülsen ja.« Stirnrunzelnd schlüpft er neben mich ins Bett. »Mit den Reifenabdrücken bin ich mir nicht sicher.«

»Und der Anruf? Konnte man den zurückverfolgen?«

»Wir kennen die Funkzelle, wo sich das Telefon eingewählt hat, am Rest wird noch gearbeitet.«

»Das war kein Zufall, Tomasetti – ich war nicht zufällig zur falschen Zeit am falschen Ort«, sage ich nach einer Weile.

Er blickt mich düster an, und ich sehe in seinem Gesicht, dass ihm die Bedeutung meiner Worte nicht gefällt. Aber er widerspricht mir nicht.

»Es hat mit dem Gingerich-Fall zu tun«, sage ich.

Er seufzt. »Hast du jemand Spezielles im Sinn?«

Ich spule erneut die Namen in meinem Kopf ab, aber keiner sticht besonders hervor. »Nein. Aber ich weiß, dass es mit Daniel Gingerich zu tun hat, weil nur das einen Sinn ergibt.«

»Dann erzähl mir, was du über Gingerich weißt.«

»Alle haben ihn für einen wunderbaren Menschen gehalten. Ein unschuldiger amischer junger Mann, arbeitsam und charmant.« Abscheu klingt in meiner Stimme mit. »Aber er war ein Wolf im Schafspelz übelster Art, Tomasetti. Er hat auf junge

Mädchen Jagd gemacht. Auf *amische* Mädchen, Herrgott nochmal – Mädchen, bei denen er sicher war, dass sie es keinem Menschen erzählen würden, nicht einmal ihren Eltern.«

»Um wie viele Mädchen geht es denn?«

»Definitiv weiß ich von zweien, aber wahrscheinlich waren es mehr.«

»Und die Vergewaltigungen wurden nie angezeigt?«

»Sie wurden jedes Mal unter den Teppich gekehrt, so dass alle so tun konnten, als wäre nie etwas passiert. Aber bei den betroffenen Mädchen funktionierte das eben nicht. Sie waren gezwungen, damit zu leben, was ihnen angetan wurde. In manchen Fällen gab man ihnen die Schuld, so dass sie dachten, sie hätten es sich selbst zuzuschreiben. Und natürlich will niemand darüber reden.«

»Jemand hat offensichtlich *doch* etwas gesagt.« Er denkt darüber nach. »Die Mädchen, die Gingerich zum Sex gezwungen hat, haben einen Freund, Bruder, Vater oder Ehemann.« Er zuckt die Schultern. »Das Bedürfnis, einen geliebten Menschen zu beschützen, ist eine starke Motivation. Sie sitzt oft sehr tief und kann selbst religiösen Glauben überwinden.«

»Zwei der Mädchen sind schwanger geworden. Eine hat sich umgebracht, die andere hat geheiratet. Ihr Mann weiß nichts davon. Sie waren beide noch Teenager.«

Bei den letzten Worten bebt meine Stimme. Ich hätte es dabei belassen und nicht weiterreden sollen. Es reichte. Und das vielsagende Zittern hätte ich auf die Schmerzmittel und die Tatsache, dass ich verletzt, wütend und angewidert bin, schieben können. Aber es ist, als hätte sich ein Schleusentor geöffnet und eine Flut von Emotionen wäre herausgeströmt – Emotionen, deren Existenz ich nicht hatte wahrhaben wollen.

»Ich weiß, es geht mir nicht allein um die Mädchen«, flüstere ich. »Es geht darum, was ihnen passiert ist.«

»Motivation.« Tomasetti sieht mir fest in die Augen. Sein Gesichtsausdruck ist nachdenklich. »Du willst das jetzt nicht hören, Kate, aber ich habe das Gefühl, hier spielen einige Parallelen mit rein, die bei diesem Fall nichts zu suchen haben.«

»Möglich. Aber ich will gar nicht, dass es hierbei um mich und meine Vergangenheit geht.«

»Ob wir es wollen oder nicht, unsere Vergangenheit gehört zu dem, wer wir sind. Was uns passiert ist, das Gute und das Schlechte, beeinflusst unsere Sichtweise, unsere Einstellung. Sie sind die Erfahrungen, unsere Werkzeuge, die wir einbringen. Das ist nicht immer negativ.«

»Ich nehme es zur Kenntnis.« Weil er mich weiterhin fixiert, füge ich hinzu: »Ich kann damit umgehen.«

»Das weiß ich.« Er sieht mich noch immer forschend an. »Und wie konnte das Ganze darin gipfeln, dass heute Nacht auf dich geschossen wurde?«

»Weil jemand glaubt, dass ich der Wahrheit zu nahe komme. Und er etwas zu verlieren hat. Möglicherweise schützt er auch andere.«

»Er will, dass du nicht weitersuchst.«

»Was heißt, dass er mich nicht gut kennt.«

»Schlimmer noch, er hat keine Ahnung«, sagt er, beugt sich vor, klappt meinen Laptop zu und legt ihn neben sich auf den Nachttisch. »Hat der Arzt dir nicht gesagt, du sollst dich für den Rest des Tages schonen?«

Ich spüre seine Anspannung. Seit wir vor ein paar Stunden von der Hogpath Road zurückgekehrt sind, ist er liebevoll zu mir, geduldig und nachsichtig. Doch den Gesichtsausdruck, als er dort auf mich zugeeilt kam, werde ich nicht vergessen – wie sein Blick forschend über mich geglitten ist, ob ich womöglich eine schlimme Verletzung habe, die ich nicht überleben werde. Ich wusste genau, was in seinem Kopf vor sich ging, und es tut mir wirklich leid, dass ich ihm das zugemutet habe. Und doch gibt es nichts, womit ich es wiedergutmachen kann.

Nachdenkliches Schweigen tritt ein, wir lauschen auf die nächtlichen Geräusche von draußen. Nach einer Weile drehe ich mich ein wenig auf die Seite und sehe ihn an. »Über eines müssen wir noch reden.«

»Hab ich was Schlimmes angestellt?« Die Unbeschwertheit seiner Frage steht im Widerspruch zu dem ernsten Ausdruck in seinen Augen.

Dennoch muss ich lächeln. »Ich will, dass du weißt … dass ich mich im Dienst vorsichtig verhalte. Ich gehe keine Risiken ein. Was heute Abend passiert ist, war … schlecht. Aber ich mache meinen Job gut. Du musst dir … keine Sorgen um mich machen.

Er rutscht ein Stück am Kopfteil des Bettes herunter, wendet sich mir zu, nimmt meine unverletzte Hand in seine und küsst meine Knöchel. »Das gehört nun mal mit dazu.«

Ich will etwas sagen, doch er legt zwei Finger auf meine Lippen, und mir wird klar, dass auch er etwas sagen möchte, was ich unbedingt hören soll und wichtig für uns beide ist.

»Ich werde dich nicht anlügen. Als ich den Anruf bekommen habe … hat mir das einen Mordsschreck eingejagt. Und auf der Fahrt dorthin hab ich schon mit Gott verhandelt. Und dem Teufel, oder wer immer bereit war, mir zuzuhören. Aber meine Angst wurde von dem Wissen, dass du eine gute Polizistin bist, so ziemlich in Schach gehalten. Das meine ich ehrlich.«

Ich starre ihn an, wünschte, mein Kopf wäre von der Pille nicht so benebelt, denn eines ist klar: Er ist mir wie immer einen Schritt voraus. Ich habe ihn unterschätzt.

Kurz darauf fährt er fort.

»Du bist Polizistin in einer Kleinstadt. Wir beide wissen, dass es Zeiten gibt, in denen niemand sonst zur Verfügung steht. Wenn du gerade Dienst hast und ein Notruf kommt rein, musst du darauf reagieren. Da ist es egal, wie spät es ist, wohin du gerufen wirst oder ob dir der Anruf vielleicht sogar merkwürdig erscheint.«

Von allem, was er hätte sagen können, habe ich damit am wenigsten gerechnet. Solche Worte hatte ich nicht erwartet. Ich hatte überlegt, wie ich die Schießerei herunterspielen oder – besser noch – das Thema ganz umschiffen könnte. Wie ich mich entschuldigen könnte, ihm Anlass zur Sorge gegeben zu haben, ohne die Verantwortung dafür übernehmen zu müssen. Ich wollte versprechen, in Zukunft vorsichtiger zu sein, und war sogar bereit, einen Kompromiss zu schließen. Darüber hinaus war ich aber auch darauf vorbereitet, zu kämpfen, hätte er etwas verlangt, was ich nicht tun will.

»Ich weiß nicht, was ich sagen soll«, ist alles, was ich herausbringe.

»Du musst weder etwas sagen noch auf Zehenspitzen um mich herumschleichen. Ich bin ein großer Junge, Kate. Gut oder schlecht, ich kann damit umgehen.«

Weil ich meiner Stimme nicht traue, nicke ich nur.

»Hätte ich so etwas vor zwei Jahren gesagt? Oder vor einem Jahr?« Er schüttelt den Kopf. »Wohl nicht. Da würden wir jetzt hier liegen und uns über deine Zukunft als Polizistin streiten. Es gab eine Zeit, da hätte ich dir gesagt, du musst dich entscheiden. Dass du bei der Polizei arbeiten oder mit mir zusammen sein kannst, aber nicht beides.«

»Ich weiß, was du wegen deiner Frau und deinen Kindern durchgemacht hast«, sage ich. »Ich habe das verstanden und akzeptiert. Und ich wusste, dass wir damit klarkommen.«

»Noch vor wenigen Monaten hätte ich dich darum gebeten, den Job, den du liebst, aufzugeben. Ich hätte eine Entscheidung erzwungen. Ich hätte dich auf alle möglichen Arten versucht zu manipulieren. Das wäre unglaublich egoistisch gewesen.«

Ich will etwas erwidern, doch er bedeutet mir mit erhobener Hand, dass er noch nicht fertig ist. »Heute Abend hat jemand versucht, dich umzubringen. Er hat es fast geschafft. Doch als du dann mit einer Schussverletzung am Arm in unser Haus gekommen bist, hast du nur an mich und *meine* Gefühle gedacht. Wie bescheuert ist das denn?«

»Niemand hat je behauptet, es wäre einfach, mit einer Polizistin verheiratet zu sein.«

»Ich werde dich niemals bitten, deinen Beruf aufzugeben.«

Ich möchte etwas antworten, möchte ihm sagen, wie viel mir seine Worte bedeuten. Aber ich habe einen so großen Kloß im Hals, bin so gerührt, dass ich nicht sprechen kann.

Er streckt die Hand aus, umschließt meine Wange und streichelt sie mit dem Daumen. »Jetzt weinst du«, sagt er trocken. »Das sieht dir wieder mal ähnlich, nicht wahr?«

Ich lege meine Hand auf seine. »Eine kleine Sorge habe ich trotzdem«, bringe ich schließlich hervor.

»Aha.« Er rutscht näher zu mir. »Dann schieß mal los.«

Ich boxe ihn an die Schulter, weil das wirklich eine unpassende

Wortwahl ist, und kuschele mich an ihn. »Ich weiß nicht, ob die Leute hier sich daran gewöhnen können, mich Chief Tomasetti zu nennen.«

»Es klingt jedenfalls gut.«

»Findest du?«

»Ich finde, es gibt absolut nichts, worüber du dir Sorgen machen müsstest.«

* * *

Ich träume von Daniel Lapp. Ich bin vierzehn Jahre alt und glaube fest daran, dass die Welt ein guter Ort ist, an dem niemals etwas Schlechtes passieren kann.

Ich bin unschuldig und unbeschwert und habe keinen Begriff von der Gewalt, die mein behütetes und beschütztes Leben bald zertrümmern wird.

Ich bin in der sonnendurchfluteten Farmhausküche meiner Mamm, spüle Geschirr und träume von all den Dingen, die ich in der Zukunft tun werde. Das Fenster steht offen, die Gardinen flattern in der Brise, und die kleinen eingenähten Bleigewichte im Saum schlagen klack, klack, klack gegen die Fensterbank.

Und dann steht da plötzlich Daniel Lapp, fasst mich an, tut mir weh, und ich weiß, dass meine Welt sich gerade fundamental ändert. Dass sie nie wieder dieselbe sein wird – dass ich nie wieder dieselbe sein werde.

Ich liege auf dem schmutzigen Boden, und er zerrt an meinem Kleid, meiner Kapp. *Schock und Scham und ein ohnmächtiger Unglaube schlagen auf mich ein wie eine Faust. Seine Finger bohren sich in meinen Hals, drücken mir die Blutzufuhr zum Kopf ab, und ich habe das Gefühl, meinen Körper zu verlassen, zu schweben, und das alles von irgendwo hoch oben zu beobachten.*

Ich sehe in sein Gesicht, er blickt auf mich herab wie ein hungriger Hund auf einen Brocken Fleisch. Ich winde mich, brülle und kratze. Ich schreie um Hilfe, aber niemand hört mich. Und hinterher wäre ich vor Scham am liebsten gestorben …

Keuchend und mit wild pochendem Herzen schrecke ich aus dem Schlaf hoch. Ich setze mich auf, mein Atem geht flach und schnell, Schmerz durchzuckt meinen Unterarm, und ich verfluche den Kerl, der auf mich geschossen hat.

Ich blicke um mich, und mir wird klar, dass ich zu Hause in unserem Bett liege. Ich bin in Sicherheit, es war nur ein Albtraum, und die verbliebene Angst verkriecht sich wieder in ihr dunkles Loch. Es ist noch früh, draußen dämmert es erst, aber Tomasetti ist schon gegangen.

Der Traum klingt noch nach, ist wie ein Fleck, hässlich und unerwünscht. Ich habe Jahre damit verbracht, diesen Tag aus meinem Gedächtnis zu tilgen. Heute Morgen öffne ich die Tür und lasse die Erinnerung herein. Ich denke an Daniel Gingerich und die Parallelen, die Tomasetti erwähnt hat, und mir wird eines klar: Sosehr wir auch versuchen zu vergessen, einige Emotionen sind unauslöschlich in unsere Psyche eingebrannt. Sie sind ein Teil von uns geworden. Wir tragen die Scham und die Wut wie Narben auf unserer Seele, unsichtbar für andere. Nur wir, die Beschädigten, können sie sehen.

Ich überlege, den Vormittag freizunehmen, aber es ist zu viel los, es gibt zu viel zu tun. Wer immer mir gestern Abend aufgelauert hat, läuft noch immer frei herum. Daniel Gingerich ist noch immer tot, sein Mörder noch immer auf freiem Fuß.

Mit diesem Wissen rolle ich mich aus dem Bett und gehe unter die Dusche.

17. Kapitel

VERGEWALTIGUNG IST EIN VERBRECHEN, das Leben zerstört und sich auswirkt auf alle Beziehungen des Opfers. Es macht Vertrauen kaputt und ruiniert die Zukunft eines Menschen, es stiehlt die Hoffnung und verändert die Sicht des Opfers auf die Welt – und die Sicht auf sich selbst. Schlimmstenfalls kann es, wie im Fall Emma Millers, auch töten.

Es ist ein Verbrechen, über das niemand reden will und das viel zu selten zur Anzeige gebracht wird: weil es negiert wird, weil es stigmatisiert, weil das Opfer sich selbst die Schuld gibt – oder eine Kombination davon. So bleibt der Täter ungestraft. Er geht nach Hause, streift die Tat wie eine schmutzige Hose ab, wäscht sich die Hände – und sucht sich die nächste Gelegenheit.

Ich wollte viel früher im Revier sein, aber es ist schon zehn, als ich schließlich durch die Tür humpele. Kaum dass ich den Raum betrete, steht Lois hinter der Empfangstheke auf und wedelt mit einem Bündel rosa Telefonzettel. Mona sitzt im Schneidersitz auf dem Boden hinterm Schreibtisch und sortiert Akten. Das hätte bestimmt bis zu ihrer Mitternachtsschicht warten können, aber es überrascht mich nicht. Beide mustern mich voller Sorge.

»Mir geht's ganz gut«, lasse ich sie schon auf dem Weg zu ihnen wissen.

»Wir haben gehört, dass es in der Hogpath Road letzte Nacht brenzlig geworden ist«, sagt Lois und reicht mir die Nachrichten. »Weiß man schon, wer das war?«

»Noch nicht«, sage ich. »Aber wir kriegen ihn.«

Mona rasselt mit der Flasche Ibuprofen, die sie immer griffbereit hat. Ich nicke, und sie schüttet drei Pillen in meine Hand. »Danke.«

»Oh, bevor ich es vergesse.« Mona nimmt einen weißen Briefumschlag aus meinem Fach und hält ihn mir hin. »Das hat jemand für Sie hinterlassen.«

Neugierig nehme ich den Umschlag, auf dem außer meinem Namen nichts steht. »Haben Sie eine Ahnung, von wem der ist?«

Sie schüttelt den Kopf. »T.J. hat ihn gefunden. Er klebte an der Tür, als er heute Morgen um sechs mit Frühstücks-Burritos gekommen ist.«

In meinem Büro schalte ich den Computer an, schlitze den Umschlag auf und lese:

Mark Petersheim hat Daniel Gingerich umgebracht.

Ich gehe zurück in den Empfangsbereich und weiter zur Eingangstür, wo der Briefumschlag hing. Beide Frauen beobachten schweigend, wie ich die Tür öffne und hinaus auf die Main Street spähe.

»Mona?«, sage ich, ohne mich zu ihr umzudrehen.

»Ja?« Sie kommt, stellt sich neben mich, und beide blicken wir auf den neuen amischen Touristenshop auf der gegenüberliegenden Straßenseite.

»*Dawdy Haus*« ist *deitsh* für »Großvaters Haus«. Das amische Geschäft gehört Janine Fourman und ist das erste mit »gut erhaltener« Ware im Zentrum von Painters Mill. Hier gibt es alles von Stubenwagen über Laternen bis zu Postkarten und hausgemachtem *Fudge*, einem Karamellkonfekt. Wie den meisten Ladeninhabern in der Innenstadt, wurden Janine fünf Parkplätze vor ihrem Mietobjekt zugewiesen. Vor einem Monat kam sie ins Revier und beschwerte sich, dass die Kunden von *Gordon's Five and Dime*, dem Geschäft nebenan, auf ihren Plätzen parken. Da das Problem nicht gerade höchste Priorität hatte, sah keiner im Revier sich bemüßigt, Strafzettel auszustellen, woraufhin sie in typischer Janine-Fourman-Manier die Angelegenheit selbst in die Hand nahm und Überwachungskameras installieren ließ.

Ich zeige auf die Kamera, die neben der gestreiften Markise über dem Schaufenster von *Dawdy House* hängt. »Wenn ich mich nicht irre, ist diese Überwachungskamera auf den Eingangsbereich des Reviers gerichtet.«

Mona sieht mich mit großen Augen an. »Die Nachricht.«

»Sollte einen Versuch wert sein.«

Ein paar Minuten später sind Mona und ich in dem kleinen Büro im hinteren Teil des Ladens. Die Geschäftsführerin, Jenna Fourman, ist Janines Tochter. Die Fünfundzwanzigjährige sitzt bereits am Computer und tippt. »Ich hab schon gehört, was Ihnen letzte Nacht passiert ist, Chief Burkholder. Hat das jetzt etwas damit zu tun?«

»Kann ich noch nicht sagen«, antworte ich vage.

»Die Aufnahmen der Überwachungskameras hat sich noch nie jemand angesehen«, sagt sie. »Na ja, niemand außer meiner Mom.« Sie sieht mich vielsagend an. »Sie ist ziemlich fanatisch, wenn's um die Parkplätze geht.«

Ich kenne Janine Fourmans kleinliche Obsessionen und unbarmherzige Taktiken in Angelegenheiten, die ihr nicht passen, nur allzu gut. Der Besitzer der Versicherungsagentur im Nachbarhaus hat sich schon öfter bei mir über ihre überzogenen Maßnahmen beschwert.

Doch ich gebe mich diplomatisch. »Verstehe.«

Die junge Frau grinst mich halb wissend, halb entschuldigend an und blickt wieder auf den Monitor. »Oh, hier ist es.« Sie drückt ein Dutzend Mal auf die Taste mit dem Pfeil nach unten, dann stoppt sie. »Hier ist die Aufzeichnung von gestern, sechs Uhr abends bis heute, sechs Uhr morgens.«

»Das ist genau die Zeitspanne, die uns interessiert.« Doch ich habe keine Lust, mir zwölf Stunden lang Aufnahmen von Painters Mills Zentrum bei Nacht zu Gemüte zu führen. »Können wir uns das auch im Schnellvorlauf ansehen?«

»Kein Problem.«

In dem Moment klingelt die Ladentür. Jenna blickt um die Ecke und steht auf. »Kundschaft.« Sie zeigt auf den Computer. »Mit der Maus kommen Sie ziemlich schnell vorwärts, Sie müssen bloß die kleine blinkende Linie von links nach rechts ziehen.«

»Schaffen wir.« Ich bedeute Mona, sich auf ihren Stuhl zu setzen. »Danke, Jenna.«

Sie grinst. »Verraten Sie bloß nicht meiner Mom, dass ich Sie an den Computer gelassen habe.«

Ich grinse ebenfalls. »Keine Sorge, meine Lippen sind versiegelt.«

Mona macht sich daran, zwölf Stunden Videoaufnahmen durchlaufen zu lassen. Nach Geschäftsschluss ist kaum noch etwas los in Painters Mill. In den ersten zwanzig Minuten sehen wir nichts weiter als eine streunende Katze und Mr Wetzel, der seinen mitternächtlichen Spaziergang macht. Als die blinkende Linie bei 00:45 Uhr angekommen ist, sehen Mona und ich eine Gestalt im Hausschatten und beugen uns näher zum Monitor.

»Es ist eine Frau«, murmelt Mona.

»Sieht amisch aus«, sage ich und kneife die Augen zusammen, weil die Bildauflösung grobkörnig und dunkel ist und der Kamerawinkel schlecht. »Wissen Sie, wie man das vergrößert?«

»Ich kann's versuchen, aber dadurch wird die Auflösung noch schlechter, als sie schon ist.« Sie rollt die Maus, und tatsächlich wird das Bild größer.

»Zeigen Sie die Stelle noch mal.«

Die Frau kommt von links, aus südlicher Richtung, sieht nach rechts und links, greift in ihre Jackentasche und pappt den Umschlag an die Tür.

»Es ist zu dunkel, um das Gesicht zu erkennen«, bemerkt Mona.

»Sie hat ein Kleid an, aber Details sind nicht zu erkennen. Durchschnittliche Figur, nicht sehr groß. Sie bleibt bewusst im Schatten.«

»Ob sie weiß, dass da eine Kamera ist?«

»Möglich.« Jetzt greife ich zur Maus, mache einen Rechtsklick und vergrößere das Bild, was aber nichts hilft, denn die Auflösung verschlechtert sich um ein Vielfaches. Ihr Gesicht bleibt unkenntlich, von ihrem Kleid und ihrer *Kapp* sind nur die Umrisse auszumachen.

Mona geht zurück zu dem Punkt, wo sie auftaucht, lässt die Aufnahme noch einmal vorlaufen und seufzt. »Zumindest wissen wir, dass die Nachricht von einer Frau stammt.«

»Und sie ist amisch, das ist wichtig.«

»Und jetzt?«

»Ich frage Jenna, ob wir das Video leihen können, um ein paar Standfotos machen zu lassen.« Noch während ich das sage, bezweifele ich, dass ein Foto uns wirklich weiterhilft. Abgesehen davon, dass die Qualität schlecht ist, weiß ich auch nicht, ob an der Nachricht wirklich etwas dran ist. Ich kenne das Motiv der Frau nicht. Weiß sie, was in der Brandnacht passiert ist? Versucht sie, Einfluss auf den Fall zu nehmen? Oder hat sie mit Petersheim noch ein Hühnchen zu rupfen? Verfolgt sie irgendeinen Zweck damit? Doch es ist zumindest *etwas* und damit mehr, als ich bislang vorzuweisen habe, also bin ich verpflichtet, der Sache nachzugehen.

»Wenn wir die Fotos haben«, sage ich, »schicken Sie das Video per Kurier zum BCI, vielleicht können die ja mehr rausholen.«

»Wird erledigt.«

»Danke.« Auf dem Weg zur Tür bleibe ich noch mal stehen und drehe mich zu ihr um. »Hat Bob Schoening von der Brandermittlung schon den Schlüssel geschickt?«

»Ist heute Morgen gekommen.«

»Können Sie auf dem Nachhauseweg noch zu den beiden Eisenwarenläden im Ort fahren und herausfinden, ob der Nachschlüssel von dort stammt?«

Mona strahlt, offensichtlich hocherfreut, an den Ermittlungen teilzunehmen. »Gern. Sonst noch etwas?«

»Falls es nicht zu viel Mühe macht, vielleicht könnten Sie auch ein paar Stunden Schlaf einschieben?«

Wir grinsen beide, ich drehe mich um und gehe hinaus.

* * *

Viele Menschen hatten gute Gründe, Daniel Gingerich den Tod zu wünschen. Doch wenn ich darüber nachdenke, komme ich immer wieder auf einen Namen zurück: Emma Miller. Von allen Opfern Gingerichs war sie die Einzige, die am Ende tot war. Ein nettes amisches Mädchen, durch ihn in eine qualvolle Lage gebracht. Ein Mädchen, dem die eigenen Eltern vorwarfen, schuld zu sein, und deren Kirchgemeinde sie nicht unterstützt hätte, weil sie unverheiratet schwanger geworden war. So hatte sie im Tod den einzigen Ausweg gesehen.

Es ist eine herzzerreißende Geschichte, besonders für all jene, die sie geliebt haben: ihre Eltern, Sam und Esther Miller, und ihren Freund, Elam Schlabach – sie alle haben ein Mordmotiv.

Als ich schließlich ein halbwegs brauchbares Foto der mysteriösen Frau in den Händen halte, die die Nachricht hinterlassen hatte, ist der Morgen schon vorbei. Kurz hatte ich überlegt, Mark Petersheim ins Revier bringen zu lassen. Ich wollte sehen, wie er reagiert, wenn er sich in die Enge getrieben fühlt; ob ich sein Alibi ins Schwanken bringen oder ihn bei einer Lüge ertappen kann. Aber ich bin nicht davon überzeugt, dass der anonyme Hinweis glaubwürdig ist, und beschließe stattdessen, nach Charm zu fahren und mit den drei Mädchen vom *Mercantile* zu reden.

Laut Milo Hershberger war Neva Lambright bei dem Singen dabei, als Ruth Petersheim hinterher vergewaltigt wurde. Warum hatte Neva das bei unserem Gespräch nicht erwähnt? Hatte sie bloß nicht daran gedacht? Wollte sie die Privatsphäre ihrer Freundin schützen? Oder weiß sie mehr über die Ereignisse in jener Nacht, als sie verrät?

Als ich auf dem Schotterparkplatz beim *Mercantile* parke und den Motor abstelle, pocht mein Unterarm wie verrückt. Der wachsende Berg offener Fragen macht mir Sorgen, zudem bin ich schlecht drauf. Ich muss unbedingt etwas essen, brauche Koffein und Schmerztabletten, und nicht unbedingt in dieser Reihenfolge.

Als ich das *Mercantile* betrete, warten bereits Kunden an der Kasse, um für ihre Einkäufe zu bezahlen. Hinter der Kasse steht eine Frau mittleren Alters und lacht über die Bemerkung eines Kunden. Der Schnitt und die Farbe ihres Kleides lassen darauf schließen, dass sie eine Beachy-Amische ist, vielleicht Nevas Mutter, die Besitzerin des Ladens.

Ich gehe zum Gang mit den Kerzen, hole die Stumpenkerze aus dem Regal, die ich beim letzten Mal entdeckt habe, und stelle mich ebenfalls an der Kasse an.

»Bergamotte kombiniert mit süßem Rosmarin ergibt einen wirklich schönen Duft«, sagt die Frau. Sie nimmt die Kerze vom Ladentisch, dreht sie um und liest das Preisschild. »Soll es ein Geschenk sein?«

Sie ist kräftig gebaut, und ihr rosiges Gesicht lässt darauf schließen, dass sie viel Zeit an der frischen Luft verbringt. Das ordentlich unter eine *Kapp* gesteckte aschblonde Haar ist von ersten grauen Strähnen durchzogen.

»Meine Schwester hat Geburtstag.« Während sie den Betrag in die Kasse tippt, lasse ich den Blick durch den Laden schweifen. »Ist Neva auch da?«

»Hinten, glaube ich.« Sie beäugt meine Uniform mit hochgezogenen Augenbrauen, bleibt mit dem Blick an meinem verbundenen Unterarm hängen. »Kann ich Ihnen vielleicht auch helfen?«

Ich zeige ihr meine Dienstmarke und stelle mich vor. »Ich untersuche den Tod von Daniel Gingerich in Painters Mill.«

»Ich habe davon gelesen.« Ihr Gesichtsausdruck wird ernst. »Es muss furchtbar sein, einen jungen Menschen auf diese Weise zu verlieren. Schwer zu glauben, dass jemand zu so etwas fähig ist. Ein paar unserer Männer wollen morgen beim Wiederaufbau der Scheune helfen.«

»Die Familie Gingerich weiß das sicher zu schätzen«, sage ich auf *Deitsh*.

Falls sie überrascht ist, dass ich Pennsylvaniadeutsch spreche, lässt sie es sich nicht anmerken. Aber ein Lächeln umspielt ihre Mundwinkel. Als der Verkauf abgeschlossen ist, reicht sie mir die Hand. »Ich heiße übrigens Edna Lambright. Meinem Mann und mir gehört der Laden.«

Über den Tresen hinweg geben wir uns die Hand. »Sie haben wirklich einen sehr schönen Laden aus dem alten Haus gemacht.«

»Mir hat schon immer der Gedanke gefallen, aus Altem und Vergessenem etwas Neues zu machen.«

»Ich habe gehört, Sie wollen hinten in der alten Rundscheune ein Restaurant eröffnen.«

Sie lacht. »Nun ja, das ist jedenfalls der Plan. Die Scheune ist uralt, und der Baumeister meint, es gibt einige bautechnische Probleme. Aber Gott ist uns wohlgesinnt. Mit Seinem Segen schaffen wir das.«

Sie sieht mich eindringlich an. »Worüber wollen Sie denn mit meiner Tochter sprechen?«

»Emma Miller hat doch hier auch gearbeitet, und sie kannte

Daniel Gingerich.« Ich zucke die Schultern, will nicht zu viel sagen. »Ich hoffe, Neva kann mir ein paar Fragen beantworten oder zumindest etwas über die Beziehung der beiden erzählen.«

»Na ja, die Amischen halten ja wirklich eng zusammen, hier weiß jeder alles über jeden. Ich sage ihr, dass sie herkommen soll.«

Sie nimmt den Telefonhörer ab und drückt auf eine Taste. »Neva, bitte zur Kasse kommen«, sagt sie über die Gegensprechanlage. »Möchten Sie hierfür eine Geschenkbox, Kate Burkholder?«

»Ja, gern, danke.«

Ich höre weibliche Stimmen und drehe mich um. Ina Yoder und Viola Stutzman kommen mit raschelnden Kleidern den Gang entlang. Sie sind in ihre Unterhaltung vertieft und haben die Hände voller Dinge, die sie wohl heute Abend verarbeiten werden: Aus Inas Stoffbeutel sehen oben zwei Stoffrollen heraus, und Viola hält einen Nähkorb aus Weide in einer Hand und Weinranken zum Basteln in der anderen.

»Hallo, ihr beiden«, sage ich.

Viola bleibt abrupt stehen. »Oh, hallo, Chief Burkholder.«

»Sieht aus, als hätten Sie noch ein Geburtstagsgeschenk für Ihre Schwester gekauft«, sagt Ina mit Blick auf die Schachtel in meiner Hand. »Haben Sie die mit Bergamotte und süßem Rosmarin genommen?«

»Ja, hab ich.« Jetzt taucht hinter ihnen Neva Lambright auf, einen großen Karton aus Wellpappe auf den Armen und eine braune Einkaufstüte mit dem *Mercantile*-Logo über der Schulter. Sie hat ein lila bedrucktes Kleid an, und obwohl sie gestresst aussieht, ist ihr Schritt schwungvoll.

»Ihr drei seht aus, als hättet ihr noch einiges vor heute Nachmittag«, sage ich.

»Immer«, erwidert Ina.

»Aber das gefällt uns«, fügt Viola hinzu.

»Du solltest nicht von dir auf andere schließen.« Neva reicht Viola lächelnd die Einkaufstüte. »Du hast dein Garn vergessen.«

Viola nimmt die Tüte und späht hinein. »Du hast offensichtlich vor, mich auch nach Feierabend noch zur Arbeit zu verdonnern.«

»Ich glaube, sie hat das absichtlich vergessen«, neckt Ina.

Ich folge ihrem Gespräch und bin an die Zeit in meinem eigenen Leben erinnert, als sich alles um Freundschaft, Vergnügen und eine verheißungsvolle Zukunft drehte.

»Ich würde gern ein paar Minuten mit euch reden«, sage ich. »Können wir uns irgendwo hinsetzen?«

»Ins Café«, schlägt Viola vor.

»Vielleicht irgendwo, wo wir ungestört sind?«, frage ich.

Edna Lambright sieht von den Vierteldollarmünzen auf, die sie gerade zählt. »Ihr könnt hinten den Pausenraum benutzen. Hinterlasst ihn einfach so, wie ihr ihn vorfindet.«

»Einstweilen«, sage ich und ziehe das Foto der Frau aus der Tasche, die die Nachricht an der Reviertür hinterlassen hat, »kann mir jemand sagen, wer das ist?«

Edna setzt sich eine Brille auf die Nase und sieht das Foto an. Gleichzeitig stellen die drei Mädchen ihre Tüten auf dem Boden ab und versammeln sich um den Ladentisch.

»Sie ist amisch«, sagt Edna.

»Das ist kein Beachy-Kleid«, sagt Neva.

»Scheint grauer Stoff zu sein«, wirft Viola ein.

»Gibt es kein besseres Foto?«, fragt Ina.

»Nur das«, erwidere ich.

Ich beobachte die vier so unauffällig wie möglich, während sie mit ernster Miene über den Tisch gebeugt das Foto betrachten.

»Das Gesicht kann man kaum sehen«, sagt Ina.

»Das Licht ist schlecht«, bemerkt Neva.

»Der Winkel ist auch nicht gerade super«, stellt Viola fest.

»Kommt euch vielleicht irgendetwas an ihr bekannt vor?«, frage ich. »Ihre Silhouette? Das Kleid, die Schuhe?«

Edna richtet sich auf, setzt die Brille ab, die jetzt an der Kordel um ihren Hals hängt. »Was hat sie denn angestellt?«

»Ich bin nicht sicher, ob sie überhaupt etwas angestellt hat«, sage ich. »Im Moment wüsste ich nur gern, wer sie ist.«

»Tut mir leid, dass wir nicht helfen können.« Ednas Blick huscht an mir vorbei zu einer Kundin, die sich mit einem Herbstkranz und Geschirrtüchern im Einkaufskorb der Kasse nähert. »*Zrikk zu verk*«, murmelt sie. Zurück an die Arbeit.

Kurz darauf sitzen Ina, Neva, Viola und ich um einen kleinen Eichenholztisch im Pausenraum, der nicht viel größer ist als ein begehbarer Kleiderschrank. Dennoch befinden sich hier eine Holzarbeitsplatte mit Porzellanspülbecken, eine Mikrowelle, ein Minikühlschrank und eine Kaffeemaschine. Mitten auf dem Tisch steht ein Weidenkorb mit mehreren Dutzend Schokoriegeln, daneben eine kleine Schale mit der *deitshen* Aufschrift: »Vertrauen gegen Vertrauen«.

Die drei Mädchen sitzen steif am Tisch, offensichtlich darauf bedacht, nicht allzu besorgt zu wirken. Wahrscheinlich fragen sie sich, warum ich noch einmal mit ihnen sprechen will. Violas Blick klebt an dem Verband an meinem Unterarm. »Wir haben gehört, was Ihnen passiert ist«, sagt sie mit ernster Miene.

»Das war bestimmt bedrohlich«, sagt Ina. »Haben Sie Schmerzen?«

»Alles gut«, sage ich und halte kurz inne, bevor ich fortfahre. »Ihr wisst, dass ich den Mord an Daniel Gingerich untersuche.«

Alle drei nicken.

Ich konzentriere mich auf Neva. »Ich weiß, du warst mit Emma Miller eng befreundet und möchtest ihr gegenüber loyal sein.« Ich nehme mir einen Moment Zeit, um meine Gedanken, meine Worte zu ordnen. »Es gibt vielleicht Dinge, über die du nicht sprechen willst, weil sie sehr persönlich und schmerzlich sind oder beides. Ich bin nicht hier, um dich in Gewissenskonflikte zu stürzen oder meine Nase in dein Privatleben zu stecken. Oder in Emmas. Aber du musst ehrlich zu mir sein. Verstehst du das?«

Neva starrt mich mit großen Augen an. Ina und Viola weichen meinem Blick aus und sehen nach unten.

Sie wissen, worauf ich hinauswill, denke ich.

»Ich weiß, was Emma passiert ist«, sage ich, will es vage halten, damit sie die Leerstellen füllen. »Ich muss wissen, was ihr wisst.«

Ich warte, doch keine sagt etwas, und so füge ich hinzu: »Emma verdient die Wahrheit. Sie würde wollen, dass ihr das Richtige tut.«

Erneutes Schweigen, und als ich schon befürchte, dass keine von ihnen mir antworten wird, stößt Viola einen Laut aus, und ich sehe sie an. Sie starrt auf den Tisch und weint.

»Wir müssen es ihr sagen«, flüstert sie.

»Viola«, fährt Neva sie warnend an.

»Emma hätte nicht gewollt, dass es jemand weiß«, mahnt Ina.

Ich warte noch einen Moment, dann sage ich: »Ihr könnt mir vertrauen. Ich verspreche, alles in meiner Macht Stehende zu tun, dass eure Informationen vertraulich behandelt werden.«

Keines der Mädchen sieht mich an. Neva starrt hinab auf ihre Hände, Ina blickt ins Nirgendwo, und Viola hat das Gesicht in den Händen vergraben. Sie weint lautlos, Tränen tropfen von ihrem Kinn.

Und dann schaut Neva mir in die Augen. »Wie haben Sie das herausgefunden?«, flüstert sie.

»Das kann ich dir nicht sagen«, erwidere ich. »Aber ich muss genau wissen, was passiert ist. Was immer du weißt, du musst es mir sagen. Hier und jetzt.«

Wieder Schweigen, aber nach einer Weile hebt Ina den Kopf und starrt Viola an. »Wo du es sowieso schon in alle Welt hinausposaunt hast, warum erzählst du es ihr dann nicht auch?«, fährt sie sie an.

Wenn ein amisches Mädchen aus der Haut fahren und weglaufen dürfte, hätte Viola das jetzt getan. Ich erwarte, dass sie einknicken wird, doch sie sitzt stocksteif da und sieht aus, als wäre sie auf dem Weg zu ihrer Exekution.

»Ina«, sagt Neva scharf und legt die Hand auf Violas. »Sie ist von der Polizei. Es ist okay.«

»Es ist nicht okay«, zischt Ina. »Gar nichts ist okay.«

»Wir müssen es sagen«, fährt Viola sie an.

»Was müsst ihr mir sagen?«, frage ich.

Und dann strafft Neva die Schultern, hebt das Kinn. »Dann sage ich es eben.«

Alle Blicke sind auf Neva gerichtet. Sie schaut mich weiterhin an. Es ist jetzt so leise in dem kleinen Raum, dass ich die Klimaanlage durch die Lüftungsschlitze hören kann, das Brummen des Kühlschranks und das stetige Tropfen des Wasserhahns.

»Wir haben alle gemerkt, dass sie sich verändert hat«, sagt Neva. »Sie hatte abgenommen, sagte fast nichts mehr und war sehr bleich.« Ihre Stimme ist kaum mehr als ein Flüstern. »Ein paar Wochen vor ihrem Tod ist sie nach der Arbeit zu mir gekommen. Sie war … verzweifelt, ihr Herz war gebrochen.«

Das amische Mädchen gibt sich tapfer, aber sie ist verängstigt und aufgebracht. Ihr Fuß wippt im Affentempo hin und her, doch sie scheint es nicht zu merken. Sie hockt auf dem Stuhl, als wären ihre Beine Sprungfedern, um beim ersten Anzeichen einer Gefahr, die sich offensichtlich nähert, loszusprinten.

Als das Schweigen zu lange anhält, frage ich: »Was hat Emma dir erzählt?«

»Es ging um Daniel, als er für ihre Eltern gearbeitet hat. Zuerst hat sie erzählt, er hätte sie … seltsam angesehen. Na ja, das hatte sie schon mal gesagt, und wir hatten darüber gelacht. Aber diesmal war es anders. Wirklich ernst. Es ging die ganze Zeit so, als er bei ihnen auf der Farm gearbeitet hat. Emma hatte es ihrer *Mamm* gesagt, aber Mrs Miller … wollte nichts davon wissen. Das fand ich wirklich schlimm. Emma war so nett und unschuldig. Und sie war in Elam verliebt. Sie wollte nicht, dass es jemand erfährt.«

Als sie dann verstummt, sehe ich die drei Mädchen an. Viola hat aufgehört zu weinen, aber ihre Augen und Nase sind rot. »Daniel hat sie vergewaltigt?«, frage ich.

Neva nickt. »Im Milchhäuschen. Sie hat sich … furchtbar geschämt. Sie hat sich selbst die Schuld gegeben und dachte, sie hätte etwas falsch gemacht. Ihre *Mamm* –« Sie spricht es nicht aus, aber in ihren Augen blitzt Wut auf.

»Wir haben ihr gesagt, dass sie nicht schuld ist«, flüstert Viola.

Neva schüttelt den Kopf. »Sie hat nicht auf uns gehört, es war furchtbar traurig.«

»Sie hatte sich für Elam aufgehoben«, sagt Ina mit wütend bebender Stimme. »Sie wollte immer nur ihn heiraten und mit ihm Kinder haben.«

»Sie war … verzweifelt«, sagt Neva.

Viola schnieft, starrt auf den Tisch. »Es war, als wären wir nicht zu ihr … *durchgedrungen*.«

Nichts von alledem ist mir neu, das weiß ich alles schon von Esther Miller. Aber es jetzt von diesen drei Mädchen zu hören, die Pein in ihren Gesichtern zu sehen, macht diese sowieso schon unsägliche Geschichte noch unfassbarer.

»Hat Emma es sonst noch jemandem erzählt?«, frage ich.

Neva schüttelt erneut den Kopf. »Ich glaube nicht.«

»Sie wollte nicht, dass es jemand erfährt«, sagt Viola.

»Es ist ihr schon total schwergefallen, es uns zu erzählen«, bemerkt Ina. »Und wir sind ihre besten Freundinnen.«

»Glaubt ihr, dass Emma sich deshalb umgebracht hat?«, frage ich.

Neva nickt. »Ich schon.«

»Sie hat sich schuldig gefühlt, obwohl sie keinen Grund dazu hatte«, sagt Viola.

»Und sie konnte ihm nicht entkommen«, fügt Ina hinzu.

Ich halte meine aufsteigende Wut nieder. »Ihre Eltern haben sie nicht beschützt?«, frage ich, obwohl ich die Antwort schon kenne.

Neva schüttelt den Kopf. »In der Beziehung waren sie ... altmodisch. Ich meine, was ... Mann und Frau betrifft.«

Kein Mensch und keine Gesellschaft ist perfekt. Nicht einmal annähernd. Ich würde niemals behaupten, die Amischen fair beurteilen zu können, denn um objektiv zu sein, schleppe ich zu viel eigenes Gepäck mit mir herum. Einige Elemente des amischen Lebens haben mir sehr gefallen, und ich bereue bis heute, sie hinter mir gelassen zu haben. Aber bestimmte Aspekte in der Gemeinschaft, in die ich hineingeboren wurde, verabscheue ich immer noch. Generell lässt sich sagen, dass die Amischen eine patriarchale Gesellschaft sind. Während die meisten Frauen durchaus etwas zu sagen haben, gilt das aber nicht für alle. In meiner Kindheit habe ich geflüsterte Geschichten gehört, doch erst als Erwachsene habe ich begriffen, dass die Grenze zwischen Nötigung und Gewaltanwendung manchmal sehr schmal ist. Und selbst wenn die Grenze überschritten ist, ziehen es manche Menschen vor, wegzusehen.

»Wusste Emmas *Datt*, was passiert ist?«, frage ich.

Neva schüttelt kaum merklich den Kopf. »Davon hat sie nie etwas gesagt.«

»Wir haben sie auch nicht gefragt«, fügt Viola hinzu.

»Vielleicht hat ihre *Mamm* es ihm gesagt«, bemerkt Ina schulterzuckend. »Keine Ahnung.«

»So vertraut war sie mit ihrem *Datt* nicht«, sagt Neva. »Ich meine, er war ein guter *Datt* und so, aber mit einem Mann über … *das* reden … Das hat sie bestimmt nicht gemacht.«

Ich nicke. »Und Elam Schlabach, hat Emma ihm gesagt, was passiert ist? Wusste er es?«

Neva denkt eine Weile darüber nach, dann schüttelt sie den Kopf. »Davon hat sie uns nie was gesagt, aber ich kann mir auch nicht vorstellen, dass sie es ihm erzählt hat.«

»Sie hätte nicht riskiert, ihm so weh zu tun«, meint Viola.

Ina schüttelt den Kopf, als wäre es naiv, was ihre Freundinnen sagen. »Oder sie hatte Angst, dass er –« Sie hält abrupt inne, als hätte sie um ein Haar etwas gesagt, was nicht gesagt werden durfte.

»Dass er was?«, frage ich.

Ina senkt den Blick. »Dass er ihr vielleicht auch die Schuld gegeben hätte«, murmelt sie.

Neva seufzt. »Das hätte sie vollends zerstört.«

»Hat sich Elam als Emmas Beschützer gesehen?«, frage ich.

Das Schweigen dauert etwas zu lang. »Manchmal«, sagt Ina schließlich.

»Ist er aufbrausend?«, frage ich.

»Nicht … vorher, ich meine, bevor Emma gestorben ist«, antwortet Neva.

»Und nach ihrem Tod?«

Neva wirft den anderen beiden Mädchen einen Blick zu und nickt. »Er … hat sich verändert, nachdem er sie verloren hat. Wahrscheinlich ist der Schmerz zu groß …«

»Das kann man ihm nicht verdenken«, sagt Viola.

Ina strafft die Schultern. »So ein Schicksalsschlag bleibt nicht in den Kleidern hängen.«

Neva sieht mir in die Augen. »Elam Schlabach ist einer der anständigsten amischen jungen Männer, die wir kennen, Chief Burkholder. Er würde keiner Seele jemals etwas antun.«

Viola putzt sich die Nase. »Er würde nie so eine Sünde begehen. Nicht Elam.«

Ich stehe auf, nicke. »Danke, dass ihr meine Fragen beantwortet habt und bereit wart, über diese schlimme Geschichte mit mir zu reden.«

Die drei Mädchen wirken bedrückt, als sie aufstehen und nacheinander zur Tür hinausgehen. Ich bleibe bis zuletzt im Raum, denn ich will noch mit Neva über Ruth Petersheim reden, und zwar allein.

»Neva?«, rufe ich, als sie hinter ihren Freundinnen hinausgehen will.

Sie blickt sich um. »Ja?«

»Noch etwas.« Ich zeige auf die Stühle. »Hast du noch einen Moment Zeit?«

Ina und Viola bleiben ebenfalls stehen und machen auch Anstalten, zurückzukommen. »Nur Neva«, sage ich lächelnd. »Ich werde sie nicht lange aufhalten.«

Die beiden schauen besorgt drein.

Neva nimmt es gelassen. »Kein Problem.« Sie lächelt ihre Freundinnen an. »Geht ruhig, ich komme gleich nach.«

Ich zeige auf einen Stuhl, sie sinkt darauf nieder. Als Ina und Viola dann im Verkaufsraum verschwinden, setze ich mich ihr gegenüber.

»Warum hast du mir nicht erzählt, dass Ruth Petersheim an dem Abend, als du mit ihr beim Singen warst, Daniel Gingerich getroffen hat?«

Sie versteift sich, und ein kaum merklicher Schauder durchfährt ihren Körper. Wäre ich nicht auf ihre Reaktion gespannt gewesen, hätte ich es wohl kaum bemerkt. Sie versucht, ihr Unbehagen zu überspielen, indem sie einen Schokoriegel aus dem Korb nimmt und einen Dollarschein in die Schale daneben wirft.

Schließlich zuckt sie mit den Schultern. »Ich dachte nicht, dass es wichtig ist.«

Ich lasse ihre Worte einfach so stehen. Wir wissen beide, dass das nicht stimmt. Sie gibt sich große Mühe, gelassen zu wirken, doch es gelingt ihr nicht.

»Wie gut kennst du Ruth?«, frage ich.

»Ich kenne sie seit meiner Kindheit, aber wir waren nie eng befreundet.«

»An dem Abend, als das Singen war, seid ihr da zusammen zur Schwartz-Farm gefahren?«

»Ja.«

»Ist an dem Abend irgendetwas Ungewöhnliches passiert, Neva?«

Sie beschäftigt sich mit dem Schokoriegel, reißt das Papier auf und nimmt ihn heraus. »Nicht, dass ich wüsste.«

»Mit wem ist Ruth nach Hause gefahren?«

Nach einer viel zu langen Pause sieht Neva mich an. »Ich glaube, Sie wissen die Antwort schon.«

»Warum hast du mich angelogen?«

»Ich habe nicht gelogen, Chief Burkholder. Mir war nur nicht klar, dass das wichtig ist.«

»So etwas nennt man Lügen durch Verschweigen, Neva. Ich habe dich gezielt nach David Gingerich gefragt, und du hast es nicht für nötig gehalten, mir von dem Abend zu erzählen?«

Sie kneift die Augen zusammen, legt den Kopf zur Seite. »Ist Ruthie etwas passiert?«

»Sag du's mir.«

Sie starrt mich lange an, schüttelt dann den Kopf. »Falls ihr etwas passiert ist, hat sie mir nie davon erzählt. Und das ist die Wahrheit.«

»Hast du irgendwelche Gerüchte gehört?«

Sie schüttelt den Kopf. »Wenn das so wäre, hätte ich es Ihnen gesagt. Besonders nach dem, was mit Emma passiert ist. Ich habe keinen Grund, etwas zu verschweigen.«

Ich sehe sie eindringlich an, suche nach einer Lüge oder Halbwahrheit in ihrem Gesicht, irgendeinem Anzeichen von Täuschung. Doch ich bemerke nichts.

»Gibt es sonst noch etwas, was ich wissen sollte?«, frage ich.

Sie überlegt einen Moment, dann schüttelt sie entschieden den Kopf, als hätte sie alles noch einmal überdacht und wäre sich jetzt sicher. »Das ist alles.«

18. Kapitel

Ich fahre vom *Mercantile* direkt weiter nach Norden Richtung Wilmot und bin gerade auf den Highway eingebogen, als mein Handy sich meldet. Ich werfe einen Blick aufs Display, wo HOLMES SHERIFF DPT steht, und nehme noch vor dem zweiten Klingeln ab.

»Kate, Mike Rasmussen hier. Wie geht's Ihrem Arm?«

»Es würde den Schmerz merklich mildern, wenn wir den Schützen identifizieren könnten.«

»Ich wünschte, ich könnte damit dienen. Aber ich dachte, Sie wollen zumindest ein Update, gut oder schlecht, und ich hab ein bisschen von beidem.«

»Na dann, ich höre.«

»Wir haben vier Patronenhülsen am Tatort gefunden.«

»Mit Fingerabdrücken?«

»Ja. Sogar mehrere. Tomasetti hat Druck gemacht und dafür gesorgt, dass gleich alles durchs AFIS gelaufen ist. Leider gab's keine Übereinstimmung.«

»Er ist also nicht im System gespeichert.« Ich stoße einen Seufzer aus. »Das ist inzwischen typisch für den Gingerich-Fall.« Ich denke kurz nach. »Und das Kaliber?«

»Kaliber .308, also üblich für Jagdgewehre.«

»Kugeln?«

»Zu kaputt, um brauchbare Riefen zu kriegen.«

»Was ist mit Reifenabdrücken?«

»Wir haben einen Teilabdruck, der wird gerade im Labor unter die Lupe genommen.«

»Mein Tag ist gerettet dank all Ihrer guten Nachrichten.«

Er lacht nicht. »Glauben Sie immer noch, dass der Angriff etwas mit dem Gingerich-Fall zu tun hatte?«

»Davon bin ich mehr denn je überzeugt.«

Nach kurzem, nachdenklichem Schweigen sagt er: »Tun Sie mir einen Gefallen, und seien Sie vorsichtig da draußen, okay?«

»Sowieso.«

* * *

Ich bin in Gedanken noch beim Gespräch mit dem Sheriff, als ich das *Amish-Door*-Restaurant erreiche und um die Ecke fahre, wo Mark Petersheim das letzte Mal gearbeitet hat. Aber der Zaun ist fertig, und es ist niemand mehr hier.

Also fahre ich weiter bis ins Zentrum von Wilmot, biege auf der Milton Street rechts ab und parke vor dem Haus der Petersheims. Auf dem Weg zur Haustür überlege ich, wie ich die inkriminierende Nachricht am besten ins Spiel bringe und welche Fragen ich stellen will. Ich klopfe und warte, doch keine Reaktion. Das zweite Mal klopfe ich mit dem Schlüsselanhänger, und als wieder niemand öffnet, gehe ich ums Haus herum zum Hintereingang und hämmere an die Windfangtür. Auch da regt sich nichts.

Da die Petersheims kein Telefon haben, hinterlasse ich an der Tür die Nachricht, dass Mark mich so bald wie möglich anrufen soll. Und dann höre ich das Baby weinen. Ich bleibe auf der Veranda stehen und lausche. Es kommt definitiv aus dem Haus und ist schon mehr ein Schreien als ein Weinen. Was ist da los?

Ich klopfe erneut, diesmal mit dem Handballen. »Mr und Mrs Petersheim? Hier ist Kate Burkholder«, rufe ich.

Wieder keine Reaktion, weder Geräusche noch Schritte, nur das fortdauernde Gebrüll eines unglücklichen Kleinkindes. Vielleicht duscht Ruth ja gerade, oder sie ist eingeschlafen. Trotzdem ist das Geschrei besorgniserregend. Als ich das letzte Mal hier war, hatte Ruth sich liebevoll und aufmerksam um den Kleinen gekümmert. Ich gehe zurück zur Haustür, um durch das Fenster daneben hineinzusehen, aber die Gardinen sind zugezogen. Ich klopfe ein weiteres Mal, dann marschiere ich ums Haus herum zurück nach hinten und auf dem schmalen Pfad entlang zu der kleinen Garage.

Ich ziehe die Tür auf, und tatsächlich steht dort der Pick-up, den ich zuvor am *Amish Door* gesehen hatte. Ohne die Tür hinter mir zu schließen, gehe ich hin und lege die Hand auf die Motorhaube. Kalt.

Ich laufe im Eilschritt zurück zur hinteren Veranda, öffne die Windfangtür und klopfe ans Glas. »Mr und Mrs Petersheim! Kate Burkholder hier! Machen Sie bitte die Tür auf!«

Ich warte, doch wieder ist nur das laute Weinen des Babys zu hören. Vor dem Fenster hängen durchsichtige gelbe Vorhänge, ich spähe ins Innere, sehe einen kleinen Tisch und Stühle, an der Wand einen Kühlschrank und in der Ecke einen Gasherd. Spontan drehe ich am Knauf, aber die Tür ist abgeschlossen.

»Mist«, murmele ich.

Ein Stück zu meiner Linken ist ein schmales Fenster mit geteilten Vorhängen, wahrscheinlich das über der Küchenspüle. Ich verlasse die Veranda, stelle mich auf Zehenspitzen unter das Fenster und blicke in eine typische Küche: weiße Schränke, gelbe Arbeitsplatten, auf dem Fensterbrett ein Topf mit Basilikum; ein Durchgang zum vorderen Bereich des Hauses. Aber niemand weit und breit, nur das Baby weint weiterhin lautstark.

Da Wilmot nicht mehr zum Holmes County gehört und somit außerhalb meiner Zuständigkeit liegt, nehme ich mein Handy und wähle den Notruf. Als sich eine Frau am anderen Ende meldet, lasse ich sie umgehend wissen, dass ich Polizistin bin, und erkläre die Situation. »Vermutlich ist ein unbeaufsichtigtes Kleinkind im Haus«, sage ich. »Ein Arzt sollte auch kommen.« Ich gebe ihr die Adresse durch.

Aus dem Augenwinkel beobachte ich eine fette, orange-getigerte Katze, die innen auf der Fensterbank sitzt und mich durch die Scheibe hindurch ansieht. Ich achte nicht groß darauf, bis sie plötzlich die Pfote hebt und rote Schlieren auf dem Glas hinterlässt. Mir läuft ein Schauder über den Rücken.

»Ich sehe Blut und gehe ins Haus«, sage ich der Telefonistin noch schnell und renne zurück zur Veranda. Ich packe einen Tontopf von der Treppenstufe, gehe zur Tür, wende das Gesicht ab und werfe ihn durch die Türscheibe. Mit einem Griff durchs Loch entriegele ich die Tür und reiße sie auf.

Ich stehe in der Küche, und sofort fällt mir der Gestank auf, eine Mischung aus schmutzigen Windeln und nicht gespülter Toilette. »Ruth Petersheim! Mark! Hier ist die Polizei!«

Durchs Fenster fällt Sonnenlicht ein. Das Weinen des Babys hallt durchs Haus, die Katze schießt durch die Tür nach draußen. Auf der Ablage sehe ich die Spuren ihrer blutigen Pfoten.

Ich gehe durch die Tür in dasselbe kleine Wohnzimmer, in dem Mona und ich vor ein paar Tagen mit Ruth Petersheim gesprochen haben. Alles ist unverändert, Sofa und Couchtisch stehen am selben Platz. Durch den düsteren Flur folge ich dem Schreien des Kindes.

»Mark, Ruth! Ist alles in Ordnung? Hier ist Kate Burkholder.«

Kein Polizist hat Lust, in ein Haus einzudringen und auf die überraschten Bewohner zu treffen. Deshalb mache ich prinzipiell auf mich aufmerksam, rufe mehrmals laut und deutlich meinen Namen und dass ich von der Polizei bin. In diesem Fall vergesse ich allerdings nicht, dass letzte Nacht auf mich geschossen wurde und der Schütze noch immer frei herumläuft.

Ich ziehe meine .38er aus dem Holster. Vor mir sind zwei weit geöffnete Türen: ein kleines Bad, ein Schlafzimmer. Eine dritte Tür steht ein paar Zentimeter offen, der Holzboden ist übersät mit blutigen Pfotenspuren. Hier stinkt es noch schlimmer, wie faule Eier und Abwasser. Ich kenne den Geruch, gehe ihm nur widerwillig nach und bete, dass ich mich irre. Das Baby schreit noch immer, und zwar so heftig, dass die Stimme schon ganz heiser ist und es nach Luft japst.

»Mark? Ruth?« Den Revolver im Anschlag, schleiche ich ans Ende des Flurs und stoße mit der linken Hand die Tür auf. Das Zimmer ist abgedunkelt, die Gardinen sind zugezogen. Eine Schranktür steht offen.

Und dann sehe ich Mark und Ruth Petersheim. Sie liegen nebeneinander auf einer cremefarbenen Decke, das Gesicht bleich, der Blick starr. Um sie herum ein Meer aus Blut. Ich weiß sofort, dass sie tot sind.

Ruth liegt auf dem Bauch, das Gesicht mir zugewandt. Ein Auge ist geschlossen, das andere ist nach oben gerollt, so dass nur noch das Weiße sichtbar ist. Ihr blaues Kleid und die weiße Schürze sind um die Taille herum blutdurchtränkt und in der Mitte schon ganz schwarz. Sie hat noch immer die *Kapp* auf, die Strumpfhose an. Ein Schuh fehlt.

Neben ihr liegt Mark Petersheim auf dem Rücken, in dunklen Hosen, blauem Hemd und Hosenträgern. Der rechte Arm hängt vom Bettrand, der Kopf ist im rechten Winkel ans Kopfteil gelehnt. Sein Mund ist ein blutiges, klaffendes Loch, das Kopfteil des Bettes voller Blut, Gewebe und Knochensplitter. Auch sein Hemd ist blutdurchtränkt, auf seiner Brust liegt ein einzelner Zahn und am Boden neben ihm ein Strohhut und ein Gewehr.

Meine Füße sind wie einbetoniert. Ich kann mich nicht bewegen, kann nicht sprechen, kaum denken. Alle Geräusche entweichen dem Zimmer, das Licht schwindet, und ich starre auf die beiden Leichen. Es ist, als würde das Haus von Wasser verschluckt und langsam in die dunklen, kalten Tiefen des Meeres sinken.

Die Schreie des Babys reißen mich aus meiner Starre. Ich blicke nach links und sehe das Kinderbett, in dem der Kleine sich windet, das Gesicht rot und tränennass, seine Nase läuft, und Speichel rinnt ihm aus dem Mund. Er spürt meinen Blick und verstummt. Seine Lippen zucken, und er sieht mich aus blauen Augen an, beobachtet mich.

Ich reiße mich zusammen und gehe zu ihm hin. Sein Anblick trifft mich zutiefst – er ist hungrig und schmutzig, verängstigt und allein. Was er wohl alles gesehen hat?

»Armer kleiner Kerl.« Die Worte klingen in meinem Ohr, als hätte ein anderer sie gesagt, und tatsächlich sehe ich mich im Zimmer um. Aber niemand sonst ist hier.

Ich beuge mich hinab und nehme das Kind aus dem Bett. Er hat eine Strampelhose an, ein T-Shirt mit amischen Hosenträgern. Ich drücke ihn an mich, nehme den Geruch seiner schmutzigen Windeln kaum wahr. Sein Anblick, das engelhafte Gesicht und die tränennassen Augen in der Farbe des Sommerhimmels rühren mich zu Tränen.

»Es ist gut, mein Kleiner«, flüstere ich. »Ich bin da, du musst nicht mehr weinen. Alles wird gut.«

Der kleine William sieht mich an und beginnt wieder zu wimmern.

* * *

Sechs Minuten später trifft der Deputy vom Stark County Sheriffbüro ein. Inzwischen habe ich erneut den Notruf gewählt und mitgeteilt, dass Mark und Ruth Petersheim tot sind und sie auch jemanden vom Jugendamt schicken müssen, der sich um William kümmert, bis ein Angehöriger oder Pflegeeltern gefunden sind.

Als der Deputy aus seinem Wagen steigt, stehe ich gerade mit dem Kind auf dem Arm neben dem Explorer. Ich zeige meine Dienstmarke, erzähle, was passiert ist, und er verschwindet im Haus. Kaum eine Minute später kommt er wieder heraus, stakst zum Verandageländer und übergibt sich ins Gebüsch. Dann geht er wortlos zurück zum Streifenwagen.

In den nächsten Stunden beantworte ich zahllose Fragen von Polizeibeamten mehrerer Behörden. Anfangs bin ich zudem damit beschäftigt, meine Neugier hinsichtlich der Todesursache der Petersheims zu zügeln und mich um das hungrige und verschmutzte Kleinkind zu kümmern, dessen Zukunft sich gerade grundlegend verändert hat.

Inzwischen sind auch der Leichenbeschauer, ein Notarzt vom Stark County sowie ein Feuerwehrauto aus Wilmot eingetroffen. Nach etwa einer Stunde parkt ein roter Camry mehrere Wagen hinter meinem, und eine Frau steigt aus. Sie telefoniert gerade misstrauisch und gehetzt und wirft kurz einen Blick zum Haus. Es ist die Mitarbeiterin des Jugendamtes, etwa dreißig Jahre alt, in einem kastanienbraunen Kostüm und bequemen Schuhen. Ich erkenne sie daran, dass sie sofort auf uns zukommt, als sie mich und William erblickt.

»Chief Burkholder?«, fragt sie schon von weitem. Sie hat blaue Augen, braunes, sorgfältig frisiertes Haar und hühnereigroße Ohrringe. »Deb Cooke vom Jugendamt.«

»Hi.« Ich gehe ihr entgegen, nehme William auf den anderen Arm, und wir reichen uns die Hand.

Dann greift sie in ihre Tasche und holt ihren Ausweis heraus, den ich genau studiere. »Ich bin froh, dass Sie da sind«, sage ich.

Sie sieht das schlafende Kind auf meinem Arm an, und ihr Gesichtsausdruck wird sanft. »Was für ein süßes Kerlchen.«

»Ja, das stimmt.« Ich nicke Richtung Haus. »Ich glaube, er war ziemlich lange allein. Er hat Hunger und braucht eine frische Windel. Seine Eltern sind im Haus, beide tot.«

Seufzend schüttelt sie den Kopf. »Ich habe einen Kindersitz im Auto. Zwar keine Windel oder Flasche, aber ich bin in Kontakt mit Pflegeeltern, einem netten Paar. Sie wohnen etwa fünfzehn Minuten von hier.«

»Seine Eltern waren Amische«, sage ich.

»Wir werden das Richtige finden, Chief. Wenn wir ihn bei Familienangehörigen unterbringen können, machen wir das so schnell wie möglich.« Sie hält inne. »Aber jetzt …«

Als ich William zum Wagen der Sozialarbeiterin trage, fühlt er sich warm und weich in meinen Armen an. Sie geht vor mir her, öffnet die Tür und bereitet den Kindersitz vor. Als sie sich dann zu mir umdreht, ist mir auf einmal seltsam zumute. Sie wartet darauf, dass ich ihr den Jungen übergebe, doch er schläft, und ich will ihn nicht wecken. Und mir widerstrebt die Vorstellung, dass er die Nacht bei Fremden verbringen soll.

Wie konntet ihr eurem Sohn das antun?, denke ich, Ruth und Mark Petersheim vor Augen.

Ich drücke dem Jungen einen Kuss auf die Wange und reiche ihn der Frau. »Pass gut auf dich auf, kleiner William.«

Sie nimmt ihn entgegen, beugt sich in den Wagen hinein und setzt ihn in den Kindersitz. Sie ist offensichtlich kompetent und erfahren, und wie sie ihn anblickt, zeigt mir, dass sie sich gut um ihn kümmern wird. Und trotzdem stimmt es mich traurig, ihn zu verlassen.

William wacht auf und fängt an zu weinen.

»Du kriegst bald was zu essen, mein Schatz«, sagt sie fröhlich.

Sie richtet sich auf, greift in ihre Tasche und holt eine Visitenkarte heraus. »Wenn Sie später wissen wollen, wie er untergebracht ist, rufen Sie mich einfach an.«

»Danke.« Ich nehme die Karte, sehe zu, wie sie in ihren Wagen steigt und wegfährt. Einen Moment lang fühle ich mich … beraubt.

»Chief Burkholder?«

Ich drehe mich um und sehe einen Mann auf mich zukommen. Er ist etwa fünfzig Jahre alt, hat Geheimratsecken, eine Nickelbrille auf der Nase und einen stattlichen Bauch. Zu den Khakis und dem zerknitterten weißen Hemd trägt er eine farblich abgestimmte Krawatte. »Polizist« ist ihm förmlich auf die Stirn geschrieben.

»Jim Hawkins vom Ermittlungsteam.« Er reicht mir die Hand. »Muss schlimm für Sie gewesen sein, das vorzufinden.«

Ich nicke. »Was ist Ihr Eindruck?«

»Alles weist auf Mord und Selbstmord hin. Offensichtlich hat es auch so etwas wie einen Kampf gegeben, bei dem er sie aufs Bett geworfen und in den Rücken geschossen hat. Dann hat er sich danebengelegt, die Gewehrmündung in den Mund gesteckt und abgedrückt. Mein Gott, ich bin froh, dass er nicht auch noch das Kind erschossen hat.«

»Kann man schon sagen, wie lange sie tot sind?«, frage ich.

»Der Leichenbeschauer sagt, zwischen acht und zwölf Stunden. Er wird das noch eingrenzen können, sobald die Leichen obduziert sind.« Er sieht mich fragend an. »Wilmot ist nicht gerade um die Ecke von Painters Mill, kennen Sie die Leute?«

Ich schüttele den Kopf. »Ich hab ein paarmal mit ihnen gesprochen.« Ich gebe ihm eine Kurzversion des Gingerich-Falls.

»Hab davon gehört.« Doch in Gedanken stochert er schon in den dunklen Ecken, die ein Polizist in so einem Fall sofort aufsucht. »Glauben Sie, Mark Petersheim hat das Feuer gelegt?«

»Möglich ist es.«

»Falls ja, könnte es der Grund für das Drama hier sein.« Er zeigt zum Haus und zuckt die Schultern. »Wenn er geglaubt hat, er müsse wegen des Mordes an Gingerich ins Gefängnis, hat er vielleicht beschlossen, allem einfach ein Ende zu setzen.«

»Kann sein.«

Er sieht mich eindringlich an. »In Anbetracht Ihres Falles werden wir das hier natürlich genau unter die Lupe nehmen.«

»Danke, das weiß ich zu schätzen.« Ich reiche ihm meine Karte. »Sagen Sie Bescheid, wenn ich irgendwie helfen kann.«

»Mache ich.«

* * *

Als ich schließlich nach Hause komme, ist es schon dunkel. Meine Gedanken kreisen um den kleinen William, ich kann den Babypuder noch immer an meinen Kleidern riechen. Ich betrete das Haus durch den Hintereingang, stelle die Laptoptasche bei der Küchentür auf den Boden und sehe, wie Tomasetti mit dem Rücken zu mir vor dem Unterschrank steht und Eiscreme aus der Packung löffelt.

»Erwischt«, sage ich und gehe zu ihm hin.

Er dreht sich um. »Dann musst du mir jetzt wohl Handschellen anlegen.«

Ich klopfe auf die Handschellen an meiner Gürteltasche, dann lehne ich mich an ihn. »Tut mir leid, dass ich so spät bin.«

Ich hatte ihn von Wilmot aus angerufen und ihm erzählt, was mit den Petersheims passiert ist. Auf der Rückfahrt nach Painters Mill hatte ich dann versucht, mich emotional von den Ereignissen zu distanzieren, doch so wie er mich jetzt ansieht, ist es mir nicht gelungen.

»Ist jemand gekommen, der sich um das Kind kümmert?«, fragt er.

»Hab ihn vor einer Stunde einer Frau vom Jugendamt übergeben.«

»Wirklich schlimm für den Kleinen.« Er drückt mir einen Kuss auf die Stirn.

Während wir Rum-Eiscreme mit Rosinen essen, sprechen wir darüber, wie sich die heutigen Ereignisse auf den Gingerich-Fall auswirken könnten. »Ich schließe mich mit dem Sheriffbüro von Stark County kurz und lasse mir die Fingerabdrücke von Mark Petersheim schicken«, sagt er. »Wir gleichen sie mit denen vom Gingerich-Tatort ab, vielleicht landen wir ja einen Treffer.« Er runzelt die Stirn. »Petersheim hatte ein Gewehr?«

Ich sehe das Gewehr am Boden von Petersheims Schlafzimmer

vor mir, Mark Petersheims Arm, der über die Bettkante hängt. Der Anblick der Leichen hatte mich so schockiert, dass ich mir die Details der Schusswaffe nicht gemerkt habe. Aber ich weiß, worauf Tomasetti hinauswill, und dass ich selbst daran hätte denken müssen.

»Du glaubst, er hat auf mich geschossen?«, frage ich.

»Gingerich hat seine Frau vergewaltigt und sie geschwängert. Sie hat Petersheim nichts gesagt, ihn geheiratet und so getan, als wäre es sein Kind.« Er zuckt mit den Schultern. »Wenn er verhindern wollte, dass das alles rauskommt ...« Er lässt den Satz unvollendet. »So traurig es klingt, aber das Szenario würde passen.«

»Wie lange dauert es, die Fingerabdrücke abzugleichen?«

»Vierundzwanzig Stunden, maximal sechsunddreißig. Wir besorgen uns sofort Petersheims Fingerabdrücke und vergleichen sie mit denen auf den Patronenhülsen, das müsste relativ schnell gehen.«

Ich denke darüber nach, doch irgendetwas daran stört mich. »Als Mörder von Gingerich hatte ich Petersheim nie auf dem Schirm.«

Er sieht mir in die Augen. »Gingerichs Mörder muss nicht zwangsläufig der Mann sein, der auf dich geschossen hat.«

Ich sehe ihn finster an. »Der Gedanke ist mir auch schon gekommen.«

»Wen hast du denn sonst noch auf der Liste?«

»Elam Schlabach.«

»Das ist der Freund des toten Mädchens?«

Ich nicke. »Und Milo Hershberger, den besten Freund Gingerichs.«

»Ich muss dir sicher nicht sagen, dass du auch Augen im Hinterkopf haben solltest, oder?«

»Keine Sorge, ich werde gut auf mich aufpassen.«

* * *

Ich stehe mitten auf einer schmalen, verlassenen und mir fremden Straße. Es ist Nacht. Irgendwo in der Ferne weint ein Baby. Um mich herum ist dichter Nebel, und ich spüre etwas Unsichtbares nahebei, doch ich weiß nicht, was.

Als ich nach unten blicke, sehe ich Blut auf dem Asphalt. Es ist frisch. Die Nachtluft ist kalt. Die Lache dampft, und irgendwie weiß ich, dass hier Ruth Petersheim aus dem Auto gezerrt und vergewaltigt wurde.

Gott lässt nicht zu, dass guten Mädchen so etwas passiert.

Ich werfe einen Blick zurück über die Schulter und sehe eine widerliche Version Daniel Gingerichs. Es ist nicht der Sunnyboy von den Fotos, sondern die monströse Gestalt, die im Leichenschauhaus auf der Bahre liegt: Das Fleisch schwarz, die Hände abgebrannt, aus den Stümpfen ragen die Knochen heraus. Die Arme befinden sich an Handgelenken und Ellbogen in der schrecklichen Boxerstellung. Obwohl er steht, sind seine Beine an den Knien stark gebogen.

»Wer hat dir das angetan?«, frage ich.

Trübe weiße Augen starren mich aus dem verkohlten Gesicht an. Die Haut um den Mund ist weggebrannt, und ich kann seine Zähne sehen.

»Du warst das.« Er beginnt zu singen. »Du warst das. Du warst das …«

»Kate. *Kate.*«

Als ich die Augen aufmache, sehe ich in Tomasettis Gesicht. Sein Haar ist zerzaust, sein Blick besorgt. Er schaut mich an, als wüsste er nicht mehr so recht, wer ich bin.

Ich liege auf dem Sofa im Wohnzimmer. Er kniet neben mir, drückt mit der Hand meine Schulter nach unten. Der Traum klingt noch nach, ich habe den Gestank von verbranntem Fleisch in der Nase und das Geschrei des kleinen William in den Ohren.

»Tut mir leid.« Ich will mich aufsetzen, doch er hält mich weiter nieder.

»Ist schon gut«, sagt er schnell. »Aber … bleib einen Moment ruhig liegen. Atme erst einmal tief durch.«

Ich lege mich zitternd zurück in die Kissen, meine Haut ist schweißnass. Ich weiß, dass er das alles nachempfinden kann, aber ich weiß nicht, warum es mir peinlich ist. Warum ich mich auf eine Weise verletzlich fühle, die ich verabscheue.

»Warum liegst du hier auf dem Sofa?«, knurrt er – ein Versuch, mich von meinem Albtraum abzulenken, was ich mehr zu schätzen weiß, als ich ausdrücken kann.

»Mein Arm hat weh getan, und ich konnte nicht schlafen.« Ich sehe ihn entschuldigend an. »Ich wollte dich nicht wecken.«

»Aha.« Er nimmt es mir nicht ab, blickt stattdessen auf die vielen Notizen, Berichte und Fotos, die auf dem Couchtisch ausgebreitet sind. »Offensichtlich stürzt du dich nach Feierabend noch mal so richtig in die Arbeit.«

»Jetzt hast *du* mich erwischt.« Die Hand auf seine gedrückt, setze ich mich auf. Ich habe einen Slip an und eines seiner T-Shirts mit dem Logo der Cleveland Division of Police, und dass er einen verstohlenen Blick auf meine Beine wirft, entlockt mir ein Lächeln. »Die werden langsam alt, hm?«

»Nichts an dir wird jemals alt werden.«

Ich wende den Blick ab, denke, dass er etwas Besseres als das hier verdient, aber ich verdränge den Gedanken. »Ich wollte dich nicht wecken.« Ich sehe zum Fenster, hinter dem es noch dunkel ist. »Wie spät ist es?«

»Ungefähr fünf, glaube ich.«

Ich nicke, blicke erneut weg.

Er merkt, dass etwas nicht stimmt, neigt den Kopf zur Seite, um meinen Blick aufzufangen. Als ich nicht darauf eingehe, lenkt er meinen Kopf mit der Hand unterm Kinn in seine Blickrichtung und zwingt mich, ihn anzusehen. »Was ist los, Kate?«

»Meinst du den Traum? Oder dass ich …« Ich weiß nicht, wie ich den Satz beenden soll, und lasse es einfach.

Er wartet, typisch Tomasetti.

»So viele Parallelen.« Ich flüstere die Worte, denn sie geben mir das Gefühl, nackt zu sein. »Mir gefällt nicht, was in meinem Kopf vorgeht. Ich will nicht, dass mir meine eigene Vergangenheit in die Quere kommt.«

»Wir Polizisten können es noch so sehr verleugnen, aber in manchen Fällen *geht es auch um uns*. Nicht so, wie man glaubt, aber … Es geht um unsere Erfahrungen, die guten und die schlechten, und alles, was wir sonst noch mit uns herumtragen.«

»Dann habe ich bei diesem Fall vermutlich einiges zu bieten.«

Er stößt einen Seufzer aus und gibt mir zu verstehen, dass er genervt ist. »Dann nutze es«, sagt er. »Nutze, was du weißt. Setz es ein. Nutze deine Erkenntnisse. Vielleicht ist es an der Zeit, dass du mal anfängst, mit deinem ganzen Hirn über diesen Fall nachzudenken und nicht nur mit dem für die Polizeiarbeit spezialisierten Teil.«

»Manchmal hab ich Angst, so tief zu blicken«, sage ich.

»Deine Vergangenheit kann dir nichts mehr anhaben, aber wenn sie dir etwas zu sagen hat, dann hör zu.«

»Tomasetti, es ist niemals herausgekommen, was mir passiert ist. Ich bin nie dafür bestraft worden.«

»Du hast einen Mann in Notwehr getötet«, knurrt er.

»Wirklich?«

Er sieht mich mit zusammengekniffenen Augen an.

»Ich hab dir das nie erzählt, weil ich mich geschämt habe. Weil ich mich selbst gehasst habe. Tomasetti, in dem Sommer *wollte* ich, dass er auf mich aufmerksam wird. Ich war dumm und naiv und –«

»Hör auf damit. Du konntest nicht wissen, was für ein Mensch er war. Du warst vierzehn Jahre alt, Himmelherrgott. Und amisch. Deine Eltern haben dir nie gesagt, was es alles Schlimmes auf der Welt gibt.«

Er hat recht, aber irgendwie wird es dadurch nicht einfacher. »Ich dachte, ich hätte mich mit alledem auseinandergesetzt. Ich dachte, ich hätte es hinter mir gelassen. Aber dieser Fall ...« Ich zucke mit den Schultern.

»Es gibt Dinge, die niemals verschwinden, Kate. Und das weißt du auch. Der einzige Weg ist zu lernen, auf eine Weise damit zu leben, die einen nicht kaputtmacht. Wenn du klug bist – und das bist du, ich weiß es –, nutzt du es zu deinem Vorteil.«

Er hält inne, um die Worte wirken zu lassen. »Ich weiß, es ist schmerzlich. Aber du hast einen einzigartigen Blickwinkel. Du kannst über den Fall wie eine Polizistin nachdenken und zugleich aus der Perspektive des Opfers. Nutze das, und du bist eine bessere Polizistin.«

»Und wenn meine Perspektive verzerrt ist?«

»Hör auf damit. Du bist fähig, Richtig und Falsch voneinander zu unterscheiden.«

»Und all die Grauzonen dazwischen.«

»Das musst du mir jetzt erklären.«

Ich schließe die Augen. »Ist Mord jemals gerechtfertigt?« Die Worte taumeln in meinem Kopf umher, ihre Unrichtigkeit, dass ich es überhaupt gewagt habe, sie laut auszusprechen.

»Notwehr ist gerechtfertigt«, sagt er. »Man hat das Recht, sich selbst zu schützen. Man hat das Recht, seine Familie zu schützen. Seine Kinder.«

Unsere Blicke treffen sich, unausgesprochene Worte wechseln zwischen uns hin und her.

»Bei diesem Fall vermischen sich viele Beweggründe«, sage ich. »Viele Gefühle – Wut, Scham, das Bedürfnis nach Rache. Jemand wusste, was für einer Daniel Gingerich wirklich war. Jemand wusste, dass er nicht von alleine aufhören würde, und hat es selbst in die Hand genommen, ihn aufzuhalten. Wo ist das einzuordnen?«

»Daniel Gingerich wurde nicht aus Notwehr getötet«, sagt er. »Er wurde nicht von jemandem umgebracht, der sich selbst oder seine Familie beschützen wollte. Der Mord an ihm war geplant, dazu musste man sich Gedanken machen. Planung, Ausführung. Schwarz und Weiß.«

Er schafft es, dass ich den Fall in einem etwas anderen Licht sehe, und ich werde merklich ruhiger. Dunkelheit und Unsicherheit, die mich von Anfang an verfolgt haben, fallen langsam von mir ab.

Noch bevor mir klar wird, dass ich die Hand gehoben habe, lege ich sie auf seine Wange. »Nicht schlecht für einen Typen vom BCI.«

»Hin und wieder hab ich einen hellen Moment.«

Ich nicke. »Wann musst du bei der Arbeit sein?«

»Bin gerade auf dem Weg in die Dusche«

»Kann ich mitkommen?«

19. Kapitel

Mal abgesehen davon, dass Skid und ich in der Dogleg Road einem dreihundert Pfund schweren Schwein hinterherjagen mussten, das auf der Stutz-Farm abgehauen war, ist es heute Morgen ruhig. Ich habe meinen Bericht über die Petersheims geschrieben und mit dem Ermittlungsleiter telefoniert, der sagte, alles weise auf Mord und Selbstmord hin. Auch die Frau vom Jugendamt habe ich angerufen und erfahren, dass der kleine William noch heute bei Angehörigen untergebracht wird. Ich liebe gute Nachrichten, besonders angesichts so einer Tragödie.

Die gestrigen Ereignisse haben Mark Petersheim ganz oben auf meine Liste der Mordverdächtigen im Fall Gingerich gerückt. Wenn seine Fingerabdrücke oder die seiner Frau mit denen auf den Einweckgläsern übereinstimmen, schließe ich die Akte. Mark Petersheim hatte ein Motiv, die Mittel und die Gelegenheit. Zudem ist es gut möglich, dass er derjenige war, der mich zu töten versucht hat. Er besaß ein Gewehr, das gerade im Labor untersucht wird, und er fuhr einen Pick-up. Er wusste, dass man ihn erwischen würde, dass seine dunkelsten Geheimnisse ans Tageslicht kommen würden, und so hat er seine junge Frau ermordet und seinem Leben ein Ende gesetzt.

Und warum bin ich dann nicht davon überzeugt, dass er der Mörder von Daniel Gingerich ist?

»Weil ich nicht glaube, dass er es war«, flüstere ich, froh, dass niemand in der Nähe ist und hört, wie ich mit mir selbst rede.

Eine Stunde lang habe ich jetzt ein DIN-A4-Blatt mit Theorien, Motiven und Verbindungen gefüllt, aber nichts davon hat mir neue Erkenntnisse verschafft. Ich blättere zum hundertsten Mal in der Gingerich-Akte, doch mir geht die Statistik nicht aus dem Kopf, die Tomasetti zu Beginn des Falles erwähnt hatte: *In ganz Ohio kommt es lediglich in sechsundzwanzig Prozent aller Brandstiftungen zu einer Verhaftung …* Die entmutigende Zahl bedeutet, dass man sich auf ein frustrierendes und mühsames Unterfangen gefasst machen muss – mit einem voraussichtlich enttäuschenden Ergebnis.

Ich starre auf die Fotos von Daniel Gingerichs Autopsie, die verkohlten Überreste eines achtzehnjährigen Jungen, der seine eigenen Geheimnisse hatte. »Hat Mark Petersheim dir das angetan?«, flüstere ich.

»Chief?«

Lois steht in der Tür zu meinem Büro. »Alle sind da«, vermeldet sie.

»Danke.« Ich schlage die Akte zu, muss schnell meine Gedanken umpolen.

Denn just heute Morgen hat der Bürgermeister mir grünes Licht gegeben für eine zusätzliche feste Stelle in unserem Revier. Ich habe das natürlich gleich in die Tat umgesetzt, Mona in mein Büro gerufen und sie mit sofortiger Wirkung zum Officer befördert. Es war das erste Mal, dass ich sie sprachlos – und weinen – gesehen habe.

»Haben Sie die Karte?«, frage ich.

Lois reicht mir einen gelben Briefumschlag mit der Glückwunschkarte, von allen unterschrieben. Ich nehme sie heraus und schreibe meinen Namen dazu.

»Ich hab Mona noch nie so aufgeregt gesehen«, murmelt Lois leise.

»Dann lassen wir sie besser nicht länger warten«, sage ich. Mit dem Notizbuch in der Hand folge ich ihr ins Besprechungszimmer.

Zu den schönen Dingen in meinem Job als Chief gehört es, mit so tollen Menschen zusammenzuarbeiten. Seit damals, als ich zurück nach Painters Mill kam und meine eigene Familie nicht mit mir sprechen wollte, sind sie meine Ersatzfamilie geworden. Zudem ist dieses kleine Polizeirevier der einzige Ort, an dem es keine Rolle spielt, ob ich amisch oder englisch bin. Hier bin ich Polizistin, hier fühle ich mich wohl, und hier passe ich zweifellos hin.

Als ich das Besprechungszimmer betrete, ist mein Team bereits vollzählig versammelt. Glock sitzt am Kopfende des Tisches und überträgt etwas von seinem Notizblock in ein Formular. Ihm schräg gegenüber hat Pickles Platz genommen, mit zwei Bechern Kaffee von LaDonna's Diner vor sich auf dem Tisch. Skid lümmelt auf dem Stuhl zu meiner Rechten und tippt etwas in sein Smartphone. T.J. beglückt gerade Jodie, die die Abendschicht in der Telefonzentrale arbeitet, mit einer Geschichte; anscheinend glaubt sie ihm jedes Wort, denn sie wirkt total beeindruckt. Sie muss noch viel über Polizisten lernen.

Auf dem Weg zum Tischpult beuge ich mich zu Lois hinab. »Wo ist Mona?«, flüstere ich.

»Toilette.« Sie macht ein übertrieben besorgtes Gesicht. »Das vierte Mal in zwanzig Minuten.«

Ich stelle mich hinters Pult und räuspere mich. »Skid, haben Sie Stutz gesagt, dass er seinen Zaun reparieren muss?«

»Ich hab ihm klargemacht, dass er eine Geldstrafe kriegt, wenn wir noch ein einziges Mal hinter seinem stinkenden Schwein herjagen müssen.«

Ich halte den Daumen nach oben. »Pickles, ich hab gehört, dass gestern Nachmittag ein paar Kinder auf dem Schulgelände Zigaretten geraucht haben.«

»Das war Willie Steeles Junge, Chief. Er ist elf und hat den IQ eines Zweijährigen.«

»Die Pflaume fällt nicht weit vom Stamm«, murmelt Glock.

Allseits Gelächter, das ich genötigt bin zu ignorieren. »Die Eltern haben den Bürgermeister angerufen und sich beschwert«, sage ich. »Sie sind der Meinung, Sie wären zu grob mit ihm gewesen.«

»Ich hab die Zigaretten konfisziert, Chief. Der Junge war nicht gerade erfreut darüber.«

»Ich gebe das so an Auggie weiter. Gute Arbeit, weiter so.«

In dem Moment erscheint Mona in der Tür. Bei ihrem Anblick wird mir ganz warm ums Herz. Sie trägt ein marineblaues Jackett, eine blassrosa Bluse und einen knielangen Bleistiftrock. Ich habe sie schon in superkurzen Miniröcken, in kniehohen Stiefeln und mit burgunderroten Haaren gesehen, und ihre Aufmachung macht mir bewusst, dass heute einer der wichtigsten Tage in ihrem Berufsleben ist.

»Schön, dass Sie kommen konnten«, sage ich im gleichen Ton, mit dem ich Skid und Glock begrüße, wenn sie zu spät zu einem Meeting eintreffen.

»Tut mir leid, Chief.«

Ich nehme meine Tasse und klopfe mit dem Stift daran. »Wie Sie alle wissen, ist unser Revier schon seit langer Zeit unterbesetzt. Deshalb freue ich mich, Ihnen mitteilen zu können, dass Bürgermeister Brook unser Budget aufgestockt hat und Mona Kurtz seit heute Morgen der erste weibliche Officer von Painters Mill ist.«

Ein paar Männer feuern sofort Kommentare ab, und ich muss die Stimme erheben, um sie zu übertönen. »Mona hat einen Abschluss in Strafrecht am hiesigen Community College gemacht. Darüber hinaus hat sie über drei Jahre Berufserfahrung in der Telefonzentrale, sie kennt unser Zahlen-Code-System und ist mit den Gesetzen unseres Staates vertraut, die im Ohio Revised Code juristisch verankert sind.«

Zwar wussten alle im Raum schon von der Beförderung, denn sie hatten ja die Karte unterschrieben, doch ich finde eine offizielle Bekanntmachung wichtig.

»Bis ich Ersatz gefunden habe, wird Mona weiterhin in der Telefonzentrale arbeiten. Zudem wird sie in dieser Zeit jeden von uns gelegentlich zu Einsätzen begleiten.«

Ich verlasse das Pult und gehe mit ausgestreckter Hand zu Mona. »Herzlichen Glückwunsch, Officer Kurtz.«

Ich schüttele ihr die Hand, wobei sie, trotz der Tränen in den Augen, unglaublich glücklich aussieht. »Danke, Chief«, flüstert sie und umarmt mich.

Neben ihr steht Skid auf, hebt die Hand und klatscht sie ab. »Super!«

»Wird auch Zeit«, murmelt Pickles.

Jodie steht in der Tür und kreischt: »O mein Gott! Ich freue mich ja so für dich!« Sie fassen sich an den Händen und tanzen im Kreis.

Glock klopft Mona auf den Rücken und drückt sie dann fest. »Willkommen an Bord, Grünschnabel.«

T.J. schießt mit seinem Smartphone ein paar Fotos und geht

dann zu ihr. »Das heißt ja vermutlich, dass ich die Nachtschicht los bin.«

Ich stehe noch einen Moment lang in der Tür und sehe ihnen zu, denn es ist einer der Momente, die mir immer im Gedächtnis bleiben werden.

* * *

Um kurz vor fünf Uhr ruft Tomasetti an. »Was machst du gerade, Chief?«

»Ich jage mehr oder weniger einem Phantom nach. Und du?«

»Ich jage Hühner.«

Ich lache, bin hocherfreut, seine Stimme zu hören.

»Der Leiter des Labors hat gerade angerufen. Die Fingerabdrücke auf der Patronenhülse vom Tatort, als nachts auf dich geschossen wurde, stammen von Mark Petersheim. Er war der Schütze.«

Ich atme tief aus. Bis zu diesem Moment war mir nicht bewusst, wie sehr es mich belastet hat, nicht zu wissen, wer mich im Visier hatte. »Passen seine Fingerabdrücke auch zu denen vom Schlüssel, den wir am Gingerich-Tatort gefunden haben?«

»Nein, kein Treffer«, sagt er. »Wir haben jetzt auch allen Gingerichs Fingerabdrücke abgenommen, der Abgleich sollte bald fertig sein.«

»Okay.«

»Interessanterweise ist auch der Abdruck am Einweckglas in Chris Martinos Scheune nicht von Petersheim.«

»Also ist mein Brandstifter immer noch auf freiem Fuß.«

»Und genau an dem Punkt wird's spannend: Der Abdruck vom Schlüssel in der Gingerich-Scheune passt zum Abdruck auf dem Einweckglas.«

»Was wiederum bedeutet, dass derjenige, der den Schlüssel auf der Gingerich-Farm angefasst hat, auch das Einweckglas in Martinos Garage in der Hand hatte.« Die Information wirbelt in meinem Kopf umher wie ein Blatt, das im Wasserstrudel tanzt. »Gibt es schon etwas zu den Reifenabdrücken?« Ich meine die von der Nacht, als auf mich geschossen wurde.

»Die sind noch in Arbeit. Vermutlich passen sie zu denen von Petersheims Pick-up.« Er seufzt. »Ich wünschte, ich hätte bessere Neuigkeiten. Du hast bestimmt gehofft, den Fall abschließen zu können.«

»Wenigstens weiß ich, wer der Schütze war.«

»Eine Sorge weniger.« Er hält inne. »Kommst du bald nach Hause?«

»Ich wollte noch mit Elam Schlabach reden, bevor ich den Feierabend einläute.«

»Das ist der amische Freund des Mädchens, das sich umgebracht hat, ja?«

»Richtig.« Ich erzähle ihm, welchen Eindruck Schlabach auf mich gemacht hat. »Er ist dreiundzwanzig, frisch verheiratet und wird bald Vater. Aber die einzige Emotion, die er bei unserem Gespräch zeigte, war Wut.«

»Ruf mich an, wenn du was brauchst.«

»Davon kannst du ausgehen.«

* * *

Kurz vor halb sechs treffe ich bei *Buckeyes Woodworks and Cabinetry* in der Fourth Street ein und erfahre, dass Elam Schlabach schon gegangen ist. Also fahre ich in die Dogleg Road zu ihm nach Hause, wo seine Frau mir sagt, er müsse heute länger arbeiten.

Ich stehe in der Auffahrt und frage mich, wo er steckt.

In einer Kleinstadt wie Painters Mill ist so eine Frage nicht allzu schwer zu beantworten, besonders dann, wenn es sich um einen jungen Mann mit einer gehörigen Portion Bitterkeit handelt. Es gibt drei Bars in der Gegend: Das *Brass Rail*, in dem es sehr rowdyhaft zugeht und das mit dem Buggy zu weit für Schlabach entfernt ist; das *McNaries'* ist eher ein Biker-Treff, also bleibt nur noch *Miller's Tavern*. Dort ist es dunkel und ruhig, neben der Bar steht eine altmodische Jukebox, es gibt Popmusik statt Hardrock und deutsches Bier mit hohem Alkoholgehalt. Die recht gute Speisekarte bietet Sandwiches, gefüllte Paprika und Softeis für Kinder.

Die meisten Gäste sind hiesige Geschäftsleute und Ladenbesitzer, die den Feierabend mit einem Bier oder Cocktail begießen. *Miller's Tavern* ist also genau der Ort, den ein junger amischer Mann aufsuchen würde, wenn er nicht nach Hause will.

Ich setze mich in den Explorer und fahre zurück in die Stadt.

* * *

Vor *Miller's Tavern* sehe ich keinen Buggy, also fahre ich um das Gebäude herum nach hinten. Und tatsächlich steht dort ein hübscher Brauner vor einen Buggy gespannt und döst. Ich parke daneben, streichele kurz das Pferd und betrete die Bar durch die Hintertür.

Ein schmaler, düsterer Flur, von dem die Toiletten und die Besenkammer abgehen, führt in den Gastraum, wo gerade Fixx' »One Thing Leads to Another« dröhnt. Elam Schlabach sitzt mit einem Bierkrug vor sich in einer Nische und starrt mich an. Mitten auf dem Tisch steht – neben einem leeren Schnapsglas – ein roter Plastikkorb mit den Resten eines Burgers mit Fritten.

Ohne seinem Blick auszuweichen, gehe ich auf ihn zu.

»Was, Sie kommen auch durch die Hintertür!«, sagt er.

»Ist hin und wieder ganz nützlich.«

»Besonders, wenn man amisch ist.«

»Und wenn die Wände Augen haben. Darf ich mich zu Ihnen setzen?«

»Hab ich eine Wahl?«

»Nein.« Ich setze mich ihm gegenüber.

Eine ganze Minute lang sagt keiner ein Wort. Schlabach wirkt vollkommen gelassen. Er spielt mit der Serviette im roten Korb, streicht dann über das Schwitzwasser an seinem Bierkrug und trommelt mit den Fingern die Melodie auf dem Tisch.

Jetzt hebt er sein Bier und nimmt einen großen Schluck. »Es geht um Danny Gingerich, oder was?«

Ich ziehe das Foto von der Frau aus der Tasche, die die Nachricht an der Tür vom Polizeirevier hinterlassen hat, und lege es zwischen uns auf den Tisch. »Kennen Sie die Frau?«

Er stellt das Bier ab, beugt sich vor und sieht es sich lange an. »Ist nicht besonders gut, das Foto.« Er kneift die Augen zusammen. »Das ist eine Amische.«

Ich lehne mich auf der Bank zurück, taxiere ihn. »Haben Sie etwas mit dem Scheunenbrand, bei dem Daniel Gingerich ums Leben gekommen ist, zu tun?«

»Nein. Was aber nicht heißt, dass ich nie daran gedacht habe, ihn umzubringen. Wenn es jemand verdient hat, dann der Mistkerl. Ich enttäusche Sie ungern, aber ich hatte nicht den Mumm dazu.«

»Ich weiß, was er für einer war«, sage ich.

So wie er mich jetzt ansieht, nimmt er mir das nicht ab. »Das bezweifle ich«, sagt er dann auch.

Ich halte seinem Blick stand. »Ich weiß, was er Emma angetan hat. Und anderen auch.«

»Hören Sie, Chief Burkholder, ich weiß, Sie glauben, ich hätte Danny umgebracht. Aber wenn Sie wirklich wissen, was für einer er war – dass seine Seele dem Teufel gehörte –, ist Ihnen sicher auch klar, dass ich nicht der Einzige bin, der seinen Tod nicht bedauert.«

»Denken Sie da an jemand Bestimmtes?«

»Selbst wenn es so wäre, würde ich es nicht sagen.« Er sieht weg, zuckt mit den Schultern. »Was mich angeht, hat derjenige der Welt einen Gefallen getan.«

Die Kellnerin unterbricht uns. Ich bestelle einen Kaffee, Schlabach bestellt einen Whiskey. Ich überlege kurz, ihn darauf hinzuweisen, dass er nicht betrunken mit dem Buggy fahren darf, lasse es aber, denn er ist offensichtlich gewillt zu reden.

»Wie viele andere Mädchen hat er vergewaltigt?«, frage ich.

Wieder zuckt er mit den Schultern. »Mark Petersheims Frau wohl auch.« Sein Gesichtsausdruck wird hart. »Ich hab übrigens schon gehört, was mit ihnen passiert ist. Sie waren ein nettes Paar. Gingerich hat das Leben von vielen Menschen ruiniert.«

»Das ist wahr.«

Die Kellnerin bringt meinen Kaffee und ein Glas mit bernsteinfarbener Flüssigkeit. Ich drücke ihr einen Zehndollarschein in die

Hand. Als sie wieder weg ist, frage ich: »Was haben Sie über Ruth Petersheim gehört?«

»Nur Gerüchte.« Er verzieht den Mund, als hätte er auf etwas Bitteres gebissen. »Vergewaltigung und Sodomie sind ja nicht unbedingt Themen, über die Amische gern reden.«

Er will mich schockieren oder provozieren. Als das nicht funktioniert, wendet er den Kopf ab, und ich habe den Eindruck, er weiß nicht, wie er reagieren soll und wohin mit all seiner Wut.

Nach The Fixx ertönt ein alter Song von Badfinger. Schlabach trinkt den Whisky in einem Zug und setzt das Glas etwas zu heftig auf dem Tisch ab.

»Wer hätte sonst noch Grund gehabt, Gingerich lieber tot als lebendig zu sehen?«, frage ich.

»Ich weiß gar nicht, wo ich da anfangen sollte.«

Jetzt reicht es mir, und ich habe keine Lust mehr, mich zu beherrschen. Ich habe seine vagen Äußerungen satt, das Rätselraten und seine ablehnende Haltung. »Hören Sie, wenn Sie hier einen auf tough machen wollen, das kann ich auch, und zwar besser als Sie. Wir können das Gespräch auf dem Revier fortsetzen, und ich kann Ihnen das Leben schwermachen. Haben Sie das verstanden?«

Er zieht den Kopf ein. »Ja«, murmelt er.

»Wem sonst hat Gingerich etwas angetan?«, frage ich.

Anhaltendes Schweigen. Ich überlege gerade, ob ich meine Drohung wahrmachen und ihn mit aufs Revier nehmen soll, als er schließlich antwortet.

»Es heißt, er hätte's noch mit einer von Emmas Freundinnen gemacht«, sagt er. »Die auch in dem Laden in Charm arbeitet.«

Ich verstumme, traue meinen Ohren kaum. Und währenddessen gehen mir Milo Hershbergers Worte durch den Kopf: *Er war ständig in dem kleinen Laden in Charm, um die Mädchen da zu besuchen. Hatte vermutlich auf alle drei ein Auge geworfen …*

Milo hatte keinen Namen genannt. Kann es sein, dass Gingerich außer Emma Miller auch eines der anderen Mädchen im Visier hatte? Doch warum haben sie mir nichts davon erzählt? Aber das ist die falsche Frage, denn ich kann es mir denken. *Ich weiß es.*

»Ich brauche den Namen«, sage ich.

»Den weiß ich aber nicht.« Er schüttelt den Kopf. »Wenn Sie wirklich wissen wollen, was Danny alles getrieben hat, müssen Sie mit Milo Hershberger reden. Die beiden waren dicke Freunde. Falls Gingerich mit all den amischen Muschis geprahlt hat, die er kriegt, dann vermutlich gegenüber dem Trottel Milo.«

»Sind Sie und Milo befreundet?«

Er lacht bitter. »Im Leben nicht.«

Er schaut nach unten, und zum ersten Mal bemerke ich einen Riss in seiner Rüstung, erhasche einen Blick auf den Menschen, der er war, bevor die Frau seines Herzens Selbstmord beging. Bevor Verlust und Verbitterung ihn zu einem zornigen, verlorenen jungen Mann gemacht haben, mit dem er selbst noch nicht klarkommt.

»Verhaften Sie mich jetzt, oder was?«, fragt er.

»Sie werden es jedenfalls als Erster erfahren.« Ich nehme eine Visitenkarte aus der Tasche an meinem Ausrüstungsgürtel und halte sie ihm hin. »Wenn Ihnen noch etwas einfällt, rufen Sie mich an. Und kommen Sie erst gar nicht auf den Gedanken, die Stadt zu verlassen.«

Er nimmt die Karte, ohne sie anzusehen, und wirft sie auf den Tisch.

* * *

Am liebsten würde ich noch heute Abend zurück nach Charm fahren, doch dafür ist es zu spät. Der Laden ist seit Stunden geschlossen, und mein verletzter Unterarm meldet sich auf unangenehme Weise. Außerdem muss ich geschickt vorgehen und mir eine gute Strategie überlegen, um Informationen über etwas so Intimes und Verheerendes aus den Mädchen herauszuholen – wozu ich mich momentan nicht in der Lage fühle. Da ist es besser, am nächsten Morgen frisch ans Werk zu gehen.

Es fängt bereits an zu dämmern, als ich in die Zufahrt zu der Farm einbiege, wo meine Schwester und ihr Mann leben. Trotz aller guten Vorsätze habe ich ihren Geburtstag verpasst. Seit Tagen fahre ich die Kerze und den Tee aus dem *Mercantile* in meinem Wagen spazieren.

Ich parke hinterm Haus neben dem Hühnerstall und überlege, wann ich sie das letzte Mal gesehen habe. Es ist schon ziemlich lange her. *Zu lange*, murmelt mein Gewissen. Ich liebe meine Schwester; sie fehlt mir, und ich denke oft an sie. Zeit mit ihr zu verbringen dürfte nicht so verdammt schwer sein, ist es aber.

Auf dem Gehweg zur Hintertür werfe ich einen Blick hinüber zur Scheune. Das Tor steht offen, und ich sehe ihren Mann, William, im Inneren einen ihrer Traber striegeln. Er hat mich auch gesehen, beobachtet mich, und ich hebe die Hand zum Gruß. Er winkt zurück, aber eher halbherzig. Mein Schwager missbilligt, dass ich die amische Gemeinschaft verlassen habe; er akzeptiert meinen Lebensstil nicht und die Tatsache, dass ich mit Tomasetti in wilder Ehe lebe. Im Gegensatz zu meiner Schwester macht er keinen Hehl daraus und lässt es spüren.

Die Tür geht auf. »Katie! Was für eine schöne Überraschung. Komm herein!«

Sarah ist zwei Jahre älter als ich, blond und hübsch. So freundlich zu lächeln wie sie, ist mir selbst nie gelungen. Sie trägt ein hellblaues Kleid, eine weiße Schürze, *Kapp* und Sneakers. In den von der Arbeit rissigen Händen hält sie das allgegenwärtige Geschirrtuch.

Ihr Blick huscht an mir vorbei, um zu sehen, ob Tomasetti mitgekommen ist. »Ich bin allein«, sage ich.

»Er weiß eben nicht, was er verpasst. Es gibt Dattelpudding und Pfefferminztee. *Kumma inseid.*« Komm herein.

Sie führt mich in ihre schlichte Küche, in der es verführerisch duftet. Meine Nichte Hannah, die inzwischen zu einem Kleinkind herangewachsen ist, steht in der Tür, hält einen fetten Kater fest und mustert mich.

»Hi, Hannah«, sage ich. »Was für einen hübschen kleinen *bussli* du da hast.«

Das Mädchen grinst und hievt ihn hoch. »Sammy!«, ruft sie aus. *»Er is fett e faul.«* Er ist fett und faul. Meine Schwester wirft ihrer Tochter einen Blick zu. »Sag hallo zu deiner Tante Katie, Hannah.«

Das kleine Mädchen gehorcht, doch ihr Gesichtsausdruck

sagt deutlich, dass ich eine Fremde für sie bin, was mich mehr schmerzt, als mir lieb ist.

»Ich koche gerade Himbeermarmelade«, sagt Sarah. »Und *Schaptzsupp* für morgen.« Eintopf. Sie geht zum Herd, rührt einmal im Topf und dreht die Flamme aus. »Ich hab gehört, was dir passiert ist, wirklich schlimm. Geht's dir besser?«

»Mir geht's gut.« Ich werfe einen Blick auf den Verband und zucke die Schultern. »Ich war nur … zur falschen Zeit am falschen Ort.«

Sie legt den Löffel hin, betrachtet den Verband und schüttelt den Kopf. »Mein Leben ist wirklich langweilig, verglichen mit deinem.«

»Langeweile wird unterbewertet.« Ich setze mich auf einen Stuhl am Tisch.

Lächelnd nimmt sie mir gegenüber Platz. »Ich werde allmählich zu einer *bottelhinkel*.« Das ist *Deitsh* für ein ausgemergeltes altes Huhn, das bald im Suppentopf landet. Unsere *Mamm* hatte das immer gesagt (gewöhnlich in Bezug auf sich selbst), und die Erinnerung daran trägt mich zurück in eine Zeit, in der die Beziehung zu meiner Schwester wesentlich unkomplizierter war.

»Alles Gute zum Geburtstag.« Ich stelle die Tüte mit den Geschenken auf den Tisch und schiebe sie zu ihr hin. »Tut mir leid, dass ich erst jetzt komme.«

An der Tüte rüttelnd, sieht sie mich an. »Ich freue mich, dass du jetzt da bist. Du kommst viel zu selten.«

Der Vorwurf kommt freundlich über ihre Lippen, was den Kummer darüber noch heftiger macht. »Der Gingerich-Fall nimmt viel Zeit in Anspruch«, sage ich, »und einiges ist mir immer noch nicht klar.«

»Du arbeitest zu viel«, rügt sie mich. »Und immer Sachen, die für Frauen zu gefährlich sind.«

»Für Männer auch.«

Sie schüttelt den Kopf. »Typisch Katie. Du willst es mit der ganzen Welt aufnehmen.«

Ich streite mich nicht mit meiner Schwester. Ich bin gekommen, um ein wenig Zeit mit ihr zu verbringen und mein Geburtstagsgeschenk zu überreichen. Und um meine süße kleine Nichte daran zu erinnern, dass sie eine Tante hat. Ich will an etwas Wertvollem festhalten, bevor es mir ganz entgleitet. Denn trotz all der Jahre, die vergangen sind, und nach allem, was passiert ist, sehnt sich etwas in mir noch immer danach, von meiner Familie akzeptiert zu werden – vielleicht sogar von der ganzen amischen Gemeinde.

»Ich habe Neuigkeiten.« Sie legt die Hand schützend auf den Bauch, und ich weiß sofort, was sie sagen wird. »Ich bin *im familye weg.*«

Meine Gefühle überschlagen sich vor Freude, ich stehe auf, beuge mich vor und drücke sie fest. »Das ist sicher das schönste Geburtstagsgeschenk überhaupt.«

Sie kichert. »Es ist ein wahrer Segen. Ich hoffe nur …«

Ich lasse sie nicht ausreden. Vor der Geburt meiner Nichte hatte Sarah mehrere Fehlgeburten, was sie und William stark belastete, denn seit ihrer Kindheit wollte sie eine große Familie. »Ich bin sicher, es wird alles gutgehen.«

Kurz überlege ich, ihr zu sagen, dass Tomasetti und ich einen Hochzeitstermin festgelegt haben, aber jetzt ist nicht der richtige Moment. Ich sage es ihr bei meinem nächsten Besuch.

Ich zeige auf das Geschenk. »Es macht sich nicht von allein auf.«

Grinsend nimmt sie die Tüte, reißt sie eifrig wie ein Kind an Weihnachten auf. Ich weiß, sie tut es für mich, um mir die Befangenheit zu nehmen, und beide genießen wir den Augenblick.

»Etwas hier riecht himmlisch.« Sie greift in die Geschenkbox. »Oh! Eine Duftkerze aus dem *Mercantile*! Katie, das ist mein Lieblingsladen. *Danke!*«

»Bergamotte und süßer Rosmarin.«

»Sie machen dort die besten Kerzen.« Sie hält sie an die Nase und saugt den Duft ein.

»Da ist noch mehr.« Ich sehe zur Tüte.

»Du meine Güte, Katie.« Sie greift wieder in die Schachtel und fischt die Seifen und den Tee heraus. »Oh, und was für eine schöne Teedose das ist. Und dann auch noch die Seife. Die duftet fast so gut wie die Kerze.« Meine Schwester drückt alles an sich. »Haben die netten amischen Mädchen sie gemacht?«

»Sie machen die Kerzen. Ich glaube, die Besitzerin stellt die Seife her.«

»Edna«, sagt sie.

»Du kennst sie alle?«

»William hat ihnen kurz vor der Eröffnung bei den Klempnerarbeiten geholfen. Die Mädchen waren ja so nett. Sie haben ihm jeden Tag Mittagessen gemacht und sich geweigert, Geld dafür zu nehmen.« Sie schüttelt den Kopf. »Erst letzte Woche war ich dort und hab Schlüssel für die neuen Tore machen lassen.«

»Schlüssel?«

»*Ja.* Jemand hatte das Tor von der hinteren Weide aufgemacht und alle Ziegen rausgelassen. Ein Bock wurde vom Auto überfahren und getötet. William sagt, wahrscheinlich waren es Teenager, aber es hat uns einen großen Schreck eingejagt. Seitdem schließen wir alle Tore mit einem Vorhängeschloss ab. William wollte Ersatzschlüssel, deshalb war ich dort.«

»Du hast dir im *Mercantile* Schlüssel machen lassen?«

»Edna hat sie gemacht.« Mit einem verschwörerischen Lächeln beugt sie sich zu mir vor. »William hält mich für eine pflichtbewusste Ehefrau. Er kann ja auch nicht wissen, dass ich nur deshalb gleich hingefahren bin, weil ich gern einkaufen wollte.«

20. Kapitel

Es ist acht Uhr morgens, ich sitze seit einer halben Stunde in meinem Wagen auf dem Parkplatz beim *Mercantile*, beobachte die Bauarbeiter bei ihrer Arbeit an der alten Rundscheune und denke über Dinge nach, über die ich nicht nachdenken sollte. Letzte Nacht habe ich kaum geschlafen. Die Unterhaltung mit Elam Schlabach hat mich wach gehalten.

Es heißt, er hätte's noch mit einer von Emmas Freundinnen gemacht.

Kann das wirklich sein? Ich habe mehrere Male mit den drei Mädchen gesprochen, und nicht ein einziges Mal haben sie etwas in der Richtung auch nur angedeutet.

Vergewaltigung und Sodomie sind ja nicht unbedingt Themen, über die Amische gern reden.

Ich bin so in Gedanken versunken, dass ich den Buggy erst bemerke, als er vor der großen alten Eingangstür hält und Ina Yoder und Viola Stutzman herausklettern. Beide Mädchen unterhalten sich angeregt mit dem Kutscher, während sie ihre Sachen herausnehmen – mehrere braune Papiertüten und zwei große Tabletts mit Gebäck.

Viola dreht sich um und winkt dem Kutscher hinterher. Ina holt einen Schlüsselbund aus ihrer Tasche und macht sich auf zur Eingangstür.

Ich erreiche beide, als Ina gerade aufschließt. »*Guder mariye.*«

Viola schreckt beim Klang meiner Stimme zusammen. »Oh, Chief Burkholder! Ich habe Sie gar nicht kommen hören. Auch Ihnen einen *guder mariye.*«

Ina stößt die Tür auf. »Wir haben zwar noch nicht geöffnet, aber Sie können gern einen Kaffee haben, während wir die Kasse in Gang bringen.«

»Danke, das klingt gut.«

Beim Betreten des Ladens empfängt mich der Duft von Jasmin, Pfefferminz und frisch gebrautem Kaffee. Ina schließt die Tür hinter uns wieder ab.

»Ist Neva auch schon da?«, frage ich.

»Sie kommt immer ganz früh und macht Kaffee«, sagt Viola.

»Sie hat ein Auto, damit dauert es nicht ganz so lange«, erklärt Ina leicht verdrossen.

»Das habe ich gehört.«

Neva steht mit den Händen auf der Hüfte neben dem Kundendienstschalter und starrt in unsere Richtung. Sie trägt ein altrosa Kleid, ihre Beachy-*Kapp* und ein paar Schuhe von Keds, die den meisten Amischen wohl zu modisch wären. Jetzt sieht sie mich an. »Ist etwas passiert, Chief Burkholder?«

»Nein, alles in Ordnung«, sage ich. »Ich muss nur noch einmal mit euch dreien reden, wenn ihr einen Moment Zeit habt.«

Ina sieht mich an und nickt. »Kein Problem, wir öffnen erst um neun Uhr.«

»Der Kaffee ist schon fertig«, sagt Neva. »Wollen Sie sich setzen?«

Viola hält das Tablett mit dem Gebäck hoch. »Wir könnten die Cranberry-Orangen-Scones probieren.«

»Gebäck probieren klingt gut«, sagt Ina. »Ich bin am Verhungern.«

Neva zeigt zum Café. »Solange wir keine Sauerei hinterlassen.«

»Berühmte letzte Worte«, murmelt Ina.

Kurze Zeit später sitzen wir vier in dem kleinen Café, wo Viola bereits das Gebäck auf papiernen Spitzendeckchen auf dem Büfett arrangiert hat.

Ich nehme den Schlüssel aus der Plastiktüte und schiebe ihn in die Mitte des Tisches. »Kann mir eine von euch sagen, ob der Ersatzschlüssel hier im *Mercantile* gemacht wurde?«

Die drei Mädchen starren auf den Schlüssel.

»Ich weiß nicht, ob man das überhaupt feststellen kann.« Neva macht Anstalten, sich den Schlüssel zu nehmen, doch zögert dann. »Kann ich ihn mir genauer ansehen?«

»Sicher.«

Sie nimmt ihn, dreht ihn in der Hand um und sieht Ina an. »Haben wir den hier gemacht?«

Ina schüttelt den Kopf. »Ich weiß nicht einmal, wie man die Maschine bedient.«

Viola beugt sich näher heran. »Ich hab Mrs Lambright gesagt, dass ich lernen möchte, Schlüssel zu machen. Sie wollte es mir zeigen, ist aber bisher noch nicht dazu gekommen.«

»Da müssen Sie wahrscheinlich *Mamm* fragen«, sagt Neva.

»Mache ich.« Ich nehme den Schlüssel und lasse ihn zurück in die Tüte fallen.

Ich sehe die Mädchen nacheinander an. »Habt ihr das mit Ruth und Mark Petersheim gehört?«, frage ich.

Neva senkt den Blick und nickt. Auch die beiden anderen sehen mich nicht an.

»Wir haben es gehört«, murmelt Ina.

»Mrs Fisher ist gestern Abend gekommen und hat es *Mamm* erzählt«, sagt Neva. »Die arme Ruthie.«

»Der kleine William kommt wohl zu seiner *Grossmudder*«, sagt Viola.

»Zu Ruths *Mamm*«, stellt Neva klar.

Ina wartet einen Moment und flüstert dann: »Es heißt, dass Mark vielleicht nicht der Vater des Kindes gewesen ist.«

»Wenn es nicht Mark war, wer sonst?«, frage ich.

»Das sind bloß gemeine Gerüchte«, fährt Viola auf. »Besonders jetzt, wo beide tot sind.«

»Die Leute reden halt«, sagt Neva.

Viola sieht mich an. »Glauben Sie, was mit ihnen passiert ist, hat etwas mit Daniel Gingerich zu tun?« Ihre Stimme ist nur noch ein Flüstern.

»Ja, das glaube ich.« Ich trinke einen Schluck Kaffee, spüre die Anspannung, die zwischen uns entstanden ist. »Ich weiß, dass Daniel auch öfter in den Laden gekommen ist.«

Neva sieht mich über ihre Kaffeetasse hinweg an. »Viele Leute kommen hierher.«

Ich erwidere nichts, sehe sie nicht einmal an. »Seid ihr nie auf den Gedanken gekommen, dass das eine wichtige Information sein könnte?«

»Er war nur wenige Male hier, glaube ich«, sagt Neva unwirsch.

Viola trinkt einen Schluck ihrer heißen Schokolade. »Das ist schon lange her.«

Sie spielen es herunter. Ich weiß nicht, ob sie sich gegenseitig decken oder einfach nicht darüber sprechen wollen.

Als die Mädchen dann beginnen, untereinander zu reden, schlage ich mit der flachen Hand auf den Tisch. »Hört auf, mich zu belügen.«

Erschrocken blicken sie sich an. Neva stellt ihre Tasse hin, Ina wendet den Blick ab, Viola tut, als würde etwas mit ihrem Stuhl nicht stimmen und rückt ihn leicht vom Tisch ab.

»Ich bin nicht euer Feind«, sage ich leise.

»Das wissen wir«, erwidert Neva.

»Ich will nur Informationen«, sage ich. »Die Wahrheit.«

»Wir haben Sie nicht angelogen«, sagt Ina.

»Wenn ich euch nicht bedrängt hätte, hättet ihr mir nicht einmal das mit Emma erzählt«, sage ich. »Ihr habt mir nicht gesagt, dass Daniel oft hier war und euch drei behelligt hat.«

»Das stimmt ja auch nicht«, stößt Neva aus.

Mein Blick macht ihr unmissverständlich klar, dass ich mit den Antworten nicht zufrieden bin. »Ich glaube, er hat noch viel mehr getan, als euch nur behelligt.« Ich sehe die Mädchen an. »Was habt ihr mir noch verschwiegen?«

»Ich glaube, er ist wegen Emma hergekommen«, sagt Ina kurz darauf. »Mehr nicht.«

»Wen von euch wollte er sonst noch sehen?«

Ich beobachte sie genau, ihre Körpersprache, ihren Gesichtsausdruck. Von allen dreien wirkt Neva am meisten beunruhigt, und so konzentriere ich mich auf sie. »Neva?«

Sie zwinkert heftig, wie ein Beutetier, das von einem Raubtier ins Visier genommen wird.

»Keine.«

»Bist du da sicher?«, frage ich.

»Warum sind Sie so aggressiv?«, blafft Ina mich an.

»Weil ich glaube, dass ihr mehr wisst, als ihr mir sagt«, blaffe ich zurück.

Neva schaltet sich ein. »Sie kennen uns überhaupt nicht. Sie wissen nichts über uns.«

»Ich weiß mehr, als ihr glaubt«, sage ich.

»Zum Beispiel?«, schießt sie trotzig zurück.

»Ich weiß, was es heißt, Geheimnisse zu haben«, sage ich ruhig. »Ich weiß, wie es ist, eine schlechte Entscheidung getroffen zu haben.« Ich sehe von einem Mädchen zum anderen. »Ich weiß, dass wir manchmal nicht so sind, wie wir zu sein glauben. Wie wir sein wollen. Wir sind nicht so, wie andere uns sehen, wenn sie uns anschauen.«

Die drei Mädchen starren mich mit großen Augen an, betroffen und argwöhnisch.

Ich weiß nicht, ob ich zu ihnen durchdringe – ob ich meinen Bemühungen um Informationen gerade einen guten oder schlechten Dienst erweise.

»Daniel ist ein paarmal ins *Mercantile* gekommen«, sagt Neva leise. »Er hat immer so getan, als suche er einen bestimmten Artikel und brauche dabei Hilfe. Aber in Wirklichkeit ging es nie um irgendwelche Sachen, es ging um uns.« Sie tauscht Blicke mit den anderen beiden. »Um uns alle.«

»Ich danke dir«, sage ich.

Ich überlege gerade, ob es weise ist, noch weiter in sie zu dringen, als Schlüsselklimpern zu hören ist. Edna Lambright steuert gerade aufs Café zu. Ich hatte sie nicht kommen hören. Sie hat eine gequiltete Stofftasche an der Schulter hängen und hält zwei übereinandergestapelte Kuchen in den Händen.

»Sieht aus, als hätten die jungen Damen einen produktiven Morgen.« Sie erreicht das Geländer, blickt stirnrunzelnd zuerst Neva, dann mich und wieder Neva an. Sie hält die Kuchen hoch. »Diese Buttercremetorten müssen geschnitten, auf Teller befördert und mit Klarsichtfolie abgedeckt werden.«

Neva springt so schnell auf, dass ihr Stuhl laut über den Boden kratzt. Sie eilt zu ihrer Mutter und nimmt ihr die Kuchen ab. »Danach in die Kühltheke?«, fragt sie.

»Ja.«

»Danke für den Kaffee«, sage ich und erhebe mich ebenfalls.

Auch die beiden anderen Mädchen sind aufgestanden, schieben ihre Stühle an den Tisch zurück und verschwinden in verschiedene Richtungen.

Viola wirft mir noch schnell einen Blick zu.

»Gern geschehen«, murmelt sie.

Und dann sind sie weg.

Edna Lambright steht am Geländer und sieht mich an. »Was bringt Sie zu so früher Stunde zu uns?«, fragt sie.

»Ich versuche herauszufinden, wo dieser Ersatzschlüssel gefertigt wurde.« Auf dem Weg zu ihr hole ich den Schlüssel aus der Tüte. »Vielleicht hier im *Mercantile*?«

Sie setzt die Lesebrille, die an einer Kordel um ihren Hals hängt, auf und nimmt den Schlüssel in die Hand. »Der sieht brandneu aus«, sagt sie. »Schon möglich, dass wir ihn hier gemacht haben, aber sicher bin ich mir nicht.« Sie lässt die Hand sinken. »Haben Sie deshalb mit den Mädchen gesprochen?«

Ich lasse mir Zeit mit der Antwort. »Ich habe gehört, dass Daniel Gingerich oft hier gewesen ist.«

»Viele Leute kommen hierher.« Sie hebt den Kopf und sieht mich durch die Lesebrille an. »Alle möglichen jungen Männer drücken sich hier herum, um einen Blick auf die Mädchen zu erhaschen. Die drei machen sich darüber keine großen Gedanken.«

Ich starre sie an und frage mich, wie viel sie über Emma Miller weiß. »Sind Sie sich sicher?«

»Ziemlich.« Sie sieht mir fest in die Augen. »Wir stehen uns alle sehr nahe, müssen Sie wissen. Meine Tochter erzählt mir alles. Alles.« Sie gibt mir den Schlüssel zurück. »Tut mir leid, dass wir nicht richtig helfen konnten.«

Ich stecke den Schlüssel zurück in die Plastiktüte.

Jetzt sieht sie mich über die Brille hinweg an. »Hat der Schlüssel etwas mit dem Feuer zu tun?«

»Ja.«

»Wie kommt der dabei ins Spiel?«

»Ich bin mir nicht sicher, aber ich werde es herausfinden.« Ich verstaue die Tüte in der Jackentasche. »Noch einmal danke für den Kaffee.«

* * *

An Wochentagen ist es abends um sieben ruhig im Revier. Skid fährt seit ein paar Stunden Streife, und außer Jodie und mir sind alle nach Hause gegangen. Ich sitze am Schreibtisch, habe die Fotos, Berichte und Notizen vom Gingerich-Fall vor mir ausgebreitet wie eine makabre Collage.

Am problematischsten finde ich – abgesehen davon, dass das Opfer ein gewalttätiger Sexualstraftäter war –, dass die Tat keine panische Reaktion auf eine Gefahr, eine Drohung oder auf physisches Leid war, sondern vorsätzlicher Mord.

Wer immer Gingerich umgebracht hat, hat wohlüberlegt gehandelt, sorgfältig geplant, die zeitlichen und räumlichen Vorbereitungen getroffen – er hat sich sogar einen Notfallplan ausgedacht. Und dann hat er die grausame Exekution kaltblütig ausgeführt.

Der Fall ist zwar noch relativ jung, aber die Vorstellung, dass der Mord unaufgeklärt bleiben könnte, nagt sehr an meinem Selbstverständnis als Polizistin. Trotzdem kann ich im Moment nichts anderes tun, als beharrlich weiterzumachen und zu hoffen, dass irgendetwas zu einem Durchbruch führt.

Ich schiebe gerade meinen Laptop in die Tasche, als mein Handy auf der Schreibtischunterlage vibriert. Da ich Tomasetti am anderen Ende erwarte, denn es ist – schon wieder – spät, nehme ich einfach ab: »Hey.«

»Chief Burkholder? Hier ist Edna Lambright.« Sie klingt panisch. »Es geht um Neva, sie ist … weg. Ich kann sie nirgends finden. Sie hat … eine Nachricht hinterlassen.«

»Sie ist verschwunden?«

»Ja. Sie war … sehr durcheinander … den ganzen Nachmittag. Und sehr still. Zu still. Bitte, etwas stimmt nicht.« Die Worte purzeln stückchenweise aus ihrem Mund.

»Wie lange vermissen Sie sie schon?«, frage ich.

»Ich hab sie seit fünf Uhr etwa nicht mehr gesehen. Vor einer halben Stunde habe ich ihre Nachricht gefunden.«

»Was steht darauf?«

Kurzes Zögern, dann: »Sie schreibt, sie will nicht mehr auf dieser Welt sein.« Sie stößt einen Laut aus, der klingt wie der eines kleinen Tieres, dessen Bein in eine Falle geraten ist. »Ich habe Angst, dass sie sich etwas antut.«

»Haben Sie nach ihr gesucht?«

»Isaac hat in der Scheune nachgesehen und das ganze Grundstück abgesucht. Ich hab das Haus und den Dachboden gecheckt und den Kartoffelkeller. Sie ist nicht da.«

»Könnte sie irgendwo hingegangen sein? Vielleicht zu einer Freundin?«

»Sie ist ja eng befreundet mit Ina Yoder und der kleinen Viola. Ich bin gerade im Wagen auf dem Weg zu den Yoders.«

»Wo könnte sie sonst noch hingegangen sein?«

»Isaac ist auf dem Weg zu den Stutzmans. Wenn sie da nicht ist oder bei den Yoders … Ich weiß es nicht. Vielleicht ist sie in den Laden gefahren.« Sie kann kaum mehr sprechen. »Ich habe Angst, Chief Burkholder. So etwas hat sie noch nie getan. Neva ist … ein sensibles Mädchen. Ein *gutes* Mädchen.«

»Wissen Sie, warum sie so durcheinander war?«, frage ich.

»Nein. Den ganzen Tag hat sie kaum etwas gesagt.«

Ich überlege, ob es vielleicht etwas mit meinem Besuch heute früh zu tun hatte, und frage: »Edna, halten Sie Neva für selbstmordgefährdet?«

Ich höre, wie sie am anderen Ende tief Luft holt und dann schluchzt. »Ich weiß es nicht. Aber … die Nachricht macht mir Angst. Warum schreibt sie so etwas?«

»Haben die Yoders Telefon?«

»Nein, sie sind keine Beachys. Aber ich bin in ein paar Minuten bei ihnen.«

»Wie lange braucht Isaac zur Stutzman-Farm?«

»Mit dem Buggy fünfzehn Minuten.«

»Ich schicke einen Officer hin, der ist schneller dort.«

»Danke. Ich bin so fassungslos, ich kann nicht mal mehr richtig denken.«

»Hat Neva ein Auto? Oder ist sie zu Fuß weg?«

»Sie hat den alten Wagen von Isaac, aber ich kann mir nicht vorstellen, dass sie an so einem Abend fährt, es regnet in Strömen …« Ein Schluchzen beendet ihren Satz. »Ich will sie einfach nur finden. Sicher sein, dass ihr nichts passiert ist.«

»Was ist es für ein Wagen?«

»Ein weißer Ford Taurus, alt, von zweitausendfünf, glaube ich.«

Nevas Verschwinden beunruhigt mich nicht übermäßig. Noch nicht. Sie wird erst wenige Stunden vermisst und ist nicht minderjährig. Aber die Nachricht, die sie hinterlassen hat, ist durchaus besorgniserregend.

… sie will nicht mehr auf dieser Welt sein …

»Chief Burkholder, können Sie zum *Mercantile* fahren und nachsehen, ob sie dort ist?«

»In fünfzehn Minuten bin ich dort.«

»Danke. Ich komme sofort nach, sobald ich mit den Yoders gesprochen habe. Sie wohnen nur zehn Minuten vom Laden entfernt.«

»Keine Sorge, wir finden sie.«

Ich lege auf und rufe Skid an, gebe ihm eine kurze Zusammenfassung der Situation. »Sie ist achtzehn und vielleicht unterwegs zur Stutzman-Farm an der County Road fünfundzwanzig.«

»Die kenne ich. Ich fahre hin und finde raus, ob sie dort ist.«

»Danke. Ich bin auf dem Weg ins *Mercantile*. Halten Sie mich auf dem Laufenden.«

»Mach ich. Und Sie mich auch, ja?«

21. Kapitel

ICH GEBE JODIE in der Telefonzentrale Bescheid, dass ich noch im *Mercantile* vorbeischaue, dann stürze ich mich hinaus in den prasselnden Regen. Da ich dreißig Stundenkilometer schneller fahre als erlaubt, schaffe ich die Strecke in zwölf Minuten. Als ich auf den vorderen Parkplatz einbiege, huschen die Scheinwerfer über die Hausfassade und spiegeln sich in den dunklen Fenstern. Es stehen keine weiteren Autos auf dem Parkplatz, im Haus brennt kein Licht.

Ich nehme den Hörer vom Autofunk. »Ich bin vor Ort«, lasse ich Skid und Jodie wissen.

»Sehen Sie sie?«, fragt Skid.

»Negativ.« Ich muss fast schreien, damit er mich trotz des Trommelregens auf dem Autodach hört. »Sind Sie bei den Stutzmans?«

»In zwei Minuten.«

»Verstanden.«

Ich hänge den Hörer des Funkgeräts in die Halterung und lasse den Blick über die Fassade wandern. Tagsüber ist es hier heimelig und einladend, mit Blumenampeln und halben Whiskyfässern, in denen Chrysanthemen, Stiefmütterchen und Farnkraut blühen. Doch heute Abend, inmitten der undurchdringlichen Dunkelheit und des strömenden Regens, herrscht hier eine fast postapokalyptische Atmosphäre.

»Komm schon, Neva«, flüstere ich. »Du bist zu klug, um etwas so Dummes zu tun. Wo zum Teufel steckst du?«

Ich knipse den Suchscheinwerfer an und leuchte langsam die gesamte Vorderfront ab, behalte Türen und Fenster im Auge, doch ich sehe weder Licht noch irgendeine Bewegung. Am Ende des Gebäudes lenke ich den Lichtstrahl auf den seitlichen Parkplatz, aber auch da ist nichts.

Grelle Blitze leuchten auf, gefolgt von einem kurzen Donnern, das wie ein Kanonenschuss klingt. Ich biege langsam um die Ecke, fahre weiter in den hinteren Bereich des Grundstücks, wo die alte Rundscheune gerade renoviert wird. Der Parkplatz hinterm Haus ist leer. Vom Schotter steigt geisterhaft Dampf auf.

Ich mache das Fernlicht an, stelle die Scheinwerfer eine Stufe höher, beuge mich vor und kneife die Augen zusammen, um durch die regennasse Windschutzscheibe zu sehen. Die riesige, zur Hälfte eingerüstete Rundscheune wird von einer massiven Kuppel gekrönt, und ein schmales, quadratisches Fenster starrt auf mich nieder wie ein blindes, totes Auge. Früher ist die Scheune einmal weiß gewesen, aber jahrzehntelanges extremes Wetter hat die Farbe abgelöst und die Blechziegel rosten lassen. Es ist ein interessantes Gebäude, und selbst jetzt, im Dunkeln und bei strömendem Regen, kann ich mir die Vision vorstellen, die Edna Lambright und ihr Mann angesichts dieses Ortes haben.

Die Scheune ist an einen Hang gebaut. Neben der Stelle, wo das Fundament bröckelt, steht ein orangefarbener Kompaktlader. Mein Scheinwerferlicht trifft auf einen Müllcontainer voller Schutt und auf mehrere Fünf-Gallonen-Eimer, die an der Außenwand aufeinandergestapelt sind. Hier ist kein Mensch und von Neva keine Spur.

Ich will gerade umdrehen und auf Edna Lambright warten, als neben der Eingangstür ein Licht aufscheint. Ich leuchte mit dem Suchscheinwerfer über die Fassade, sehe jedoch niemanden. Die Tür ist geschlossen, das Fenster ist dunkel. Ich kann weder ein Auto noch einen Buggy entdecken, und doch bin ich sicher, ein Licht gesehen zu haben. Aber woher kam es dann?

Es gibt nur eine Möglichkeit, das herauszufinden.

Also freunde ich mich mit dem Gedanken an, pitschnass zu werden, stelle den Motor aus, nehme meine MagLite und renne los. Völlig durchnässt erreiche ich die Tür und drehe am Knauf, erwarte, dass sie abgeschlossen ist, doch zu meiner Überraschung geht sie knarrend auf.

Im Inneren ist es dunkel wie in einer Höhle. Der Regen trommelt ohrenbetäubend auf das Blechdach, und der Geruch von Holz und Putz weht mir auf einer Welle feuchter Luft entgegen.

»Hallo?«, rufe ich. »Neva? Bist du da? Hier ist Kate Burkholder.«

Ich lausche, und da ich keine Antwort bekomme, gehe ich hinein und leuchte mit der Taschenlampe den Raum ab. Er ist groß und hat einen Holzboden. In der Mitte stehen die verfallenen Überreste eines Silos, auf dem erhöhten Betonsockel sind noch mehrere Stützen erkennbar. Rechts von mir befinden sich zwei große Pferdeboxen, an der Wand führt eine Rundtreppe hinauf zum Speicher und hinab ins Untergeschoss. Links von mir steht ein Baugerüst für die Arbeiter, die wohl gerade dabei sind, die Deckenbalken abzustützen.

»Neva Lambright?«, rufe ich ihren Namen und nenne meinen noch einmal. »Kannst du bitte herkommen und mit mir reden?«

Ich gehe in die Mitte des Raumes und leuchte mit der Lampe über den Boden. »Neva!«

Ich steige zwischen den Stangen der Boxen hindurch, trete zu den Stützen und sehe hinab in das Loch unter dem Silo. Es ist etwa drei Meter tief, und der Geruch von feuchter Erde und faulem Holz steigt herauf. Der gelbe Strahl meiner Taschenlampe fällt auf eine umgefallene alte Milchkanne und ein altes Feldbett. Plötzlich rennt eine Feldmaus über den Boden, und ich schrecke zusammen.

»Toll«, sage ich und stoße einen Seufzer aus.

Als ich zur Treppe leuchte, tanzen Stäubchen im Lichtstrahl. Sie ist aus Stein und Eichenholz und anscheinend noch im Originalzustand, wirkt jedoch stabil.

Auf halbem Weg zur Treppe bemerke ich vor mir in einer Wandnische ein schwaches Licht und eile darauf zu. Der Schein meiner Lampe fällt auf eine Holzkiste mit einer kleinen, batteriebetriebenen Laterne darauf, einer Dose Coca-Cola light, einem spiralgebundenen Notizbuch, einem Stift, einem Handy – und einer braunen Flasche mit verschreibungspflichtigen Pillen.

… sie will nicht mehr auf dieser Welt sein …

»O nein«, murmele ich. »Neva! Hier ist Kate Burkholder! Komm her, und rede mit mir.«

Über den Boden ist eine Abdeckplane gebreitet, so wie Maler sie benutzen. Ich habe die Nische fast erreicht, als es unter mir kracht, der Boden wegbricht und ich in die Tiefe falle.

* * *

Staub und Schutt fliegen hoch, ich komme mit den Füßen so hart auf dem Boden auf, dass meine Knie nachgeben und ich nach links kippe. Etwas Scharfes bohrt sich in meinen Oberschenkel, und die Plane hat sich um meine Beine gewickelt. Ich falle zur Seite, schlage mit Schulter und Kopf auf den Boden.

Einen Moment lang bin ich ganz benommen, liege nur stocksteif da, mein Hirn gleicht einem kalten Motor, der anzuspringen versucht. Ich bekomme keine Luft und atme wie eine Asthmatikerin, spucke aus und merke erst jetzt, dass mein Mund voller Erde ist. Mein linker Knöchel schmerzt, der Oberschenkel brennt wie Feuer.

Stöhnend rolle ich mich auf den Rücken, versuche blinzelnd, den Dreck aus den Augen zu kriegen. Irgendwo in dem Dunkel um mich herum liegt meine Lampe, der Regen trommelt weiterhin lautstark auf das Dach weit über mir.

»Scheiße.« Ich würge das Wort heraus und spucke wieder.

Böser Fehler, Burkholder, tadelt mich eine kleine Stimme.

Ich stoße einen unwürdigen Laut aus, halb Fluch, halb Stöhnen, und liege ruhig da, bis ich wieder klar denken kann. Ich checke meine Verletzungen, bewege die Beine. Mein Rücken schmerzt, aber nicht sehr schlimm, und bis auf die paar Kratzer und blauen Flecken geht es mir körperlich gut.

»Chief Burkholder?«

Es ist Edna Lambrights Stimme. Erleichtert setze ich mich auf, was mich einige Mühe kostet, und im ersten Moment ist mir schwindlig, doch das vergeht. »Hier unten«, rufe ich.

»Ich hab einen Schlag gehört. Sie sind wohl ziemlich hart gelandet, ist alles okay?«

Links von mir leuchtet der Schein einer Taschenlampe auf, und ich sehe Edna Lambright die brüchigen Stufen herunterkommen. »Die hätte ich wohl besser auch nehmen sollen«, versuche ich die Peinlichkeit meiner Situation zu überspielen.

»Ich hätte Sie vor dem Boden warnen müssen, wir erneuern ihn gerade. Haben Sie sich verletzt?«, fragt sie, als sie unten ankommt.

»Nein, alles in Ordnung.« Ich stütze mich mit den Händen am Boden ab und hieve mich auf die Knie. »Irgendein Lebenszeichen von Neva?«

»Nein.« Sie blendet mich mit der Taschenlampe. »So etwas hat sie noch nie gemacht.«

Ich bin noch ziemlich zittrig, und in meinem Kopf dreht sich alles. »Können Sie aufhören, mir ins Gesicht zu leuchten?«, sage ich.

»Tut mir leid.« Sie bleibt vor mir stehen. »Ich helfe Ihnen.«

Sie senkt die Taschenlampe, ich sehe die Umrisse ihres Körpers, die dicken Knöchel und die Füße, die in schmutzigen, nassen Sneakers stecken. Jetzt hantiert sie mit etwas, und ich höre, wie Klebeband reißt. Dann beugt sie sich zu mir hinunter und stößt mir etwas Hartes in den Rücken.

»Was machen Sie da?« Ich ziehe das rechte Bein unter mir hoch, stelle den Fuß auf den Boden und will aufstehen.

Ein lautes Knistern zischt durch die Luft. Mein ganzer Körper bebt, jeder einzelne Muskel zieht sich zu einem heftigen Krampf zusammen. Ich versteife, verliere das Gleichgewicht, falle zur Seite. Schier endloser Schmerz durchbohrt mich.

Ich liege niedergestreckt am Boden. Zuerst glaube ich, eine Kugel abbekommen zu haben, doch das Geräusch war anders, ich kenne es. *Ein Elektroschocker.* Andauernder Tremor durchzuckt meine Muskeln.

Edna Lambright steht neben mir, sieht auf mich hinab. Ihr Gesicht ist ohne jede Emotion. Sie geht in die Hocke und zieht das Funkgerät aus meinem Ausrüstungsgürtel. Ich will sie daran hindern, doch sie drückt den Elektroschocker auf meinen Arm, ein weiterer Stromstoß durchzuckt mich von der Schulter bis in die Fingerspitzen, und mein Arm fällt wie ein Stück Holz zur Seite. Ich will mich wegrollen, schaffe es jedoch nur, mich wie ein Embryo zusammenzukrümmen. Wieder streckt sie den Arm aus, ich erwarte den nächsten Stoß und versteife mich, aber sie schnippt die Halterung meines Holsters auf und nimmt die .38er heraus. Ich versuche zu sprechen, aber ich kriege keinen Ton heraus. Stattdessen rolle ich herum und rudere wirkungslos mit den Armen.

Mist, Mist, Mist.

»Wo ist Ihr Handy?«, fragt sie.

»Was soll das alles?«, krächze ich.

Sie hält mich mit einer Hand fest, tastet mit der anderen meine Taschen ab, greift in die Jackentasche und zieht mein Telefon heraus. »Danny Gingerich war ein Teufel in Menschengestalt«, sagt sie. »Er sah aus wie ein Muttersöhnchen, aber er war ein Monster, das können Sie mir glauben.«

Ich weiß nicht, ob sie mit mir redet oder Selbstgespräche führt. Aber eines weiß ich genau, nämlich dass ich in Schwierigkeiten stecke.

»Dieser Junge hat allen weh getan, die mit ihm Kontakt hatten«, sagt Edna. »Männer wie er haben kein Recht, auf dieser Welt zu sein. Gott hat ihn niedergestreckt, Er war es, ich hab Ihm nur dabei geholfen.«

Er war es, ich hab Ihm nur dabei geholfen.

Ich rolle mich auf die Seite, spüre kalte Erde an der Wange, Schmutz auf den Lippen, Dreck im Mund. Aber meine Koordination wird besser, mein Kopf klarer.

»Wo ist Neva?«, frage ich.

»Um Neva brauchen Sie sich keine Gedanken zu machen.«

Der Lichtstrahl wandert in meine Richtung, ich versuche aufzustehen, aber meine Arme und Beine versagen. Sie hebt wieder die Hand, und ich erhasche einen ersten Blick auf den Elektroschocker, rolle mich auf den Bauch. »Nicht!«, schreie ich.

Elektroden knistern, sie stößt mir den Taser fest in den Rücken, ein höllischer Schmerz schießt wie eine brennende Lunte an meinem Rückgrat entlang in alle Glieder. Ein Krampfanfall ungekannten Ausmaßes macht aus mir ein zuckendes, hilfloses Häufchen Elend.

»Sie wissen, was für einer er war«, sagt sie. »Sie hätten wegsehen sollen. Es vergessen. Dann hätten wir alle es hinter uns lassen können.«

Sie blendet mich mit der Taschenlampe. Ich erhasche einen Blick auf ihr Gesicht, den eiskalten, abgeklärten Ausdruck, die Entschlossenheit in ihren Augen.

Mein Hirn funktioniert nicht, ich will mich aufsetzen, doch ich wälze mich nur im Dreck. »Im Revier wissen sie, wo ich bin«, stoße ich mühsam aus.

»Daran kann ich nichts ändern.«

Sie geht zur Treppe, wobei lautes Knistern aus meinem Funkgerät dringt, ich höre Skids Stimme, der auf eine Reaktion von mir wartet. Und wenn er in die Scheune kommt? Sie hat meine .38er, und kein Mensch verdächtigt sie.

»Sie wären damit davongekommen, Edna. Warum tun Sie das jetzt?«

Sie bleibt stehen, dreht sich um und leuchtet mir mit der Taschenlampe in die Augen. »Ich habe getan, was getan werden musste. Es hat keinen Spaß gemacht. Jemand musste ihn aufhalten.«

Ich versuche eine andere Taktik. »Was Sie über Daniel sagen, ist richtig. Lassen Sie mich gehen, und ich verliere kein Wort darüber.«

Die amische Frau kommt zurück, geht im sicheren Abstand von mir in die Hocke, die Lampe weiter in mein Gesicht gerichtet. »Ich glaube Ihnen nicht. Ich kenne Ihresgleichen.«

»Ich gebe Ihnen mein Wort«, sage ich.

»Dafür ist es jetzt zu spät, Kate Burkholder.« Sie erhebt sich. »Mehr habe ich nicht zu sagen.«

Einen Moment lang glaube ich, sie richtet den Revolver auf mich und leert das Magazin in meinen Körper. Stattdessen lässt sie die Taschenlampe sinken, dreht sich um und geht.

Ich kämpfe mich auf alle viere und dann weiter auf die Füße, doch sie ist schon halb eine Treppe hoch, und ich habe keine Chance, sie zu erwischen. »Ich bin Polizistin, Edna. Sie können mich nicht hier in der Scheune einschließen und hoffen, dass mich keiner findet. Meine Kollegen wissen, wo ich bin, sie werden mich suchen.«

Ich stolpere hinter ihr her, taumele nach rechts und stoße gegen einen Balken, aber meine Koordination kehrt langsam zurück. Als ich die Treppe erreiche, sehe ich gerade noch, wie sie oben durch eine Tür verschwindet. Ich klettere auf allen vieren hinterher und habe es beinahe geschafft, als die Tür zuschlägt und ins Schloss fällt.

»Edna!« Ich erreiche die Tür, drehe am Knauf, doch sie ist verschlossen. »Machen Sie die Tür auf!«, schreie ich. »Aufmachen, sofort!«

Mit dem Ohr am Holz, höre ich, wie sie den Riegel vorschiebt. Ich zerre am Knauf, rüttele an der Tür. »Aufmachen!« Ich lausche, doch es regnet so stark, dass ich nichts höre. Was denkt sie sich nur dabei? Skid weiß, wo ich bin, Jodie in der Telefonzentrale ebenfalls. Wenn mich keiner von ihnen über Funk erreicht, kommt Skid sofort hierher.

Frustriert schlage ich mit der Hand gegen die Tür. »Aufmachen!«

Aus Gewohnheit greife ich dahin, wo mein Funkgerät, meine Waffe, mein Handy sein sollten. Alles weg.

Ich drehe mich um und blicke ins Dunkel, frage mich, ob es noch einen anderen Weg nach draußen gibt. Vorsichtig gehe ich die Treppe hinunter. Bis auf ein bisschen graues Licht von dem Loch, durch das ich gefallen bin, ist es stockfinster.

Am Fuß der Treppe muss ich mich erst einmal orientieren. Ich hatte meine Lampe in der Hand, als ich nach unten gefallen bin. Ist sie mit runtergefallen? Oder hat Edna sie genommen? Sie war angeknipst gewesen, ich müsste den Strahl sehen.

Ich taste mich zu der Stelle unter dem Loch vor, wo ich runtergefallen war, schaufele mit dem Fuß den Schutt und das Holz beiseite, und wirklich, da liegt meine brennende Taschenlampe. Ich hebe sie auf und kann mir mein Gefängnis zum ersten Mal genau ansehen. Der etwa zehn Meter breite Raum hat eine niedrige Holzbalkendecke, gestützt von massiven Pfeilern, die auf Betonplatten stehen. Der Boden ist aus Erde, die Außenwand hat ein Steinfundament und ist holzverschalt. Keine Fenster auf dieser Ebene, nur die Treppe zu meiner Linken.

Ich leuchte nach oben zu dem Loch, durch das ich gefallen bin. Es gibt keine herabhängenden Bretter oder Kabel, an denen ich mich hochziehen könnte. Wahrscheinlich ist es sicherer, einfach zu warten, bis Skid kommt.

Doch etwas Gutes hat das Ganze: Ich weiß jetzt, dass Edna Lambright Daniel Gingerich entweder umgebracht hat oder zumindest in seine Ermordung involviert war. Allerdings weiß ich nicht, ob Nevas Verschwinden nur vorgetäuscht war oder ob auch sie etwas mit Gingerichs Tod zu tun hatte.

Ein Geräusch über mir stoppt meine Gedanken. Ich knipse die

Lampe aus, blicke hoch und lausche, höre Schritte. Etwas wird über den Boden gezogen, Schatten huschen vorbei.

»Edna, Sie müssen die Tür aufmachen und mich hier rauslassen. Ein Officer ist auf dem Weg hierher, es ist vorbei.«

Ich warte, aber ich bekomme keine Antwort.

»Es ist noch nicht zu spät aufzuhören, Edna. Denken Sie an Ihre Familie. Die braucht Sie. Reden Sie mit mir, und wir finden zusammen einen Weg.«

Nichts.

Es regnet noch immer, aber nicht mehr so heftig, und ich höre sie umhergehen. Was zum Teufel macht sie da?

»Reden Sie mit mir, Edna«, sage ich. »Kommen Sie schon, wir finden eine Lösung.«

In dem Moment schlägt einen halben Meter von mir entfernt etwas auf den Boden. Ich knipse das Licht an und sehe, dass sie eine Holzpalette durch das Loch geworfen hat. Staub tanzt im Strahl meiner Taschenlampe. Ich leuchte nach oben und sehe gerade noch rechtzeitig, wie eine Holzkiste herabfällt und mich nur knapp verfehlt. Was hat sie vor?

Ich will ihr gerade etwas zurufen, als ich den unverkennbaren Geruch von Benzin wahrnehme. Angst trifft mich wie ein Paukenschlag. Wenn diese Frau fähig war, Daniel Gingerich in der Sattelkammer einzuschließen und die Scheune in Brand zu setzen, warum sollte sie das Gleiche nicht auch mit mir machen?

»Edna!«, schreie ich. »Machen Sie keine Dummheit. Schließen Sie die Tür auf!«

Weitere Bretter fallen durchs Loch. Der Benzingeruch ist stärker geworden, und mir wird klar, dass sie das ganze alte Holz mit Benzin übergossen hat.

Ich appelliere an ihren Glauben. *»Mer sot em sei eegne net verlosse; Gott verlosst die seine nicht.«* Man soll sich nicht von den Seinen abwenden; Gott wendet sich nicht von den Seinen ab.

Ein weiteres Brett fällt krachend auf die anderen.

»Edna!«, schreie ich wieder. »Hören Sie auf damit. Die Polizei ist auf dem Weg hierher.«

Schweigen.

Ich leuchte mit der Taschenlampe den ganzen Raum ab, suche nach einem Fluchtweg, Fenster, Tür, lose Holzverkleidung oder selbst lose Steine im Fundament, doch ich kann nichts finden. Ich laufe zur Treppe, nehme zwei Stufen auf einmal und drehe wieder am Knauf. Nichts. Vielleicht kann ich die Tür aus den Angeln heben, ich leuchte zu den Scharnieren und muss feststellen, dass sie auf der anderen Seite angebracht sind.

Ohne zu zögern, mache ich einen Schritt zurück, hebe das rechte Bein und trete so fest ich kann neben den Knauf, verliere um ein Haar das Gleichgewicht. Einmal, zweimal, dreimal. Ich blicke mich nach einem schweren Gegenstand um, mit dem ich dagegen stoßen kann, aber ich sehe nichts. Ich nehme Anlauf und werfe mich mit Schulter und Hüfte gegen die Tür, aber sie hält stand.

»Edna! Machen Sie keine Dummheiten«, stoße ich aus, renne die Treppe hinunter ins Untergeschoss und sehe mich hier nach etwas um, womit ich ein Loch in die Tür schlagen kann, nach einem Betonblock, einem Holzpfosten, einem Stein aus dem Betonfundament. Die ganze Zeit über höre ich Schritte über mir, wieder wird etwas über den Boden gezerrt. Mein Blick fällt auf eine T-förmige Eisenstange, ich hebe sie gerade auf, als ein riesiger Feuerball zischend durchs Loch nach unten fällt.

Ein Hitzeschwall drängt mich zurück, ich laufe zur Treppe, werfe kurz einen Blick über die Schulter und sehe, wie der Holzstoß anfängt zu brennen. Ich überlege, die Flammen zu ersticken, aber sie sind durch das viele Benzin schon zu hoch, und ich wüsste auch nicht, womit.

»Edna!«, schreie ich erneut. »Machen Sie die Tür auf!«

Panik überkommt mich, nimmt mir die Luft. Rauch steigt auf, breitet sich unter der Decke aus und strömt durch das Loch in der Decke hinaus.

Ich renne zu der Eisenstange, die ich zuvor gesehen habe, packe sie und laufe zum Feuer, stochere mit der Stange darin herum, um die Bretter auseinanderzureißen und so die Flammen zu schwächen. Innerhalb weniger Sekunden treiben mich die Hitze und der Rauch zurück. Die Stange in der Hand, sprinte ich die Treppe hinauf und schlage damit so heftig auf die Tür ein, dass mein Körper schmerzt und meine Handflächen wund werden. Doch die Tür ist unzerstörbar.

Die ganze Zeit über wabert Rauch durch den Raum, eine giftige Wolke greift mit schwarzen Fingern nach mir. Ich ramme wieder die Eisenstange ans Schloss, einmal, zweimal, dreimal.

»Hilfe!«

Ich frage mich, wo Skid bleibt, ob er immer noch versucht, mich über Funk zu erreichen. Ob er auf dem Weg hierher ist. Ich habe Bilder von Daniel Gingerichs verbranntem Körper vor Augen, verkohltes Fleisch und das Gesicht so schwarz, dass man es nicht mehr erkennen konnte. Und ich frage mich, ob seine letzten Minuten genauso waren. Ob er bis zuletzt gedacht hat, er würde überleben. Bei dieser entsetzlichen Vorstellung kann ich meine Panik kaum noch kontrollieren.

Ich lasse die Eisenstange fallen, zerre die Taschenlampe aus dem Hosenbund und renne die Treppe hinunter. Fassungslos starre ich auf das Feuer, das jetzt doppelt so groß ist, ein brüllendes Monster, das Rauch und Höllenhitze verbreitet und mir die Luft zum Atmen nimmt.

Wie gelähmt stehe ich da. Das Feuer versengt mein Gesicht, der Rauch verbrennt meine Lungen, ich blicke zum Loch in der Decke, sehe niemanden. Trotzdem schreie ich laut ihren Namen. »Edna! Machen Sie die Tür auf!« Die Hitze zwingt mich zurückzuweichen, ich huste, sehe mich um. Ich bin nicht stark genug, nicht schwer genug, um die Tür zu zertrümmern. Es gibt keine Fenster, keine weitere Tür. Kein Entkommen.

»Hilfe!«, schreie ich.

Der Rauch brennt mir im Hals, und mir fällt ein, dass meine Bluse noch nass ist vom Regen, ich lege die Taschenlampe hin, halte mich nicht mit den Knöpfen auf und zerre sie auseinander, streife sie über die Schulter ab. Mit den Zähnen reiße ich einen Ärmel raus, breite ihn über Nase und Mund und binde ihn am Hinterkopf zusammen. Die kaputte Bluse ziehe ich wieder an und laufe zu der am weitesten vom Feuer entfernten Wand. Das Stein-und-Beton-Fundament ist dort einen halben Meter hoch, darüber beginnt die Holzverkleidung, die ich mit der Hand abtaste nach lockeren, morschen Brettern. Vergeblich.

Ich drehe mich um und laufe wieder die Treppe hoch, packe die Eisenstange, die ich bei der Tür liegen gelassen habe, renne zurück zur hinteren Wand, hole mit der Eisenstange weit aus und schlage damit auf die Holzverkleidung ein, immer und immer wieder. Wie einen Baseballschläger schwinge ich sie, doch das Holz hält stand.

Inzwischen hat sich das Feuer in ein lebendiges Ding verwandelt, in ein gnadenloses, brüllendes Monster, wild entschlossen, alles zu verschlingen, was sich ihm in den Weg stellt.

»Hilfe!«, will ich schreien, doch ich habe stattdessen einen Hustenanfall. Der Rauch droht mich zu ersticken, er ist beißend und ätzend und so dick, dass ich kaum etwas sehe. Die Hitze ist unerträglich, ich kann den versengten Stoff meiner Bluse riechen.

Ich werfe die Eisenstange hin, falle hustend und würgend auf die Knie. Bei dem Gedanken an Tomasetti entkommt mir ein wütender Schrei. Das kann ich ihm nicht antun, er darf nicht noch einen geliebten Menschen verlieren.

Ich will nicht sterben.

Ich lege mich lang auf den Boden, drücke das Gesicht auf die Erde. Die Luft hier ist geringfügig besser, ich rutsche näher ans Fundament heran, wo es zwar auch heiß ist, aber nicht ganz so schlimm. Ich will zurück zur Treppe, mich noch einmal an der Tür versuchen, sie ist meine letzte Hoffnung, meine einzige Hoffnung. Ich bin nicht sicher, ob ich es schaffe.

Ungläubig schüttele ich den Kopf, kann nicht fassen, dass mein Leben so enden soll. Ich denke an die Menschen, die ich zurücklasse, meinen Bruder und meine Schwester, meine Kollegen im Revier, die amische Gemeinde, die mich verstoßen hat und die ich trotzdem liebe.

Aber vor allem denke ich an Tomasetti. Selbst im Todeskampf, mitten in diesem sinnlosen Horror, ist er das Licht im Dunkel. Ich liebe ihn so sehr, dass diese Liebe weiterlebt, auch wenn ich heute sterbe.

Ein lauter Schlag erschüttert das Gebäude, aus den Augenwinkeln sehe ich Funken herabregnen, die Decke beginnt einzustürzen. Wenn ich jetzt nicht hier rauskomme, werde ich entweder von Trümmern erschlagen, oder ich verbrenne bei lebendigem Leib.

»Tomasetti …«

Ich drücke mich ans Fundament, kann nirgendwo anders hin, es gibt keine Luft zum Atmen, nur Feuer und Hitze und Rauch.

Lieber Gott.

Ein kühler Windhauch weht mir ins Gesicht. Zuerst glaube ich, ich phantasiere. Dann rieche ich Regen. Ich halte die Taschenlampe noch in der rechten Hand, stöhnend richte ich den Strahl hin, doch sehe nichts weiter als Schmutz und Steine, von Rauch vernebelt. Doch dann entdecke ich eine Kluft, wo der Mörtel abgebröckelt ist und Wasser von draußen einsickert.

Mein Drang, zurückzulaufen und die Eisenstange zu holen, ist groß, aber der Rauch ist schon zu dick und die Hitze zu groß, womöglich schaffe ich es nicht zurück. Also rolle ich mich auf den Rücken, stemme die Füße gegen das Fundament und trete so fest ich kann dagegen. Die Steine verschieben sich leicht, und sofort schöpfe ich Hoffnung. Ich trete wieder, diesmal mit solcher Kraft, dass mein Körper nach hinten wegrutscht. Ich bringe mich wieder in Position und trete erneut so fest ich kann.

Diesmal gibt ein Stein nach. Er ist kleiner als ein Hohlblockstein, selbst wenn ich ihn raustrete, passe ich nicht durch das Loch. Aber die Chance ist dann größer, einen zweiten rauskicken zu können.

Ich winkle beide Beine an und trete immer wieder gegen den Stein. Er verrutscht ein paar Zentimeter, fingerdicke Mörtelstücke fallen herunter. Ich schreie und kicke und würge in einem Rausch aus Panik, Entschlossenheit und Überlebenswillen. Indessen wütet das Feuer immer weiter, Schutt bricht von oben krachend herunter, doch ich ignoriere alles und trete, trete, trete.

Der Stein fällt raus, der darüber rutscht nach unten, Mörtel bröckelt. Schluchzend und mit brennenden Lungen trete ich dagegen. Einmal, zweimal, und er ist weg.

Ich drehe mich um, gehe auf die Knie und halte das Gesicht in die kalte, frische Luft. Dann stecke ich Arme und Kopf durchs Loch, grabe die Fußspitzen in die Erde und schiebe meinen Oberkörper hinterher, dann die Hüften, und werde von Nieselregen und kühler Nachtluft begrüßt. Hustend und schluchzend umfasse ich schließlich ein Büschel Unkraut und ziehe mich ganz aus dem Loch. Hysterisches Lachen tönt in meinen Ohren. Mein eigenes, merke ich.

Ich bin im Freien, sauge die frische Luft ein, huste. Der Regen kühlt meine heiße Haut, ich rolle mich auf den Rücken und blicke in den Nachthimmel. Einen Moment lang liege ich reglos da, weiß nicht, ob ich lachen oder weinen soll.

Ein Knall reißt mich aus meiner Benommenheit. Er kam von außerhalb der Scheune, ich setze mich auf, nehme die Taschenlampe, die neben mir im Unkraut liegt, und kämpfe mich auf die Füße. Das Feuer taucht die ganze Umgebung in helles Licht. Ich muss weg von der Scheune, bin glücklicherweise am abfallenden, vom Parkplatz nicht einsehbaren Hang. Ich hatte mich die ganze Zeit auf mein Entkommen konzentriert und mir keine Gedanken über Edna Lambright gemacht, die vielleicht noch irgendwo hier herumläuft. Mit meiner .38er. Schwankend gehe ich den Hügel hinunter zum Wagen, um über Funk Hilfe anzufordern.

22. Kapitel

Auf dem Weg zu meinem Wagen höre ich das Geräusch von Reifen auf Schotter und will mich gerade verstecken, als Blaulicht über die Baumkronen flackert. Dann hält Skids Streifenwagen neben dem Explorer.

Die Tür der Fahrerseite geht auf, Skid springt heraus und rennt auf mich zu. »Chief!«

Auch ich fange an zu laufen. »Edna Lambright ist bewaffnet!«, rufe ich. »Sie hat mich in der Scheune eingesperrt und dann Feuer gelegt.«

Er schnippt den Sicherungsriemen seines Holsters auf und zieht die Waffe heraus und gibt gleichzeitig in seinem Ansteckmikro den Polizeicode für höchste Alarmstufe durch.

»Ich glaube, sie fährt einen 2005er Taurus«, rufe ich. »Wir müssen sie aufhalten.« Er gibt die Information übers Mikro weiter. Als ich ihn erreiche, starrt er mich besorgt an.

»Sind Sie in Ordnung? Brauchen Sie einen Krankenwagen?«

Ich reiße die Beifahrertür seines Streifenwagens auf. »Alles okay. Los, schnappen wir sie uns.«

Ich schiebe mich auf den Sitz. Schotter schlägt an die Unterseite des Wagens, als er wendet und Richtung Straße rast. »Sie ist wahrscheinlich auf dem Weg zu ihrer Farm.«

Er biegt nach rechts ab, und der Motor jault auf, als er das Gaspedal durchtritt und den Tacho auf über einhundert Stundenkilometer hochjagt.

»Skid, sie hat meine Waffe«, sage ich. »Haben Sie eine zweite dabei?«

»Nur die Schrotflinte im Kofferraum.«

»Das reicht.«

Der Autofunk erwacht knisternd zum Leben, Jodie hat die

Warnmeldung ans Sheriffbüro von Holmes County durchgegeben, das nun sämtliche Einsatzkräfte in Alarmbereitschaft versetzt. Skid, meistens supergelassen und immer einen Witz auf den Lippen, ist jetzt durch und durch professionell. Er fährt schnell, lässt dabei rechts und links der dunklen Landstraße den Blick über die Felder und Wege streifen, die durch Bäume halb verdeckt sind.

In einiger Entfernung tauchen vor uns Rücklichter auf. »Da vorn«, sage ich.

»Könnte sie sein.«

Ich nehme den Hörer des Autofunks ab. »Verdächtiges Fahrzeug gesichtet«, gebe ich an alle diensthabenden Kollegen durch. »Das ist sie definitiv«, lasse ich Skid wissen.

Er macht das Fernlicht an und nähert sich dem Wagen. Wir fahren etwa sechzig Stundenkilometer, und da sie ihre Geschwindigkeit nicht sofort drosselt, schaltet er kurz das Martinshorn an.

Einen Moment lang glaube ich, sie tritt aufs Gas und haut ab, doch dann blinkt sie rechts, fährt auf den Seitenstreifen und hält an. Skid bleibt, etwas nach links versetzt, hinter ihr stehen und schiebt den Gang in Parkstellung. Er sieht mich an. »Ich hole sie da jetzt raus.«

»Sie wissen ja, was bei einem bewaffneten Fahrer zu tun ist«, sage ich. »Und öffnen Sie den Kofferraum.«

»Ja.« Er zieht die Waffe.

Ich höre den Schließmechanismus der Kofferraumtür klicken.

Er nimmt das Mikro des Lautsprechers in die freie Hand, stößt die Tür auf. »Fahrer. Stellen Sie den Motor aus. Lassen Sie das Fenster herunter, ich will Ihre Hände sehen!«

Ohne den Taurus aus den Augen zu lassen, öffne ich die Beifahrertür und laufe geduckt nach hinten zum Kofferraum. Dass die Kugeln meiner .38er bis auf den Motor alles durchdringen können, ist mir sehr bewusst. Ich öffne den Kofferraum und nehme die Remington 870 aus ihrer Halterung.

»Fahrer!« Skid ist ausgestiegen und zielt mit der Waffe auf den Wagen. »Zeigen Sie mir sofort Ihre Hände.«

Der Motor des Taurus verklingt. Die Scheinwerfer sind noch an, die Bremslichter leuchten. Ich beobachte und warte mit angehaltenem Atem. Mein Herz schlägt heftig, Adrenalin durchflutet meinen Körper.

Zwei Hände erscheinen im Fenster der Fahrerseite.

»Öffnen Sie die Tür, und verlassen Sie das Fahrzeug mit dem Rücken zu mir.«

Die Tür auf der Fahrerseite geht auf. Die amische Frau setzt die Füße auf die Straße und gleitet aus dem Wagen.

»Hände hoch! Bleiben Sie mit dem Rücken zu mir stehen.«

Ich lege das Gewehr an und bete, dass ich nicht schießen muss.

Edna Lambright steht mit dem Rücken zu uns bewegungslos da, die Hände in Schulterhöhe. Sie zittert von Kopf bis Fuß. Die ganze Situation kommt mir surreal vor, sie ist eine Frau und Mutter – und amisch. Dass sie in so etwas involviert ist, hätte ich nie erwartet.

»Setzen Sie sich rückwärts in Bewegung!« Skid ruft den Befehl zweimal.

Als sie nur noch ein paar Meter von uns entfernt ist, befiehlt er ihr stehenzubleiben. »Knien Sie sich auf den Boden, Hände oben lassen.«

Sie dreht den Kopf, will ihn ansehen. »Geradeaus blicken«, schreit er. »Sehen Sie mich nicht an! Hinknien!«

Skids .38er ist auf den Oberkörper der Frau gerichtet. Ich gehe langsam um den vorderen rechten Kotflügel herum, Gewehr im Anschlag.

»Nicht bewegen!«, sagt er. »Haben Sie verstanden? Keine Bewegung!«

Im Scheinwerferlicht sehe ich, wie er die Handschellen aus seinem Ausrüstungsgürtel holt und vorsichtig zu ihr tritt. Ich bleibe ein Stück hinter ihnen, den Finger am Abzug.

»Wo ist die Waffe?«, fragt er.

»Ich weiß es nicht«, stößt sie hervor. »Ich hab sie im Auto fallen lassen.«

Er ist jetzt einen halben Meter hinter ihr, hat die Handschellen in der linken Hand und will sie gerade um ihr linkes Handgelenk legen, als sie die rechte Hand sinken lässt.

Skid sieht es im gleichen Moment wie ich. »Hand hoch!«, schreit er. »Hoch damit!«

Wie in Zeitlupe dreht Edna Lambright kniend den Oberkörper, und im Licht der Scheinwerfer sehe ich die schwarze Waffe in ihrer rechten Hand, den Blick auf Skid gerichtet.

»Fallen lassen!«, schreie ich. »Lassen Sie die Waffe fallen. Sofort!«

Skid ist schon zu dicht bei ihr, so dass ich mit dem Gewehr nicht schießen kann. Aber sein Revolver ist auf sie gerichtet.

»Fallen lassen!«, schreit er.

Der Schuss lässt alle erstarren. Ein Beben geht durch Skids Körper. Die Frau dreht sich auf den Knien herum, sieht ihn mit verzerrtem Gesicht an. Ihr rechter Arm ist ausgestreckt, die Waffe auf ihn gerichtet.

Zwei weitere Schüsse kurz hintereinander, wie Explosionen in meinem Hirn. Edna Lambright kippt vornüber und fällt mit dem Gesicht auf den Asphalt.

»Skid! *Skid!*« Ich senke die Flinte und renne zu ihm.

Er macht ein paar Schritte zurück, stößt fast mit mir zusammen. Ich lege die Hand auf seine Schulter. »Sind Sie getroffen?«

»Nein.« Er schüttelte den Kopf. »Ich glaube nicht.«

»Verdammt, dann checken Sie's, sofort.« Aber ich habe den Blick bereits auf Edna Lambright geheftet.

»Ich bin unverletzt.« Er tritt einen weiteren Schritt zurück, stößt schaudernd einen Seufzer aus. »Aber ich hab mir wohl in die Hose gemacht.«

Da ich kein Funkgerät mehr habe, sehe ich Skid an. »Wir brauchen einen Krankenwagen.«

Er gibt die Meldung durch und nennt unseren Standort.

Ich knie neben Edna Lambright. Sie liegt auf dem Bauch, das Gesicht uns zugewandt. Ihre Augen sind geöffnet, blinzeln. Sie lebt, rührt sich jedoch nicht, aber am Auf und Ab ihres Rückens sehe ich, dass sie atmet. Im Stoff ihres Kleides ist ein blutiges Loch, wo sie von der Kugel getroffen wurde.

Ich berühre ihre Schulter. »Der Krankenwagen ist unterwegs, Edna. Bleiben Sie still liegen. Sie werden wieder gesund.«

»Neva«, flüstert sie.

»Neva schafft das«, sage ich. »Sie auch. Sie müssen durchhalten.«

Sie schließt die Augen. »Ich hab das Feuer gelegt.«

»Ich weiß. Darüber reden wir später.«

»Nein. Das Feuer bei den Gingerichs. Ich habe es gelegt. Ich war's.«

Ich sehe Skid an. Auch er hat es gehört. Ich blicke wieder zu ihr, doch Edna Lambright ist tot.

* * *

Bezweifle nie im Dunkeln, was Gott Dir im Licht gezeigt hat.

Das war eines der Lieblingssprichwörter meiner *Mamm*, besonders angesichts einer Tragödie, und in meiner Jugend habe ich es oft gehört: als meine *Grossmudder* starb, als ein Nachbar bei einem Buggy-Unfall ums Leben kam, an dem Tag, als Daniel Lapp mich überfallen hatte. Dieser Leitsatz beinhaltet die amische Lehre, auch in schweren Zeiten den Glauben nicht zu verlieren. Er ist einer der vielen Gründe, warum ich mich nicht einfügen konnte.

Kurz nach zweiundzwanzig Uhr wurde Edna Lambright vor Ort für tot erklärt. Die Feuerwehr brauchte eine Stunde, um das Scheunenfeuer zu löschen. Weil bei dem Geschehen ein Officer geschossen hat, habe ich Tomasetti angerufen. Irgendwie hat er die dreißig Minuten Fahrzeit von Wooster hierher in unter zwanzig Minuten geschafft. Ab dem Moment hat das BCI die Leitung der Ermittlungen übernommen. Kurz darauf traf Sheriff Mike Rasmussen zusammen mit dem Spurensicherungsteam des BCI ein. Die Techniker haben den Tatort fotografiert, gefilmt und Beweise gesammelt. Später kam auch Bob Schoening von der Brandermittlung, der mich eine halbe Stunde lang zu den Ereignissen befragt hat.

Während der ganzen Zeit bin ich nicht von Skids Seite gewichen. Er ist mein Officer und im Moment meine oberste Priorität. Wir waren so lange vor Ort, bis der Leichenbeschauer eintraf. Kurz darauf hat Tomasetti angeboten, uns aufs Revier zu bringen. Wir haben das Angebot angenommen, zumal wir beide keine Wahl hatten.

Nach der Ankunft auf dem Revier wurden wir getrennt. Tomasetti hat Skid befragt und dessen Revolver an sich genommen; er wird kriminaltechnisch untersucht und dann Skid – nachdem seine Beurlaubung aufgehoben ist – zurückgegeben. Meine Aussage hat einer der anderen BCI-Agenten aufgenommen. Er war professionell und geradlinig und hat auf meine Bitte hin herausgefunden, dass Neva Lambright den ganzen Abend wohlbehalten zu Hause war. Er hat mir sogar einen Kaffee gebracht, war bei seiner Befragung jedoch qualvoll gründlich. Da keines der Polizeifahrzeuge von Painters Mill eine Dashcam installiert hat – dafür reicht das Budget nicht –, ist die Erstbefragung eines Officers extrem wichtig.

Eine der Pflichten, die ich als Chief sehr ernst nehme, ist die Benachrichtigung der Familienangehörigen. In diesem Fall blieb mir jedoch nichts anderes übrig, als T.J. zu bitten, Ednas Mann und Tochter die schlimme Nachricht zu überbringen: Da ich selbst bei dem Schusswechsel dabei war, kann ich es nicht persönlich tun.

»Gehen Sie zuerst zu Bischof Troyer«, habe ich ihm geraten, als er sich auf den Weg machen wollte. Denn obwohl die Lambrights Beachy-Amische sind, wird der Bischof ihnen beistehen können. »Erzählen Sie ihm, was passiert ist, und bitten Sie ihn mitzukommen.«

»Mach ich, Chief.«

T.J. wird sich absolut professionell verhalten, freundlich, aber sachlich. Trotzdem habe ich ihm diese schwierige Aufgabe nur ungern aufgebürdet.

Es ist jetzt zwei Uhr morgens, und ich sitze mit einer Tasse kaltem Kaffee an meinem Schreibtisch. Dass ich nach Rauch und versengten Haaren rieche, versuche ich zu ignorieren und frage mich gerade, ob Tomasetti noch hier ist – ob das BCI für heute mit mir fertig ist –, als Skid hereinkommt. Sein Anblick rührt mich zutiefst. Normalerweise ist er derjenige in meinem Team, über den ich mir keine Sorgen mache, denn er ist ausgesprochen belastbar: Er hat keine schlaflosen Nächte wegen Dingen, über die er keine Kontrolle hat, ist ein eingefleischter Klugscheißer mit einem schrägen Humor, und er hat kein Gespür für Political Correctness. Aber heute Nacht wirkt er so bekümmert und verletzlich, wie auch ich mich fühle.

»Sie sehen etwas mitgenommen aus«, sage ich.

»Sie auch.«

»Ist mir klar.« Ich zeige auf den Stuhl gegenüber vom Schreibtisch. »Sind die fertig mit Ihnen?«

»Ich glaube schon.« Er blickt hinab auf seine Uniform. »Ohne Waffe fühle ich mich irgendwie nackt.«

»Glücklicherweise sind Sie das nicht.« Es ist ein lahmer Witz, aber wir lächeln beide. »In einer Woche haben Sie sie wieder.«

Er setzt sich, und ein unbehagliches Schweigen entsteht. Obwohl die letzten Stunden hektisch waren, muss ich immer wieder an den Augenblick zurückdenken, in dem Edna Lambright nach der Waffe gegriffen und Skid – zu Recht – die tödlichen Schüsse abgegeben hat. Einer so albtraumhaften Situation möchte kein Polizist je ausgesetzt sein, und sie wird sich noch lange Zeit vor seinem und meinem inneren Auge abspielen.

»Und, alles so weit okay bei Ihnen?«, frage ich.

»Bei mir?« Er stößt ein Lachen aus. »Mir geht's gut.«

Erneutes Schweigen, diesmal noch länger. Ihm geht es nicht gut, denn niemandem geht es gut, der einen Menschen getötet hat, selbst dann nicht, wenn es Notwehr war.

Schließlich sieht er mich an und verzieht das Gesicht. »Chief, eine amische Frau? Herrgott nochmal … warum hat sie die Waffe gezogen? Wir hatten sie doch gestellt, es war vorbei. Dass sie es trotzdem getan hat … sie musste doch wissen, dass das schlecht für sie ausgeht. Für uns alle.«

Ich denke an diesen schicksalhaften Moment und schüttele den Kopf. »Sie haben ihre letzten Worte gehört, ja?«

»Ja.«

»Haben Sie das zu Protokoll gegeben?«

»Ich hab alles genau so ausgesagt, wie es passiert ist.«

»Gut. Ich auch«, sage ich.

»Glauben Sie, sie hat deshalb die Waffe gezogen?«, fragt er. »Weil sie dachte, ihr Leben ist sowieso vorbei, deshalb sollte ein Polizist sie erschießen?«

In seiner Stimme liegt eine Bitterkeit, die mir nicht gefällt. »Vielleicht, ich weiß es nicht. Skid, im Moment ist es am wichtigsten für Sie, nicht zu vergessen, dass wir beide lebend davongekommen sind. Weil Sie Ihre Arbeit gemacht und genau das getan haben, was man Ihnen in Ihrer Ausbildung beigebracht hat. Sie haben alles richtig gemacht.«

»Ich habe eine amische Frau erschossen.« Er beugt sich vor, stützt die Ellbogen auf die Knie und wischt sich mit den Händen übers Gesicht. »Das ist so verrückt, ich kann es einfach nicht fassen.«

»Ich weiß, geht mir genauso. Sie hat Ihnen keine Wahl gelassen.«

Ein leises Klopfen an der Tür lässt mich aufblicken. Glock und Pickles stehen im Türrahmen und spähen zögerlich in den Raum. Mona steht hinter ihnen, reckt den Hals, um über Pickles' Schulter zu sehen und gleichzeitig das Telefon nicht zu überhören.

»Ich hoffe, wir stören nicht«, sagt Glock.

Ich stehe auf, um ihre Aufmerksamkeit auf mich zu lenken und Skid einen Moment zu geben, sich zu fassen. »Ich muss Ihnen vermutlich nicht sagen, dass es schon nach zwei Uhr morgens ist.«

»Die Blase hält mich sowieso die halbe Nacht wach«, knurrt Pickles. »Da hab ich immer ein Ohr am Polizeifunk und gehört, was passiert ist.«

»So genau wollten wir das mit deiner Blase gar nicht wissen, Kumpel«, sagt Glock.

Der alte Mann murmelt eine angemessen böse Antwort.

Skid sieht sie über die Schulter hinweg an. »Ihr versteht euch heute ja wieder mal prächtig.« Doch seinem sonst so trefflichen Spott fehlt die übliche Großspurigkeit.

Glock und Pickles treten ins Zimmer. Ich blicke Mona an, sie nickt und geht zurück zur Telefonzentrale.

Das ist auch etwas, was mir an meinem Team gefällt – sie sind nicht nur gute Polizisten, sondern auch gute Menschen. Wenn ein Kollege Probleme hat, eilen sie herbei, um ihn zu unterstützen. Skid ist zwar ziemlich robust, aber er hat keine Familie hier in Painters Mill. Und vor ein paar Tagen ist mir zu Ohren gekommen, dass er momentan nicht einmal eine Freundin hat. Doch heute Nacht sollte er nicht allein sein.

Mein Blick fällt auf die braune Papiertüte in Glocks Hand, und ich schüttele den Kopf. »Wollen Sie das Siegel da dran wirklich heute Nacht brechen?« Das ist keine Scherzfrage.

»Wenn die Kacke am Dampfen ist, kommt Jack Daniel's zu Hilfe«, sagt Pickles.

»Er ist in guten Händen«, versichert Glock.

»Wir sind Fachleute«, fügt Pickles hinzu.

Ich nicke, versuche zu ignorieren, dass Skid, die Ellbogen auf die Knie gestützt, zu Boden starrt.

Glock zeigt mit dem Daumen Richtung Empfangsraum. »Sind die Anzugträger da draußen fertig mit unserem Kumpel?«

»Ich glaube schon.« Ich wende mich Skid zu. »Sie sind für ein paar Tage freigestellt, Skidmore. Das ist Vorschrift, wenn ein Officer in eine Schießerei verwickelt ist. Ich halte Sie auf dem Laufenden und sage Bescheid, wenn wir noch etwas brauchen.«

»Okay.« Er fährt mit den Händen über die Oberschenkel und erhebt sich. »Das weiß ich zu schätzen, Chief.«

Glock neigt den Kopf zur Seite und sieht mich an. »Haben Sie Lust mitzukommen, Chief?«

Ich schüttele den Kopf. »Jack und ich sind momentan nicht gut aufeinander zu sprechen.«

Er lacht. »Verstehe.«

Ich sehe von Glock zu Pickles. »Wenn es nicht zu viel verlangt ist, vermeiden Sie Ärger.«

»Klar, Chief«, sagt Pickles. Sie nehmen Skid in die Mitte und gehen hinaus.

23. Kapitel

Erst zu Hause spüre ich, wie kaputt ich bin. Auf dem Revier habe ich eine frische Bluse angezogen, aber ich stinke nach Rauch, Schweiß und versengtem Haar. Im Badezimmerspiegel blickt mir mein ruß- und dreckverschmiertes Gesicht entgegen. Meine Haare sind an einer Seite angesengt. Meine linke Handfläche ist voller Blasen, doch ich habe keine Ahnung, wie das passiert ist. Auf meiner rechten Wange sind mindestens ein Dutzend kleine Brandwunden, wahrscheinlich von Funken oder umherfliegender Asche.

Als ich das Revier verließ, redete Tomasetti gerade mit einem anderen BCI-Agenten. Auf dem Weg zur Tür gab er mir mit Blicken zu verstehen, auf ihn zu warten. Aber ich musste dort raus. Unterwegs rief ich T.J. an und fragte ihn, wie es bei den Lambrights gelaufen ist. Er sagte, sie hätten die Nachricht vom Tod Ednas – und den Umständen – gefasst aufgenommen, wie es für Amische typisch ist, er habe zwanzig Minuten lang ihre Fragen beantwortet. Bischof Troyer wollte noch bei ihnen bleiben.

Jetzt, da ich unter der Dusche stehe, kann ich meine eigenen Emotionen nicht länger verdrängen und erlebe noch einmal die schlimme Zeit, die ich in der Scheune eingeschlossen war. Das Martyrium hatte nur wenige Minuten gedauert, aber mir erschien es wie eine Ewigkeit. Das Gefühl, eingeschlossen zu sein, die grauenerregende Vorstellung, bei lebendigem Leib zu verbrennen, die alles beherrschende Panik und Fassungslosigkeit haben mir ziemlich zugesetzt.

Wenn ich die Augen schließe, sehe ich Edna Lambright vor mir, wie sie sterbend am Boden liegt. Ich sehe das Blut an ihrem Kleid, das Loch im Stoff, wo die Kugel in ihren Körper eingedrungen ist. Die Erlösung in ihrem Gesicht nach ihren letzten Worten.

Das Feuer bei den Gingerichs. Ich habe es gelegt …

Ich dusche hastig, schrubbe mich sauber, Haare, Gesicht, Hände, und wünschte, ich könnte auch die Bilder aus meinem Kopf wegscheuern.

Als ich dann in Jogginghose und einem T-Shirt aus meiner Zeit auf der Polizeiakademie am Küchentisch sitze, kommt Tomasetti zur Hintertür herein. Ich sehe ihm an, dass er sich Sorgen macht.

»Ich konnte nicht weg«, sagt er und schließt die Tür hinter sich.

Ich lächele. »Es ist nicht leicht, heimlich liiert zu sein, wenn ein Haufen neugieriger Polizisten um einen herumstehen.«

»Na ja, inzwischen dürfte das kein großes Geheimnis mehr sein.« Er kommt zu mir, legt die Hände auf meine Schultern und drückt mir einen Kuss auf den Kopf. »Du zitterst ja.«

»Mir geht's gut. Die Haare haben gelitten.«

Als er das Glas Whisky vor mir stehen sieht, knurrt er leise. »Du hasst Whisky.«

»Aber als Notlösung funktioniert er.« Ich sehe ihn an. »Willst du auch einen?«

»Ich war Whisky noch nie abgeneigt.« Als ich aufstehen will, hält er mich zurück. »Ich hole ihn mir.«

Tomasetti holt sich ein Glas und schenkt zwei Fingerbreit des vierzigprozentigen Alkohols ein. Er trägt noch den Anzug von gestern Morgen samt der Krawatte, die ich ihm letzten September zum Geburtstag geschenkt habe, und wirkt mit den Bartstoppeln etwas ungepflegt, was ihm verdammt gut steht.

»Tomasetti, du bist ein extrem gutaussehender Mann.«

Er hebt die Augenbraue. »Wie viel Whisky hast du denn schon intus?«

Ich lächele und fühle mich fast normal.

Er setzt sich mir gegenüber auf den Stuhl, stellt sein Glas auf den Tisch und nimmt meine Hand. »Du hast mir eine Riesenangst eingejagt.«

»Ich weiß, es tut mir leid. Ich –«

»Du musst dich nicht entschuldigen. Ist okay. Ich war nur … als ich den Anruf gekriegt hab …« Er dreht meine Hand um, blickt auf die Blasen und runzelt die Stirn. »Das sind Brandblasen.«

»Aber keine schlimmen, glaube ich.«

»Oh, was du nicht sagst.« Er geht ins Bad und kommt mit einem Verbandskasten zurück. Nachdem er sich die Hände in der Spüle gewaschen hat, setzt er sich wieder hin. »Das sehen wir uns jetzt einmal genauer an.«

Er nimmt meine beiden Hände, mustert die Blasen, öffnet den Deckel vom Verbandskasten und nimmt das Brandgel heraus. »Die Blasen der einen Hand sind offen, ich verbinde sie dir, okay?«

Schweigend legt er den sterilen Verband auf, umwickelt ihn locker mit einer Mullbinde und befestigt sie mit Leukoplast.

»Du hast tolle Hände, Tomasetti.«

»Das hör ich von allen weiblichen Chiefs of Police.«

»Kann ich mir denken.«

»Wie fühlt sich das jetzt an?«

»Es tut weh.«

»Hast du vor, die Verletzung auszunutzen?«

»Aber sicher.«

Er versucht mich abzulenken. Ich bin nicht sicher, ob es funktioniert, aber es gefällt mir.

»Wie geht es Skid?«, fragt er.

»Ich bin nicht sicher, aber ich werde ein Auge auf ihn haben.«

»Mit so etwas umzugehen ist für jeden schwer.«

»Dass sie amisch und zudem eine Frau war, macht es für ihn noch schlimmer …« Ich zucke die Schultern. »Glock und Pickles sind mit einer Flasche Jack Daniel's aufs Revier gekommen und mit ihm nach Hause gefahren.«

»Dann kann ja nichts mehr schiefgehen.« Er legt den restlichen Verbandsmull und das Gel zurück in den Kasten und schließt den Deckel.

Einen Moment lang sagt er nichts und sitzt einfach nur da, starrt auf den Verbandskasten. Dann hebt er den Kopf und sieht mich an. »Kate.« Er nimmt meine beiden Hände und drückt die unverletzte. »Also, es ist zwar noch nicht offiziell, aber ich finde, du solltest es wissen. Die Spurensicherung hat mehrere Patronen in der Konsole und auf dem Boden von Edna Lambrights Auto gefunden. Als der Techniker dann deine .38er gecheckt hat … der Zylinder war leer.«

»*Was?* Aber … das kann nicht sein. Sie hat die Waffe gezogen.« Zwei Gedanken schießen mir durch den Kopf, der eine versucht zu verstehen, warum sie das gemacht hat, der andere fragt sich bereits, wie sich das auf Skid auswirken wird.

»Anscheinend hat sie den Zylinder geleert«, sagt er.

»Aber warum?«

Er schüttelt den Kopf. »Keine Ahnung.«

Ich nehme das Glas und trinke einen Schluck. »Du weißt, dass sie gestanden hat, die Gingerich-Scheune in Brand gesteckt zu haben, ja?«

»Ich habe deine Aussage gelesen.« Er blickt auf das Glas in seiner Hand, schwenkt den Whisky. »Ist schwer zu verstehen.«

Ich schüttele den Kopf. »Tomasetti, im Ernst? Suizid mit Hilfe der Polizei?«

»Wir haben schon Verrückteres erlebt.« Er zuckt mit den Schultern. »Vielleicht war für sie als Amische die Schuld zu groß.«

»Sie wusste, dass Gingerich ein Monster war.«

»Trotzdem. Möglicherweise ist sie mit ihrer Tat nicht fertig geworden und hat beschlossen, ihrem Leben ein Ende zu setzen, ohne selbst Hand an sich zu legen.«

Klingt nach einer soliden Theorie. Trotzdem, eine solche Verzweiflungstat passt nicht zu Edna Lambright, ich kann die Erklärung nicht akzeptieren. »Gab es einen Abschiedsbrief?«

»Nicht im Wagen«, sagt er. »In den Taschen ihrer Kleider wurde auch keiner gefunden und auch nicht bei ihr zu Hause. Ein Officer hat die Familie danach gefragt.«

»Das ergibt keinen Sinn.«

Doch das stimmt nicht, es ergibt durchaus Sinn. Aber auf eine so verdrehte, so perverse Weise, dass ich nicht einmal weiß, ob ich es jemals verstehen werde.

* * *

Es heißt, Verbrecher kehren immer an den Ort ihres Verbrechens zurück. Manchmal tun Polizisten das auch, natürlich aus anderen Gründen. Zum Beispiel, um einen Fall abzuschließen. Wobei ich das für unmöglich halte. Denn als Polizist zu glauben, ein Fall könnte abgeschlossen werden – oder gar, dass es Gerechtigkeit gibt –, ist, als würde man an den Weihnachtsmann glauben. Denn so geregelt geht's im Leben nicht zu.

Es nieselt, als ich auf den Parkplatz des *Mercantile* fahre, und der Himmel ist dunkelgrau. Fünf Tage lang habe ich überlegt, ob ich hierher zurückkommen soll oder nicht. Am Ende habe ich mir eingeredet, einen letzten Blick auf den Ort werfen zu wollen, an dem ich beinahe mein Leben verloren hätte. Vielleicht, um dem Sensenmann eine lange Nase machen. Aber nichts davon ist wahr, meine Pilgerfahrt hat andere Gründe. Ich kann nicht aufhören, an die drei amischen Mädchen zu denken, deren Lebensweg sich während der Gingerich-Ermittlungen mit meinem gekreuzt hat. Viola Stutzman, Ina Yoder und Neva Lambright. Besonders Neva.

Anstatt beim vorderen Eingang zu parken, wo etwa ein Dutzend Autos und halb so viele Buggys stehen, fahre ich hinter das Haus, wo die skelettartigen Überreste der Rundscheune ein düsteres Zeugnis der Tragödie ablegen, die sich hier vor nur fünf Tagen ereignet hat. Geblieben sind ein rußgeschwärztes Holzgerippe, die Dachsparren und das Steinfundament. Ich frage mich, ob die Scheune ganz abgerissen werden wird.

Als ich aus meinem Wagen steige, nehme ich den Nieselregen und den aufkommenden Wind, der von Osten her weht, kaum wahr. Ein einsames Stück gelbes Absperrband erinnert daran, dass hier ein Verbrechen geschehen ist. Ich denke an Skid und frage mich, ob er schon an den Ort, wo Edna Lambright den Tod fand, zurückgekehrt ist.

Es war nicht einfach, ihm zu sagen, dass er eine unbewaffnete Frau erschossen hat. Sie hatte den Revolver in der Hand. Wir konnten nicht wissen, dass keine Patronen drin waren. Es besteht kein Zweifel, dass er einen triftigen Grund hatte zu schießen. Trotzdem wird es Menschen geben, die das in Frage stellen. Als ich Skid die neuesten Erkenntnisse mitgeteilt hatte, nahm er es tapfer auf. Er riss ein paar unpassende Witze, und wir lachten, was genauso unangebracht war. Er verfluchte die Frau, die ihn auf so grausame, einschneidende Weise missbraucht hatte. Obwohl er sich wirklich Mühe gab, mir das Gegenteil zu beweisen, bin ich doch sicher, dass es ihm nach meiner Eröffnung schlechtergeht als davor.

Seit es passiert ist, habe ich jeden Tag mit ihm gesprochen. Zweimal war er betrunken und allein – eine schlechte Kombination für einen Polizisten, der mit der Tötung eines unbewaffneten Bürgers fertig werden muss. Aber er bemüht sich. Das BCI leitet die Untersuchung. Ich gehe hundert Prozent davon aus, dass er von jeglichem Fehlverhalten freigesprochen wird, und sobald das geschehen ist, kann er seinen Dienst wiederaufnehmen. Ich hoffe, dass ihm die alltägliche Arbeit – und der Umgang mit Kollegen, denen er wichtig ist – hilft, wieder auf Kurs zu kommen.

Ich gehe hinüber zur Scheune. Das Fundament sieht aus wie eine Reihe fauler und fehlender Zähne. Der Boden im Inneren ist mit verkohlten Trümmern undefinierbaren Ursprungs bedeckt, mit verbranntem Holz und geschwärzten Steinen. Die beiden Backsteine, die ich auf meiner Flucht herausgetreten hatte, liegen noch immer da, vergessen zwischen Unkraut und Matsch.

»Was zum Teufel hast du dir dabei gedacht, Edna?«, flüstere ich.

Als Antwort erhalte ich nur das einsame Zwitschern eines Rotkardinals, der in den Bäumen am Rande des Parkplatzes sitzt.

Ich fahre zurück um das Gebäude herum zum Vordereingang des *Mercantile*, parke und gehe hinein. Seit Edna Lambrights Tod ist der Laden heute das erste Mal wieder geöffnet. Viele Einwohner der Stadt – Amische wie Englische – sind gekommen, um die Familie Lambright zu unterstützen, so dass es hier vor Menschen geradezu wimmelt.

Eine Handvoll Kunden steht an der Kasse an, wo eine düster dreinschauende Ina Yoder das Geld für die Einkäufe entgegennimmt. Eine vierköpfige Familie, augenscheinlich auswärtige Touristen, sieht die Grußkarten im Ständer durch. Ich winke Ina kurz zu, was sie nicht mitbekommt, und gehe weiter in den hinteren Bereich.

Auf halbem Weg durch die Kerzenabteilung entdecke ich Viola Stutzman im Nachbargang. Obwohl sie gerade zwei Kunden bedient, sieht sie mich, erkennt mich. Doch ihren Gesichtsausdruck kann ich nicht deuten, weiß nicht, wie meine Anwesenheit hier empfunden wird, nachdem ich bei Edna Lambrights Tod dabei war.

Ich gehe zu Viola, bleibe aber in einiger Entfernung stehen, damit sie in Ruhe ihre Kunden bedienen kann. Sie hat noch vor kurzem geweint, denn ihre Augen sind ganz verschwollen, ihre Nase ist rot und wund und das Gesicht bleicher als sonst. Wenn ich mich nicht irre, hat sie seit unserer letzten Begegnung auch abgenommen. Trotz ihrer Traurigkeit preist sie den Kunden überzeugend die hübsche Strickdecke an, die sie sich über den Arm drapiert hat.

»Meine *Grossmudder* hat sie gemacht«, erzählt sie gerade. »Ich finde sie sehr schön, und Ihrer Tante wird sie bestimmt gefallen, besonders da die Winternächte oben in Cleveland doch so kalt sind.«

Verkauft. Das Paar bedankt sich und geht mit der Decke zur Kasse.

»Du bist ein Naturtalent«, sage ich und bleibe vor ihr stehen.

In ihren Augen entdecke ich keine Feindseligkeit, keine Vorwürfe. Nur eine kaum verhohlene Traurigkeit und das gleiche Unbehagen, das auch ich verspüre.

»Chief Burkholder. Ich bin … Ich bin froh, dass Ihnen nichts Schlimmeres passiert ist.«

»Ist es in Ordnung, dass ich hier bin? Wenn nicht, gehe ich wieder.«

»Schon okay. Es ist einfach …« Ihre Stimme versagt. »Was für eine furchtbare … Tragödie.«

»Das mit Edna tut mir wirklich sehr leid«, sage ich.

Ein schmerzlicher Ausdruck huscht über ihr Gesicht. »Danke.«

Einen Moment lang glaube ich, sie bricht in Tränen aus, aber sie reißt sich tapfer zusammen. »Ich habe es noch gar nicht begriffen … ich meine, dass sie nicht mehr da ist. Ich kann es noch immer nicht glauben.« Ihr Blick wandert durch den Verkaufsraum. »Ich denke die ganze Zeit, gleich kommt sie mit energischen Schritten und strengem Gesicht um die Ecke gefegt, und ich soll bestimmt wieder etwas machen, wozu ich keine Lust habe.«

»Und wie kommst du so zurecht?«

»Ganz okay. Für Neva ist es schlimm.«

Ich sehe mich im Laden um. »Wie geht es ihr?«

»Sie ist am Boden zerstört. Zuerst Emma und jetzt ihre *Mamm*.« Sie schüttelt den Kopf. »Ich hab ihr gesagt, sie soll heute nicht bedienen, es ist noch zu früh. Im Pausenraum ist sie schon zweimal in Tränen ausgebrochen. Meiner Meinung nach sollte sie nach Hause gehen.«

Ich nicke. »Ich möchte ihr gern mein Beileid ausdrücken. Glaubst du, sie würde mit mir sprechen?«

Tränen steigen ihr in die Augen. »Sie gibt Ihnen nicht die Schuld an dem, was passiert ist, Chief Burkholder. Ich hab vorhin mit ihr gesprochen, sie ist einfach … traurig und durcheinander. Wenn Sie sie sehen wollen, sie ist im Pausenraum.«

»Ich danke dir.« Ich nehme ihre Hand und drücke sie. »Ich störe nicht lange.«

Als ich den Pausenraum betrete, sitzt Neva reglos am Tisch und starrt auf die Tischplatte vor sich. Sie blickt nicht auf, ich bin nicht einmal sicher, ob sie mich gehört hat, und überlege, wieder zu gehen.

Dann hebt sie den Kopf. Bei meinem Anblick macht sie große Augen. Doch ihre sichtliche Überraschung ist überschattet von dem kummervollen Ausdruck, der ihr Gesicht beherrscht. »Chief Burkholder.«

»Hallo, Neva.«

Sie erhebt sich. »Ich hätte nicht gedacht, dass Sie –«

»Bitte, bleib sitzen«, sage ich. »Ich wollte nur kurz sehen, wie es dir geht.«

Sie sinkt zurück auf den Stuhl. »Na ja, ganz gut.«

Wir wissen beide, dass das nicht stimmt. Ihre Augen sind glanzlos, ihre Nase ist rot, und ihre Lippen sind trocken und aufgesprungen.

»Das mit deiner *Mamm* tut mir sehr leid«, sage ich leise.

Sie senkt den Kopf, stößt einen Schluchzer aus und fängt an zu weinen.

Ich bin nicht jemand, der andere einfach so in die Arme nimmt. Aber sie sieht unglaublich traurig und verloren aus. Nach kurzem Zögern gehe ich zu ihr und drücke sie kurz aus vollem Herzen.

»Wenn du möchtest, dass ich gehe, kann ich das verstehen.«

Sie rückt leicht von mir ab, hebt den Kopf und zieht ein zerfleddertes Papiertaschentuch aus der Schürzentasche, wischt sich das Gesicht trocken. »Bleiben Sie.« Sie putzt sich die Nase. »Ich weiß, dass Sie nicht schuld sind.«

Ich ziehe den Stuhl neben ihr unter dem Tisch heraus und setze mich. »Ich habe nicht erwartet, dass du so schnell wieder arbeitest.«

»Alle halten mich für verrückt.« Sie lacht auf, doch es klingt wie ein Schluchzen. »Wahrscheinlich bin ich das auch. Aber ich musste herkommen. *Mamm* hat den Laden so geliebt. Ich weiß, es klingt komisch, aber hier fühle ich mich ihr näher. Wahrscheinlich hat sie alle Sachen, die hier in den Regalen stehen, in der Hand gehabt. Die Kerzen, die Quilts, die Strickdecken.«

»Manchmal ist Arbeit eine gute Therapie«, sage ich. »Und es hilft auch, Menschen um sich zu haben, die einen mögen.«

»Ich weiß nicht, wie ich ohne Ina und Viola die letzten Tage durchgestanden hätte. Sie sind so gut zu mir. Selbst die Kunden sind sehr nett.«

Ich überlege kurz, wie ich am besten sagen kann, was ich seit Tagen mit mir herumtrage. »Ich weiß, dass das, was passiert ist, für dich und deine Familie schmerzlich und verwirrend ist. Aber wenn du Fragen hast oder darüber sprechen möchtest, ich bin für dich da. Und wenn du lieber nicht darüber reden willst, ist das auch in Ordnung.«

Sie blickt mich dankbar an, aber außer dem großen Schmerz sehe ich eine ebenso große Vorsicht in ihren Augen. »Ich kann nicht fassen, was die Leute über *Mamm* sagen. Und was ich in der Zeitung gelesen habe.«

Sie meint den Artikel in *The Budget*, einer Zeitung, die hauptsächlich von Amischen in Ohio gelesen wird. Auch im Clevelander *Plain Dealer* und im *Columbus Dispatch* wurde über die Umstände von Edna Lambrights Tod sowie ihr Geständnis, Daniel Gingerich umgebracht zu haben, berichtet.

Gedankenverloren wischt sie die Tränen weg, die ihr über die Wangen rollen. »Ich weiß nicht, was meine *Mamm* dazu gebracht hat, das zu tun – das mit Daniel Gingerich und das mit *Ihnen*.« Sie stößt einen leidvollen Laut aus. »Sie war ein gütiger Mensch, und sie hat Gott geliebt ...« Sie senkt den Kopf, legt die Finger an die

Schläfen. »Allein die Vorstellung tut weh, wie sehr das alles auf ihrem Gewissen gelastet haben muss.«

Sie blickt mich aus tränennassen Augen an. »Was hat sie sich nur dabei gedacht?«

Das sind genau die Fragen, mit denen ich mich nun seit fünf Tagen herumschlage. Fragen, auf die ich noch keine Antwort gefunden habe. »Das werden wir niemals wirklich wissen.«

»Wie konnte sie uns das nur antun?«, flüstert sie.

Ich denke an die letzten Minuten, die ich mit Edna Lambright in der Scheune verbracht habe. Was sie gesagt hat – was sie alles wusste.

Danny Gingerich war ein Teufel in Menschengestalt …

»Deine *Mamm* hat gewusst, wer Daniel Gingerich wirklich war«, sage ich. »Sie wusste, was er Emma Miller angetan hat. Ich glaube, sie wusste, dass er niemals aufhören würde, anderen Menschen Leid zuzufügen.« Ich zucke die Schultern. »Vielleicht hat sie einfach keinen anderen Weg gesehen.«

Sie starrt mich an, blinzelt. Sie wirkt so fragil, dass ich befürchte, sie zerbricht vor meinen Augen. »*Mamm* hat Emma wie eine Tochter geliebt.«

Ich nicke, wünschte, ich könnte ihren Schmerz lindern, doch es gibt nichts, was ich tun kann.

»Aber das alles erklärt nicht, was sie Ihnen angetan hat.« Ihre Stimme ist heiser und so leise, dass ich sie kaum verstehe.

»Ich war eine Bedrohung«, sage ich. »Aber wir werden wohl niemals die ganze Wahrheit erfahren.«

Sie atmet heftig, kämpft gegen die Tränen an. »Es tut mir so leid. Was sie Ihnen angetan hat. Und selbst Daniel. Ich weiß nicht, wie ich das gutmachen kann. Ich … schäme mich so.«

»Es ist nicht deine Schuld.«

Sie schüttelt den Kopf. »Ich liebe meine *Mamm*. Ich werde sie immer lieben, und sie fehlt mir furchtbar. Aber ich bin auch *wütend* auf sie.«

Wieder holt sie das zerfledderte Taschentuch aus der Schürzentasche und wischt sich über die Augen. Schweigen tritt ein, und zum ersten Mal scheint ihr unbehaglich zumute zu sein. Mir geht es ebenso. Es ist Zeit aufzubrechen, merke ich. Einen Schlussstrich zu ziehen. Alles hinter sich zu lassen und nach vorn zu blicken.

»Ich muss zurück aufs Revier«, sage ich und stehe auf. »Ich wollte nur kurz vorbeikommen und sehen, wie es dir geht.«

Sie atmet tief durch, wischt sich die Tränen aus dem Gesicht und sammelt sich wieder. »Das war sicher schwer für Sie. Danke.«

Bevor ich antworten kann, springt sie vom Stuhl auf, kommt zu mir und umarmt mich, vergräbt das Gesicht an meiner Schulter. »Ich bin froh, dass es Ihnen gutgeht.«

Sie tritt einen Schritt zurück, schenkt mir ein kurzes Lächeln und eilt aus dem Raum.

Ich bleibe noch einen Moment stehen, mit den Händen in den Taschen und einem für mich seltenen Gefühl der Melancholie. »Tschüs, Neva.«

Dann seufze ich tief auf, verlasse den Pausenraum und gehe durch den Laden zurück zum Ausgang. Eigentlich wollte ich noch mit Ina sprechen, fühle mich emotional aber nicht mehr in der Lage dazu. Es ist besser, ich lasse die Dinge auf sich beruhen und nehme mein normales Leben wieder auf.

Kurz vor der Tür passiere ich eine Säule mit einer altmodischen Korkpinnwand. Zunächst gehe ich daran vorbei, aber etwas bringt mich dazu umzudrehen. Es ist eine handgeschriebene Karteikarte, die meine Aufmerksamkeit weckt:

Kerzen selber ziehen!
Workshop dienstagabends von 18.30 bis 19.30 Uhr.
Nur 15 Dollar. Jeder ist willkommen.
Anmeldung am Kundendienstschalter. ☺

Die DIN-A5-große und mit einem lilafarbenen Stift beschriebene Karte ist mit einer hellgrünen Reißzwecke am Kork befestigt; in die rechte untere Ecke hat jemand ein Smiley gemalt. An der Karte ist nichts Besonderes, jedenfalls nichts, was meine Aufmerksamkeit wecken sollte, und doch …

Um mich herum verschwimmen die Ladengeräusche – Gespräche, das Klingeln der Registrierkasse und das Klappern von Gegenständen – zu einem Rauschen. Ich starre auf die Schreibschrift mit den kunstvollen Schnörkeln und den fünf is, die alle mit einem Herzchen gekrönt sind.

Ich nehme die Karte von der Pinnwand und gehe damit zum Kundendienstschalter, wo eine Mennonitin gerade den Umtausch eines Kunden bearbeitet. Ich zeige ihr die Karte. »Wissen Sie, wer das geschrieben hat?«

Mit einem düsteren Blick gibt sie mir zu verstehen, dass es unhöflich ist, sich einfach vorzudrängeln, doch sie sieht auf die Karte. »Das ist Violas Handschrift«, sagt sie. »Ich kann Sie für den Workshop auf die Liste setzen, aber Sie müssen sich hinten anstellen und warten.«

Wie vom Schlag getroffen, stehe ich einen Moment nur da. Die amische Frau sieht mich verwundert an, weiß nicht, was mit mir los ist.

Ich schiebe die Karte in die Gesäßtasche, drehe mich um und gehe zur Tür.

24. Kapitel

ZWANZIG MINUTEN SPÄTER FAHRE ICH auf den Parkplatz von *Quality Implement* und stelle meinen Wagen nur wenige Meter vom Eingang entfernt in der Feuerwehrzufahrt ab. Auf dem Weg in den Laden mustere ich die Karte noch einmal genau, hoffe, mich zu irren: Aber der lilafarbene handgeschriebene Text starrt mich eindeutig an.

»Was hast du getan?«, flüstere ich.

Ich gehe schnurstracks in die Abteilung für Reifen, Batterien und Autozubehör. Ralph Baker sitzt im Gang mit den Scheibenwischern auf der obersten Sprosse einer Trittleiter und notiert etwas auf ein Klemmbrett.

»Mr Baker?«

Er sieht zu mir hin. »Oh, hallo, Chief Burkholder.« Lächelnd steht er auf. »Was kann ich für Sie tun?«

Ich halte ihm die Karte hin. »Erkennen Sie die Handschrift?«

»Was? Also … dann zeigen Sie mal her.« Er schiebt sich die Lesebrille wieder auf die Nase, legt den Kopf leicht zurück und kneift die Augen zusammen. »Worum geht es denn? Ich meine, was genau ist das?«

Ich formuliere die Frage neu. »Kommt Ihnen an der Handschrift irgendetwas bekannt vor?«

Er mustert die Karte erneut. »Ich weiß nicht, ob ich die schon mal irgendwo gesehen habe. Aber mir ist auch nicht klar, worauf Sie hinauswollen.«

Ich darf jetzt keine Suggestivfrage stellen, die womöglich seine Antwort beeinflusst. »Mr Baker, als Sie mir von der Nachricht erzählten, die Daniel Gingerich kurz vor seinem Tod erhielt, haben Sie gemeint, die Handschrift wäre ›mädchenhaft‹ gewesen. Und Sie haben erwähnt, dass anstatt der Punkte auf den is kleine Herzen gewesen seien. Ist das korrekt?«

»Ach du meine Güte, ja, das stimmt. Das hatte ich ganz vergessen!« Er wedelt mit der Hand vor seinem Gesicht, als hätte er gerade einen Aussetzer gehabt, und sieht sich die Karteikarte noch einmal genau an. »Na ja, Chief, ich hab die Nachricht zwar nur kurz gesehen, aber die Handschrift mit den Herzchen auf den is war der hier auf der Karte wirklich sehr ähnlich. Und die Farbe der Tinte auch.«

»Glauben Sie, es ist dieselbe Handschrift?«

»Also, hundert Prozent sicher bin ich mir nicht, aber es sieht schon sehr danach aus.«

* * *

Auf dem Weg zurück zu meinem Wagen schießen mir quälende Fragen durch den Kopf. Kann es sein, dass Viola Stutzman die Nachricht geschrieben hat, mit der Daniel Gingerich in der Todesnacht in die Scheune gelockt wurde? Hatte sie irgendetwas damit zu tun? Oder hatte Edna Lambright ihr aufgetragen, die Nachricht zu schreiben? Wenn Letzteres zutrifft, warum hatte sie nichts davon gesagt, als ich sie danach gefragt habe?

Als ich schließlich im Explorer sitze, habe ich ein flaues Gefühl im Magen, und meine Hände zittern. Einen Moment lang sitze ich nur da und versuche, mir einen Reim auf das alles zu machen.

Noch während ich überlege, was das für den Fall bedeuten würde, nehme ich das Telefon und rufe Tomasetti an. »Passen die Fingerabdrücke auf dem Schlüssel, der in der Scheune der Gingerichs gefunden wurde, zu Edna Lambright?« Ich kann die Anspannung in meiner Stimme selbst hören und Tomasetti sicher auch, denn er lässt sich Zeit mit der Antwort.

»Ich dachte, du bist dabei, den Fall abzuschließen.«

»Das dachte ich auch.« Ich erzähle ihm von der Karteikarte, die ich im *Mercantile* entdeckt habe, und von meinem Gespräch mit Ralph Baker.

»Und er glaubt, es ist dieselbe Handschrift?«

»Er hatte ja nur einen kurzen Blick auf die Nachricht für Gingerich geworfen, aber er erinnert sich an die kleinen Herzen auf den is und die lila Tinte.«

»Viola Stutzman ist sicher nicht der einzige Teenager, der das macht und einen farbigen Stift benutzt.«

»Ich weiß. Es ist eine dürftige Verbindung.«

»Ganz davon abgesehen, bist du nicht einmal in Besitz der Nachricht, um sie vergleichen zu können.«

»Die Nachricht ist nie wieder aufgetaucht. Ich gehe davon aus, dass Gingerich sie bei sich hatte, als er verbrannte.« Ich atme tief durch. »Tomasetti, ich kann das nicht ignorieren.«

Am anderen Ende höre ich Computertasten klappern. Tomasetti ruft sicher gerade die Informationen über die Fingerabdrücke ab, und als er kurz darauf ein tiefes Knurren ausstößt, weiß ich, dass er fündig geworden ist – und dass ihm das Gefundene nicht gefällt.

»Aufgrund der Ursache und Art von Edna Lambrights Tod wurden bei der Autopsie ihre Fingerabdrücke genommen.« Nach ein paar weiteren Klicks sagt er: »Aber wegen ihrem Geständnis wurden sie nie verglichen.«

»Kannst du dafür sorgen, dass das nachgeholt wird?«

»Ich mache ein paar Anrufe.« Er hält inne. »Aber eines sollten wir nicht vergessen, Kate, nämlich dass Edna Lambright gestanden hat. Und sie hat versucht, dich umzubringen. Das dürfen wir auch nicht ignorieren.«

»Und wenn sie jemanden schützen wollte?«

Sein Schweigen dauert zu lange. »Viola Stutzman? Waren sie so eng befreundet?«, fragt er schließlich.

Mamm hat Emma wie eine Tochter geliebt.

»Ich weiß es nicht. Sie hatte zu allen Mädchen eine enge Beziehung ...«

Bei dem Gedanken, der mir als Nächstes in den Kopf kommt, wird mir fast schlecht. Schweißperlen treten auf meine Stirn, ich drehe die Klimaanlage höher und den Lüftungsschlitz so, dass mir die Kälte ins Gesicht bläst.

»Tomasetti«, flüstere ich. »Das alles gefällt mir ganz und gar nicht.«

»Und das heißt?«

Ich schließe die Augen. »Kannst du bitte die Fingerabdrücke vergleichen lassen? Ich checke hier noch ein paar Dinge.«

»Was hast du vor?«

»Ich gehe zurück ins *Mercantile.*«

* * *

Es ist kurz vor achtzehn Uhr, und das *Mercantile* schließt in wenigen Minuten. Der Abendhimmel ist in lavendelfarbenes Licht getaucht, die Luft riecht nach verbrannten Blättern, und irgendwo in der Nähe wird offensichtlich gegrillt. Ich sitze im Explorer auf dem Parkplatz neben dem Gebäude, habe den Autofunk leise gestellt und lausche einem alten Song von Alan Parsons Project. Ich bin sehr aufgewühlt und wünschte, ich könnte das alles hier hinter mir lassen. Doch wie so oft, geht das nicht.

Tomasetti hatte erst gegen sechzehn Uhr zurückgerufen und mir mitgeteilt, was ich nicht hören wollte: Die Fingerabdrücke auf dem Einweckglas aus Chris Martinos Garage und die auf dem Schlüssel, der in der Brandscheune gefunden wurde, stammen beide nicht von Edna Lambright. Zudem hatte er die Abdrücke aller Familienmitglieder der Gingerichs vergleichen lassen, einschließlich die der Geschwister. Auch da gab es keine Übereinstimmung.

Ich steige aus dem Explorer und gehe in den Laden, wo mich der vertraute Duft von Vanille, Zitrone und Bergamotte umgibt. Neva Lambright steht an der Kasse und fertigt gerade ein mennonitisches Paar ab. Ich gehe in den hinteren Bereich des Verkaufsraums, ohne genau zu wissen, wonach ich eigentlich suche, bis mein Blick auf die Regale mit Glaskaraffen, Vasen, Kerzenhaltern und anderen schönen Artikeln fällt, die sogar Touristen aus dem entfernten Pennsylvania herlocken.

Ich nehme mir vier der etwa fünf Zentimeter hohen Kerzenhalter aus Rauchglas. Sie sind eher ungewöhnlich, aber schön, wie alles hier im *Mercantile*. Ich wische sie mit meinem Taschentuch gründlich ab und begebe mich damit zur Kasse, wo noch immer Neva Lambright steht.

Sie ist nur noch ein Schatten ihrer selbst, teilnahmslos, mit hängenden Schultern. Die rosa Nase in dem bleichen, fleckigen Gesicht sieht aus, als hätte sie sich vom vielen Putzen geschält. Mein Anblick scheint sie zu überraschen, sie muss zweimal hingucken und schenkt mir dann ein halbherziges Lächeln. »Sie sind noch einmal zurückgekommen.«

»Die hier habe ich vorhin vergessen zu kaufen.« Ich stelle drei Kerzenhalter auf dem Ladentisch ab und reiche ihr den vierten.

Sie nimmt ihn, betrachtet ihn von allen Seiten. »Die finde ich sehr schön.« Sie lächelt traurig. »Für Ihre Schwester?«

»Die sind für mich.« Sie sieht auf das Etikett am Boden und tippt die Artikelnummer sowie den Preis in die Kasse ein.

»Sie entwickeln sich zu einer unserer besten Kundinnen, Chief Burkholder.«

»Schöne Dinge weiß ich zu schätzen.« Ich lächele angestrengt, sehe zu, wie sie den Kerzenhalter in den Händen dreht und von allen Seiten begutachtet.

»Möchten Sie einen Geschenkkarton?«

»Ja, gern, danke.«

Sie legt Geschenkpapier bereit und wickelt jeden Kerzenhalter sorgfältig darin ein.

»Sind Ina und Viola auch da?«, frage ich.

»Die haben Sie um zwanzig Minuten verpasst, sie sind heute früher gegangen.« Sie seufzt. »*Datt* kommt gleich und hilft mir, den Laden zu schließen.«

Ich hatte gehofft, die beiden anderen Mädchen auch anzutreffen, doch jetzt muss ich mich mit dem zufriedengeben, was ich habe – und hoffen, dass ich mich irre.

»Danke.« Ich sehe ihr in die Augen, strecke die Hand aus und berühre ihren Arm. »Pass gut auf dich auf«, sage ich und gehe zur Tür.

* * *

Als ich im Explorer sitze, rufe ich Tomasetti an. »Wo bist du gerade?«

»Ich stehe in unserer Küche und versuche, mich gerade zwischen dem Brie und dem Queso Manchego zu entscheiden, während der gute spanische Rioja Zeit zum Atmen bekommt.«

»Kann das warten?«, frage ich.

»Kommt darauf an. Was gibt es denn?«

»Fingerabdrücke. Sie müssen mit denen auf dem Einweckglas und dem Schlüssel verglichen werden.«

»Du warst anscheinend fleißig.«

Ich zögere. »Tomasetti, mir ist es wirklich lieber, wenn ich falschliege«, sage ich schließlich.

»Was Viola Stutzman betrifft?«

»Was alle drei betrifft.«

Er seufzt. »In Richfield kenne ich die Leiterin der Abteilung für Fingerabdrücke. Ich rufe sie an. Können wir uns dort treffen?«

»Bin schon unterwegs«, sage ich und lege auf.

* * *

Als ich noch ein Teenager war, hat meine *Mamm* mir erzählt, dass das *bang gvissa* – das schlechte Gewissen – den Menschen die Nachtruhe raubt. Ich glaube, sie wollte mich daran erinnern – oder moralisch unter Druck setzen –, mich zu benehmen. Was natürlich nicht funktioniert hat. Inzwischen leide ich lange genug unter Schlaflosigkeit, um zu wissen, dass das Gewissen zwar eine Rolle spielen kann, es letztlich aber die damit einhergehenden Probleme sind, die einen um den Seelenfrieden bringen.

Vom *Mercantile* aus war ich direkt in die BCI-Außenstelle in Richfield gefahren, wo Tomasetti arbeitet. Er hat mich durch die Sicherheitskontrollen geschleust und zu Margaret Brooks gebracht, der Leiterin des Labors und Expertin für Fingerabdrücke. Ich weiß nicht, wie er es geschafft hat, aber sie willigte ein, die Fingerabdrücke auf den Kerzenhaltern mit denen auf dem Glas und dem Schlüssel zu vergleichen.

Inzwischen ist es fast fünf Uhr morgens. Nachdem ich mich zwei Stunden lang im Bett hin und her gewälzt hatte, habe ich den Plan zu schlafen aufgegeben. *Bang gvissa*, hat eine kleine Stimme geflüstert, und ich musste an meine *Mamm* denken.

Jetzt sitze ich am Tisch unserer großen Farmhausküche, eine Tasse kalten Kaffee vor mir. Tatsächlich habe ich erwogen, die Flasche Whisky hervorzuholen, die wir im Regal über dem Kühlschrank aufbewahren, habe aber das ungute Gefühl, dass mir ein arbeitsreicher Morgen bevorsteht. Ich muss einen klaren Kopf behalten, denn wenn sich meine Vermutung bewahrheitet, wird er alles andere als angenehm werden und mir emotional mächtig zusetzen.

Durch das offene Fenster über der Spüle dringt das vielstimmige Konzert der Ochsenfrösche am Teich herein, vermischt mit dem Schrei einer Eule und dem gelegentlichen Schnattern einer Gans, die im Teich übernachtet hat. Es sind wohltuende Geräusche, die ich in den letzten Monaten zu schätzen gelernt habe. Doch heute Morgen können sie nicht die Düsternis durchdringen, die mein Herz umschließt.

»Kate.«

Tomasetti kommt zur Tür herein und sieht mich aus schläfrigen Augen an. Trotz meiner düsteren Stimmung entlockt mir sein Anblick ein Lächeln – zerzauste Haare, Stoppelbart, Jogginghose und ein verschossenes T-Shirt aus Polizeiakademiezeiten. Er ist ein Morgenmuffel und gibt sich auch keine Mühe, das zu verbergen. Doch heute Morgen nimmt er Rücksicht auf meine Stimmung und reißt sich, so gut es geht, zusammen.

»Hast du überhaupt geschlafen?«, fragt er.

»Ein bisschen.«

»Aha.« Er weiß, dass das nicht stimmt.

Ich zeige auf die Kaffemaschine. »Frisch gekocht, Milch ist im Kühlschrank.«

Er schenkt sich eine Tasse ein.

»Und? Inzwischen dürfte Margaret Brooks sich doch gemeldet haben, oder?«, frage ich.

»Margaret Brooks ist absolut gründlich und zudem eine Perfektionistin«, sagt er. »Daher kannst du davon ausgehen, dass es keine offenen Fragen mehr gibt, wenn sie anruft.«

»Sie hat dir ja wohl einen großen Gefallen geschuldet, oder?«

»Stimmt.« Er kommt mit der Tasse zum Tisch und setzt sich mir gegenüber. »Jetzt schulde ich ihr einen.«

John Tomasetti arbeitet seit mehreren Jahren beim BCI, und mit zu den großen Vorteilen des Zusammenlebens mit ihm gehört es, dass er privat wie beruflich für mich da ist, wenn ich Hilfe brauche. Außerdem ist er ein guter Ermittler, hat viele Beziehungen und keine Probleme, sie für mich zu nutzen.

Zum hundertsten Mal wandert mein Blick zur Wanduhr und aufs Handy neben der Kaffeetasse, dann beuge ich mich vor und lege meine Hand auf die Tomasettis. »Danke.«

Er sieht mir in die Augen, und der Anflug eines Lächelns umspielt seinen Mund.

»Ein Lover mit Vorteilen.«

Das Lächeln will mir nicht so ganz gelingen. Ein paar Minuten lang sitzen wir schweigend da, ich nippe an meinem kalten Kaffee und versuche, nicht auf mein Handy zu starren.

»Daniel Gingerich hat viele Mädchen sexuell missbraucht.« Ich sage das, ohne von meiner Tasse aufzusehen. »Er hat zahllose Leben ruiniert und ist indirekt für den Tod von mindestens einem amischen Mädchen und ihrem ungeborenen Kind verantwortlich. Vielleicht auch für den Tod der Petersheims. Tomasetti, wenn ich wirklich recht habe und meiner Ahnung weiter nachgehe … wo bleibt dann die Gerechtigkeit?«

Er stellt seine Tasse ab. »Wir beide sind schon lange genug im Geschäft, um zu wissen, dass Justitia nicht immer siegt. Wir treffen schwere Entscheidungen, tun unser Bestes. Am Ende sammeln wir die Scherben auf und machen weiter.«

»Diese Mädchen sind Teenager. Sie haben noch das ganze Leben vor sich.«

»Das hätten sie sich klarmachen müssen, bevor sie den Mistkerl in der Scheune eingeschlossen und verbrannt haben.«

Obwohl ich mir vorgenommen habe, das alles nicht zu nah an mich herankommen zu lassen, zucke ich bei seinen Worten zusammen. »Sie wussten, was für ein Mensch er war. Sie wussten, dass er nicht aufhören würde.«

»In den Augen des Gesetzes rechtfertigt das keinen Mord.«

»Gingerich war eine ständige Bedrohung. Wenn er noch schlimmer geworden wäre –«

»Er hat keine unmittelbare Gefahr dargestellt.« Tomasetti sieht mich ernst an. »Man kann sich viele Möglichkeiten vorstellen, was passiert wäre, wenn. Vielleicht hat Daniel Gingerich ja seine gerechte Strafe bekommen. Diese amischen Mädchen haben – *falls* sie es wirklich waren – das Recht in die eigene Hand genommen. Wir sind keine Richter, Kate. Wir können dem Gesetz Geltung verschaffen, alles andere bleibt den Gerichten überlassen.«

»Ich hasse das.«

Tomasetti sieht mich düster an, offenbar unberührt.

Ich reibe mir übers Gesicht, bin zu müde, um klar zu denken, und zu sehr in meine eigene Vergangenheit verstrickt, um Distanz zu wahren.

Dann nimmt er meine Hand und wartet, dass ich ihn ansehe. »Kate, wenn sich tatsächlich alles so abgespielt hat, wie du es vermutest, und diese Mädchen vor Gericht gestellt werden …« Er zuckt mit den Schultern. »Ich bin kein Anwalt, aber ich habe schon genügend Gerichtsverhandlungen erlebt, um zu wissen, dass manchmal auch mildernde Umstände geltend gemacht werden. *Wenn* noch andere Mädchen – andere Opfer – sich als Zeugen melden.« Erneutes Schulterzucken. »Und selbst wenn die drei Mädchen verurteilt werden, fallen die Strafen vielleicht milde aus. Möglicherweise müssen sie nicht einmal ins Gefängnis. Das können wir nicht wissen.«

In dem Moment klingelt mein Handy. Ich schrecke hoch, atme tief durch, lasse es noch zweimal klingeln und gehe dran. »Burkholder.«

»Kate, hallo, Margaret Brooks hier. Ich habe Sie hoffentlich nicht geweckt?«

»Nein, ich habe auf Ihren Anruf gewartet.«

»Das habe ich mir gedacht.« Sie seufzt. »Also, da es sich bei dem Kerzenhalter um eine porenfreie Oberfläche handelt, habe ich sie ganz klassisch mit Zyanacrylat bestrichen und im Bedampfungsschrank erwärmt – und fast perfekte Fingerabdrücke bekommen. Ich habe alle fotografiert und die komplettesten Abdrücke mit denen auf dem Schlüssel und dem Einweckglas verglichen. Da ich weiß, wie wichtig es Ihnen ist, habe ich mir dafür etwas mehr Zeit gelassen und sie zweimal verglichen. Einmal mit dem Computer und dann noch einmal mit der ACE-V-Methode durch visuellen Vergleich. Ich bin zu dem Ergebnis gelangt, dass die Fingerabdrücke auf den drei Gegenständen zu ein und derselben Person gehören. Natürlich muss ich mein Ergebnis noch von jemandem verifizieren lassen …«

Den Rest ihres Satzes höre ich nicht mehr. Ich blicke zu Tomasetti, der mich genau beobachtet.

Ich bin zu dem Ergebnis gelangt, dass die Fingerabdrücke auf den drei Gegenständen zu ein und derselben Person gehören.

»Chief Burkholder? Sind Sie noch da?«

»Ja«, höre ich mich sagen. »Margaret, ich danke Ihnen für Ihre Hilfe – dass Sie die ganze Nacht durchgearbeitet haben. Ich weiß das wirklich zu schätzen.«

»Gern geschehen, Kate. Aber richten Sie diesem Herrn Tomasetti aus, dass er mir mächtig was schuldet.«

»Mache ich.«

Ich lege auf, schiebe das Handy wortlos in die Hosentasche. Den Blick habe ich weiter auf den Tisch geheftet, denn ich brauche einen Moment, um mich zu fassen – um zurück in meine Cop-Rolle zu schlüpfen. Schließlich stehe ich auf und sehe ihn an. »Die Fingerabdrücke auf dem Schlüssel und dem Einweckglas sind von Neva Lambright.«

»Das reicht aus.« Er erhebt sich ebenfalls. »Damit hast du sie.«

Ich sehe auf die Wanduhr. Es ist noch nicht einmal sechs Uhr. »Ich dusche und fahre zu ihr.«

Als ich an ihm vorbeigehe, hält er mich am Arm fest. »Willst du, dass ich mitkomme? Oder sollen wir uns dort treffen?«

Ich denke kurz darüber nach. »Ich rufe dich an.«

»Du weißt, wo ich zu finden bin.«

25. Kapitel

DAS *MERCANTILE* MACHT ERST um neun Uhr auf, aber als ich kurz nach acht auf den Parkplatz fahre, steht Neva Lambrights Wagen schon zwischen der ausgebrannten Scheune und dem Laden. Ich parke dahinter und rufe Tomasetti an.

Er nimmt nach dem ersten Klingeln ab. »Bist du vor Ort?«, fragt er.

»Ja.«

»Ich bin in zwanzig Minuten da.«

»Bis dann.«

Ich lege auf, bleibe einen Moment lang sitzen, um meine Emotionen in den Griff zu bekommen, was mir aber nur schlecht gelingt. Erst als ich aus dem Explorer steige, entdecke ich Viola. Sie steht mit dem Rücken zu mir in den Überresten der Scheune. Beim Näherkommen sehe ich auch die beiden anderen Mädchen. Neva sitzt auf der Treppe – oder was davon noch übrig ist – und hat das Gesicht in den Händen vergraben. Ina steht vollkommen verloren neben ihr, wohl ratlos, wie sie ihr helfen oder sie trösten kann.

Ich betrete die Ruine. »Guten Morgen!«, sage ich.

Viola und Ina wirbeln zu mir herum, offensichtlich vollkommen überrascht. Neva lässt die Hände sinken, hebt den Kopf, blinzelt, als sie mich erkennt, und wischt sich die Tränen ab.

»Hallo, Chief Burkholder«, sagt Ina.

»Sie hätte ich heute Morgen nicht erwartet«, bemerkt Viola.

Ich stehe nur wenige Schritte innerhalb der niedergebrannten Scheune, sehe von Ina zu Viola und dann zu Neva. Ihr Gesicht ist fleckig und rot, der Ausdruck ihrer Augen kummervoll. Sie ist ein Bild des Jammers – aber ich sehe auch Schuld in ihrem Blick. *Bang gvissa*, denke ich und fühle, wie der gleiche Kummer und die gleiche Schuld auf mir lasten, mir das Herz schwermachen.

»Sie sind aber nicht gekommen, um noch etwas für Ihre Schwester zu kaufen, oder?«, fragt Viola.

»Nein, ich bin hier, um euch drei zu sehen.« Ich gehe weiter in die Scheune und lasse den Blick schweifen. Noch immer stinkt es nach verkohltem Holz und nasser Erde. Die Mädchen sind etwa drei Meter von mir entfernt, mustern mich schweigend und fragen sich, warum ich gekommen bin.

»Wenn das Sonnenlicht einfällt, sieht es hier drinnen gleich ganz anders aus«, sage ich.

»Mein *Datt* meint, die Scheune ist nicht vollkommen ruiniert und dass man noch was daraus machen kann«, sagt Neva ernst. »Gestern hat er mit Mr Graber von der Baufirma geredet. Er sagt, man kann das Dach und die Wände erneuern. Es ist ziemlich viel Arbeit und kostet eine Stange Geld, aber dann bleibt sie uns wenigstens erhalten.«

»Das hört sich gut an«, sage ich.

»Mr Lambright hält weiter an den Plänen für ein Café fest«, verkündet Ina.

Neva schließt die Hände wie zum Gebet und blickt auf den Boden. »Wir werden es Edna's nennen. Nach *Mamm*.«

»Das hätte ihr sicher gefallen.« Ich gehe im Raum umher, betrachte den Schaden, denke zu viel und fühle zu viel. Das Dach ist größtenteils weg, die Verkleidung der Wände muss erneuert und das Fundament instand gesetzt werden.

Die Mädchen beobachten mich. Ich spüre ihre Neugier und Besorgnis. Trotzdem nehme ich mir Zeit, im Raum umherzugehen. Schließlich bleibe ich vor ihnen stehen. »Ich fürchte, das mit dem Café muss noch eine Weile warten.«

Sie tauschen Blicke untereinander, doch sie sagen nichts. Es ist so still, dass ich den Straßenverkehr vor dem Laden höre, das Wehklagen des Windes in den Dachsparren.

»Im Leben geht es ganz oft um die Entscheidungen, die wir fällen.« Ich sage das, ohne eine von ihnen länger anzusehen, habe Mühe, mich durch den Dschungel unerwünschter Emotionen zu kämpfen. »Ich selbst habe reichlich schlechte Entscheidungen getroffen und muss Tag für Tag damit leben. Doch was kann man tun, wenn es keine Möglichkeit gibt, sie wiedergutzumachen?«

Viola tritt einen Schritt zurück, drückt die Hand auf den Bauch. *Sie weiß alles*, denke ich. Ina starrt mich an, die Augen aufgerissen und den Mund leicht geöffnet. Neva sieht mich unverwandt an. In ihren Augen sehe ich all das, was ich nicht sehen will – Erkennen, Begreifen, ein Gefühl von Verrat. Und Angst.

»Ich muss mit euch über Daniel Gingerich reden«, sage ich.

»Wir haben Ihnen schon alles über ihn erzählt«, sagt Neva.

»Mehr wissen wir nicht«, bemerkt Viola.

»Ich habe mich immer gefragt«, sage ich, »was für ein Mörder das Vieh aus der Scheune lässt, damit ihm nichts passiert.«

Ina lächelt nicht länger. Sie wirkt alarmiert, in ihre Augen tritt Panik. »Wir haben keine Ahnung, wovon Sie reden.«

Ich lasse nicht locker. »Ich weiß, was ihr getan habt, ihr alle drei. Und ich habe die Fingerabdrücke, um es zu beweisen.«

Ich hefte den Blick auf Neva. Ihr Gesicht ist jetzt kreidebleich. Sie starrt mich fassungslos an, mit weit aufgerissenen Augen, suchend.

»Deine Fingerabdrücke waren auf dem Einweckglas im Schuppen von Chris Martino, das du ihm untergeschoben hast.«

»Aber … das kann nicht sein«, sagt sie. »Ich war nicht da. Das ist nicht von mir. Das kann unmöglich sein.«

Viola sieht aus, als sei ihr speiübel, und stützt sich mit der Hand an einem Querbalken ab. »Wir haben nichts Schlimmes gemacht.« Aber ihre Stimme ist brüchig.

»Wo hört das auf?«, frage ich.

Ein lautes Schluchzen entfährt Nevas Mund. »Meine *Mamm* hat die Einweckgläser da hingestellt!«, jammert sie. »Ich muss sie … angefasst haben, als sie bei uns im Keller standen. Mehr nicht.«

»Ich habe nur von einem Einweckglas gesprochen. Woher weißt du, dass es zwei waren?«

Sie blickt hilfesuchend zu ihren Freundinnen, bettelt um Beistand. »Ich weiß nicht, wovon Sie reden. Glas, Gläser, das ist doch egal.«

»Eure Fingerabdrücke sind auch auf dem Schlüssel, der in Gingerichs Scheune gefunden wurde.« Ich lasse offen, wessen Abdrücke ich meine, lasse den Blick zwischen den dreien wandern. »Ihr wart da und habt mich angelogen.«

»Wir haben keinen Grund zu lügen.« Das war Ina. Aber ich sehe ihr an, dass sie nach einer logischen Erklärung für die Fingerabdrücke sucht, aber die gibt es nicht.

»Unsere amische Gemeinde hier ist klein, Chief Burkholder«, erklärt Viola. »Vielleicht haben wir den Schlüssel für Daniel gemacht. Vielleicht –«

»Hört auf, mich anzulügen«, fahre ich sie an. »Hört endlich auf damit.«

Alle drei verstummen.

Ich sehe sie an. Ihr ganzes Leben liegt noch vor ihnen, und in mir wütet ein ohnmächtiger Wirrwarr aus Bedauern, Wut und Kummer. »Hass und Scham sind mächtige Gefühle und können gute Menschen dazu bringen, schlimme Dinge zu tun.«

»Wir haben nichts Schlimmes getan«, flüstert Viola.

»Ihr hättet ihn anzeigen müssen, nach dem, was er Emma angetan hat«, sage ich. »Stattdessen habt ihr es selbst in die Hand genommen, ihn zu bestrafen. Das war eine falsche Entscheidung, und ihr wisst selbst, was ihr damit alles angerichtet habt.«

»Wir haben nichts gemacht«, sagt Ina.

»Wen von euch hat er vergewaltigt?« Als keine von ihnen antwortet, wende ich mich an Neva. »Dich?«

Sie hebt die Hände, vergräbt das Gesicht darin. Dann beugt sie sich vornüber und stößt einen so jämmerlichen Ton aus, dass mir das Blut in den Adern gerinnt. »Hören Sie auf, das zu sagen! Sie haben kein Recht dazu!«

Ina eilt zu Neva hin, umfasst ihre Schultern. Dann sieht sie mich an. »Sie irren sich, Chief Burkholder. Sie hat nichts getan. Keine von uns hat etwas getan.«

Ich lasse nicht locker. »Er hat Emma vergewaltigt und geschwängert. Daraufhin hat sie sich umgebracht. Dann war Neva dran. Ihr drei wusstet, was für ein Mensch er war und dass er niemals aufhören würde. Da habt ihr euch gemeinsam einen Plan überlegt.« Ich sehe Viola an. »Du hast die Nachricht geschrieben, mit lila Tinte, kleinen Herzchen und Kringeln.« Ich sehe die beiden anderen an. »Damit habt ihr ihn in die Scheune gelockt, im Sattelraum eingeschlossen und Feuer gelegt.«

Viola stößt sich von der Wand ab, an der sie gelehnt hatte. Ihr Gesicht ist verzerrt und rot. »Er war ein Ungeheuer! Er war … *da Deivel!*« Der Teufel. »Ich habe ihn gehasst. *Gehasst!*«

Ich sehe sie an, trete einen Schritt zurück, muss sie auf Abstand halten. »Das gibt dir nicht das Recht, ihn umzubringen.«

Viola öffnet den Mund, als wollte sie etwas sagen, aber sie bleibt stumm. Dann hebt sie die Hand, wie um mich von sich fernzuhalten, geht zurück, stolpert über den Schutt und fällt fast hin, doch sie bewegt sich weiter rückwärts. »Ich dachte, Sie mögen uns. Wie können Sie uns das jetzt antun? Wie können Sie uns so verraten?«

»Weil ich keine andere Wahl habe«, sage ich. »Weil das Leben ungerecht ist. Weil ihr nicht das Richtige getan habt und ich meine Pflicht erfüllen muss.«

Neva richtet sich auf, nimmt die Hände vom Gesicht. »Ich dachte, Sie sind unsere Freundin.«

»Im Moment bin ich die beste Freundin, die ihr habt«, sage ich. »Ich werde euch helfen, aber ihr müsst mir die Wahrheit sagen. Die ganze Wahrheit. Versteht ihr das?«

»Machen Sie das nicht«, jammert Ina. »Bitte, zwingen Sie uns nicht –«

Ich falle ihr ins Wort. »Ich weiß, dass er ein Monster war. Ich weiß, was er getan hat. Und ich weiß, dass Emma und ihr Kind nicht die einzigen Opfer waren.« Ich höre meinen eigenen Atem, halte inne, um meine Gefühle zu kontrollieren. »Was ihr getan habt, war falsch. Ihr hättet das nicht tun dürfen. *Auch wenn er es verdient hat.*«

Meine vernichtenden Worte hallen in der Scheune wider. Keine sagt mehr etwas. Neva weint ungehemmt, droht an ihrem Schluchzen zu ersticken. Ina steht neben mir und zittert wie Espenlaub.

»Bitte, sagen Sie es niemandem«, flüstert Viola.

»Das muss ich aber. Es ist vorbei.« Ich sehe sie nacheinander an. »Ihr hättet das Richtige tun und zur Polizei gehen sollen.«

Neva schluchzt hysterisch, ihr ganzer Körper bebt. »Emma wäre bloßgestellt worden. Sie war *ime familye weg.*« Schwanger. »Alle hätten gedacht, sie hätte Elams Drängen nachgegeben. Der Bischof hätte sie unter *bann* gestellt.« Ihre Stimme klingt gequält, die Worte verschwimmen ineinander. »Sie hat nichts gemacht, Daniel hat ihr das angetan. Er hat sie wie ein Tier behandelt! Er hat sie dazu gebracht, dass sie sterben wollte!« Den letzten Satz schreit sie laut heraus.

Es fällt mir schwer, ruhig zu bleiben, doch ich schaffe es. »Wer von euch hat Daniel in der Nacht in die Scheune gelockt?« Als keine von ihnen antwortet, spreche ich Neva an. »Warst du das?« Dann wende ich mich an Ina. »Ich weiß, dass du ihm ein Treffen im Sattelraum vorgetäuscht hast. Dann musstest du nur noch die Tür abschließen und Feuer legen.«

»Ich war es«, stößt Neva aus, ihren Freundinnen einen Blick zuwerfend. »Sie hatten nichts damit zu tun.«

Viola sieht sie warnend an. »Ich habe die Nachricht geschrieben und sie ihm gegeben. Ich hab ihm gesagt, ich will ihn in der Scheune treffen. Dass ich … bereit bin.«

»Er war so dumm und berechenbar«, zischt Ina. »Wir wussten, dass er kommen würde. Er konnte einfach nicht aufhören. Er hat gekriegt, was er verdient hat!«

»Wer von euch war in der Nacht mit in der Scheune?«

»Wir alle«, sagt Ina atemlos, mit bebender Stimme und mit Blick auf Neva.

»Wer hat das Feuer gelegt?«, frage ich.

»Ich habe das Benzin gekauft.« Viola sieht ihre beiden Freundinnen an.

»Ich habe die Tür zugemacht und abgeschlossen.« Das war Neva. »Dann habe ich das Benzin verschüttet.«

»Wir haben die Tür verrammelt«, fügt Ina hinzu. »Wir alle zusammen. Die Backsteine, die alte Schubkarre und das Heu.«

»Ich habe alles angezündet«, sagt Ina.

Viola fängt an zu weinen. »Er hat an die Tür gehämmert.«

»Wir wollten ihn rauslassen«, stößt Neva schluchzend aus. »Aber die Flammen waren so schnell riesengroß, dass es nicht mehr ging.«

»Da sind wir dann einfach … weggerannt«, sagt Ina.

Ich starre sie an, müsste mich eigentlich fragen, wie sie so etwas Entsetzliches tun konnten, doch ich kenne die Antwort schon.

»Und was war mit Edna?«, frage ich. »Was hat sie gewusst?«

Neva sieht mich an, als hätte ich ihr gerade ein Messer in den Bauch gerammt. Sie schluchzt heftig, ihr Gesicht ist rot und tränenüberströmt. »Meine *Mamm* hat nur versucht, uns zu beschützen.«

Ina legt den Arm um die Schulter ihrer Freundin. »Edna wusste, was er für einer war.«

»Wir haben es ihr nicht gesagt«, bemerkt Viola. »Sie ist irgendwie selber draufgekommen.«

»Sie war klug in solchen Dingen«, sagt Ina.

»Und in der Nacht, als sie umgekommen ist?«, frage ich.

»Sie hat es für uns gemacht«, sagt Neva. »Für Emma. Für uns alle.«

* * *

Amische glauben, jeder Tag sei ein Geschenk Gottes, und das drückt sich in ihrer Haltung zum Leben aus: Sei dankbar für das, was du hast, auch wenn dir ein Unglück geschieht – *besonders* wenn dir ein Unglück geschieht. Es ist eine der vielen amischen Lehren, die ich nie akzeptieren konnte. Denn manche Tage möchte ich am liebsten aus meinem Leben streichen. Der heutige gehört dazu.

Die Dämmerung hat eingesetzt, ich bin zu Hause, sitze am Teich auf unserem kleinen Bootssteg und blicke übers Wasser. Um mich herum stimmen die Frösche ihr Abendkonzert an, und die Blauhäher in den Wäldern diskutieren etwas Gewichtiges. Es ist ein wunderschöner Abend, warm und feucht. Von Süden her weht eine kaum merkliche Brise und trägt den Duft von frischgemähtem Gras und Mr Clines vierhundert Meter entfernter Räucherkammer zu mir herüber. Ich habe die Jeans bis zu den Knien hochgerollt, meine Füße baumeln im Wasser, und neben mir steht eine Flasche kaltes Killian's Red.

»Ich dachte mir schon, dass ich dich hier finde.«

Beim Blick über die Schulter sehe ich Tomasetti aus dem Haus kommen. Er hat seine Arbeitskleidung gegen verblichene Jeans und ein T-Shirt mit daumengroßem Loch an der Schulter eingetauscht und eine Bierflasche in der Hand. »Du hast das Bier also gefunden.«

»Es ist Balsam für die verletzte Cop-Seele«, erwidere ich.

Als er den Steg erreicht, stellt er die Bierflasche ab, zieht die Sneakers aus und rollt ebenfalls die Hosenbeine hoch. »Wie ist das Wasser?«

»Nicht schlecht für Oktober.«

Er setzt sich neben mich und taucht die Füße in den Teich. Eine Weile schweigen wir, sitzen einfach nur zusammen da und lauschen den abendlichen Geräuschen um uns herum.

»Rasmussen hat die drei Mädchen verhaftet und ins Bezirksgefängnis gebracht«, sagt er. »Morgen früh wird formell Anklage erhoben.«

Plötzlich wird mir ganz heiß, und ich schließe die Augen vor den ungewollten Gefühlen: Reue, Schuld und der Verlust von etwas scheinbar Unschuldigem und Gutem. Tomasetti hat die drei Freundinnen verhaftet, gemeinsam mit einem weiblichen Deputy vom Holmes-County-Sheriffbüro. Es war ein anstrengender und schmerzlicher Abend. Ina verhielt sich durchweg stoisch, Neva und Viola weinten die ganze Zeit. Ich habe alles getan, um sie zu beruhigen und ihnen zu erklären, was in den nächsten Stunden, Tagen und Wochen auf sie zukommen würde, aber ich bezweifle, dass es viel geholfen hat.

»Ihr Leben ist zerstört«, sage ich.

»Zerstört vielleicht nicht.« Er zuckt mit den Schultern. »Aber ganz sicher hat es sich von Grund auf geändert.«

»Ich habe mit dem Staatsanwalt gesprochen.«

Er wirft mir einen Blick zu. »Und?«

»Er spricht von Mord mit bedingtem Vorsatz.«

»Das kann sich ändern.«

Ich sehe ihn fragend an.

»Neva Lambright hat Rasmussen erzählt, Mark Petersheim habe sie bedroht.«

»Hat sie den Grund genannt?«

»Sie sagt, er habe sie dafür verantwortlich gemacht, dass seine Frau in der Nacht, in der sie von Gingerich vergewaltigt wurde, in dessen Auto gestiegen ist. Er hat ihr an allem die Schuld gegeben und befürchtet, dass sie es irgendwann ausplaudern und die amische Gemeinde davon erfahren würde. Diese Schande hätte er nicht ertragen, und deshalb hat er sich und seine Frau umgebracht.«

»O mein Gott.«

»Alle drei stecken in großen Schwierigkeiten, daran besteht kein Zweifel. Aber man kann mildernde Umstände geltend machen, weil sie ziemlich eingeschüchtert waren.« Er zuckt die Schultern. »Dadurch ist der Staatsanwalt vielleicht eher bereit, einen Deal zu akzeptieren.«

»Tomasetti, was sie getan haben, war rundum falsch. Das finde ich wirklich. Aber sie sind keine ...« Fast hätte ich »Verbrecher« gesagt, aber das wäre falsch. Denn de facto sind sie *Verbrecher*. »Sie sind keine Soziopathen. Ich glaube nicht, dass sie eine Gefahr für die Gesellschaft darstellen.«

»Wenn du ihnen helfen willst, dann überrede die anderen Mädchen, zur Polizei zu gehen.«

Mir fällt das letzte Gespräch mit Milo Hershberger ein. *Ich schwöre zu Gott, wenn ich könnte, würde ich es wieder in Ordnung bringen.* Und er ist nicht der Einzige, der sein Verhalten bedauert. Emma Millers Mutter hat geschwiegen, und deshalb ist ihre Tochter jetzt tot. Ich kann mir nicht vorstellen, dass sie so einen Fehler noch einmal macht.

»Es gibt ein paar Leute, die wahrscheinlich aussagen würden«, sage ich.

Er legt mir den Arm um die Schulter und drückt mir einen Kuss an die Schläfe. »Kann ich vielleicht irgendwie helfen?«

Ich lege den Kopf an seine Schulter. »Sei einfach nur du selbst.«

»Ein wirklich erschreckender Gedanke.«

Ich lache, und es tut gut, denn es nimmt etwas von der Traurigkeit, die mich quält. Es erinnert mich daran, dass das Leben weitergeht. Dass mein Leben gut ist, dass ich ein Glückspilz bin und es vieles gibt, wofür ich dankbar sein kann.

»Was hältst du davon, wenn wir in der Scheune nach den Hühnern sehen, bevor wir ins Haus gehen?«, fragt er.

»Gute Idee.« Ich stehe auf und klopfe mir den Staub vom Hosenboden. Tomasetti folgt meinem Beispiel, und dann rollen wir ohne Eile die Hosenbeine wieder runter und ziehen die Schuhe an. Einen Moment lang stehen wir noch da und sehen übers Wasser.

Irgendwo in der Ferne brüllt eine Kuh. Ich denke an den Mann, der neben mir steht, und daran, wie weit wir es in den wenigen Jahren gebracht haben, seit wir uns kennen. Wie viel Schönes noch vor uns liegt.

»Das Wasser hat etwas Beruhigendes«, sagt er nach einer Weile.

Ich nicke. »Und fühlt sich gut an den Füßen an.«

»Weißt du, was wir noch immer nicht gemacht haben?«

Ich sehe ihn an. »Das Abendessen?«

Er grinst. »Den Teich getauft.«

Ich grinse, trete einen Schritt von ihm weg. »Das würdest du nicht machen.«

»Das weißt du besser.«

»John Tomasetti, du wirst mich nicht –«

Er nimmt meine Hand, zieht mich an sich und drückt mir die Lippen auf den Mund. Ich falle, seinen Körper fest und warm an mich gedrückt, dann ein kurzer kalter Schauder, als ich ins Wasser plumpse und den Geruch von Fisch, Erde und Lebewesen in der Nase habe.

Das Wasser ist nicht tief, nur etwa ein Meter dreißig, und wir tauchen prustend wieder auf, das Gesicht nah beieinander. Sein Haar steht an einer Seite ab, und Algen kleben ihm auf der Stirn.

Wir brechen in Lachen aus.

»Ich hatte mir gedacht, dass dich das aufmuntern würde«, sagt er kurz darauf.

»Die Algen über deiner Augenbraue helfen jedenfalls.«

»Kleine Opfer bringe ich gern.«

Ich drücke ihn an mich. »Der Anblick der Küken hätte es wahrscheinlich auch getan.«

»Das sagst du mir jetzt«, erwidert er lachend.

Wir stapfen Hand in Hand ans Ufer und weiter zur Scheune.

Dank

Man sagt: Was dich nicht umbringt, macht dich stärker. Manche Bücher sind anspruchsvoller zu schreiben als andere, und das hier lag irgendwo zwischen schwierig und unmöglich. Umso dankbarer bin ich meinem Lektor, Charles Spicer, und meiner Agentin, Nancy Yost, dass sie mich durch mehrere Entwürfe und Überarbeitungen geleitet und mit ihrer stets brillanten, uneingeschränkten Offenheit unterstützt haben. Darüber hinaus danke ich dem gesamten Verlagsteam von Minotaur Books: Sally Richardson, Andrew Martin, Jennifer Enderlin, Sarah Melnyk, Kerry Nordling, Paul Hochman, Kelley Ragland, Marta Ficke, April Osborn, David Rotstein, Martin Quinn, Joseph Brosnan, Allison Ziegler und Lisa Davis. Ihr seid die Besten der Besten, und ich bin froh, zu eurer Verlagsfamilie zu gehören. Dank schulde ich ebenfalls meiner Kritikerinnen-Truppe – Jennifer Archer, Anita Howard, Marcy McKay und April Redmon – für ihre tollen Ideen und die Unterstützung während des gesamten Schreibprozesses. Nicht zuletzt danke ich auch meiner guten Freundin und exzellenten Bibliothekarin, Denise Campbell-Johnson, die sich immer Zeit für mich nimmt, wenn ich in Ohio bin – und die für das nächste große Abenteuer schon mit den Hufen scharrt.